박상룡 전집

박상륭(朴常隆)

1940년에 전라북도 장수군에서 태어났다. 서라벌예술대학 문예창작과를 졸업했으며, 경희대학교 정치외교학과를 중퇴했다. 1963년에 단편소설 「아겔다마」로 『사상계』 신인문학상을 수상했으며, 이듬해 「장끼전」이 『사상계』에 추천 완료되어 등단했다. 1969년에 캐나다로 이주한 이후 아내와 함께 주로 캐나다 밴쿠버에서 생활했다. 장편소설 『죽음의 한 연구』, 『七祖語論』(1~4), 『神을 죽인 자의 행로는 쓸쓸했도다』, 『雜說品』을 출간했으며, 소설집 『열명길』, 『아겔다마』, 『평심』, 『잠의 열매를 매단 나무는 뿌리로 꿈을 꾼다』, 『小說法』과 산문집 『산해기』를 출간했다. 제2회 김동리문학상을 수상했으며, 2017년 7월 1일에 캐나다 밴쿠버에서 향년 77세로 타계했다.

박상륭 전집: 주석과 바깥 글

국수

차례

일러두기

『박상륭 전집』의 맞춤법은 국립국어원의 '한글 맞춤법'을 원칙으로 삼았으며, 띄어쓰기도 그 허용의 규정을 따랐다. 다만, 토속어나 구어체의 표현 및 의성어·의태어 등은 작가의 집필 의도를 살려 그대로 두었다. 또한, 작가가 일부러 쓴 것으로 판단한 낱말과 문장도 앞서 출간된 책대로 두었다. 예컨대, '~하지 안 했다.' '~을 내어다 보다.' 등이 그것이다.

박상륭 작가의 유가족, '박상륭상 운영회의'와 의논하여 작품들의 몇몇 곳을 고쳤다. 그것은 앞서 출간된 책들에서 아직 고쳐지지 않았거나 나중에 발견된 오류를 바로잡은 것이다. 그러므로, 이 『박상륭 전집』이 작가의 전 작품의 정본이다.

주

석

小說法_주석

無所有: 쓰여져 본 적이 없는 얘기의 줄거리

1 D. T. Suzuki의, *Studies in the Laṅkāvatāra Sūtra*(楞伽經 註解講說)에 의하면, '無所有'라고 漢譯된 산스크리트 '아비디야마나트바'(Avidyamānatva)는, 'not existing'이라고 英譯되어 있다(玄奘譯, 大般若第五百三十八券, 縮刷, 八十二 丁, 六行, '如是諸空無所有故, 於如是空無解無想'). 本經 중 'Sagathakam'에 는 "[……] not being born is said to mean not having any abode; [……]"라는 英 譯된 구절이 있는데, 이것을 줄이면 'not existing'이 될 것이었다. 이 英譯대로 따르면, '無所有'란, '소유한 것이 없다', 즉 '無, 所有'의 뜻이기보다는, '존재치 않는다', 즉 '無所, 有'의 뜻인 것으로 해석되는데, 현학심을 돋궈, 비약하고 굴 절하고 전와키로 하면, 혹간 '소유한 것이 없다'와 '존재치 않는다'가 같은 뜻으 로 모두어질지 어떨지 모르되, 그러기 위해서는 그 원어(산스크리트)를 해독 할 수 있고서야 가능할 터여서, 통재라, 稗官은, 패관의 불학밖에 눈 흘길 데가 없구나. (咄, 小說하기의 雜스러움!)

2 '우리들의 무의식은 밖에 있다, 또는 밖 자체다'라고, 본 패관이 제창한, 일견 망발스런 주장은, 특히 '뫔(몸+맘)의 우주'에 적용되는, 사이비 심리학적 명제 (왜냐하면 저것은 종교적 주제던 것이다)라고 밝혀둬야겠다. '맘(마음)의 우 주'에서는, 우주 자체, 또 거기 소속된 모든 존재나 사물이 다 마음의 풍경 이상 은 아니다 (『능가경』 참조)라는 점에 유의해보기를 바라며, '몸의 우주'에서는, 축생이 자라기에 좋아, 밖을 깨우치기에 의해서만, 저 살벌한 세계에서 도태 치 않고, 생존할 수 있다는 것이, 관찰되어지기를 바라는 바이다. 이런 얘기는 왜인가 하면, 저 '어부왕이 기다리는 기사는 파르치발'인데, 이 파르치발이 패 관에게는, '우리의 무의식은 밖에 있다/밖 자체다'라는, '뫔의 우주'의 무의식론 을, 고된 탐색을 통해 육적(肉的)으로 가장 잘 대표하고 있는, 한 전형성을 띤 인물로 이해되기의 까닭이다. 집을 떠나고 있었을 때의 파르치발은, 대략 카투 린드리야[四官有情]의 상태에 머물러 있었는데, '성배 탐색'이라는 하나의 대 의와 목적에 의해, 간난신고를 겪으며 헤매는 동안, 판켄드리야[五官有情]를 성취하고, 거기서도 좀 더 나아간 것으로, 볼프람(Wolfram von Eschenbach)의 『파르치발』은 읽힌다. 아마도 종내 '안'에서 찾게 될 '성배'를, '밖'으로 찾아 헤

매다 그는, '안'으로 돌아와 '밖/안'의 경계를 몰라버리게 되었을 듯하다. 만약 우리가, '성배'의 의미를 한정하려고 들지만 않는다면, '성배'는 인류가 존속하는 한, 그리고 그들이 삶의 의미를, 그리고 실다움(진리)을 의문하는 한, 탐색의 대상으로써 존재할 것임은 분명하다. 각설하거니와, 어부왕이 기다리는 기사는 바로 이 파르치발이었더랬지만, 그리하여 그가 일찌감치 나타나기는 했더랬지만, 그냥 지나가는 말로라도 한번 그가, "폐하의 병은 어떻게 하면 나을 수 있으리까?"라고, 묻기만 했었기로도, 왕의 병도 치유하고, 자기의 과업도 완수할 수 있었을 것이었다는데도, 그의 미숙(카투린드리야)의 탓으로 돌려야겠는가, 그는 꿀 먹은 벙어리나 꿔다놓은 보릿자루모양, 앞에 성배를 둬 건너다보면서도, 입을 봉하고 묵묵히 앉아 있기만 했었으므로 하여, 왕의 병도 치유할 수가 없었거니와, 자기의 숙명적 과업도 완수할 수가 없이 되어, 이후의 그의 탐색이 시작되었다고, 볼프람은 자아올린다. 이것에 대한 해석은 분분하다. 그리고 그것을 聖杯秘儀에의 入門 같은 것으로 이해하는 듯하다. 허히, 히런 자리에 패관이 나서도 될랑가 어쩔랑가 모르겠어도, 참을 수 없어, 나서 한마디하게 되기는, 패관은, 수많은 얘기를 稗帖에 주워 담아왔거니와, 저따위로 씨먹지 않은 얘기는, 전에도 들어보지 못했거니와, 후에도 들어볼 것 같지 않다는, 쓴소리 한마디일 것이다(그럼에도 패관도, 카투린드리야의 판켄드리야에로의 진화에도 과정은 있다는 것을, 잊고 있는 것은 아니다). '위대한 시인 볼프람'도 하긴, 그것이 끝맺음이 되었어야 할 '성배, 성배의 城'부터 앞내세워 놓고, 그것의 탐색의 얘기를 시작하려 하니, 다른 방도를 찾지 못해, 여러 밤잠을 설피지 않을 수 없었을 것이라는 것도, 짐작 못 할 바는 아니로되, 그게 무슨 빙충맞은 소린가? 그러나 進化論을 고수하는 本稗官의 소신엔, 그 까닭은 누구라도 용이하게 짚어낼 수 있는 것이겠지만, 인류는, 에덴이라거나, 파라다이스, 황금시대 등등, 있어 본 적이 없는 아름다운 과거를 창조했었던 듯하게 여겨진다. 그래서 그런 것들은 歷史라기보다, 보다 더 神話라고 이르는지도 모르겠으나, 그런 뒤 인류는, 그것들의 재구현이라는, 달콤하고도 전도된 꿈을 꾸기 시작했던 듯하다. 일견 기독의 수난으로부터 시작된 듯한 聖杯傳說도, 그 연원은 훨씬 더 먼 과거 쪽으로 소급되어진다는 설이 유력한데, 그렇다면 이것까지도, '창조되어진 과거' 속에서 잃어진 한 꿈인 것이라고 이해해도 안 될 일은 없어 보인다. 에덴에의 복귀라든, 성배 탐색 등은 그러니, 미래 속에서 구현하려는, 창조되어진 과거이다. 파르치발의 미숙함을, 독자가 만약 이런 견지에서 읽기로 한다면, 허긴 우리 모두는 미숙한 파르치발이다. 불알을 제 손안에 쥐고서, 그것을 찾겠다고 저잣거리를 헤매는 식이다. 우리 모두는 빙충맞다. (呰, 小說하기의 雜스러움!)

3 본디 이 '聖杯傳說'은, 이단의 신들을 예배했던 이들의 것이었던 것이, 중년에, 가톨릭과 기독교의 歷史 속으로 끌려든 것이라는 것은 주지하는 바대로이다. 그렇다면, 어떤 '傳說'에 대한 歷史家들의 접근법과, 雜說군의 그것이 부합해야 할 필요가 반드시 있는 것은 아니라는 주장도 할 수 있게 된다. 그것이 기억되어지면, 전설은 전설의 꼬리를 물어, 다시 다른 전설을 이뤄내기를, 그 전설이 함량한 乳液이 다 해질 때까지 계속된다는 것을 알아(그런고로 그것들이 文化的 遺産이 아니겠는가!), 歷史家들 편에 서서, 本雜說에 소개된 저 전설의 眞僞를 가리려 할 필요는 없을 터이다. 볼프람의 『파르치발』에 얘기되어져 있는 '성배'(聖杯)는, '예수가 만찬 때 썼던 잔'(Chalice―나중에, 아리마데 요셉이, 이 잔에다, 십자가 수난에 흘린 예수의 보혈을 받았더라고 했으며, 그에 의해 Glastonbury에로 옮겨진 것도 그것이었다는 설이 있다), 또는, '예수와 막달라 마리아와의 결혼식장, <가나의 혼인 잔치>에 신랑이 썼던 잔'(이 잔은 나중에, 막달라 마리아에 의해, 프랑스로 옮겨졌다고 이른다)이 아니라, '돌'(Lapis, Ltn., "Lapis Lapsus ex Caelis", *A Stone Fallen from Heaven*)이었다는 것이, 주목을 요한다. 이것은 그럼으로, 로마 교황청에서, 그것[聖杯]이 너무 '여성적'이라고 비난 매도한 것과 달리, (稗見에는) '남성적'인 것으로 이해된다. 그것이 지나치게 '여성적'이라고 비난에 처했던 까닭은, '보혈을 담은 잔', '혼인 잔치 때 신랑이 썼던 잔'이, 그것에서 머물지 않고, 더 침중하게 秘儀化를 겪은 결과로, 기독의 피를 직접 받았던 잔이라면, 그것은 다름 아닌, 그의 신부였던 '막달라 마리아', 더 구체적으론, 그녀의 '子宮' 말고 무엇이겠느냐고, 주장되어지기 시작한데 기인한 것일 것이었는다. ('聖靈'을 수용해 아기 예수를 수태한 聖母 마리아야말로 '聖杯'라고, 막달아 마리아를 聖母 마리아와 환치하기로써, 그 門에선 '聖杯傳說'을 받아들였다는 얘기도 들린다) 이렇게 되어 우리는, 볼프람을 통해, 성배에도 종류는 한 가지만 있는 것이 아닌 것을 알게 되었거니와, (러시아인들의 '성배'는 '대지' 자체였다는 것도 첨부해둘 필요가 있을 듯하다) 이래서 보면, '성배'란 반드시 '여성성'만을 띤 것은 아니었던 것인 게다. 그런데 바로 이것 [성배=돌]에 연유하여, 소급되어진 說일 성부른데, '성배 전설'은, 그실 湖東에 그 母胎를 두고 있다는 얘기가 있어, 흥미롭다. 湖西에서 그것이 운위되었기 오래전에, 호동의 經典들은, 이 '염원을 이뤄주는 보석'(Cinta-mani, Skt., Wish-gem. 또는 'Padma mani', '蓮 속의 보석')에 대한 희망을, 에린 중생들 살기의 어려움 속에다 심어주어 오고 있던 것은, 아는 이들은 알고 있는 것인 것. (그런데 가맜자, 이런 '성스러운 돌'을 운위하는

자리에다, 패관의 어리석기 이를 데 없는 稗見을 하나 얹어둬도 될라는가 어쩔라는가, 매우 망설이게 됨시롱도, 혀끝까지나 내려 대롱거리는 것을 되삼키기도 쉽잖다, 게다 보태 두려운 것은, 패관의 견문의 소잡함으로 하여, 다른 이에 의해 이미 밝혀져 있는 것을, 자기 것이라고 주억거리고 있지나 않나, 그, 글쎄 그것도 모르겠으되, 그런 경우라면, 패관 서슴잖고, 경배하여 그의 문하에 들 것인 것) 稗觀에는 그런데, 이 '돌'의 출처가 호동일 수도 있다는 설에 동의하면서도, 문잘배쉐에 秘置되어 있는 그것만은, 반드시 '수입품' 같지는 않은 듯하다는 것이다, 라는 稗觀은, 전해진 다른 한 古記를 염두하다 이뤄진 것인데, '아기 예수가 割禮를 받고 있었을 때, 어떤 한 노파가 나타나서, (예수의 귀두를 덮었던) 그 잘린 피부를, 자기에게 줄 수 없겠느냐는 청을 했던바, 주어졌더랬더니, 나중에, 막달라 마리아가, 예수의 머리와 발등에 부은, 그 한 옥함의 나드기름(spikenard) 속에 그것이 저장되어 있었(음이 밝혀졌)다'는 얘기가 그것이다(*The First Gospel of the Infancy of Jesus Christ* 2: 1~4). 그가 입술에 댔던 '잔' 하나까지도 '성스러운 것'으로 숭앙되는데, 하물며, 그의 眞肉이랴, 그것도 할례에서 잘려 나간 살점이, 아무렇게나 취급되어, 이웃집 강아지라도 물어가 버리게 했겠는가? (그가 나중에, '스스로 된 고자'主義를 부르짖었던 것을 감안하면, 저 '할례식'은, '去勢의식'으로도 이해된다) 패견에는 바로 '이것'이, 어떤 경로에 의해서였든, 저 문잘배쉐에로 옮겨져, 안치된, 그 '성스러운 돌, 하늘에서 떨어져 내린 돌, 성배'나 아닌가 하는데, 다른 누구도 말고 하필이면, ('치유력'이 있는) 그것을 뫼셔 지키는 사제 왕이, 다른 어디 오장이나 육부, 사지도 말고, '치부'라고 완곡어법을 입은 '性器'를 앓고 있다는, 바로 그 까닭으로 그런 것이다. 패관이 앞서, 억측이랄 것을 계속하던 중, 어린 예수가 치른 (유대인들만의 儀式인) '할례'를, 나중에 '去勢儀式'으로 바꿔 설교에 나섰다는 투의 얘기를 했거니와, (패관은 그럼으로 하여, 학자들 간에 설왕설래, 논구 중인 '예수의 결혼' 문제를 상징적으로 이해하고 있지만, 그리고 그런 상징화를 통해서만, 유대인 예수가 이방인들 심령 속에도 확고하게 자리 잡게 되는 것이지만) 이에 준해 어부왕의 병고의 까닭을 짚어보기로 한다면, 이런 추측을 가능케 하는데, 어떤 기사의 독창에 '치부'를 다쳤을 때, 그것은, 이방인 어부왕이 치른 할례의식은 아니었겠는가, 그런 뒤, 나중에 '성배'를 뫼시기 시작했을 때, 그는 그것을 '거세 의식'으로 바꿔버리지 안 했었겠는가, 다시 말하면, 어부왕은, '하늘에서 떨어진 돌', 그 '男根'을 분리해 뫼시고 예배하기 시작했을 때, 자기 거세에 대한 깊은 인식을 갖게 되었던 것이나 아니겠는가, 하는 것이다. 우리들의 주인공 '侍童'이, '예수와 어부왕'의 두 얼굴이 겹쳐 짐을 보곤 했던 것은, 이런 까닭으로 짚어진다. (예수야말로, '사람을 낚는 어부'들의 왕이었던 것은, 주지하는 바 대로인 것. '두 번 태어나기[重生] 위해서 판켄드리야는, 먼저 자기 거세 즉, 수피를 벗어버리지 않으면 안 되는 것일 것이었다. 그것이 낚여져 올라온 '물고기'로 은유를 입었음인 것. '물고기'란 '생명'의 상징이라잖느냐. 그리하여 어부왕은 '해골'에 도달한다) 어부왕은, 시동을 더불어 낚시질을 할 때론, 탄식처럼 "어째 이리도 시간은 더디게 흐르는고? 그것이 흐르기는 흐르고 있는가?"라고도 했으며, 그때 그는, 자기가 다른 아무 꿋(곳+것)에도 말고, 時間 속, 그러니 '時中'에 유폐되어 있다는 것을 느낀 듯했는데, 어떤 때론 또, "태워져 재가 된 불사조는, 바로 저 성스러운 돌의 힘에 의해, 그 잿더미가 빠르게도 새로운 생명을 회복해낸다고 하거니……, 불사조는 그렇게 태어나, 전과 같이 광휘에 넘치고, 아름답게 빛나거니…… (파르치발)"라고도 했는데, 그는 분명히, '重生'을 염두에 두었던 것이었을 게다. 어쨌든, 두 종류의 성배 중의 하나는, '母姐魂'[Mother Soul]의 상징이었다면, 문잘배쉐의 그것은, '火炟靈'[Father Spirit]의 그것이었을 게다. 친타마니.

문잘배쉐가 그러면, 우리들께는 무슨 희망인가? 그 황폐의 극복은 어떻게 될 것인가? '어떻게 앓기 시작했사오니까?' 묻기로, 그 불모는 풍요를 되찾을 것인가? 삶은 '앓음'[苦]이라고 보면, 그럴 수 있겠지맹. 그 '앓음'의 까닭의 중심에 그리하여, '성배'가 놓여 있음인 것. (咄, 小說하기의 雜스러움!)

4　'모험' 또는 '성배' 탐색에 오른, 아더(Arthur)왕 시절의 기사들은, 생식철의 畜生道에서처럼, 상대를 만나기만 했다 하면, 창 시합(joust)에 돌입한다. 이 일을 두고, 바로 그런 얘기를 쓰고 있는 볼프람 자신도 그럴 만한 이유도 없이, 서로 상해하거나 살해하는 일을 두고, 얼마쯤의 의문을 제기한 대목이 없잖아 있기는 있다. 저들은, 시쳇말로 이르는 어떤 이념(ideology) 한 가지 없이, 등산꾼들이 그런다던가, 山이 거기 있으니 오른다, 마찬가지로, 나아가는 길 앞에 상대방 기사가 나타나 있다는 그 한 이유만으로, 수인사가 어디 있겠는가, 먼저 창을 꼬나들어 찌르고 덤비는데, 瞎榜 패관이 읽었기로는, 그 이유 없는 싸움을 정당화시켜주고, 영웅화하는데, '여성'(女姓)들이 동원된다. 참 별스런, 이데올로기가 못 되는, 그러나 이데올로기가 되어버린 저 맹목적 기사들의 필사적 창 쓰기는, 뒷전에서 구경만 해도 되는 패관께는, 무척이나 재미가 있어, '돈키호테'만큼은 석삼년을 더 읽어도 못 좇겠으나, 이것저것 닥치는 대로, 그냥 몇 줄 읽은 기억이 있다. 稗見(이전에, 누가 그런 얘기를 했을지도 모르되)에는, 저들의 행위 자체는 축생도적인데, 이때 저들을 축생도에서 들어 올리는, 부드러운 손이 있는바, 거기 '여성'의 역할이 있어 보였다. 아플레우스의 『금당

나귀』니, 괴테의 『파우스트』에서는, 이 관계가 보다 더 종교적 형태를 드러내는 것은, 주지하는 바와 같거니와, 예를 들면, 거친 '自然'을, 詩의 抒情에 감싸면, 갑자기 섬세해지고, 그 정서가 '文化'化를 치르는 것처럼, 반복되지만, 남성들의 야만성, 폭력성에다 월계관을 씌워주는 것이 '여성'이던 것. 허긴 거기엔 '사랑'이라는 이데올로기가 있었던 듯도 싶다. 바로 이 '여성의 사랑'이, 詩에 있어서의 서정성 같은 것이어서, 야만성, 폭력성을 文化화해 온 鍊金液이었던 것. 사랑의 힘은 그런 것이었던 게다. 이렇게 이해하다 보면, 읽혀지는 기사담은 모두, '여성 찬배'를 주제로 한 듯이도 여겨져, 여성주의의 승리의 개가를 불러도 좋을 성싶은데, 그러나 분명히 짚어져야 되는 것은, 당시의 '여성'들은, 남성 자신들의 야만성, 짐승적인 모든 것을 정당화하고, 변호하려는데, 하나의 숭고한 도구로써, 自請해, 남성들에 의해 이용되어졌었지나 않나 하는 점이다. 이것은 숙독을 요하는 대목이다. (패관의 의도와 달리, 앞부분, 곡해를 살 여지도 있겠다 싶어) 부연해두려는 것은, Arthurian Romance에 등장한 기사들의 '여성 숭배'는, 이 여성들은, 다름이 아니라, '삶과 죽음을 관장했던 옛 女神들의 人現[化身]들이라고 믿겨졌던 것과, (북구지방에서) 해[日]를 女性이라고 숭앙해왔던 풍속에서 비롯되었다'는 유력한 설이 받침하고 있으며, '여성=영토=지배권' 등이, 전설적으로 수용되어, Arthur 왕까지도, 왕비 Guinevere의 攝力下에 있었던 듯해도, 꽁생원 패관은 여전히, 男性에 대한 女性의 승리는, '自然에 대한 詩的 抒情性'이라는 그것에 있으며, '支配權' 같은 것에 있는 것이 아니라는 졸견을 고수하고 있다. '자연에 대한 서정성'이라는 것에다 땀내를 묻히기로 한다면, (Arthurian Romance에 나오는) 그것은 '女性의 情 있는 가랑이(the friendship of her tighs, ─이는 마침내, Royal Prostitute에로까지 발전했던 모양이었다. 이 娼女들이 그 요니 속에다, 왕들을 가둬버린다. 하기는 大地란 娼女인 支配者이다)'와 유사한 것으로써, 그 '후한 요니' 속에 들기로써, '짐승'에 가까운 것들이 '사람, 또는 사내'가 되어 다시 태어나는 것이라는 것이 관찰되어져야 할 것이다. (이런 얘기는 拙作「小說法」의 '承' 章에로 이어진다) 그래서 어머니의 허벅지 가운데는, '再生의 샘'이 있고, 女性의 그것에는, 조야한 질료의 변질을 돕는 '鍊金 솥'이 있다고 해얄 것이다. 거기 여성의 受容性이 찬양되어질 자리가 있다. 이것이 거추장스러운 비계를 제거한 뒤, 뻘겋게 남은, 오로지 女性과, 오로지 男性이 마주쳤을 때, 일어날 수 있는, 땀의 거품이 이는 현상에 대한, 정직한 얘기가 될 것이다. (그리고도 여분의 곡해가 있다면, 권고하거니와, 그건 겨울 베짱이 공양용으로 쌓아두려마. 咄, 小說하기의 雜스러움!)

5 ‘谷神不死, 是謂玄牝’(『老子』제6장)이라는, 老子의 道說이 稗官을 찌럭대 온
다. 그러던 중 이대로 두었다가는, 저 잡년 등쌀에 죽지 못 살겠다 싶어, 장도
를 꼬나들고 한달음에 내달았던바, 그 갑(甲)에는 이미, 다른 장도가 찔려 있
음을 발견하고, 本處容 넘세스러 노래했더라. 그래서 다시 본즉, ‘谷神’은 ‘골
짜기神’이라는, 한 陰神이 아니라, ‘谷=凹’과 ‘神=凸’의 野合으로 이뤄진, 한
마리 괄태충이던 것이었던 것. 거기 그것들[凹凸=陰陽] 간의 內緣의 비밀이
있던 것이다. 그것까지는 좋았는데, 그리고 나자 이번에는 ‘玄牝’이라는 것이
난제로 가로막고 있던 것이었는데, 이년 또한 한 장도에 비히려 내달다, 패관
은 한 번 더 처용의 노래를 부르지 않으면 안 되게 되었던바, 이 또한 암수일
신의 괄태충이던 것을 알게 된 까닭이다. ‘玄牝’ 또한, 기존의 해석대로, ‘신비
한[玄] 암컷[牝]’ 또는 ‘검은[玄] 암컷[牝]’이기보다는, ‘하늘빛[玄] 과 암컷
[牝]’, 즉 ‘하늘빛=凸=陽’, ‘암컷=凹=陰’이라는, 天·地간의 내연의 관계가 있
던 것이더라. 이런 눈으로 보면, 그다음의 ‘玄牝之門, 是謂天地根’의, ‘門’과
‘根’이 동일시되더라는 것도, 부연해둘 필요가 있을 듯하다. 老子는 그래서, 일
견 ‘陰’을 천지의 원리로 보는 듯했음에도, 그실은 ‘陰陽’을 그것이라고 본 것으
로 이해된다. ‘門’과 ‘根’은 性別상의 다름을 감안하고서도, 같은 것임으로, ‘門’
만을 내세워 말하기로 하면, 이는 ‘始前/始後’의 한가운데 있는 것으로써, ‘時
中/所中’이라고 이를 수 있을 테다. 이 ‘門’을 나서는 것은 ‘有爲’(Saṃskrita, 또
는, Praviritti, Skt.)며, 뒤로 사리는 것은 ‘無爲’(Asaṃskrita, 또는 Nivritti, Skt.)
이다. 이 ‘門’이 모든 ‘增加/逆增加’를 저울질할 것이어서, ‘易’이라고 이를 수
있을 것인데, 그래서 그것이 ‘天地之根’이랄 것이다. 보태 부연해둘 것은, 稗
官은, 모기 몸에, 몽상과 상상력이라는 독수리 날개를 달고 있는 자며, 學工은,
그의 學尺에 의해 뿔을 뽑힌 황소라는 (이렇게 말해도, 혼나지 않을까?) 것쯤
일게다. 고로, 패관이 억지를 부리고 있다면, 한 수 베풂을 인색해하지 말지어
다. 헤[喝] 헤헤— (呮, 小說하기의 雜스러움!)

6 패관의 소신엔, ‘시동’이가, 탐색에 오르며, 그 목적과 대의를, 그이[魚夫王]를
위해 세웠던, 그의 성주는, ‘時間’의 한가운데, 다시 말하면 ‘時中’에 유폐되고,
그의 성주의 侍童은, (‘時間과 空間’이랄 때의 그) ‘空間’(이를 ‘場所’라고 번안
한다 해도 무리는 없을 테다)에, 다시 말하면 ‘所中’에 갇힌 듯하다. 이 ‘時中’과
‘所中’은, ‘가르바’(Garbha, Skt., D. T. 스즈키에 의하면, 中原 번역자들이 저것
을, 이상스레 ‘藏’이라고 번역했으나, 예를 들면 ‘如來藏’ 따위, 그 원의는 ‘胎’
라고 한다)라고도 이를 그런 것인데, 그래서 그것은 ‘胎’임과 동시에 ‘骸骨’이
라고, 그 양자가 하나로 나타난 것이라고 주장한다 해도, 종교적·문학적 상상

력 속에서는 틀릴 성부르지 않다. '胎'는 그 자체가 그것인 대로, 같은 것의 '女性'적 국면을 담당하고, 그렇다면 '骸骨'은, '男性的' 국면을 담당하는 것일 것. 여기, 밝은 달 아래 나서, 처용이 노래[心經] 한 자리 불러 젖힐 곡절이 있다. (노래 가사까지 읊어주랴? 咄, 小說하기의 雜스러움!)

7 "Munsalvaesche is not accustomed to let anyone come so near unless he were ready to face perilous strife or make the atonment which outside this forest is known as Death." (*Parzival*) 咄, 小說하기의 雜스러움!

8 ㄱ. 연금술사들의 '현자의 돌' 만들기의 도식에 이런 게 있다고, 주워들었다. '먼저 원을 만든 뒤, 사각을 내접하라. 그 사각 속에는 삼각을, 그리고 다시 원을 만들면, 현자의 돌이 나타날 것이다.'

　　ㄴ. 티베트의 詩聖 밀라레파의 先祖師 나로파가, (그의 스승) 티로파의 명에 좇아, 만들어 바친 만달라가, 대략 저런 꼴이었는데, 티로파 가라사대, "[……] 너의 머리통을 잘라서는 한가운데 놓아두고, 그리고 너의 팔과 다리들을 둘러, 둥글게 배치할지어다." (咄, 小說하기의 雜스러움!)

　　[헤헤, 애보다 배꼽이 더 커졌구나. 앞서 궁시렁거린, 화롯가의 노파의 이 빠진 소리 따위를 '얘기', 시쳇말로 이르는 '小說'이라고 이르는 듯하되, 무엇이든 다 주워 담을 수 있으리라 여겼던 그 바구니까지도, 결국은, 담을 수 있는 말[言語]의 한계가 있다는 말이겠냐, 무엇이겠냐? 까닭에 매우 빙충스레, 뱀에 대해 다리까지 그려 붙여놓고, 한다는 소리는, 이런 잡스런 그림을 두고 환쟁이는, 雜畵, 또는 幻畵(추상화의 어떤 것도 이 범주일게나?)라고 이르고, 稗說公은, 한마디로 '잡소리'라고 이른다고 이르며, 수염을 쓰다듬어 내린다. 허긴 그래서 보니, 잡(雜)것이 되었든 말았든, 이 바구니는 전도 밑도 없어 보인다. 환쟁이는 그리고, 그대 마음속의 '바르도'로 내려가 보라, 그러면 그대, 그 곳은 이런 雜幻으로 빼꼭 넘쳐나고 있음을 알게 될 것이어늘……, 잡소리꾼은 또, 우주를 마음이라는 한 보자기에 싸려 들면, 별수 없이 저렇게 잡스러워진다고, 野狐가 獅子吼 하는다. 아기야, 배꼽 펴려려라, 그 배 타고 고기잡이 가잤세라, 어사와.]

小說法

1 이 'Sleeping Beauty—Valkyrie(Brynhild)'는, 스칸디나비아 사람들의 *The Volsunga Saga* 속에, 깊이 잠들어 있는데, 그 얘기를 들려주거나, 듣는 이들,

저 용감한 Sigurd(Siegfried)들에 의해 잠을 깨인다. *The Nibelungenlied* 속의 'Brunhild'와 異名同人이라고 하나, 이 무용담에는, ─그것이 기독교인들의 정서에 맞지 안 해서였든 어쨌든, ─이 부분의 얘기가 누락되어 있음을, 아는 이는 아는 바대로이다. Valkyrie는 Odin 神의 女戰士였더니, Hjalmgunnar 왕과 Agnar 왕이 치열하게 싸우고 있는 중, Odin이 그 승리를 약속했던 前者를 상하게 한 과오를 범한 것인데, 그 죄로 오딘이 잠재우는 가시로 그녀를 찔러 깊이 재우고, 불의 울타리를 둘러쳐 뒀더라는 것이다. (이래서야 원, 토끼 따위나 잡는 시골 사냥꾼으로서야, 그 울타리를 건너다볼 생념이기라도 했겠느냐, 마는, 이는 'Saga'이고, 패관은 'Fairy Tale'를 빌리고 있는 중이거니. 마는, 그것에도 原型이라는 게 있다면, 그것을 두고 어찌 개 바위 보듯 하고 말 일이겠는가, 오줌이라도 한번 갈겨주고는 봐야잖겠는가) 그녀를, 그 동지도 깊고 섣달도 깊은, 깊디깊은 그 잠에서 깨워, 불의 울타리 밖으로 구해낸 자가 Sigurd였다는 얘기.

그런데 이 異端의 발퀴리가, 항간정서의 그늘진 데서, '블랙 마돈나'와 유사성을 갖는 듯이 패관이 雜見을 피력한 것은, 다름이 아니라, 발퀴리를 武勇談的, 民譚的, 童話的, 異端的, 무슨的, 的的으로 환치하고 보았을 때, 그런 妄想 내지 拙想이 든 까닭인데, 그것[聖杯]의 의미나 상징성 따위의 범위를 확대키로 하면, 그래서는 그것을 타는 불의 울타리 속에서 구해내 오기로 하면, 그 짓이란 이단이며, 또한 雜想이기 때문에, 이 사이비 지그프리드를, 산 채 불에 끄슬리기라도 해야 될 일인가? 이건 일견, 씨먹지 않은 우스꽝스러운 얘긴데다, 역설일 뿐만 아니라, 독단적이며, 聖家俗의 모독이라고 매도되어질 수 있는 소지가 다분한 얘기가 될 성도 부르지만, 시절 돼오고 가는 것을 살펴보면, 특히 이 경우(발퀴리=聖杯)의 (앞으로 얘기될) 이런 노력은, 女性들에 의해서 보다, 오히려 男性 자신들에 의해서 치러지는, 잃어진 母系社會에의 탐색, 또는 복구의 얘기로 들리는데, 저녁 식탁을 둘러앉은 '난쟁이들과 백설 공주'네 가정일 돼가는 데서, 그것의 具現의 한 전형이 보인다. 이 '백설 공주' 또한, '잠자는 발퀴리'의 한 轉身이라는 것 짚어내기는, 그렇게 어렵지 않을 테다. 저 '공주'가, 어느 먼 나라에서 온 '왕자'와 눈 맞아, 바람나고 집 나가버린 뒤, (神話는 이를, 오딘이 잠 오게 하는 매직 가시로 이 공주를 찔러 재웠다, 고 풀어내지만, 이는 男根主義의 승리, 즉슨 父家長 제도 같은 것을, 은유법으로 드러낸 것은 아니었겠는가?) 저 '난쟁이'의 비극은 시작되었을 것인데, 하는 말로는, 남자치고 완벽하게 성숙한 것 찾기는, 수메루山 다 기어올라 새 되어 날려는 물고기 찾기만큼이나 어렵다고 이르거니, '난쟁이'란 그렇다면, 그 덩치의 크기와 상관없이, 자라지 못한 저것들에 대한 익명 같은 것은 아니겠는가. 저것들은, 백설 공주 없이는 못 살겠어서, 그 치마폭에 싸이기를 바라, 속으로 밤낮없이 징징 짜대며, 사립짝 밖에다 눈을 보내고 한다. 이 '어느 먼 나라의 왕자'란 그리고 저것들의 '아버지'는 아니겠는가? 그리고도 이 '아버지'는, 예의 저 '공주'와 결혼한 뒤, 저 난쟁이들 둘러앉은 그 식탁의 한 자리를 차지해버린 것은 아니었던가? 문제는 그런데, 왜냐하면 이 '공주'가 시집을 가버렸기의 까닭으로, 그 식탁에 不在라는데 있음인 것. 이 공주는 어디선가, 불의 울타리 가운데서 깊이 자고 있겠지맹. (흐흐흐, 이건, 어느 놈이 물어온 살무사의 송장을 議題 삼아 하는, 까마귀들의 회의장보다 어지러웠으면 어지러웠지 못 할 리 없어 뵌다) 그렇다고 해서 꼭히 '母姐 복합증'(Mother Complex)의 까닭만도 아닌 듯함에도, 이 난쟁이들은, (저를 재워놓고 밭일 나간 어미가 돌아오기 전에 깨인 애새끼모양) 뭘 보채싼다는 데 난제가 있다. 女性과의 관계에서, '去勢 복합증'(Castration Complex, K. Horney)이라는 게 있다는 얘긴데, 반대로 그러면, 男性과의 관계에선, '突出 복합증' 또는 '突出 공포증' 같은 것이 설정되어지는 것은 틀리지 않을 성부르다. (학문하는 이들이 어찌, 그런 문제인들 천착해보려 하잖았겠는가, 마는, 패관의 짧은 귀는, 아직 거기까지 미치지를 못하고 있다) 그 꼿에서는, 性別이 문제가 되는 것은 아니겠으나, 패관은, 『주검의 冊』을 통해, 바르도에 처한 念態들께는, 심한 '돌출 공포증'이 있다는 것을 배웠는데, 逆바르도에서는 특히 男性들에게 그것이 강한 것이나 아닌가, 하는 소견이 있다. '거세 복합증'에 역대하는 '돌출 복합증', '돌출해 있음'이 장점이며 미덕이라고 믿는 풍속은 아마도, 오딘이 발퀴리를 잠재운 뒤, 새로 시작된, 남근주의자들의 폭력적 복음일 테다. 갓 태어나, 사내도 계집애도 아닌 것들은 아직 그것을 모를 뿐인데, 자라는 동안, 사내애들이, 곧장 제 놈의 잠지를 비틀거나 꼬집어 뜯거나, 아무튼 그것과 더불어 장난하는 것을 관찰한 어르신들께옵서는, 그 짓이란 '리비도'(Libido)의 발로라는 투로 이해해내는 듯하지만, (一理, 五理, 十理, 가 없는 물씀은 아니어서, 패관도 一分, 五分, 十分, 동의하는 바이지만) 패관께 믿기어지기엔, 아직 그것은 그냥 尿道며, 性器랄 것도 못되는 것이 아닌가, 그러니 저 어르신들이 좀 너무 성급히 나아간 것이 아닌가, 하는 우문이 있다. 패관 자신도, 그 단계를 겪어 자랐다 늙었음에도, 알 수가 없다는 것은, 참으로 이상하고도 '웃기는' 얘기지만, 그러니 추측이랄 것에 의존할 수밖에 없지만, 녀석들께는 그 '돌출'이 꽤 거추장스러운 것이었을지도 모를 일. 그렇다면, 사내애들이 저 '돌출'을 개의해쌓기는, 리비도도 리비도겠으나, 다른 한편에선, 그것을 감춰 넣거나, 무엇에 싸여지기를 바라는 무의식적 행동이라고 볼 수는 없겠는가? 逆거세 복합증의 한 발로? 이 일점에서는, 리비도와 폭 쌓여 들기가 일원화하는 것을 관찰할 수 있기는 하다. 그래서 정리해 보기로 하면, 이 '돌출'이 加虐性을 드러낼 때 '리비도'화하고, 被虐性에 제휴하면, 바르도에 처한 '念態'性을 드러내, 어디 구멍 진 데로, 포근한 데로, 숨어 들고 싶어하는지도 모르겠다는 생각이 있다. 어떤 사내애들은 나서기를 좋아하고, 어떤 애들은, 나서기가 싫거나 두렵거나, 자기를 드러내는 것이 수치스럽거나 하여, 수줍게 뒤사리기를 좋아하는데, 전자는 보다 더 가학 쪽으로 발전했으며, 후자는 피학 쪽이라고 말해도 될랑가 모르겠다. 아마도 그리고, 遺傳된 陰氣나, 새로 일어나는 暗氣 따위에 의해, 어느 시절엔, 전자가 보다 수가 많으며, 어느 시절엔 후자가 그러한 듯하다. '돌출'이 '수치'(부끄러움)의 감정을 일으키는 극명한 한 예는, 「꾀 벗은 황제」 얘기에 드러나 있어 뵌다. 그 얘기는, 주로 '풍자' 쪽에서만 해석되어져 온 듯한데, 패관께 읽혀진, 그 진의는, '황제의 돌출 공포증'에 있는 듯하다. 그는 아무리 두텁게 금의홍포에 입혀져 있었어도, 민중 앞에서면 노상 벌거벗고 서 있는 듯이, 자신을 잘 주체할 수가 없었던 황제였던 듯했다. 그래서 그는, 궁중 안의 넉넉한 푸근함 속에 쌓일 때만, 자기를 지킬 수 있었던 것이 분명하다. 앞서 궁시렁거린 바의, 이 '피학적 욕망'은, 사내애가 자라기에 좇아, 차차로 차차로 재 속 깊이 숨어드는, 화로 속의 불씨 같은 것이어서, 그 형태가 분명하게 드러나 보이는 법이란 잘 없는 듯한데, 그러나 이것이, 바로 저 사내애의 뒤통수 어디 주름 잡힌 그늘 속에 숨어 있으며, 그의 일생을 통해, 그의 의식/무의식의 어느 부분에 철샷줄을 매 놓고 있는 것이나 아닌가 하는 패견이 있다. 보다 더 가학 쪽으로 발전을 본 사내까지도, 크게든 작게든, 이것이 느린 철샷줄로부터 자유스럽지는 못하다는 데로까지 얘기를 진전시켜도 될랑가 모르겠다. (모른다고 숭푹을 떨 수밖에 없는 것이, 패관의 입장이 아니냐?) '리비도'에 관한 것은 『古今笑叢』이나 『변강쇠던』의 전 주제가 그것인즉, 더 보탤 말도 없겠으나, 그것의 반대되는 사내들의 '돌출 공포증, 또는 부끄러움증'은, '백설 공주'네 '난쟁이들'모양, 안으로 파 들어가는 숨은 욕망일 것인데, 좀 비약하기로 하면, 그것이 靈性을 띠었다고 할 때, 거기 (말씀의 우주의) '블랙 마돈나'가 그를 기다려 있을 것이며, 반드시 영성을 띠어 있는 것은 아니랄 때, 거기 (몸의 우주의) '발퀴리'가 '후한 요니'를 준비해 기다려 있다는 것이, 패견이다. 이 시절 돼오고 가는 것을 살펴볼작시면 그런데, 이 시절엔 예의 저 '발퀴리'가, 몇 수십 세기나 자 온 그 잠의 주술을 깨어, 오늘 새벽녘부터든가, 미음 들고 시선 들어, 사지에 활력을 키우고 있어 보인다. 저 난쟁이들의 식탁에 한동안 부재였던 백설 공주는, 그렇게 어떤 아버지께 유괴 납치되어, 어느 성 깊은데 잠들어왔던 것이었던 것을—. 그네가 자는 동안, 과장적으로 巨人 행세를 해왔던 난쟁이들이, 그리하여 그 치마폭에 싸이기 바라, 우 몰려든다. 여기, 폭력적 오딘 신으로부터 눈을 거둬, 싹싹한 인간 지그프리드에게로 향하기 시작한, '요카스테 병증' 같은 것이 진맥되어지기도 하는데, 저 잠 깨인 女戰士 발퀴리들이 그렇게 원함으로, 그네들의 식솔들 또한 그렇게 되어서라야만 그네들의 시선에 맞춰들 것이어서, ('興行'이라는 새 神들의 권세도 또한, 자기를 예배하는 신도의 수에 비례하는 것인 것!) 이 집안들의 사내들은, 특히 新사내들은, 어린애도 아니지만, 어른도 아니며, 여자는 분명 아닌데, '예쁘기'가 '꽃' 같아, (이런 귀여운 인쿠부스[incubus]가 아니면 요즘엔, 엔네들의 꿈을 보쌈하려 나설 생각조차 말아야 한다고들 한다. 그래서 그럴시라, 패관이 松窓에 앉아, 새벽닭 우는 소리나 처량스레 들어야 되는 데는 까닭이 있던 것을. 패관 같은 유물은, 찬탈당한, 또는 살해당한 아비들 중의 하나임을!) 못 살아, 못 살아, 어이구 조것 회 쳐 안 먹고는 못 살아! (허허허, 요 얼마 전, 수염 거칠게 달고 영계 보채쌓던 아버지들이 했던 소리를, 요즘엔, 턱 쪼가리 민틋하기가 대리석 같은 어머니들로부터 듣는단 말야. 여기, 뭔가가, 모르는 새 전도되어 있음일라!) 라는 신음을 내게 하는지라, 이를 색깔로 비유하면, 검지도 희지도 안 해, 그 중간 색깔이라고 해얄놨다. 하기사, 우리 동네 조 장사 같은, 더러운 수염에, 썩는 이빨과, 술에 헌 위장에서 풍겨내는 입내, 그뿐만도 아니어서, 정겨운 듯이 슬쩍 끌어안으려 하기만 해도, 갈비뼈를 서넛씩이나 족살 내는, 그런 숭한 멧돼지들 학정에 납작해진 밤을 새우느라, 몇 수십 세기의 남 몰래 흘리는 눈물을 흘려왔더냐? (이 한 문단의 主語는, 저 괄호 속 '턱 쪼가리 민틋하기가 대리석 같은 것을'에서 찾아야겠느니라) 창자가 웬수라서, 그 폭정 참느라, 얼마나 폭폭정이 치밀었더냐? 듣자니 헌데, 근래 '物質主義의 대왕'과 '興行'이라는, 변강쇠와 옹가년이 만나 흘레한 자리 흘린 정수에서, 蘭이 피듯, 한 怪有情이 나타났는데, 이는 가히, 新사내들의 한 典型이라고 할 만한 데다, 新계집들의 맞춤 dildo 같은 것이어서, 한세상이 깜박 넘어지고 있다는 풍문이 파다하더라. 앞서도 읊어낸 바 있지만, 이 유정은, 애도 아니고, 어른도 아니며, 남자도 아닌데 여자도 아니고, 검지도 않은데 희지도 안 해, (超人種도 있고, 終末人種도 있다는데) 中人種(은 왜 없겠는가?)의 한 표본이라는 것이다. 바로 이런 怪有情이, 우리 동네 조 장사들 안댁들의 꿈의 공알을 빼 가기는 물론, 주로 덜 자란 사내애들의 요도만을 똑똑 짤라 먹는다는 소문이 뒤따른다. (패견에는, Paedophilia[영계 탐혹]와 완숙[성숙]에의 꿈은, 역설적 욕망 같아 보이는데, 그럼에도 바로 저 Paedophilia의 까닭으로, 그것에 당하는 자가, 어른을 꿈꿔, '아이'를 정복하고 지배하려 하는, 숨은 의지를 드러내기도 할 것은 짐작된다. 거기서 어쩌면/분명히, 저 정신적 中人種이 나타나는 것일 게다. 아니 곧바로, 어른이라고 치고서, 어린애를 성적 대상으로 좋아하는 그 자체가 그것이다) 만약 '新典的 Fantasy'가 擬人化한다면, 바로 저런 모습을 띨 것이었다. —物學의 발전의 덕분이래야겠지만— 이제는 고전적 腕力이란, 한두 가지 변형된 모습을 제외하면, 쓸모없는 舊品이 되었거니, 그런 시절이 되어버린 것이라 말이심. '한두 가지 변형된 모습'이란, 전쟁이나 평화에 쓰여져 영웅을 만들었던 그 장본인이, '물질주의 대왕에 켄드리야와 興行이라는 이름의 女神'의 시녀 노릇에 들었다는 그 얘긴데, 그들의 제단은 (운동)경기장에 두고 있음은, 주지하는 바대로이다. 구시절 영웅의 첫째 조건이었던 그 '완력'이, 그렇게 상품화하여, 비싼 값에도 헐값에도 팔리기 시작한 것인데, 그러자니 난쟁이들도, 그 값을 지불하기만 하면, 저들의 '완력'을 분배받을 수 있게 된 것인 것. 외견상 이는, 꽤 쓸 만한 세상이 도래한 듯해 보이기는 한다. 그리하여 나타난, 新사내들과 더불어서는, 글쎄 백설 공주네 家事가 그러잖은가 베, '완력' 대신, 실제적 일상적 삶에 그 세근을 뻗는, '牝力'이랄 것을 고려해보게 한다. '완력'이 '빈력'을 수단으로 삼았었을 때는, 이 '牝'(yoni)은, 사내들의 獸皮를 녹이거나, 썩히는 styx물이었으나, 반대로 '완력'이 '빈력'에 수용되어지기를 바라면, 저 '牝'은, (그 샘물에 몸 잠갔다 일어서기로 兩性을 구비케 된다는) Salmacis로 변하는 것을 보아내게 된다. '블랙 마돈나'와 '발퀴리'라는, 두 女性의 原型은 그렇게 이해되어진다. 아으 그럼에도, 누가 예언자적, 남근주의적 음성이라도 꾸미려면 몰라도, 그러려 하지 않는다면, 더 말하려 하지 않음이, 당대까지 쳐져 남은, 구질구질한 구시대 遺物의 미덕이 될 것이다. 저 잠든 발퀴리를 불 가운데서 빼내온 지그프리드도 사실은, 구시대의 유물이 된 바로 이 자들이기 때문인데, 어쩌면 그때, 발퀴리를 깨운다며, 이 지그프리드가, 발퀴리의 잠에 대신 들씌워졌었을 수도 있다. 이제는 그러면 누가, 이 잠 속으로 깊이깊이 가라앉아 들고 있는, 이 왕자를 깨우러, 그 고된 탐색의 길에 오르겠는가? 발퀴리 자신일 것인가? 그것은 알 수가 없을 뿐이다. 마는, '易'이라는 천평칭은, 저렇게 우주의 균형을 유지하는 것인 게다. '自然'이, 個人이나 集團의 '自我'의 자리를 차지해 있는 한, 우주 간 무엇 하나도 아무 데로도 가지 못하고[無爲], 제자리에서 서성거리기[有爲]만 하는 것인 것을! [앞서 '牝 Yoni'에 관한 애기가 되었으므로 해서 말이지만, 이 아닌 자리에다, 봉창에 가래침 바른 주먹 찌르기로 하여, 밝혀뒀으면 하는 것이 있는데, 本稗官의 拙著『神을 죽인 자의 행로는 쓸쓸했도다』속의, '뇨절'

이라는 단어는, 모두 '요니'로 바꿔 읽어야 될 것들이라는 것이다. 그런 誤記가 어떻게 해서 일어날 수 있었는지, 아무도 설명할 수 없는 것이, 그리고도 탈이다. 구차하구나]

2   李文求의『관촌수필』을 아직 섭력해보지 않은 선남자 선여자들을 위해, 패관이 대략의 내용을 간추려 보기로 하자면, '고'씨 성을 가진 한 일꾼이, 洋人의 똥은 필시 다를 뿐만 아니라, 좋을 것이라고 하여, 그 맛을 보았다는 얘긴데, 우리네 토종 犬公의 대명사는 똥 먹는 '워리'듯이, 洋種 毒狗(dog)의 그것은 '쎄빠또'(shepherd)임으로, 이후 이 특정한 '고'씨의 동료들은, 그를 '고빠또, 즉 고씨 성 가진 쎄빠또'라 칭했더라는 얘기다. 패관의 소견엔, 이 '고빠또'란, 그냥 하나의 흥미 있는 펀(pun)이나 유머의 모습을 띤, 무서운 풍자이기뿐만 아니라, 그 형태나 이름은 다를 수 있었다 해도, 물질적일 뿐만 아니라, ('宗敎'라기보다는 '倫理'인 것을, 종교인 듯 너무 오래 숭상해온 결과) 정신적으로도 빈곤에 허덕여, 저들의 시뇨(屎尿)라도 먹고 마셔서, 허덕임을 면해보려는 이들께, 무시로 출몰해, 빨기는 이들의 피를 빨아, 먹이기는 자기들의 시뇨를 먹이는, 어떤 종류의 아름다운 흡혈귀들에게 목덜미의 대정맥을 기꺼이 내맡기는 이들을 지칭하기도 했었을 것으로 여겨진다. 이를 '고빠또 콤플렉스'라고 이를 수 있을 듯한데, 그것은 어떤 특성을 가지며, 실제적으론 어떻게 발로되느냐, 는 문제는, 그러나 말하려 하지 않음만 못 하리라.

3   ㄱ. 속이 깊은 독자는, 이것을 두고, 어쩌면 이 줍쇼리쟁이는, Xenophrenia라고 이르는, (사람의) 심리적 어떤 한 현상에 관해서 말이 하고 싶은 게 아닌가, 라고, 고개를 갸웃거릴 수도 있을 듯하다. Xenophrenia에 대한 어휘 사전적 풀이대로 하면 '……일상적 정상적 의식이, 잠정적으로 환치되거나, 休止 상태에 들기에 따라, 異種의 인식이 續發하는 상태……, 의식과 무의식 사이의 경계가 무너나고, 무의식 속에 있던 것들이 의식 속으로 걸러 드는 상태……'(B. Walker)라는 식으로 되어 있는데, 그것은 Yogi들이 이르는 Samadhi(三昧)와 상통한 상태라기도 한다. '사마디'라고 할 때는, 그것은 매우 종교적 체험일 것이 짚이는데, 그렇다는 경우는, 그 상태에 든 자가, 어떤 종교를 신봉, 또는 수행하느냐에 좇아, 그 경험의 내용도 달라질 것이 추측된다. 어휘 사전적 풀이대로 좇는다면, 저것이 어떤 '절대적 경지'라는 뜻을 드러내 보이고 있는 듯하지 안 해서 말인데, 그것에도 그렇다면 肯·否 두 국면이 있을 수 있는 게 아닌가, 하는 의문이 있다. '종교적 체험'이라는 의미에서 말이지만, 그것의 肯定的 국면에서 '禪'과, 그 반대의 경우로써 '巫'를 예로 든다면, 저 상태에 든 정신이, 苦行을 통해 닦아온 能動力에 의해, 자기의 의식/무의식의 확산·확대를 원심력적으로

행했다는 경우는(explode), '한 마음의 우주화'에의 체험을 하게 되었을지도 모르는데, 그것을 '禪'이라고 이를 수 있는 것이 아닌가 하고, 반대로, 그 상태에 처한 정신이 受動的으로, 그러니 그 자신도 어거할 수 없는, 자신 속의 어떤 推動力에 의해, 자기 의식/무의식에로의 구심력적 확대·확산(implode)의 체험을 하기 시작했다면, 거기서 그는, '사지가 절단되고, 염통이 뽑힐 뿐 아니라, 골을 핥이는', '巫病'이라고 이르는, 그 병을, 심하게나, 매우 약하게 앓았을 것이 짐작된다. 그의 의식/무의식 간의 균열을 통해, '좀비'(Zombi)가 쳐들었을 것인데, 이는, 산 육신 속으로 넘쳐든 '바르도'가 아닌가, 하는 것이 稗見이다. 散文도 포함해야 되는지, 어쩌는지, 현재로써는 좀 아리숭하지만, 詩나, 音樂, 美術 등, 宗敎 밖에서 창작행위를 하는 이들의 작업들에서, 패관은 간혹, 그런 상태에 처한 정신을 얼핏얼핏 감지하기는 하지만, (稗官流의 알량한) '散文'에 관심을 기울여온 패관으로써는, 그렇기도(얼마쯤 그 상태에 처하기도), 그렇지 않기도(그냥 窺視만을 즐기기도) 하다는, '아리숭'한 대답밖에 할 수 없는 것이 탈이다. 투박하게 말하기로 하여 말하면, 말의 귀 맞추기에 악전고투를 해야 되는 산문꾼이, 그 상태에 들어 뭔가를 읊어내려 한다면, 알 수 없는 방언(方言) 나부렁이나 아닐라는가? 몰라. 산문꾼은, 말[言語]의 의식적 국면뿐만 아니라, 무의식적 국면도 잘 어거하기로서, 다른 이야 뭐라 든, 그 자신만이라도, 수긍할 수 있는 소리를 읊어내는 것으로 알고 있지만, 주목을 요하는 것은, 말의 무의식적 국면(동화적 어휘로는 잠자는 공주)이라는 부분일 게다. 산문꾼도 포함한, 모든 창조적 정신은, 이 비밀의 방문을 열고 들여다볼 수 있는 능력을 개발해 갖출 때, 그 제작된 것의 뿌리 밑에, 깊이의 무저갱을 열어놓을 수 있기는 할 테다. 그 안에 든 정신은, 또는 그것에 먹힌 정신은, 시퍼런 의식에 의해 통제되지 않을 때, 부정적 의미에 있어서의 Xenophrenia에 빠져들기 쉬운 듯하다. 狂氣의 三頭毒狗(Cerberus)가 거기서, 그의 정신을 찢어발기고, 피를 핥으며, 골을 빨 것이다. 그 머리 하나는 Eros며, 다른 하나는 Thanatos, 그리고 가운데 것은 그 속에 떨어져 든, 그 당자의 것인 것. 바로 여기서, 모든 종류의 악몽·악환·시퍼런 色鬼들이 일어날 것이다. 바르도의 험난함이 그것일 테다. 거기, 바르도의 逆바르도에로의 해일이 있게 되는 것일 것인데, 그것이 성숙한, 中道的 의식에 의해 어거되지 못할 때, 그것을 통해 뭔가를 제작해낸 이나, 그 제작된 것을 접하는 이나, 양쪽을 다 곪겨, 미숙한 아이에 머물게 하거나, 나찰化할 위험이 있다. 그래서 패관은, 우리들의 저 잠든 공주의 비옥한 자궁의 그리움의 까닭으로, 그것 속으로 떨어져 드는 한 방울의 정수이기보다는, 그네의 잠을 교란한 뒤, 바짓가랑이를 추스르며, 뜻을 알 수 없는 괴이쩍은 웃음으로 그녀를 내려다보는, 사냥꾼이기를 바란다. 산문꾼이기를 고집한다.

ㄴ. 비일상적인 재료를 다루는, 모든 범주의 인간의 思考行爲에는, 그 줄기가 결단코 하나일 수만은 없다는 것은, 너무도 자명한 얘기. Fantasy를 다루는 예술인들, 그것이 다르겠는가? 어쩌면 보다 더 그 줄기가 많을 뿐만 아니라, 맺는 열매도 더 다양할지 모른다. 瞎榜稗官을 두고서는, 명민하다거나 지혜스럽다는 투의 표현은, 염소 발에 신긴 비단 舞鞋 같은 것이기는 하나 (예의 저 무혜를 신고, 거드럭거리며 『백조의 호수』의 백조의 흉내를 내는 히히히, 두 뒷발로 선 저 검은 염소를 상상해보게람!) 그렇다고 해도, 큰 나무 하나면 한 숲을 이룬다고 생각하기까지는 아니다. 그러면서도 패관은, 그 한 숲에서, 유독 어떤 한 나무를 가리켜 보이며, 한 숲을 말해온 듯한데, 이런 경우는, 그런 얘기를 듣는 쪽의 명민함과 지혜가 보태져야 할 것으로 안다.

ㄷ. '인류의 역사'보다 '생명의 역사'는, 헤아릴 수 없이 더 길었다고, 자이나 經典은 밝히고 있다. 'illo tempore'[起]는 인류의 역사와 관계된 序頭일 것이어서, 起後는 짧되, 起前은 길고, 그래서 起前을 내포한 '起'는, 생명의 역사상 가장 긴 한 시대인 것. 즙쇼릿꾼의 '人類史 槪觀'은 그렇게 쓰여졌는도다. 하다고 하나, 더 내려다볼 미래도 없는, 고갯마루 내린 지도 '어언 몇 성상이 흘렀으니', 이제도 雜說꾼이, 좌중 누구의 핀잔이 두려워, 그들 귀에 솔깃한 얘기나 씨불이겠는가? 雜說의 성격이 그렇잖은가 베? 들어볼 인내심이 있는 자는 들어볼 일이고, 그렇잖거든, 귀를 번거럽게 할 필요는 없음일라. 뭣 때문에, 나나니벌 같은 것을 귓속에 넣고, 그로 인해 번열에 주리를 틀 일이겠는가? 마는, 본 雜說꾼이 두려워하는 것은, 공들이, 귓속에 넣은 나나니벌의 까닭으로, 양털이나 잔디가 자라는 소리 같은 것을 듣게 되며, 바람이나 숲의 요정 따위를 보게 되어, 행여나 미친놈이라는 소리라도 들을까 하는 그것이거니—. 목도 컬컬하니, 술 한잔 부어라, 꾹꾹 눌러 잔이 터지게 채우게라!

4 'Only don't know'라니? 건 어떤 자리에 써먹는 詩 한 首인고? 패관은 견문이 좁아, 오백나한을 거느려, 그들의 五百間 千間에 일일이 답해 지혜롭게 한, 석가모니나, 연화존자, 용수보살 등이, 아직 대가리가 덜 익은 아손들에게, 저런 詩 한 수를 읊어주었더라는 소리는 들어본 적이 없어 말인데, 그런즉 뭘 모르겠는 자가, 어쩐다고 중생교화에 나서, 법석 펴진 자리에 마다 'Only don't know'라고 야단스레 法舌을 빼 느려, 에린 法蛙들을 냉큼냉큼 삼켜 넣을 일이겠는가? 누가 저렇게 法說을 폈다 해서, 진짜로 뭘 몰라서 모른다고 했어야 말이지? 禪法이란, 분석하거나, 정의하려 하거나, 해석하려 해서는, 언어의 流砂坑에 빠져드는 것을! 함에도, 이 수상한 公案은, 예를 들면, '개는 불성이 없다',

‘은기에 담은 흰 눈’ 따위와, 전혀 성격을 달리해 있어, 그건 쪼아주기가 못 돼 보이는 것이 문제다. ‘Only don't know’는, 俱胝의 ‘손가락’과 같은 것이, 입술에 걸린 것인데, 구지는 ‘손가락’으로 자기의 무지(無知, only don't know)를 감췄음에 반해, 후자는, 역설적이게도, ‘무지를 발설해’버리기에 의해 무지를 감춘 경우는 아니겠는가? 뒤집어서 말이지만, 구지가 자기의 동자에 의해 손가락이 잘리고 난 뒤, 空을 보았던 것모양, 도류도 ‘Only don't know’ 속에서 無明指를 잘라내 버리는 것이 권고된다. 그러면 ‘Only know’가 보인다. 空과 지혜가 그렇게 같거니. 그리고도, ‘敎化하기’와 ‘頓悟를 성취케 하기’는, 그 품종이 다른데, 교화해야 할 心田에다, 돈오의 씨앗을 뿌리려 해서는, 失農밖에 더 기대될 것이 없거늘. 道流는, 弄鳥질 한 번도 해본 적이 없다는가? 고추가 어디 그 꽃부터 맵던가? 문지르기라는, 그 아픈 漸修를 통해, 방출이라는 돈오가 성취되는 것. 소야말로 보디사트바 중 으뜸으로 치는 有情이되, 얼마나 많은 소들이, 귀를 떠, ‘Only don't know!’ 한 소리에, 독수리 돼 날아오르겠는가? 억조의 소들 중에, 혹간 한둘이 날아오른다 해도, 한둘 모자라는 그 나머지 억조창생은 어쩌라는 말이냐? ‘마음[心]의 본디 모습’(性─이는 ‘自然’과 億尺으로 다르다)을 보는[見], 법[禪]으로 설해졌다고 믿기어지는 『랑카바타라』와, ‘그것까지도 비었다[空]’고 설해졌던 『프라냐파라미타』가, 달마보디의 가까운 아손들에 의해, 어느 일점에서(란, 申秀와 慧能의 偈頌에 명약관화하게 드러나 있다) 겹쳐졌거나, 야합하기에 의해, 그 법이 활발하게 펼쳐졌던 초기에, 돌림병적으로 ‘公案’이나 ‘話頭’ 따위가 제창되어졌던 듯한데, 패관의 작은 눈에는, 양자는 얼핏 비슷해 보여도, 한 마리 ‘개구리의 두 뿔’ 같은 것으로 여겨진다. (여기서 새로 ‘개구리’의 상징이 풀려져야 할 듯한데, 이는 此岸과 彼岸 사이의 존재라는 뜻인 것이라고 알아라) 하나는 상스크리타[有爲]에서 아상스크리타[無爲]에 닿고, 하나는 상스크리타 자체도 비인 것[空]이어서, 아상스크리타가 운위되어질 여지조차 보이지 않는데, (패관이 지금 느닷없는[頓] 無極大道를 깨우친[悟] 것인가?) 그렇다면, 그 둘이 어떻게 겹치거나, 야합할 수 있겠는가? 전자는 그럼으로, 종교적 ‘수행’의 주제가 될 수 있겠음에 반해, 후자는 꼭히 종교적이어야 할 필요는 없는, 고차적 ‘사고’의 대상이 될 수는 있겠다. 저 두 뿔을, 무리하게 휘어 합치려 할 때, ‘佛이란 서근의 삼[麻三斤]’이라고, 니고다 쪽이든, 판켄드리야 너머 쪽의 수사학이 도입되는 것일 것이다. 그러며 無識한 頓悟가 설해진다. 有識하다는 것은, 무극대도에로의, 차라리 장애가 된다는 투의, 설법도 있음인 것. 허긴 여기, 패관 같은 無知의 우민을 위한 위대한 희망이 보이기도 한다. ‘禪이 무엇이냐?’고 누가 물을 양이면,

그건 매일매일의 삶, 즉슨 '살기 자체'라는 말도 있고, 또 뭐라는 소리도 있어, 오늘날엔 귀가 여간만 포식을 하지 않는다. 그래서 그것은 사실로 그런가? 禪의 역사도 그렇게 짧다고만 할 수는 없음에도, 그리고 성공적인 종교는 그 슬하에, 수행자나 신도를 많이 거느린다는 俗見도 있어 말인데, 그것[禪]은, 그것의(사실이 무엇이) 기능(인지도 모르겠으나)을 충분히 다 해오고 있다고 믿어도 좋은가? 해왔다면, (예를 들면, 기독의 출현 이후, 응달에 있던 '來世'가 양지쪽으로 옮겨온 것처럼) 그것이 시작된 이후, 세상은 어떻게 변해왔는가. 그것이 무명중생께 무슨 희망을/희망 없음을 주어왔는가―그것이 셈 되어져야 될 때쯤에 온 것일 것이다. 그 門에서 聖法으로 치는 『無門關』이나, 『碧巖錄』은, (한 수도꾼이 九生十生을 걸려 十萬讀을 해보았어도, 그 글자들만 입술에 걸려 있고, 뜻은 통해지지 않는다는)『心經』과도 다른데, 『心經』은, 판켄드리야가 도달해야 되는, 진화의 최정점을 보여주는 법일 것이어서, 거기까지 진화를 성취해놓고 있지 못하는 정신에 대해서는, 그 뜻이 통하지 못할 것은 당연한 것일 것이나, 예 든 저 두 禪經들도, 그런 法을 內藏하고 있는 것들이라는 데는, 쉽게 수긍할 수가 없는 데에 문제가 있어 뵌다. [瞎榜이 이런 투의 어휘를 쓴 것은, 수드라가 어디서 훔친 새 신발을 신고, 거드럭거리며 장통으로 나아가기 같겠지만, 그렇게 우습꽝스럽기를 자초하기로 하여, 學門에서 그 어휘들을 빌려 오기로 하면] 禪經들은, '意味論的'으로 주어진 것이기보다, 저 극난한 『心經』에 속[頓]히 도달케 하기 위한 '방법론'으로 주어진 것이라는 것쯤도, 패관도 눈치채지 못한 것은 아니다. 패관께 짚이는 禪의 난제는 여기에 있어 뵌다. 『능가경』에는 물론, 앞서 말한 바 있지만 속한[頓] 깨우침[悟]을 위해선, 지식이 도움이 되기보다는, 차라리 장애가 될 수 있다는 투의 설법이 있는 듯하되, 그것은 분명히, 이전의 수도자들의 해탈에의 지지부진[漸]한 노력과, 禪的[頓] 노력을 가름하기는 하되, 액면 그대론 받아들일 설법은 아닌 듯하다. 저 설법은, 禪行은, '아르타'를 부정하거나 분쇄해야 된다는 뜻은 결코 아닌 듯하며, 『心經』에서 보이는 바와 같은 '무극대도'라고 이르는, 그 '아르타'에 도달하기 위하여, 차라리 루타를 분쇄해야 된다는 뜻으로 이해되어지는데, '해탈에의 오히려 장애가 된다'는 '지식'은, 그것의 성격이 그래서, 수도자를 닳고 닳아빠지게(sophisticated) 하여, 무엇을 두고서도 분석하려 돋보기를 쓰고 덤비며, 합리성을 찾으려 하는데, 이는 설상가상, 루타 위에 루타를 더하고 루타 위에 더 두터운 루타를 입히는 결과를 초래케 되는 것은, 당연할 테다. 그럼으로 '루타의 분쇄'의 방법으로 설해진 것이 禪經들이 도모하는 것일 것으로 여겨지는데, 문제는 '아르타'라는 씨눈이 형성되어져 있지 않는 '루타'를 부수려 하면, 이는 무정란을 품었다 까이려는 결과를 초래케 될, 위험성이 다분하다는 데 있을 듯하다. 만약 그러나, 禪 같은 위대한 法이 있어 옴에도, 그것이 그 기능을 다하지 못한다는 편에 서기로 한다면, 이는, 중년 어디쯤에서, 와전을 겪은 결과라고밖에 달리 이해되어지지 않는데, 그 와전의 결과가, (만약 道流들이, 雜說쟁이의 말은 雜說이라고, 귀 막고, 멋대로 씨불이도록 가만둘 것이라면) 저 두 禪經, 즉 『무문관』과 『벽암록』일 것으로 읽혀진다. '禪'도 『心經』처럼, 아무 무명중생께나 주어질 수 있는 성질의 것이 아님을 알게 되는데, 그런 것을 대중화하려 한다거나, 그냥 매일매일의 삶 자체가 禪이라는 식으로, 모든 걸 단순화하려 하면, 禪은 죽고, 衆心은 깨뜨려진 無精卵化할 위험성이 대단히 크다는 난제를 싸안고 있다고 해얄 것이다. 반복되지만 『心經』십만 독을 하고서도, 아직도 제자리걸음을 하고 있는 정신이 있다면, 그때 禪杖은, 그것의 기능을 다하는 것이 아닌가, 하는 우견이 있다. 만약 그렇다면, 이 용천검은, 아무 데서나 휘둘러 댈 것이 아닌 것이 아닌 것인가. 분명한 목소리로, 그리고 감히 말하면, 禪은 우중을 교화하기 위해 써먹을 法杖은 아니라는 것이 패견이다. 『八萬經』이라고까지 이르는, 그 수많은 法說은 무엇의 까닭이겠는가? 중생의 지적 수준, 또는 應度에 맞춰 설하려다 보니, 그렇게도 긴 法舌을 느렸던 것이 아니었겠는가? 그것에 좇아, 빠르게든[頓] 느리게든[漸], 깨우치지 못할 無明이 어디 있겠는가? 윤회·환생은 무엇을 위함인가? 스스로도 잘 모르는(Only don't know!) 法을 두고시나, 도류들은 왜 그렇게 성급을 부려야 되는가? 사실 말이지, 그 불에 삶의 콩알 한 개도 구워 먹지 못할 만큼 한 삶이 짧아, 노상 삶에 껄떡대기는 하지만, 그래도 또 오고 또 오고 하는 것이 것이겠지만, 무명중생께는, 깨우치게 되기까지, 九生이고 十生이고, 영겁에도 버금할 시간이 주어져 있는 것이 아닌가? 아니 사실은, 이것이 '칼리 유가'(Kali Yuga)도 저물녘이라서 시간이 없는가? 그럴 때 '속한 깨달음 법'[頓悟法] 밖에 다른 도리가 없어서 그러한가? '깨달음'이 먼저 오고, '종말'이 다음에 오거나, '종말'이 먼저 오고 無明이 남는 그 결과에서라면 무엇이 다른가? 결국은 無明인 것을? 空인 것을? 無인 것을? 喝, 咄! 俗人 나부렁이가 聖法에 대해, 왜 더러운 게거품을 묻히고 덤비느냐고, 내달아 한 죽장에 퍼 들어지게 할 일은 아니다. 道流들이 교화 구제하려는 대상이 俗人들 아니던가? 패견에는 이렇다, 『랑카바타라』와 『프라냐파라미타』는, 그 목적은 같되, 그 수행 방법을 달리하고 있는, 두 다른 법설이다. 까닭에, 申秀的 수행이 더 적합하게 여겨지는 이는, 신수적으로 하는 것이고, 慧能的인 것에 끌리는 이는 그렇게 하는 것이어야 되잖겠는가? 그리고도 닿는 경지는 같다고 하면, 거기 무슨 우열이 있겠는가? 그리고 같은 것이, 하나는 살로, 하나는 말로 나타나 있어, 그 둘을 아주 즐겁게 예 들고 있는 바이지만, 부탁건대, 할 수 있으면, '한 손가락 뻗쳐 올리기'나 'Only don't know'라는 투의 설법은, 道流네 사촌들께만 한정하고, 패관 같은 무지의 俗物의 귀에는 닿지 못하게 함에 法惠가 있다고 할 것이다. 俗人이 어느 法門을 따르려는 것은 그 법문에 설해져 있는 法의 뜻을 깨우치거나, 그 法에 좇기로 부귀장수 따위, 원하는 것들(친타마니, 파드마마니)을 얻을 수 있을까 해서이지, 누구의 삘그런 손가락이나, '걸 누가 알어?' 소리를 들으려는 것은 아닌 것, 그것을 좀 알아묵어 도라! 경풍을 일으키는 아이께 먹이는 아편 같은 것이라면 몰라도, 그건 常食할 것으로는 여겨지지 않아서 하는 吠風月이거니—. '마음의 우주'의 벽력을, '몸의 우주'에다 써먹으려 하면, 소 잡는 칼로 개구리를 해부하려 하기 같아, 그 칼 든 자를 건너다보게 된다. '깨우친다'는 뜻은, 해석하기의 나름일 것이라도, 진화론을 신봉하는 패관은 어느 편인가 하면, 평인은, 그의 무의식의 삼 할 정도만 깨워 있다는데, 그것의 사 할, 오 할, 십 할을 다 깨우는 상태라고, 이해하는 쪽이다. (말은 말을 물어내고, 말이 말을 물어낸다. 그런 말의 잡스런 물어내기를 어디서 꼬리를 잘라버릴지를 잘 아는 이들을 禪師들이라고 하는 듯한데, 雜쇼린징이도 禪師더냐? 그래서 말이 말이고 말인데) 중생의 敎化·救濟라는 말이 나왔으니 말이거니와, 여타 다른 종교들과 달리 특히 佛敎는, '敎化'와 '救濟'의 두 참바가 꼬여 된 달마의 魚網이라는 것이 특성으로 꼽힐 듯하다. 그러니까 붓다[佛陀]는 '敎化法'을 說하고, 보디사트바[菩薩]는 '救濟키 위해 行'한다는 식이다. (분명히 해둘 것은, 붓다도 무엇을 행하고 있는 한은 보디사트바라는 것일 게다) 그 형태는 조금씩 다르다 해도, 어느 宗門에선들 그러잖겠느냐는 힐문도 있겠으나, '붓다는 아무 짓도 하지 않는다'는, 보이지 않는 전제를 고려한다면, 패관의 의도를 짐작할 만할 테다. 相剋性을 秩序의 體系로 한 우주적 達磨와 個有情들의 羯磨에 의해 운영되어지고 있는 우주를 환히 내어다보고 있는 이의 입장에선, 아무 것 하나도 행할 것이 없음도 알 만하다. 이 부분은 道家에서도 비슷한 이해를 갖고 있음은 주지하는 바대로이되, 兩門의 다름/다름없음이 있다면, 같은 질료가 '날것이냐, 익혀졌느냐' 같은 것일 것은, 空門用 流行歌에서도 노래되어진 바대로이다. '山은 山이며 江은 江이다/山은 다시 山이며, 江도 다시 江이다.' 그런고로, 바람 부는 대로, 물결치는 대로 냅둬 놔둔 대도, 이 세상이라는 배가, 苦海의 노도에 휩쓸리다 좌초해버리는 것은 절대론 아니다. 허기야 이미 좌초해버렸다면, 더 휩쓸릴 까닭도 없기는 할 테다. 사공이, 제 뜻대로 배를 어거하려 한다 해서, 풍랑이 어디 그의 뜻에 좇아 순항을 도와주던 것이던가? 그런다면, 해변 마을에서 과부들 울음 대신, 애들 울음소리 까닭에, 바다가 잠을 못 자겠다고 투덜대싸서, 물고기들이 또한 잠을 설피고, 새끼들을 까 제칠 터인데, 식구가 불어나 바다가 꽉 차버리자, 뭍으로 오른 고로, 초부들이 緣木求魚에 나설 게다, 흐흐흐. 이게 태평성세가 아니면, 또 뭘 일러 말함이냐? 문제는 그런데, 세사는 그런 간단한 이치 속으로 풀려버리지 않는다는 데 있었기에, 보디사트바라는 이들이 팔을 걷어붙이고 나설 것이었다. 바로 이 거룩한 이들은, 중생구제라는 대의의 까닭으로, 마지막 깨달음[成佛] 만은 미뤄돼, 아직 붓다가 아닌/못된 자들이라거니와, 근년에 무명중생들 앞에, 그 크고 부드러운 그림자를 드리우고 나선 보디사트바들을 보건댄, 사실로 저들이 중생을 돕겠다는 그 대의에 의해 成佛을 미뤄뒀는지, 아니면 대략 그런 어떤 상태까지 도달하고서 苦海를 내려다보다, 다름 아닌 '자비심'이 치밀어오른 까닭으로, 시선을 거둬 올리지 못해, 苦海 속에로 떨어져 내려버렸는지, 그것이 잘 짚어지지 안 해 (패관은), 俗人의 홍진 덮인 작은 눈으로, 聖者들을 재보려 하고 있지나 않나, 그런 불경죄라도 범하고 있는 듯해, 민망해 똑 죽을 판이다. 탁 털어놓고 말하면, 근년에 보이는 현실은, 보디사트바들이, 묶은 줄을 끊어버린 펜리르처럼, 한없이 불어나, 붓다의 앞을 가려, 저들이 說하는 法이, Buddhism이냐, 아니면 Bodhisattvaism이냐, 라는 그것까지도 가름할 수가 없는 듯한 것이 탈이다. (이를 '佛陀主義', '菩薩主義'라고 하려니, 발은 가죽으로 만든 윤낸 신을 편안히 신고 걸으며, 입으로는, 어려운 不殺生을 설하기 같아 저렇게 쓰는 바이니, 너무 비아냥거리려 말구라) '보디사트바'라면, 五百十萬 羅漢을 다 합쳐도, 어디 '基督' 하나에 당할 만하겠는가? 땅의 北方엔 이 보디사트바들이, 南方엔 나한들이, 든든히 딛고 서서, 사자후를 하는 자리가, 그런데 오늘, 俗眼으로 다시 보니, 건듯 부는 바람이나, 가늘게 이는 물결에도 몹시 흔들거리는, 가늘은 대궁 끝에 핀 蓮잎 위도 같아, 위험스럽기 짝 없이 여겨진다. 그 위에 선 이가, 호리라도 균형을 잃어, 약간만 한쪽으로 기우뚱해도, 世俗이라는 泥田에 끌 박힐 듯해 보이며, 다른 쪽으로 기우뚱한다면, 뭘 잡는다고 잡으려 허우적이다, 하늘을 북 찢어내 버릴 듯하다. 우주적 달마에 흠집을 낼 듯해 보인다 말이지. 날것인 채로의 '시비 왕과 비둘기' 얘기를 고려해보기를 바라는 바이지만, 비둘기를 살리려면 솔개를 배곯게 하며, 솔개를 굶기지 않으려면 비둘기를 죽이게 될 터인데, 그래 그 시비 왕이 자기 살점을 저며 솔개께 먹였다 해서, 이후 그 솔개는 더 이상 비둘기를 사냥하지 않기만 했다면 건 분명히 보살행이었을 테다. 마는, 비둘기의 식구 증가는 누가 조절할 것이냐? 근년에 보이는, 이 보디사트바들의 구제를 위한 주제나 특징이라고 해야 할 것들 중의

小說法_주석

4325

한둘을 예로 들어본다면, 저들에게 이 현재의 세상은, 집단적 파괴, 즉 전쟁의 위협 아래 놓였으며, 모든 개인들의 영혼을 침식하는 불만족·불행이 멸구처럼, 한 세계를 황폐화하고 있다고 보인 것이 분명하여, '平和主義'와 '幸福論'을 설하며, 아마도 유토피아 구현의 한 방법일 것인데, 세계는 '보편적 진리' 위에서 한 가족이 돼야 한다고 역설하는 것 같은 것들이다. 이 주제들은 물론, 크고 아름다울 뿐만 아니라, 어떻게나 無明인 중생까지도 쉽게 이해하고 받아들일 만한 그런 것임은 분명하다. '四苦'라는 원초적 운명, 그 原罪도 난제이지만, 앞서 예 든 것 같은 것들은, 일견 후천적인 듯해 보이지 않는 것도 아니어서, 그것의 개선이나, 방향 돌리기, 또는 뭉치기 같은 것은, 모두 함께 노력한다면, 이뤄질 성부르지 않은 것도 아니다. 마는, 붓다의 귀에, 이들 보디사트바들의 行說이 공허하며, 설익게 들릴 것이 염려로다. 반복되지만, '相極'에다 질서체계를 뒀을 때부터, 세계는, 거기로 목숨 싸갖고 移民 온 것들의 福樂을 위해, 유토피아로 지어진 것이 아니었다, 는 것은 누구보다도 저들이 먼저 깨달아 알고 있었기에, 成佛까지 유보해뒀던 것이 아니었는가? 알퀴오네 부부가 새끼치는, 알퀴오네 철처럼, 잠정적 평온이 유지되는 때의 세상이 있는다 해도, 그 본체는 풍랑(Pravritti) 자체인 것. 어쩌면 그리고, 그것이 일순 잠잠해 있을 때, 그것은 더 위험스러운 것일지도 모른다. 그것은, 안쪽으로 폭발(implode)하고 있는 중인지도 모르는데, 그 시절에 처한 영혼들에 대해선, 그것은 노도의 시절에 사는 육신들보다도 더 힘들게 하는 것일지도 모른다. 시쳇말로 이르는 모든 '부조리'한 현상이 범람하며, 산 것들이 죽고 싶어 환장한다. 뭘 더 주억거리랴? (그러나 누가, 저 自然의 깊은 꼇으로 내려가, 거기 聖杯처럼 감춰져 있는, '易'이라는 저울을 찾아내, 그 기우는 쪽을 받쳐올릴 수 있는지, 말해보아람, 붓다여 당신이오니까? 기독이여 당신이오니까?) 예 들어 보인 대로, 그렇기에 '평화주의'와 '행복론', 그리고 세계는, (붓다가 영산회 때 들어 보였던, 그) '한 송이 꽃', 한 가족이라는 法說이, 가뭄에 내리는 매우 촉촉한 단비처럼, 우중의 가슴으로 잘 스며드는 것일 것이다. 'Ahimsa Paramo Dharma!'(不殺生이 至高至大한 法이다) '아힘사'라는 저 파라솔 밑에 앉은 자는, 세상의 모든 고요함을 그 한 몸에 담고, 그리고 삼천대천세계의 행복을 그 하나만 알고/누리고 있는 듯, 그 미소는 천상적으로 아름답고, 그의 일거수일투족이 모두 寂靜 속에서 돋은 蓮이어서, 노도도 성냄을 잃고, 독사도 독을 당즙으로 바꾼다. 이 얼마나 거룩하고, 아름다우냐! 누가 만약, 아파 찡그리고, 바빠 허둥지둥대며, 마음의 평정과 행복을 설한다면, 우중의 누가 그를 따르겠는가? 커녕은, 나무 기둥에 못 박으려 덤비잖겠는가? 때에, 병석에 누운 유마힐이, 문을 빼꼼 열어 내어다

보며, 앓는 소리로 묻는다, 세상이 왼통 불바다며, 앓고 있는데, 소생은 어떻게 하면 거사와 같은 아름다운 미소를 지을 수 있으리까? 세상이 그냥 갖다가시나 화급하기만 하여, 빚 받으러 나선 자가 길도 돌리는 중인데, 소생은 어떻게 하면, 거사처럼 느릿느릿 걸으며, 그럴 때일수록 마음을 물같이 하여 평정을 유지하면 행복해진다고 다짐할 수 있으리까? 그리고 세계는, '보편적 진리'를 보편적으로 수용하려 할 때, 하나가 된다는 식으로 설하시는, 거사의 그 '보편적 진리'를 아무리 해도 소생은 짚어낼 수가 없어, 보통인도 못 되는데, 어떻게 하면 소생도 거사처럼 그것에 도달할 수가 있겠소이까? '보편적 진리'란 보편적이어서 너무 흔해 차라리 보지 못하는 것이리까? 아니면, 無極大道, 또는 절대적 진리를 주장하는 거사네서라면, 예를 들면 '平心이 道'라고 말하듯, '보편적 진리'가 平心 같은 것이리까? 그리고 그 '平心'이야말로 '道' 즉 無極大道이리까? 아으, 유마힐 거사는, 너무 앓다 그만, 헛소리까지 하기에 이른 것을, 쯔츳! 그가 빼꼼히 열고 내어다보는 문을 밀어 쾅 닫아버리고 말이지만, '꽃' 얘기가 되었으니, 한 정원의 장미나, 무궁화나, 산수유나, 개꽃까지도, 그 같은 대지에서 길어 올린 같은 젖을 빨아 핀 것들이라면, '보편적 진리'란 무엇이겠는가, 그 '젖' 같은 것이나 아니겠는가? 그럼에도 꽃들은 어째 모두 달리 피는가? 여러 다른 꽃들이 핀 한 정원은, 그래서 더욱더 아름다운 것은 아니겠는가? 한 세계가 하나라는 說은, 四海同胞主義, 博愛를 부르짖던 이에 의해서, 보다 더 절실하게 주장되어졌던 것은 아니었는가? 어쩌면, 그것이 뭣인지 정작으로 모르겠는, 그럼에도 그 어투대로 따르면, 그것이 '보편적'이기 때문에, 보편적으로 받아들여져야 될 것 같은, 그 '보편적 진리'보다, '사랑'이 더 큰 호소력을 갖는 것은 아니겠는가? 그런 '사랑'의 힘으로도, 세계는 한 번도 하나여 본 적이 없었는 것을! 차라리 그것(세계)은, 자기들만의 '진리'를 '보편적'인 것으로 확산·확대하려는 意慾을 가진 자들에 의해 산산이 조각나, '원수까지도 사랑하라'는 그 '사랑'을 풀로 삼아서도, 서로 붙여지지 안 해, 커녕은 더욱 물과 기름처럼 논다. '물'이야말로 비유화하면 '보편적 진리' 말고 또 무엇이겠는가? (稗見에는) '보편적 진리'(가 과연 무엇인지는 여전히 모르겠음에도 그 어휘가 주는 느낌에 좇는다면)란, 깨어진 조각(jigsaw puzzle)들을 붙이려는 풀이기보다는, 그 조각들을 짝 맞춰 배치하는 바탕 같은 것이나 아닌가 하는데, 그렇잖은가. 그런 결과, 하나의 그림이 나타난다. 그러자 그것은 '하나'로도 '전체'로도 보인다. 이 '전체'를 統合으로 그러니 '하나'로 보느냐, 아니면 '심포니 오케스트라'로 이해하느냐, 에 좇아 세계의 이해가 달라질 게다. 그러나 분명한 것은, 이것이 聖家俗의 문제기보다는, 俗家의 그것이라는 것이다. 出家한 이들의 還俗

이 이런 자리 어디에서 일어날 수 있음도 짚여진다. 그러나 俗家와의 관계에서의 聖家俗의 주제는, 統合이나 심포니 오케스트라는 것은 아닌 듯하며, 進化論일 것이라는 것이 稗見이다. 그 모든 進化의 動力은, 존재의 苦痛 그것일 것인 것. 그것으로부터 탈출을 도모하려는, 노력과 투쟁의 결과에서 進化는 성취되는 것일 것. 그것을 위해 모든 단계는 중요하며, 그런 의미에 있어, 고통하도록 입어진 살은 은총이다. 세계는 '한 송이의 꽃'이라는 이론은, '파라다이스', 나 '天國' 같은, 제이의 세계를 가리켜 보이는 것이라면, 틀리지 않다. 몸 입어 사는 세계는 '꽃'이 아니라 '苦海'인 것. 궁극적으론 그러나 '色이 空과 다름이 없'어, 이 苦海가 니르바나와 다름이 없다는 얘기는, '마음의 우주'用 說法인즉, '몸·말의 우주'에 그 天花를 뿌리려 서둘지 말지어다. 그럼에도, 세계는 한 송이 꽃이다라고 설해지는 것은, 그 시절의 분열·상충에 아파하고 있는 귀들에 대해선, 설득력 있는 法說이 아닌 건 아니다. 밖으론 평화가 유지되고, 안으론 행복이, 그리고 세계는 하나다라는 인식이 굳게 자리 잡은 세상은, 허긴 더 이상 '苦海'는 아니다. 이것이 그런데 보디사트바들의 발목을 끌어 잡아당겨, 泥田에다 처넣게 되는 그 장본인임을 누가 알겠는가? 그 니전에 선 나무가 하나 있는데, 또 보니, 그 나무에는 흙탕에 묻지는 안 했으나, 흙탕 같은 고통에 일그러진 물고기가 한 마리 매달려 있다. 그런 얼굴로는, '평화'나 '행복'의 外販員이 되기엔 적합하지 않는데, 풍문에 의하면 그는, 우중의 '고통'을 대신하다 그리됐다고 이른다. 어리석은 자로고! '평화'와 '행복'을 팔았더면, 우중이 바치는 존경의 仙酒에 만취하기뿐만 아니라 聖衣에도 입혀지는 것을! ('허나 누가 타인의 오줌을 대신 눠주느냐'고 묻는다? 마는, 예의 저 아파 찡그린 그 얼굴을 보고 있으면, '그'의 그 얼굴 위에로 '나'의 얼굴이 겹쳐짐을 느끼게 되는 일을 두고서는 뭐래알꼬? 그래서 패관은, 基督主義의 외판원에라도 나선 것인가? 그리고 다른 보디사트바들을 폄훼하려 하고 있는가? 그렇게 생각하거나 느끼는 자가 있다면, 뭘 변명하려 혀를 느려내겠는가, 그의 횡격막에다 패관은 Longinus의 녹슨 창끝을 찔러 넣어주고 말겠다. 글쎄, '마음'은 '횡격막'에 있다잖던가?) '아힘사'의 파라솔 밑에, 땡볕 가리고 앉아, 그냥 아름답게 웃기만으로도, 또는 그가 걸으려면 파라솔 받쳐 따르는 이들 숨가쁘지 않게 하기 위해, 거북이 걸음을 걷기만으로도, 세상은 평온해지고 행복해지는 것을! 거기다, 이따끔, 결코 자주는 말고, 시나겟 있다가 한 번씩, 禪的이랄 토막진 지혜(그렇다, 그것은 그 문에서 발굴해낸 무슨 지혜의 공룡이나 불사조의 뼛조각 같은 것이어서, 그것을 원상에 비슷하게라도 조립해내려 하면, 그 門의 지혜에 대한 考古學的 지식이나, 방법론의 보조를 받아야 할 테다)까지 곁들인다면,

저들의 일거수일투족은 天女의 춤 같을 터며, 뱉어내는 일언이나 반구도 天香을 풍기는 天音답지 않을 수는 없을 게다. 마는, '나찰은, 죄업이 무거운 자를, 그 죄업에 상당한 벌을 가하면서, 그 자신도 그 고문의 아픔을 함께 느낀다'는 얘기를 (패관은) 어디서 들은 듯도 싶은데, 나이 들며 먹먹해지는 청각의 탓으로, 잘못들은 소리겠지맹. 그렇다 치면 나찰이 곧 부처여서, 매 걸음마다 하는 五體投地를 五百生 한하고 한다 해도 충분하겠는가? 발가락 새만 호부작거려 쌓지 말고, 진경으로 돌입하기로 하면, '평화주의'나 '행복론', 그리고 '보편적 진리' 등은, Bodhisattvaism의 대의일지는 몰라도 Buddism의 그것 같지는 않아 보인다는 문제점을 안고 있다는 얘기가 될 것이다. 무명중생을 돕는다며 저 보디사트바들은, 세속 쪽으로 자칫 잘못 기울어져 버린 것이나 아닌가 하는, 우문이 드는데, 이렇게 되어 보디사트바들이 우중 앞에 압도하면, 붓다가 희미해지고 왜소해져, 무대의 뒤쪽으로 물러나는, 결코 바람직하지 않은 결과도 초래될 수 있잖는가 하는, 우문에다 보탠 우문이 들게 되어, 평화에 행복이 넘치는, 세상의 금침 속에 든, 두꺼비가 느끼게 되는 것 같은 느낌을 (패관은) 느끼게 되다 보니, 앙구찮다. 예 든 저런 Bodhisattvaism은, 그 나타나 보이기와 달리, 그 배면에 두 가지쯤의 위험성을 비치해두고 있어 보이는데, 하나는, 그 보디사트바 자신께 미치는 것으로서, 世俗主義에 떨어져 내릴 수도 있는 그 위험이며, 다른 하나는 그들이 구제의 대상으로 여기는 자들에게 미치는 것으로서, 세상은 결코 苦海이기만 한 것이 아닌, 유토피아의 구현도 가능되어질 수 있다는 신념에서, 俗執을 더욱더 굳힐 수가 있을 수도 있다는 것이다. Buddhism의 초입에도 들어본 적이 없으니, 초보적인 얘기밖에 할 수 없지만, (이라는 따위, 겸손으로 하는 소리의 꼬리를 잡아 물고 늘어지는 無佛性者가 있다면, 그누무 대갈통을, 똥 묻은 죽비로라도 구멍을 내서라야만 뜻이 통할라는가 몰라? 일례를 들면, 'Only don't know!' —이것도 사실로 '겸손으로 하는 소리'인가 몰라? —같은 空案을 두고도, '모르겠는 자가 그러면 왜 나서?' 하는 따위) Buddhism은 '상사라'[苦海]라는 그 立地에서 어떻게 하면 그것을 벗어날까[解脫] 를 궁구하는, 大道라는 것일 것인데, 거사들께서는, 아닌 밤중에 웬 홍두깨인가? 만약 이것이, '평화주의'를 절규할 만큼, 그렇게나 위험스러운 상태에 처했으며, '행복論'을 펴지 않으면 안 될 만큼, 그렇게나 참담한 지경에 이른 시절이라면, 이 시절이야말로, 저 禪卵들이 잘 품어져, 이제 卵殼을 깨뜨릴 준비가 되어 있는 것이 아니겠는가? 이제 어미 닭의 밖에서 쪼아주기만 남아 있는 것? 다시 다른 비유가 허락되어진다면, 걸 어쩌겠다고, 보디사트바들은, 늙어 이빠디며 발톱이 물러난 데다, 근육도 풀려 더 이상 사냥을 할 수 없이 된 늙은 호랑이가,

배고픔에 고통하는 것을 차마 못 보겠다고, 자기의 웃통을 벗어 그 입에 먹여 줄 일이겠는가? 그러고 나면, 그 호랑이께 새 이빨 새 발톱 새 기운이 도는가? 그것이 禪肉인 까닭에 그런 재생이 가능했다손 친다면, 그가 세운 不殺生의 계는, 이상스럽게 무너나며, 그것이 그것을 먹었어도, 하루나 이틀밖에 더 못 산다면, 그 못 견딜 고통을 연장시키는 데 무슨 덕이 있는가? 어느 고장의 馬 童들이 하는 짓이지만, 말이 다리를 다쳐 더 쓸모가 없이 되면, 당장에 쏴 죽이 는 짓은, 참으로 무자비하기만 한 殺生이겠는가? 그리하여, 맺음 삼기로 묻게 되는 것은, 보디사트바들의 '구제행'은 언제나, 그리고 반드시 정당하며, 자비 자체의 표출인가? 말해온 바의 '평화주의' '행복론'은, 어떻게 이해하는 것이 옳겠는가? 라는 말은, 저들이 그것의 성취의 방법을 설하고 있을 때, 그것은 '敎化'의 영역을 침범하는 것으로 보이는데, 그런즉 成佛에의 마지막 한 관문 은 보류해두었다는 저들이, 언제 그 '敎化'의 능력이나 지혜를 구비했거나 터 득했는가? 아직도 그리고 물론, 예 든 저런 품목들은 '敎化'가 아니라 '救濟'의 방편으로 설해진 것이라는 주장은, 유효하고, 그것도 크게 유효한 것도 사실이 다. 그래서 일어나는 의문은, 大義가 그러함으로, Buddhism과 어느 일점에서 궤도가 갈려도 괜찮는가, 하는 것이다. 말한 바대로, 그런즉슨 Bodhisattvaism 이 Buddhism을 압도해버린 것이라고 이해해도 되는가, 라는 것이다. 저들 實 行의 대의를 뒤집어, Buddhism 쪽에서 새로 고려하면, 그럼으로 이 시절이야 말로, 깨우침[解脫]에의 법이, 그중 잘 수용되어질 것으로는 보이지 않는가? 살이 주는 아픔과, 죽음의 공포에 촌시를 다투고 있는 늙은 호랑이께, 왜 웃통 을 벗어 먹이려 드는가? Only don't know! '돼지는 젖바다에서도 똥만 가려 먹 고, 白鳥는 시뇨(屎尿) 밭에서도 젖만 가려 먹는다'는데, 法의 젖바다에서 똥 만 가려 먹은 저 施主는, 어디서 오신 뉘신가? 아 그는, 조선, 사람 중의 하나이 니다. 그는, 살기라는 苦海에서 똥만 가려 먹은 까닭으로, 자기 당대의 모든 고 귀한 것들을 어떻게든 헐뜯지 않고는, 배가 뒤틀리고 아픈 자여서, 우리의 자 리를 오염하고 있사오니, 그를 내보내리까? 아니로다, 가만두려무나. 그는 자 기 本洞 사람들 중에선, 盲腸 속 꾸물대는 거위 같은 자인 듯하되, 沙門들에 대 해선, 그것에 속시(俗屎)가 덕지덕지 묻었다 해도, 죽비 같은 자람. 더럽고 찐득거리는 世慾이나 物慾이 없이 무엇을 두고 出家한다고 하여 고행할 일이 며, 수시로 무시로 출몰하여, 石壁이라도 뚫지 않고는 견딜 수 없어, 땀을 죽처 럼 흘리며, 천 번 백만 번 還俗을 결심케 하는 性慾이 없이, 어떻게 肉身을, 즉 슨 畜生道를 정복하여 '마음의 우주'에로의 탐색에 오르겠느냐? 까닭에 生來 的 고자가 成佛키는 어렵다고 이르는 것. 연화존자의 고행담을 들어본 바도 없느냐? 그는 들개처럼, 공동묘지를 배회하다, 어쩌다 버려지는 송장이 있기라도 하면, 그것을 蓮席 삼아, 앉아, 배고프면, 구더기가 박실거리는 그 屍肉을 뜯어 먹고, 특히 사바세계와 삶에의 집착을, 그리고 五官의 편견을, 그중에서도 嗅覺을 정복하려 했다고 이르잖느냐? 만약 돼지라도, 똥밭에서 그렇게, 젖만을 짜아 먹는다면, 白鳥인 것을!

5 이것이 '去勢儀式'이 아니면 무엇이겠는가? 密宗門에서는 '시퍼런 낫을 든 Ḍākinī가, 修行者의 머리통을 잘라 손에 받쳐 들고, 그 피와 골을 마시는 儀式이 치러지는데, (*The Tibetan Yoga* 참조) 이는 出家'의 상징이라는 것이다. 그래서 보면, '去勢' 즉 '스스로 고자 되기'란 '出家'의 의미인 것을 알게 된다. 出家란 모든 세상적, 육신적 慾望으로부터의 自己去勢인 것을! 自己去勢란 고독한 出家인 것을! 그래서 그것은, 실제로 그러한가? 떠난다고, 俗世 떠난다고 머리통까지 잘라 (누구더라? 湖西에는 Chauvin이 있었고, 湖東에는 屈原이라는 이가 있었는데, 그의 兒孫 중의 하나겠지, 누구네) '님' 전에 바치고 나니, 그 道流들께는 허긴 몸통만 남았겠었네라, 까닭일 것이지 아예 속세를 아랫목 삼아, 똬리 치고, 아녀자들에게 복 있는/받는 還生符 팔아—보디사트바 주의란, 아라핫 주의와 달리, 혹간 '空論을 그 주조로 하고 있던 게 아니었던가 몰라? —먹는 俗食으로 나날이, 아자가라 뱀모양 불어나는 저들은 누구들이냐? 아으 그들은, 보디사트바주의 자들입니다! 무명중생을 교화하고, 세상을 지키며, 돕고, 밀어 올려, 다하여 남음이 없게 하려는, 거룩한 뜻을 가진 자들입니다! 어허, 그게 그러하던 것을 갖다가시나! 거 그러나 말이지, 늙은 눈에 저승 안개가 덮이고, 미망의 박쥐가 골속에 거꾸로 매달려 싸 젖힌 똥에서 발효한 독기에 취해 그런지 어쩐지, 보이는 대부분의 저들은, 이거 혁란 가볍다고 함부로 놀리다, 저들의 똥 바른 죽비에 피를 내고 말지도 모르겠다만, Ruta에 의존해서만 Artha를 이해하려 해서는, 誤讀이라는 流沙坑 속에 떨어지고 마는 것을, 그것을 경계할지어다! 아자가라며, 대개의 저들이 풍기는 냄새는 無佛性者的이라는 말이지. 無佛性者란 뱀과 유사한 짐승이라잖느냐? 그리고 俗世란 아자가라 같은 것인 것. 아으 그러자, 자라투스트라의 모습이 떠오르는구먼. 그는 출가(상승)한다고 하며, 끊임없이 속세로 내려[몰락], 그곳의 음식에 배를 불리던, 그가 어째도 그 배꼽 줄을 끊지 못했던 我執 탓에, 세계를 曲解한 예언자였거니. 그의 비극은, 하반신은 뱀이며, 상반신은 독수리였던, 그의 저런 雜種性에 있었다고 해야겠느냐, 아니면 그것이 그의 승리였다고 해야겠느냐? 그는, 연금술사들의 비유를 좇으면, 순화의 나무를 어렵게 오르는 불순한 짐승을 들어 '超人'을 부르짖고 있었는 듯한데, 이는 動名詞로서 과정이며, 아직도 무

겹게 뱀을 매달고 있음인 것. 그 뱀을 벗거나, 떨쳐내 버릴 때, '出家'가 이뤄지며, '스스로 된 고자'주의를 이해할 수 있었을 것이로다! 그때 비로소 '動名詞'는 '名詞'化하는 것이노라! 헌데, 독수리이기를 바라며, 뱀을 사랑하는, 예의 저 자라투스트라가, 혹간 난봉쟁이이기라도 했던가? 흥부네보다도 億數로 더 많은 새끼들을 낳아 젖혀, 비척거리는 늙은 발은 디딜 자리도 없을 지경이러람. 자라투스트라입지, 세상을 돕겠다는 숭고한 대의를 세웠으면, 머리통 쪽에다, 먼저 한 우주를 매달고 날아오를 만한 날개는 물론, 몸통 쪽에는, 지옥을 통째로 삼켜도 배탈이 나지 않을 위장부터 갖췄어야 할 것이 아니었겠느냐? 그래서 과연, 그럴 수 있는 의인—보디사트바가 몇이나 있느냐고, 옛적에 물어져, 그 대답이 아직도 되어 있지 않은, 그 물음을 다시 묻지 않을 수가 없거니—. 열이라도 있느냐? 다섯이라도? 그러나 물음을 더 계속하지는 말았구나.

6 '아자가라 구렁이'는, 힌두 신화에 나오는 구렁이로서, 그 몸이 우주를 빼곡 채우고도 넘칠 정도로 불어나 있었다 하는데, 『젠드 아베스타』(Zend-Avesta)에는, '앉을 때, 구렁이와 개는 뒤를 먼저 틀어 앉는다'고 하여, '구렁이와 개'를 동일시하는 대목이 있다.

7 '尿橛'이란, '老厥'과 운을 맞추기 위해, 패관이 고의적으로 비틀어 쓰는 단어, 誤記며, 실은 '屎橛'(시궐)이 옳다. 함에도 패관은, 패관이 풀어내는 雜쇼리의 도처에, '屎橛'이어야 할 것을 '尿橛'이라고 해놨는데, 얼마쯤은 고의적 誤記였으며, 얼마쯤은 睧榜 패관의 습관적 誤記였고, 그리고 나머지는, '오줌막대', '오줌을 누는 막대(란 무엇이겠는가?)'의 뜻으로 오기 부려 誤記(이런 것도 'slang'化라고 해도 될랑가 몰러?)해왔다는 것을 밝혀둬야겠는다. 일견, 삼거불보다 더 헝클어진 줍쇼리 탓에, 公들 머리 많이 아프게도 됐다. 다른 藥方文은 있을 듯하지도 않으니, 헝클어진 게 간추려져 시원해질 때까지, 公들은, 바위에다 머리통 찍어라.

逆增加

1 생각이 많은 이들은, 무엇을 두고서도, 천지의 원리를 궁구하려 한다. '태초에 아트만(Atman, Skt.)이 있었다. 그가 천지를 창조한 뒤, 그 천지의 수호신들을 창조할 생념으로, 아프(Ap, Skt. 'the world of Water' —이는 '羊水'일 듯하다)로부터, 하나의 인격자를 불러내고, 그것에다 생기를 넣었다. 한 마리의 정충이 태아를 형성해내기처럼, 그것에게 입이 있게 되자, 말이 생겼고, 말에서

불이 있게 되었으며, 코가 있어 숨이 있게 되자, 바람이 있게 되었고, 눈이 있어 보게 되자, 빛(해)이 있었으며, 귀가 있어 듣게 되자, 공(空)이 있었고, 피부가 있자 모발이 돋게 되어, 이에 식물이 있게 되었으며, 염통이 있자 마음(달)이 있게 되었고, 배꼽이 있자, 기(氣, Apana)가 있어, 죽음이 있게 되었으며, 근이 생기자 정액이 있게 된바, 이에 물이 있게 되었다.'(『아이타레야 우파니샤드』[Aitareya Upanishad]) 같은 것은, 그 좋은 예이다. 난자와 결합한 한 마리 정충의 세포분열의 과정에서 우주의 창조설을 이끌어낸다. 그래서 '브라흐만'(Brahman) 대신에 '아트만'을 설정했었을 것이었다. 생각이 많은 이들은, 마찬가지로 '수'(數)에 관해서도, 그와 비슷한 관법을 적용하고 있어, 숫자 '1'은 말하자면, 성력파(性力派)의 '빈두'(Bindu, Skt. 'particle,' 'dot', 'spot', 'male semen') 같은 것이라고 이해한다면, 앞서 인용한 구절이 드러내고 있는 것과 대동소이한 결과를 추찰해낼 수 있을 터이다. 그러나 이건, 아는 이들은 대개는 알고 있는, 저 수의 밀종성(密宗性) 따위를 거론할 (만큼 공부도 되어 있지 않되) 자리는 아님으로, 본 잡설(雜說)이 필요하다고 여기는 것만 밝혀두려 하곶는다. '7'은 완성의 숫자라고 하여 '신'(神)의 숫자라고도 이르되, 그것은 또 『구약』의 숫자라는 주장도 있다. '8'은 그런데, 『신약』의 숫자라고 이르고, 신약적으로는 그래서, '8'이 '완성'을 의미한다고 이르던다. 본 패관의 관견에는, 그럼으로 '8'은, '신'의 숫자에 대한 '인간'의 숫자인 듯하다. ―이것을 말하기 위해, 『아이타레야 우파니샤드』까지 들춰냈던 데에는 까닭이 있었는데, 그것이, 지금부터 패관이 수염을 가다듬어 입술을 열고, 침도 밥풀도 튀겨내려 하는, 패담(稗談), 또는 맑론(論)의 관건이 된다고 여겨, 그런 것이다. 각설―

2 여기, 사뭇 난색을 금할 수 없는 기록이 있다. 이 '하나님의 아들들'은, 족보에 밝혀진 일 없어, 어떤 암컷들과의 상관의 자식들인지, 알 수가 없을 뿐인데, 이는, 그가 장차 인세(人世)로 내보낸 기독을, '독생자'라고 이르지만 안 했다 하더라도, 신은 '창조력' 자체인즉, 왜 천 자식 만 자식이 없을 수 있겠느냐고 짐작해버리면 그뿐이지만, 사정은 그렇지가 않은 것이 문제다. 그럼에도 추측이 허락된다면 말인데, 그가 '독생자'라고 이르는 '말씀의 성육신'은, 그가 천지창조를 시작하고 있었을 때, 그와 함께했다는, '말씀'(Logos)을 이르는 것이나 아닌가 하는데, 하나(여호와)는 그때, 사대(四大, 地水火風)를 반죽하여, 유정무정의 육신을 만들고, 다른 하나(로고스)는, 특히 '사람'의 코에다 생기를 넣어준 의지나 아니었는가, 하게도 된다. 사대의 집적만으로, 무엇이든 활성(活性)을 갖는다면, 여름 해변에서 젖은 흙을 갖고 노는 아이들의 손끝에서마다, 얼마나 많은 물고기며, 새들이 태어나겠는가. 이 '독생자'는 그러니, 음양의 화

합이라는, 자연의 과정을 통해 얻어진 자식이 아닌, (구태여 촌수를 따져야 한다면) 그 혼자서 낳은 자식의 뜻으로 이해되어져야 되는 것은 아니겠는가? '자연의 과정' 밖에서 얻어진 이 아들은 그렇다면, '문화'(文化)가 그 태보가 되었다고 말해야 될 듯하다. 그래서 그를 '말씀'이 '몸을 입은 자'라고 이르는 것인 것?

3 '성배'(聖盃)와 관련된 한 전설(Celtic Myths)에 의하면, 아담이 병이 들자, 셋이 아비의 병을 고칠 약을 구하러, 에덴으로 돌아가 보았다가, 아담뿐만 아니라, 인류의 병을 치유할 '성배'를 얻어 왔다고 하고 있다. 혹자는 그것이, 염원을 이뤄주는 '솥'이었다고 이른다. 그것은 그리고 전설이다. 그러나 패관의 추측에는, 병든 아담을 치유할 약을 구하러, 누군가가 에덴엘 돌아가 보았다면, 그는 다름 아닌 하와일 것이라고 하고 있다. (구백여 년이나 늙었으면, 하와인들 무슨 기력이 있었겠느냐는 의문도 없잖아 있으되, 그건 하나님으로부터 시간도 장소도 멀리 떨어진 고장에서, 평균연령을 60~70세로 알고 사는 이들의 의견일 테다) 그 이유는 분명하다, 라는 것은, 하와에게는, 자기가 '지혜의 열매'를 따 내렸으므로 하여, 죽음이 초래된 일, 그 결과로 아담이 앓게 되었다는 깊은 죄책감이 있었을 것이며, 또한 자기와 아담은, 에덴에서 직접 살았었는데다, 뒤로 하고 떠나왔으므로, 그곳에의 길을 환하게 안다고 믿었을 것이고, 그리고 거기에 '생명나무'가 있었던 것을 분명하게 목격했었는데다, 부모치고서는, 자기네의 대를 이을 자식을 길도 모르는 먼 길에 떠나보내려 하지 안 했었을 것이라는 것 같은 것이다. 그럼으로, 하와가 그 길을 떠났을 것이라고 추측케 하는데, 이것도 또한, 정황을 참작하여 만들어낸 얘긴즉, 어느 날 전설로 변해질 것이다.

4 이 '말씀'은, 그리고도 몇천 년의 세월이 흐르고 난 뒤, 「요한복음」의 저자에 의해 처음으로 운위되는 듯한데, 그로부터 몇천 년 전의 카인의 입에서 흘러나오는 일을 두고, 『성경』을 주의 깊게 읽어본 이들의 머리를 갸웃거리게 함은 당연하다. 그러나 한 번 더 뒤집어 생각해보면, 신이 그것(말씀)으로 천지를 창조했던 것쯤 어렵잖게 짚어내질 듯하다. 이 창조는, '하나님이 가라사대'(하나님이 말씀하시기를)로 시작하여, '칭하니라'(그렇게 부르니, 즉, 그런 이름으로 이르니)로 맺음을 삼고 있는데, 이는, 그의 의지[記意]의 표상[記表]으로써의 '말씀'(Logos)을 뜻하는 것일 것이었다. 요정들모양, 그가 무슨 魔織杖(magic wand)을 휘둘렀다는 기사(記事)는 찾아지지 않는다. 요한이, 이것을 관찰했기에, 그의 저술의 서두를 '태초에 말씀이 계시니라. 이 말씀이 하나님과 함께 계셨으니, 이 말씀은 곧 하나님이시니라'라고 썼다면, 카인인들 그것을 짚어내지

못했었어야 할 까닭은 없을 것이었다. 요한的 사유의 위대함은, 그리고 어쩌면 詩學은, 이 '말씀'을 '成肉身', 즉 '人子'化하기였었을 것이었다. 아담과 카인 시절의 사람들은 누구나 없이, 物肉을 입지 않은, 어떤 우주적 정신이, 無에서 有를 드러내려 의욕했으면, 그것은 '말씀'(로고스)의 수단밖에 없었다는 것은 알고 있었을 것이었다. 이는, 다른 어떤 민족 신화보다도, 역동적 상상력으로 이뤄진 '창세기'라는 것을 알게 하는데, 앞서 말한, '요한적 사유의 위대함'도 사실은 이에 빚지고 있었을 것이었다. 카인은 지금, 밖에서 주워들은 '아니마'와 '지바'를 두고, 자기네 方言인, '말씀'(로고스)으로 이해해내고 있는 듯하다. 덧붙일 것이 있다면, 그 이전의 記述者들께는, 이것(말씀)을 운위할 필요도, 자리도 찾지 못했던 것이나 아니었는가, 하는 것이다. 그것이, 기왕의 신화적 사실이랄 때는 그렇다.

5 달마보디의 「血捺論」에, 마음[心]이란 말하자면, '망석중이와 같은 것이다[猶如木人相似]. 이것은 누구라도 자기를 위해 쓰여지게 된 것[總是自己受用]'이라는 법설이 있다. 언뜻 이것은, '정신은 육체의 도구다'라는 투의 이해를 가능케 한 듯도 싶다. 아래의 인용문을 읽고, 달마보디의 진의가 과연 그런 것인지, 어떤지는, 독자들이 판단할 문제인 듯하다. '이 마음이란 것은, 무량겁 그 시작도 없었으며, 다름도 없었음인 것[比心從無如曠大劫來如今別]. 그것은 태어난 적도 죽은 적도 없을 뿐이며[未曾有生死], 나타난 적도 스러진 적도 없고[不生不滅], 불어나지도 줄어지지도 않으며[不增不減], 더럽거나 깨끗한 것도 아니고[不垢不淨], 좋은 것도 나쁜 것도 아닌 데다[不好不惡], 온 적도 간 적도 없는 것[不來不去], 진실도 거짓도 아니고[亦無是非], 또한 남성도 여성도 아닌 것[亦無男女相]'이 그것이다. 그러기 전에 그는, 선문답이랄 자문자답을 한 뒤, '그런즉 이 몸이야말로 그대의 법신(法身)이 아니겠는가[卽此身是汝本法身], 그런즉 이 법신이 바로 그대의 마음이 아니겠는가[卽此法身是汝本心]'라고 하고 있다.

6 이것은, 아담에 의해 미리 얘기되고 있지만, 나중에, 십자가 위에 못 박힌 기독이, '아버지여, 저희를 사하여 주옵소서! 자기의 하는 짓을 알지 못함이니이다'(「누가복음」 23장 34절)라고 했던 기도는, 그가 인류의 원죄뿐만 아니라, 자기를 해한 자들(유대인들)의 그 죄까지를 구속(救贖)한 것으로 이해된다. 「전도서」 3장 15절에는, '이제 있는 것이 옛적에 있었고, 장래에 있을 것도 옛적에 있었나니'라고 하여, 소박한 의미에 있어서의 '회귀(回歸), 영겁회귀'를 말하고 있어 보이는데, 이 회귀설을 좇기로 하면, 최초의 여자의 아들 아벨(카인은 '간교한 뱀의 자식'이라고 해석하는 듯하다)의 순교와, 스스로를 '인

자'(人子)라고 칭하는 기독의 수난은, 그런 어떤 '반복'(회귀)으로도 이해되는데, 그들의 죽음이, '원죄'를 대속했다면 그러하다는 얘기다. 보태두고 싶은 것은, (本 稗官의 믿음엔) 기독이 대속한 '원죄'는 '죽음'이 아니었는가 하는데, 같은 원죄라도, 아벨은 그렇다면, '죽음을 초래한 죄'를 대속하고, 기독은 '죽음' 자체를 대속했다는, 다름이 짚어진다.

7 "아담이 비록, 대지의 소산으로 살며, 자양분을 얻었다 해도, 대지는 아직도 동정녀였는데, 아담의 아들 카인이 아벨을 쳐 죽인 피에 젖었을 때, 동정(처녀)을 잃었다"는 설이 있다. 그리하여 대지 위에 "처음으로 증오가 나타나기 시작했다"는 것이다(Wolfram, *Parzival* Book IX). 이는 언뜻 그럴싸해 보이지 않는 것은 아니다. 아니나, 한번 뒤집어보기로 하면, 나뭇가지에 물고기 열매가 맺혔다는 식으로, 해괴하기 이를 데 없어 보인다. 설마, 아벨이 대지의 동정성을 담당해 있었던 것은 아니었을 것이지. 이 경우는 그러니까, 아벨의 흘린 피가, 대지의 처녀막 파열의 의미로 취급된 것이지만, '피'와 '정수'가 밀접한 연관성을 가졌다 해도, 아벨의 피가 카인이 흘린 정수의 의미는 아니었을 터이지. 사실로 대지에 근접해 있던 자는, 아벨이기보다는 카인이 아니었던가. (허나 이 또한 해괴한 얘긴 것) 꿰맞추기로 해서 말하면, 혹간, 아벨의 것 대신, 카인의 피가 대지로 흘러들었다고 한다면, 대지의 처녀성이, '증오'라는 성병(性病)에 걸렸었을 수 있다고, 추측해낼 수 없는 것은 아니다. 모진 증오의 살수(殺手)에 의해 흘려졌다 해도, 아벨의 피는 어째도 맑았던 것이고, 까닭에 '어떤 순교'가 대속의 제의(祭儀)로도 이해되어질 수 있는 것이다. 그렇다면, 예를 들면, 간교한 뱀에 의해 대지가 병들어 있었다 한다 해도, 그 맑은 피에 순화를 성취했다고 했어야, 아벨의 죽음의 무의미성이 극복되어질 뿐만 아니라, 심지어 '순교'라고까지 이해되어지는 것일 것이었다. 그렇잖으면, 나중에 치열하게 행해지는, '보혈을 담은 성배(聖杯)' 탐색의 의미가 많이 바래버리기 쉽다. '천국'은 혹간, 동정녀, 또는 처녀의 비유나 상징을 입을 수 있을는지 몰라도, 글쎄 패관은 몰라도, 무엇보다도 특히 '대지'는, 결코 동정녀여서는 될 일이 아니라는 것이, 패관의 상식적 의견이다. 거기서 지령이며 비둘기, 엉겅퀴며 백합화가 함께 자라 번식하는 것을 보면, 대지는 '처녀'가 아니라, 시작부터 어머니였던 것이다. 저 지고하게 순결했던 에덴에도 이미 간교한 뱀이 있었거니와, 카인과 아벨이 태어난 모태도 두 다른 것들이 아니었지 않느냐. 이로 보면, 자궁은 선악 따위를 분별하는 심판의 장소—바르도가 아니라, 생성의 장소던 것이다. 아으, 자궁이 만약, 무엇을 수태키 전에, 선악을 가려, 선한 것만 양육하기로 한다면, 뭔 농조(弄鳥)질 하겠다고 인류는, 천국이나 극락정토에의 꿈을 꿀 일이

겠는가? 그럼에도 만약, 대지가 그 처녀막을 파열당한 역사를 짚어내 보아야 겠으면, 그것은, 그 대지에 '지혜의 열매를 매단', 자연 가운데에는 없는, 그 이상한 나무가 심겨졌던 때로까지나 소급해보아야 하지 않겠는가, 한다. 때에 이미, '순수'는 '지혜'에 의해 파열되어져 있던 것. 순수(자연)에 대해 지혜(문화)는, 성병 같은 것일레람. 어찌 되었든, 대지의 입장에서는 대지는 처녀여 본 적 없는 처녀, 시작부터 새끼들을 배, 배가 앞산만 해져 있어, 있어 온 것은, 문밖을 나서본 이라면(이란, 모태를 벗어나본, 이라는 말인데) 대번에 알아버릴 일이다. 그러면 그 '시작' 이전에 무엇이 저 대지에게다 애를 처넣어 주었느냐는 물음이 따를 법한데, 궁색하게, 또는 궁색하지 않게 들춰내 보일 대답은 그때, '곡신'(谷神) 같은 것일 게다. 凹(谷, 蓮) 凸(神, 보석) 얘기—옴 연 속에 담긴 보석이여!

雜想 둘

1 蠱: 여러 종류의 독충을, 한 그릇 속에 잡아 넣어놓으면, 그중의 한 벌레가, 다른 벌레들을 다 잡아먹고 남는다는데, 이것을 이른다, 는 얘기가 『山海記』에 있다.

2 최근에 쓴 필자의 줍쇼릭 『神을 죽인 자의 행로는 쓸쓸했도다』 속에, 이런 문제에 관한 얘기가 나온다. (부연해둘 것은, 이것을 포함한, 이하의 세 편의 雜說은, 네 차례에 걸쳐, 『대산문화』에 게재되었었던 것이라는 것이다)

誤想 둘

1 本 雜說의 필자도 물론, 中國禪이 *Laṅkāvatāra Sūtra*와 긴밀한 관련이 있다는 것은, 읽어, 아주 조금 알고는 있다. 『랑카바타라』(『능가경』)는, 중원선의 '제일조'로 치는 '달마보디'가, '중원에는 공부해볼 만한 경전이 없다'며, '제이조'로 치는 '慧可'에게 전수한 경전이었다는 것이다. 이 말은 여러 뜻으로 풀이되고 있는 듯한데, 아마도 그중 유력한 것은, 산스크리트나 프라크리트로 된 다른 경전들이 아직 漢譯된 것이 별로 없다는 뜻이었을 것이라는 견해이다. 그 문제는, 禪의 역사적 측면을 공부하는 이들의 몫인 것으로 알아, 패관이 짧은 혀를 댈 자리는 아니겠으나, 稗見에는, 그런 이유일 수도 있고, 아닐 수도 있

어 보이는데, *Prajñāpāramitā Sūtra*모양 '마음'까지도 지워버리고, '空'(無)을 說하는 다른 경전들과 달리, 이는 (『능가경』) 모든 것을, 한 우주를, '마음'[心] 하나에다 싸안아 버리는 法說이어서, 湖西에서 근래 장족의 발전을 보아온, '心理學' 序說이거나 總論이랄 수도 있어 보이는바, 바로 이 경전을 아비가 자식에게 전수했다는 의미는, 그 시작에 있어 '禪門'의 주제, 또는 그 요가(禪, Dhyāna, 명상)의 대상, 話頭나 公案은, '空/無'가 아니라, '마음'이라는 것이 아니었는가, 하는 측면을 짚어내게도 한다. 이것에 좇는다면, 그리하여 그것을 도식화하기로 한다면, 이렇게 될 성부르다. 『능가경』+中原의 道=敎義 [Doctrine] /佛花 한 송이 [Ruta, 記表] +가섭의 파안미소 [記意] =敎儀 [Ritual] . 儀 [Ruta] 와 義 [Artha] 간에, 아무런 연관이 없거나, 어긋나 있거나, 한쪽만 남기거나, 양쪽 다 남기지 않는 결과를 초래할 테다.

2 '임제'를 '임제 나루터 사공'이라고 이른 (얘기가 있기도 하지만) 것은, '차안과 피안 사이의 나루터 사공'이라는 투로, 상징적으로 읽어줄 수도 있을 테다. 동시에, 패관은, 이제부터 말하고져 하는, 그의 '逢佛殺佛......'의, 매우 탁월한 殺論의 근거를 밝힌다면, 그가 달마의 칼을 별로 찬양할 만한 목적을 위해 휘두르지 못했다고, 패관까지 나서서 하는 질타의 저의가 밝혀질 듯하다고 여긴다. *Laṅkāvatāra* 第三장 58절에 "What are the five Immediacies? They are: ① the murdering of Mother, ② of the Father, ③ of the Arhat, ④ the breaking-up of the Brorherhood, and ⑤ causing the body of the Tathagata to bleed from malice. ① Mother of all beings? It is desire. ② Father—Ignorance. ③ [……] "이라는 투로, '돈오'를 돕기 위해 행한 설법은, 비유·은유·상징 들을 입어 있어, 그 '說'은 맵고, 아프고, 피 터지게 되어 있으나 (그래야 돈오—immediacy가 성취될 것이 아니겠는가?) 그 法은, 웅숭깊고, 광대원활하여, 無極大道인 것을 품고 있는데, 소가 언덕에 기대 등의 가려움을 문질러대듯, 임제도 필시, 이 경전의 이 구절에 기대, 언뜻 듣기에 사자후 같은 것을 했겠지만, (사자후를 흉내 하는 울음은, 野狐吼라고 이르는 게 옳을 테다) 그가 그 울음의 출처를 밝히지 않았음에 의해, 그 울음 속에 토막져 나오는 佛骨, 祖骨...... 등은, 무고하게 살해당한 결과일 뿐이어서, 『능가경』을 접해보지 못한, 많은 선남자 선녀자들에게, 무익백해만을 입히는, 참으로 바람직하지 않은 결과를 초래할 것이다. 그가 이 사자후를 하려 했으면, 하다못해 가짜배기 사자 껍질이라도 입었었으면 하는 바람이 있다. 석가모니가 휘둘렀던 저 법도(法刀)는, 그 가운데 손잡이가 있고, 그 양쪽에 날을 가진 칼이었는데, 한쪽 날은 연꽃으로 되어 있었던 것을, 그러면 알게 된다.

3   '喝'이, 漢音으로는 된소리 '헤'로 난다는 소리가 있더라. 말도 많았댔구나, 술
     한잔 내게람! ('Nunc Scripsi Totum Pro Verbum Da Mihi Potum!')

깃털이 성긴 늙은 白鳥/깃털이 성긴 어린 白鳥

1   본 졸문은, '경계를 넘어 글쓰기'라는 주제하에, 대산문화재단에서 주최한,
     "2000 Seoul International Forum for Literature"(9월 26~28일, 세종문화회관)
     에서 발표했던, 「비서구 세계에서의 글쓰기」의 全文이라는 것을 밝혀두는 바
     이다.

A RETURN TO THE HUMANET

1   이 雜說은, 『문학동네』에서 개최한, '환경문화 세미나'에서 지껄였던 그것임을
     밝혀둔다.
2   '人間'은 '사람 사이'의 뜻도 포함할 것이지만, '間'이 '측간', '방앗간', '초가삼
     간', '집칸'(이나 장만했나?) 등, 확대하면 '혹성' '우주'의 뜻을 가진다.

죽음의 한 연구_주석

졸작 중에 발췌 인용된, 타인의 생각의 어떤 것들은, 重譯을 회피할 수 없었음이 유감이지만, 그리고 重譯이란 때로 대단히 위험스러운 것이 사실일 터이지만, 그러나 필자는, 도대체 번역을 위주로 한 것이 아니었으므로, 심지어 誤譯에 이르러서까지도 양해를 구할 수 있으리라고 믿는다.

1 R. M. Grant, *Gnosticism and Early Christianity*, Columbia University Press, 1966, p. 9.

2 A. F. Price, Wong Mou-Lam 공역, *The Diamond Sutra and the Sutra of Hui Neng*, The Clear Light Series Shambara, Berkeley, 1969, p. 26.

3 W. Y. Evans-Wentz(영역), *The Tibetan Book of the Dead*, Oxford University Press, 1972, p. 179.

4 *The Diamond Sutra and the Sutra of Hui Neng*, p. 15. 神秀(?~706)의 게송.

5 같은 책, p. 18. 慧能(638~713)의 답송.

6 '아버지를 刺殺'하거나, '壓殺'하는 관계의 연금술적 상징적 도식은, Bonus of Ferrara, *The New Pearl of Great Price*, Vincent Stuart Publishers Ltd., 1963, p. 39. 필자가 되풀이하여 차용하는 것인데, 그러한 '척살' 또는 '압살'이, 우주적 형태로 이뤄진다고 할 때, 거기 '말씀의 肉化'가 실현되고 세상적으로 이뤄진다고 할 때, 그것은 반대로, 肉에 억류되었던 '말씀'의 귀환이 이뤄진다고 이해한 것이다.

7 C. G. Jung, *Collected Works of C. G. Jung* Vol. 12, Princeton University Press, 1970, p. 305, 그림 157.

8 이 장면의, '四肢의 切斷'은, *The Tibetan Book of The Dead*(p. 166)에서는 亡者에게 행하는 심판으로 나타나지만, W. Y. Evans-Wentz 편집, *Tibetan Yoga and Secret Doctrines*, Oxford University Press, 1972, pp. 172~175에서는, 은둔자들이, 눈만 잇달아 퍼붓는, 혹독한 추위를 불 없이 이겨내고, 몸을 따뜻이 하기 위해서도, 또 질병·허약·불결 등을 제거하여, 다음 단계로 해탈을 성취하기 위해 初禪法으로도 행하는데, 이것은 또한, M. Eliade, *Shamanism*, Princeton University Press, 1972, p. 36에 있어서는, 한 平人이 巫覡化해가는 과정에도 이어진다.

9   *Tibetan Yoga and Secret Doctrines*, pp. 125~127. 1분에 15번. 한 시간에 900번, 하루 21,600번. 그러나 티베트인의 요가는 호흡법에 있어서, 탄트릭 요가를 완전히 이해하고 있다고는 믿어지지 않는다(같은 책, p. 126, 주석 1).

10 C. G. Jung, *Collected Works of C. G. Jung* Vol. 16, p. 237. 이 관계는, 연금술적 혼례가 이뤄지고 있는 장면이다.

11 같은 책, p. 237.

12 같은 책, p. 243.

13 같은 책, p. 249.

14 같은 책, p. 247.

15 같은 책, p. 221. 이 도식은, 연금술적 혼례에서, 왕과 왕비가, 오른손은 왼손에, 왼손은 오른손에, 가로 건너질러 잡은 손으로부터 도출된 것이다.

16 『박상륭 전집』, 829쪽.

17 '죽음과 재생 사이에 가로놓인 중간 상태. 49일로 치는바, 상징적인 숫자. 천체가 일곱 혹성으로 구성된 것처럼 이 세계에도 七界 또는 일곱 단계의 마야(Maya)가 있는데, 그 각계에는 또 일곱 회의 진화가 있어, 7의 제곱은 49를 만드는 것이다. *The Tibetan Book of the Dead*, p. 6.

18 M. Eliade, *Shamanism*, p. 230.

19 이것은, 소설적 요구에 의해 어쩔 수 없이, 오시리스의 죽음 앞에서 이시스가 하는 넋두리를 빌린 것인데, 왜냐하면 우리에게는 그런 넋두리가 없는 셈이기 때문이다(J. G. Frazer, *The Golden Bough* Part IV, 'Adonis. Attis. Osiris.' Vol. II, p. 12. St. Martin's Press, 1966). 그리고 이러한 차용은, 제8일의 혼례 장면에서도 암시되어 있는 바와 같이, 주인공과 수도부의 관계가, 오라비와 누이의 관계인 것을, 보다 더 확실히 할 수 있는 이점을 수반한다.

20 C. G. Jung, *Collected Works of C. G. Jung* Vol. 12, p. 304, 그림. Anima Mercurii.

21 P. Rawson, *The Art of Tantra*, New York Graphic Society Ltd., 1973, 그림 67, '보이지 않는 男根을 휘감고 있는, 우주적 作用力.'

22 G. R. S. Mead, *Fragments of a Faith Forgotten*, University Books, 1960, p. 186.

23 C. G. Jung, *Collected Works of C. G. Jung* Vol. 12, 그림 131, 135.

24 *The Tibetan Book of the Dead*(p. 149, 주석 1)에 의하면, 이 6자 大明呪는, 再生의 門을 달고자 할 때 암송하는 것이라고 한다.

옴—白色. 神世.

마—綠色. 아수라界.

니—黃色. 人間世.

팟―靑色. 殺世. 금수계.

메―赤色. 鬼世.

훔―煙 또는 黑色. 지옥계.

25 *The Art of Tantra*, p. 75.

26 *Fragments of a Faith Forgotten*, p. 351.

27 A. Avalon, *Tantra of The Great Liberation*, Dover Publications Inc., New York, 1972, p. xxxviii.

28 같은 책, p. xxiv(Shakti가 없이는, Rudra나, Vishnu나, Brahma라고 할지라도, 아무것도 성취해내지 못한다. 그러므로 말하자면 죽은 몸들과 같다).

29 Bonus of Ferrara, *The New Pearl of Great Price*, pp. 273~276.

30 *Tibetan Yoga and Secret Doctrines*, p. 71. 『우리말 八萬大藏經』 passim(法通社 간행, 1963).

31 『우리말 八萬大藏經』, p. 577.

32 '제23일'에서 '제26일'에 걸치는, 본문의 괄호 속의 숫자는, *The Tibetan Book of The Dead*에서 발췌 인용한 구절들이 있는, 그 책의 면수다.

33 「雅歌」에는, 神의 땅에의 사랑이 대단히 肉的으로 보인다. 그러나 졸작의 주인공은, 그것을 대단히 회의적으로 본 듯하다.

34 "모든 魂이 다 神에게는 여성이다"(*The Art of Tantra*, p. 109). 이것은, '열처녀의 비유'(「마태복음」 25: 1~14)와, '남성 속의 여성적 경향'으로서의 '아니마'(Anima)가, 魂의 대명사로 사용되는 것과 함께 주목할 가치가 있다. 이 관계가, 단군신화에서는 보다 탁월하게 우화화되어 있다. 단군신화는, 생명과 영혼의 연금술적 과정이, 보다 더 종교적 발상에 의존되어 있다. '쑥과 마늘'은 '毒'의 의미이며, 그것에 의해 '웅녀'가 털을 벗는 과정은, 모든 장애나 구애로부터서 위대한 자유를 획득해내려는, 구도적 노력이다. 신 앞에서, 모든 혼은 다 암컷이다.

35 「욥기」 3: 3~12.

36 샤머니즘에 있어서, 독수리는 샤먼의 靈을 하늘에 올려다 주는 새로 나타나고, 백조라든가 갈매기는, 샤먼의 혼을 下界에다 데려다주는 새로 상징된다. '갈매기다운 독수리' '바다 같은 하늘' 또는 '하늘 같은 바다'는, 저 둘의 현상을 일원화하려는 의도로 접붙인 것이다. 그 가능의 단서는 저 '둥지 같은 배'에 있고, '일곱 색깔의 끈'은 하늘로 이어지는 다리, '무지개'에 이어진다. '세상나무'도 또한, 하늘로 이어주는 '다리'인 것을 고려하면, '나무'와 '무지개'가 동일시된다는 것을 주인공의 죽음과 관련하여 첨부해둘 필요가 있을 듯하다.

37 "하나님은 한번 말씀하시고 다시 말씀하시되, 사람이 침상에서 졸며 깊이 잠 들 때에나 꿈에나 밤의 異像中에 사람의 귀를 여시고 印치듯 교훈하시나 니"(「욥기」 33: 14~16).

38 Sir R. Burton, *Kama Sutra*, G. P. Putnam's Berkley Medallion Book, 1966, p. 65.

39 Sir R. Burton, *The Perfumed Garden*, Castle Books, 1964, p. 11.

40 Nikhilanda, The Upanishad, Harper Torch Books, 1963, p. 116.

41 루시페르. 그는 나중에 基督으로까지 승격한다(C. G. Jung, *Collected Works of C. G. Jung* Vol. 9 II, p. 72).

42 W. Y. Evans-Wentz, *The Tibetan Books of Great Liberation*, Oxford University Press, 1968, pp. 202~204.

(Samayā, gya gya,

E—ma—ho!

Key! Key! Ho!)

gya—vast

43 Samayà—Divine Wisdom.

44 Kye—: 부르는 소리로서 '오—'라고 번역될 수 있다고 한다.

45 Ho—: 감탄사.

46 *The Upanishads*, p. 82(언제나 사람의 심장 속에서 살고 있는 purusha, 즉 자아 는, 엄지손가락보다 크지 않다. 사람으로 하여금, 그의 몸으로부터 저 자아를 분리케 하라, 마치 칼날 같은 쇠기풀로부터 부드러운 줄기를 분리해내듯이. 그 리하여 알게 하라, 자아란 빛이며, 불멸인 것을—그래, 빛이며 불멸인 것을).

47 "The Vendidād, Fargard xviii", *The Zend Avesta*, Greenwood Press, 1972, pp. 30~47 참조. "聖 스라오샤 Sraosha께서, 몽둥이를 쳐들어 올려 내려칠 듯이 하 며, 요사한 마녀 드룩(Drug)에게 물었다. "오, 너 철면피의 사악한 계집년이여, 물질로 이뤄진 이 세상에서, 다만 너 홀로, 사내와의 동침함이 없이 새끼를 배 는다?" 그러자, 저 요귀 년 드룩, 이렇게 대답한다. "오, 흰칠하신 聖 스라오샤 나으리님, 어찌 이년이라고, 물질로 이뤄진 이 세상에서, 남정과의 접촉이 없 이, 혼자서 애를 밸 수 있겠나니까? 요래 봬두 요년께두요, 서방님은 넷씩이나 있는뎁지요, ……사내가 밤의 몽정 중에 유실한 그 정액을 받아서도 애를 배는 뎁지유, 이이는 소첩의 셋째 서방님이다누요." —이 「이삭줍기」 章은, 이 드룩 년이 美里의 육조의 몽정을 통해, 그의 불알을 훑어 까먹는 얘기인 것이다. 미 리 밝혀둘 것이 하나 있다면 저 인용된 구절은, 또한 「六祖傳」의 속편 「七祖 傳」의 중요한 한 배경이 되어 있다는 그것쯤일 것이다.

1 '우리들의 무의식은 밖에 있다, 또는 밖 자체다'라고, 본 패관이 제창한, 일견 망발스러운 주장은, 특히 '맘(몸+맘)의 우주'에 적용되는, 사이비 심리학적 명제(왜냐하면 저것은 종교적 주제던 것이다)라고 밝혀둬야겠다. '맘(마음)의 우주'에서는, 우주 자체, 또 거기 소속된 모든 존재나 사물이 다 마음의 풍경 이상은 아니(『능가경』참조)라는 점에 유의해보기를 바라며, '몸의 우주'에서는, 축생이 자라기에 좋아, 밖을 깨우치기에 의해서만, 저 살벌한 세계에서 도태치 않고, 생존할 수 있다는 것이, 관찰되어지기를 바라는 바이다. 그리고 '맘'과 '몸'의 현주소(現住所)는 같은 것. 이런 얘기는 왜인가 하면, 저 '어부왕이 기다리는 기사는 파르치발'인데, 이 파르치발이 패관에게는, '우리의 무의식은 밖에 있다/밖 자체다'라는, '맘의 우주'의 무의식론을, 고된 탐색을 통해 육적(肉的)으로 가장 잘 대표하고 있는, 한 전형성을 띤 인물로 이해되기의 까닭이다. 집을 떠나고 있었을 때의 파르치발은, 대략 차투린드리야[四官有情]의 상태에 머물러 있었는데, '성배 탐색'이라는 하나의 대의와 목적에 의해, 간난신고를 겪으며 헤매는 동안, 판켄드리야[五官有情]를 성취하고, 거기서도 좀 더나아간 것으로, 볼프람(Wolfram von Eschenbach)의 『파르치발』은 읽힌다. 아마도 종내 '안'에서 찾게 될 '성배'를, '밖'으로 찾아 헤매다 그는, '안'으로 돌아와 '밖/안'의 경계를 몰라버리게 되었을 듯하다. 만약 우리가, '성배'의 의미를 한정하려고 들지만 않는다면, '성배'는 인류가 존속하는 한, 그리고 그들이 삶의 의미를, 그리고 실다움(진리)을 의문하는 한, 탐색의 대상으로서 존재할 것임은 분명하다. 각설하거니와, 어부왕이 기다리는 기사는 바로 이 파르치발이었더랬지만, 그리하여 그가 일찌감치 나타나기는 했더랬지만, 그냥 지나가는 말로라도 한번 그가, "폐하의 병은 어떻게 하면 나을 수 있으리까?"라고, 묻기만 했었기로도, 왕의 병도 치유하고, 자기의 과업도 완수할 수 있었을 것이었다는데도, 그의 미숙(차투린드리야)의 탓으로 돌려야겠는가, 그는 꿀 먹음은 벙어리나 꿔다놓은 보릿자루모양, 앞에 성배를 둬 건너다보면서도, 입을 봉하고 묵묵히 앉아 있기만 했었으므로 하여, 왕의 병도 치유할 수가 없었거니와, 자기의 숙명적 과업도 완수할 수가 없이 되어, 이후의 그의 탐색이 시작되었다고, 볼프람은 자아올린다. 이것에 대한 해석은 분분하다. 그리고 그것을 聖杯 秘儀에의 入門 같은 것으로 이해하는 듯하다. 허히, 이런 자리에 패관이 나

서도 될랑가 어쩔랑가 모르겠어도, 참을 수 없어, 나서 한마디 하게 되기는, 패관은, 수많은 얘기를 稗帖에 주워 담아왔거니와, 저따위로 씨먹지 않은 얘기는, 전에도 들어보지 못했거니와, 후에도 들어볼 것 같지 않다는, 쓴소리 한마디일 것이다. (그럼에도 패관도, 차투린드리야의 판켄드리야에로의 진화에도 과정은 있다는 것을, 잊고 있는 것은 아니다) '위대한 시인 볼프람'도 하긴, 그것이 끝맺음이 되었어야 할 '성배, 성배의 城'부터 앞내세워 놓고, 그것의 탐색의 얘기를 시작하려 하니, 다른 방도를 찾지 못해, 여러 밤잠을 설피지 않을 수 없었을 것이라는 것도, 짐작 못 할 바는 아니로되, 그게 무슨 빙충맞은 소린가? 그러나 進化論을 고수하는 本 稗官의 소신엔, 그 까닭은 누구라도 용이하게 짚어낼 수 있는 것이겠지만, 인류는, 에덴이라거나, 파라다이스, 황금시대 등등, 있어 본 적이 없는 아름다운 과거를 창조했었던 듯하게 여겨진다. 반복되는 느낌이 있지만, 時制에 좇아 말하면, 그 아름다운 과거는, 그 과거의 미래쪽에서 꾸어진 꿈이었던 것, 것이 어떤 경로로 해서든, 그 미래 쪽의 미래로 미뤄진 무량겁 과거인데, 時制의 이런 뒤엉킨 뱀 구덩이 속에서도 우리는, '如來心地의 要門(藏識?)'이라거나, '集團無意識' 따위의 방을 빠끔히 들여다보게 된다. 그래서 그런 것들은 歷史라기보다, 보다 더 神話라고 이르는지도 모르겠으나, 그런 뒤 인류는, 그것들의 재구현이라는, 달콤하고도 전도된 꿈을 꾸기 시작했던 듯하다. 일견 기독의 수난으로부터 시작된 듯한 聖杯傳說도, 그 연원은 훨씬 더 먼 과거 쪽으로 소급되어진다는 설이 유력한데, 그렇다면 이것까지도, '창조되어진 과거' 속에서 잃어진 한 꿈인 것이라고 이해해도 안 될 일은 없어 보인다. 에덴에의 복귀라든, 성배 탐색 등은 그러니, 미래 속에서 구현하려는, 창조되어진 과거이다. 파르치발의 미숙함을, 독자가 만약 이런 견지에서 읽기로 한다면, 허긴 우리 모두는 미숙한 파르치발이다. 불알을 제 손안에쥐고서, 그것을 찾겠다고 저잣거리를 헤매는 식이다. 우리 모두는 빙충맞다. (咄, 小說하기의 雜스러움!)

2 본디 이 '聖杯傳說'은, 이단의 신들을 예배했던 이들의 것이었던 것이, 중년에, 가톨릭과 기독교의 歷史 속으로 끌려든 것이라는 것은 주지하는 바대로이다. 그렇다면, 어떤 '傳說'에 대한 歷史家들의 접근법과, 雜說꾼의 그것이 부합해야 할 필요가 반드시 있는 것은 아니라는 주장도 할 수 있게 된다. 그것이 기억되어지면, 전설은 전설의 꼬리를 물어, 다시 다른 전설을 이뤄내기를, 그 전설이 함량한 乳液이 다 해질 때까지 계속된다는 것을 알아(그런고로 그것들이 文化的 遺産이 아니겠는가!), 歷史家들 편에 서서, 本 雜說에 소개된 저 전설의 眞僞를 가리려 할 필요는 없을 터이다. 볼프람의 『파르치발』에 얘기되

어져 있는 '성배'(聖杯)는, '예수가 만찬 때 썼던 잔'(Chalice—나중에, 아리마데 요셉이, 이 잔에다, 십자가 수난에 흘린 예수의 보혈을 받았더라고 했으며, 그에 의해 Glastonbury에로 옮겨진 것도 그것이었다는 설이 있다), 또는 '예수와 막달라 마리아와의 결혼식장, <가나의 혼인 잔치>에 신랑이 썼던 잔'(이 잔은 나중에, 막달라 마리아에 의해, 프랑스로 옮겨졌다고 이른다)이 아니라, '돌'(Lapis, Ltn., *Lapis Lapsus ex Caelis*)이었다는 것이, 주목을 요한다. 이것은 그러므로, 로마교황청에서, 그것[聖杯]이 너무 '여성적'이라고 비난 매도한 것과 달리, (稗見에는) '남성적'인 것으로 이해된다. 그것이 지나치게 '여성적'이라고 비난에 처했던 까닭은, '보혈을 담은 잔', '혼인 잔치 때 신랑이 썼던 잔'이, 그것에서 머물지 않고, 더 침중하게 秘儀化를 겪은 결과로, 기독의 피를 직접 받았던 잔이라면, 그것은 다름 아닌, 그의 신부였던 '막달라 마리아', 더 구체적으론, 그네의 '子宮' 말고 무엇이겠느냐고, 주장되어지기 시작한 데 기인한 것일 것이었다. ('聖靈'을 수용해 아기 예수를 수태한 聖母 마리아야말로 '聖杯'라고, 막달라 마리아를 聖母 마리아와 환치하기로서, 그 門에선 '聖杯傳說'을 받아들였다는 얘기도 들린다) 이렇게 되어 우리는, 볼프람을 통해, 성배에도 종류는 한 가지만 있는 것이 아닌 것을 알게 되었거니와(러시아인들의 '성배'는 '대지' 자체였다는 것도 첨부해둘 필요가 있을 듯하다), 이래서 보면, '성배'란 반드시 '여성성'만을 띤 것은 아니었던 것인 게다. 그런데 바로 이것(성배=돌)에 연유하여, 소급되어진 說일 성부른데, '성배 전설'은, 그실 湖東에 그 母胎를 두고 있다는 얘기가 있어, 흥미롭다. 湖西에서 그것이 운위되었기 오래전에, 호동의 經典들은, 이 '염원을 이뤄주는 보석'(Cinta-mani, Skt., Wish-gem. 또는 'Padma mani', '蓮 속의 보석')에 대한 희망을, 어린 중생들 살기의 어려움 속에다 심어주어 오고 있던 것은, 아는 이들은 알고 있는 것인 것. (그런데 가맜자, 이런 '성스러운 돌'을 운위하는 자리에다, 패관의 어리석기 이를 데 없는 稗見을 하나 얹어둬도 될라는가 어쩔라는가, 매우 망설이게 됨시롱도, 혀끝까지나 내려 대룽거리는 것을 되삼키기도 쉽잖다, 게다 보태 두려운 것은, 패관의 견문의 소잡하므로 하여, 다른 이에 의해 이미 밝혀져 있는 것을, 자기 생각이라고 주억거리고 있지나 않나, 그, 글쎄 그것도 모르겠으되, 그런 경우라면, 패관 서슴지 않고, 경배하여 그의 문하에 들 것인 것) 稗觀에는 그런데, 이 '돌'의 출처가 호동일 수도 있다는 설에 동의하면서도, 문잘배쉐에 秘置되어 있는 그것만은, 반드시 '수입품' 같지는 않은 듯하다는 것이다. 라는 稗觀은, 전해진 다른 한 古記를 염두하다 이뤄진 것인데, '아기 예수가 割禮를 받고 있었을 때, 어떤 한 노파가 나타나서, (예수의 귀두를 덮었던) 그 잘린 피부를, 자

기에게 줄 수 없겠느냐는 청을 했던바, 주어졌더랬더니, 나중에, 막달라 마리
아가, 예수의 머리와 발등에 부은, 그 한 옥함의 나드기름(spikenard) 속에 그
것이 저장되어 있었(음이 밝혀졌)다'는 얘기가 그것이다(*The first Gospel of the
Infancy of Jesus Christ* 2: 1-4). 그가 입술에 댔던 '잔' 하나까지도 '성스러운 것'
으로 숭앙되는데, 하물며, 그의 眞肉이랴, 그것도 할례에서 잘려 나간 살점이,
아무렇게나 취급되어, 이웃집 강아지라도 물어가 버리게 했겠는가? (그가 나
중에, '스스로 된 고자'主義를 부르짖었던 것을 감안하면, 저 '할례식'은, '去勢
의식'으로도 이해된다) 패견에는 바로 '이것'이, 어떤 경로에 의해서였든, 저
문잘배쉐로 옮겨져, 안치된, 그 '성스러운 돌, 하늘에서 떨어져 내린 돌, 성
배'나 아닌가 하는데, 다른 누구도 말고 하필이면, ('치유력'이 있는) 그것을 뫼
셔 지키는 사제 왕이, 다른 어디 오장이나 육부, 사지도 말고, '치부'라고 완곡
어법을 입은 性器를 앓고 있다는, 바로 그 까닭으로 그런 것이다. 패관이 앞
서, 억측이랄 것을 계속하던 중, 어린 예수가 치른 (유태인들만의 儀式인) '할
례'를, 나중에 '去勢儀式'으로 바꿔 설교에 나섰다는 투의 얘기를 했거니와,
(패관은 그럼으로 하여, 학자들 간에 설왕설래, 논구 중인 '예수의 결혼' 문제
를 상징적으로 이해하고 있지만, 그리고 그런 상징화를 통해서만, 유태인 예수
가 이방인들 심령 속에도 확고하게 자리 잡게 되는 것이지만) 이에 준해 어부
왕의 병고의 까닭을 짚어보기로 한다면, 이런 추측을 가능케 하는데, 어떤 기
사의 독창에 '치부'를 다쳤을 때, 그것은, 이방인 어부왕이 치른 할례 의식은 아
니었겠는가, 그런 뒤, 나중에 '성배'를 뫼시기 시작했을 때, 그는 그것을 '거세
의식'으로 바꿔버리지 안 했었겠는가, 다시 말하면, 어부왕은, '하늘에서 떨어
진 돌', 그 男根을 분리해 뫼시고 예배하기 시작했을 때, 자기 거세에 대한 깊
은 인식을 갖게 되었던 것이나 아니겠는가, 하는 것이다. 우리들의 주인공 '侍
童'이, '예수와 어부왕'의 두 얼굴이 겹쳐짐을 보곤 했던 것은, 이런 까닭으로
짚어진다. (예수야말로, '사람을 낚는 어부'들의 왕이었던 것은, 주지하는 바대
로인 것. 두 번 태어나기[重生] 위해서 판켄드리야는, 먼저 自己去勢 즉, 獸皮
를 벗어버리지 않으면 안 되는 것일 것이었다. 그것이 낚여져 올라온 '물고기'
로 은유를 입었음인 것. '물고기'란 '생명'의 상징이라잖느냐. 그리하여 어부왕
은 '해골'에 도달한다) 어부왕은, 시동을 더불어 낚시질을 할 때론, 탄식처럼
"어째 이리도 시간은 더디게 흐르는고? 그것이 흐르기는 흐르고 있는가?"라
고도 했으며, 그때 그는, 자기가 다른 아무 꼿(곳+것)에도 말고, 時間 속, 그러
니 '時中'에 유폐되어 있다는 것을 느낀 듯했는데, 어떤 때론 또, "태워져 재가
된 불사조는, 바로 저 성스러운 돌의 힘에 의해, 그 잿더미가 빠르게도 새로운

생명을 회복해낸다고 하거니……, 불사조는 그렇게 태어나, 전과 같이 광휘에 넘치고, 아름답게 빛나거니……"(*Parzival*)라고도 했는데, 그는 분명히, '重生'을 염두에 두었던 것이었을 게다. 어쨌든, 두 종류의 성배 중의 하나는, '母姐魂'(Mother Soul)의 상징이었다면, 문잘배쉐의 그것은, '火姐靈'(Father Spirit)의 그것이었을 게다. 친타마니.

　　문잘배쉐가 그러면, 우리들께는 무슨 희망인가? 그 황폐의 극복은 어떻게 될 것인가? '어떻게 앓기 시작했사오니까?' 묻기로, 그 불모는 풍요를 되찾을 것인가? 삶은 '앓음'[苦]이라고 보면, 그럴 수 있겠지맹. 그 '앓음'의 까닭의 중심에 그리하여, '성배'가 놓여 있음인 것. 나름대로, 깜냥껏, 기름땀을 쏟아가며, 그것을 찾으려는 우리 모두도 그리고, 그 실은 無名이다. (呰, 小說하기의 雜스러움!)

3　이는, 中原學의 '體/用', 요즘 湖西 '言語學'에서, 새롭게, 주요하게 다루는 'Signifier/Signified'의 출처, 그 原典의 문제를 고려하게 하는데, 반복하지만, 고려해보게 하는데, 言語學的으론 그실 불가능한 시도인 것이, 아래 인용하는 說法에서 변호되는 것을 보게 된다. 이것이, 패관이, '체/용', '記表/記意' 대신, 경배를 바치며, 붓다의 어휘를 빌리는 관건이 되고 있는 것인 것.

Artha/Ruta—"*The Lankāvātāra* here makes a distinction between words(Ruta) and meaning(Artha), and advises us not to understand Artha by merely depending upon Ruta, to do which is quite ruinous to comprehension of reality."

"Words(Ruta) and meaning(Artha), therefore, are to be separated."—*Studies in the Lankāvātāra Sūtra* D. T. Suzuki

"This is said one should not grasp meaning(Artha or reality), according to words(Ruta). [……] things are not as they are seen, nor are they otherwise."—*The Lankāvātāra Sūtra*.

4　'모험' 또는 '성배' 탐색에 오른, 아서(Arthur)왕 시절의 기사들은, 생식철의 畜生道에서처럼, 상대를 만나기만 했다 하면, 창 시합(joust)에 돌입한다. 이 일을 두고, 바로 그런 얘기를 쓰고 있는 볼프람 자신도 그럴 만한 이유도 없이, 서로 상해하거나 살해하는 일을 두고, 얼마쯤의 의문을 제기한 대목이 없잖아 있기는 있다. 저들은, 시쳇말로 이르는 어떤 이념(ideology) 한 가지 없이, 등산꾼들이 그런다던가, 山이 거기 있으니 오른다, 마찬가지로, 나아가는 길 앞에 상대방 기사가 나타나 있다는 그 한 이유만으로, 수인사가 어디 있겠는가, 먼저 창을 꼬나들어 찌르고 덤비는데, 瞎榜 패관이 읽었기로는, 그 이유 없는 싸움을 정당화시켜주고, 영웅화하는 데, '여성'(女姓)들이 동원된다. 참 별스러

운, 이데올로기가 못 되는, 그러나 이데올로기가 되어버린 저 맹목적 기사들의 필사적 창 쓰기는, 뒷전에서 구경만 해도 되는 패관께는, 무척이나 재미가 있어, 이것저것 닥치는 대로, 그냥 몇 줄 읽은 기억이 있다. 稗見(이전에, 누가 그런 얘기를 했을지도 모르되)에는, 저들의 행위 자체는 축생도적인데, 이때 저들을 축생도에서 들어 올리는, 부드러운 손이 있는바, 거기 '여성'의 역할이 있어 보였다. 아풀레이우스의 『금당나귀』니, 괴테의 『파우스트』에서는, 이 관계가 보다 더 종교적 형태를 드러내는 것은, 주지하는 바와 같거니와, 예를 들면, 거친 '自然'을, 詩의 抒情에 감싸면, 갑자기 섬세해지고, 그 정서가 '文化'化를 치르는 것처럼, 반복되지만, 남성들의 야만성, 폭력성에다 월계관을 씌워주는 것이 '여성'이던 것. 허긴 거기엔 '사랑'이라는 이데올로기가 있었던 듯도 싶다. 바로 이 '여성의 사랑'이, 詩에 있어서의 서정성 같은 것이어서, 남성들의 야만성, 폭력성을 文化화해 온 鍊金液이었던 것. 사랑의 힘은 그런 것이었던 게다. 이렇게 이해하다 보면, 읽혀지는 기사담은 모두, '여성 찬배'를 주제로 한 듯이도 여겨져, 여성주의의 승리의 개가를 불러도 좋을 성싶은데, 그러나 분명히 짚어져야 되는 것은, 당시의 '여성'들은, 남성 자신들의 야만성, 짐승적인 모든 것을 정당화하고, 변호하려는 데, 하나의 숭고한 도구로서, 自請해, 남성들에 의해 이용되어졌었지나 않나 하는 점이다. 이것은 숙독을 요하는 대목이다. (패관의 의도와 달리, 앞부분, 곡해를 살 여지도 있겠다 싶어) 부연해두려는 것은, Arthurian Romance에 등장한 기사들의 '여성 숭배'는, 이 여성들은, 다름이 아니라, '삶과 죽음을 관장했던 옛 女神들의 人現(化身)들이라고 믿기어졌던 것과, (북구 지방에서) 해[日]를 女性이라고 숭앙해왔던 풍속에서 비롯되었다'는 유력한 설이 받침하고 있으며, '여성=영토=지배권' 등이, 전설적으로 수용되어, Arthur 왕까지도, 왕비 Guinevere의 攝力下에 있었던 듯해도, 꽁생원 패관은 여전히, 男性에 대한 女性의 승리는, '自然에 대한 詩的 抒情性'이라는 그것에 있으며, '支配權' 같은 것에 있는 것이 아니라는 졸견을 고수하고 있다. '자연에 대한 서정성'이라는 것에다 땀내를 묻히기로 한다면, (Arthurian Romance에 나오는) 그것은 '女性의 情 있는 가랑이'(the friendship of her thighs, —이는 마침내, Royal Prostitute에로까지 발전했던 모양이었다. 이 娼女들이 그 요니 속에다, 왕들을 가둬버린다. 하기는 大地란 娼女인 支配者이다)와 유사한 것으로서, 그 '후한 요니' 속에 들기로써, '짐승'에 가까운 것들이 '사람, 또는 사내'가 되어 다시 태어나는 것이라는 것이 관찰되어져야 할 것이다. (이런 얘기는 拙作 『小說法』의 '承' 章에로 이어진다) 그래서 어머니의 허벅지 가운데는, '再生의 샘'이 있고, 女性의 그것에는, 조야한 질료의 변질을 돕는 '鍊金 솥'이 있다고 해얄 것이다. 거기 여성[牝]의 '검은 神秘'(玄)가 찬양되어질 자리가 있다. 이것이 거추장스러운 비계를 제거한 뒤, 뻘겋게 남은, 오로지 女性과, 오로지 男性이 마주쳤을 때, 일어날 수 있는, 땀의 거품이 이는 현상에 대한, 정직한 얘기가 될 것이다. 그러고도 여분의 곡해가 있다면, 권고하거니와, 그건 겨울 베짱이 공양용으로 쌓아두려마. (咄, 小說하기의 雜스러움!)

5 '谷神不死, 是謂玄牝'(『老子』 제6장)이라는, 老子의 道說이 稗官을 찌럭대 온다. 그러던 중 이대로 두었다가는, 저 잡년 등쌀에 죽지 못 살겠다 싶어, 장도를 꼬나들고 한달음에 내달았던바, 그 갑(甲)에는 이미, 다른 장도가 찔려 있음을 발견하고, 本 處容 넘세스러 노래했더라. 그래서 다시 본즉, '谷神'은 '골짜기 神'이라는, 한 陰神이 아니라, '谷=凹'과 '神=凸'의 野合으로 이뤄진, 한 마리 괄태충이던 것이었던 것. 거기 그것들 (凹凸=陰陽) 간의 內緣의 비밀이 있던 것이다. 그것까지는 좋았는데, 그러고 나자 이번에는 '玄牝'이라는 것이 난제로 가로막고 있던 것이었는데, 이 년 또한 한 장도에 베려 내달다, 패관은 한 번 더 처용의 노래를 부르지 않으면 안 되게 되었던바, 이 또한 암수일신의 괄태충이던 것을 알게 된 까닭이다. '玄牝' 또한, 기존의 해석대로, '신비한[玄] 암컷[牝]' 또는 '검은[玄] 암컷[牝]'이기보다는, '하늘빛(玄은 이 경우 '牡'의 개념일 것이었다)과 암컷[牝]', 즉 '하늘빛=凸=陽', '암컷=凹=陰'이라는, 天·地 간의 내연의 관계가 있던 것이더라. 이런 눈으로 보면, 그다음의 '玄牝之門, 是謂天地根'의, '門'과 '根'이 동일시되더라는 것도, 부연해둘 필요가 있을 듯하다. 老子는 그래서, 일견 '陰'만을 천지의 원리로 본 듯했음에도, 그실은 '陰陽'을 그것이라고 본 것으로 이해된다. '門'과 '根'은 性別상의 다름을 감안하고서도, 같은 것임으로, '門'만을 내세워 말하기로 하면, 이는 '始前/始後'의 한가운데 있는 것으로서, '時中/所中'이라고 이를 수 있을 테다. 이 '門'을 나서는 것은 '有爲'(Samskrita, 또는, Pravritti, Skt.)며, 뒤로 사리는 것은 '無爲'(Asamskrita, 또는 Nivritti, Skt.)이다. 이 '門'이 모든 '增加/逆增加'를 저울질할 것이어서, '易'이라고 이를 수 있을 것인데, 그래서 그것이 '天地之根'이랄 것이다. 自然 道에서는 저러해 보이며, 같은 것이 文化道에서는 또 달리 읽혀질 수도 있다는 것이 稗見이다. 보태 부연해둘 것은, 稗官은, 모기 몸에, 몽상과 상상력이라는 독수리 날개를 달고 있는 자며, 學工은, 그의 學尺에 의해 뿔을 뽑힌 황소라는 (이렇게 말해도, 혼나지 않을까?) 것쯤일 게다. 고로, 패관이 억지를 부리고 있다면, 한 수 베풂을 인색해하지 말지어다. 헤[喝] 헤헤— (咄, 小說하기의 雜스러움!)

6 패관의 소신엔, '시동'이가, 탐색에 오르며, 그 목적과 대의를, 그이[漁夫王]를 위해 세웠던, 그의 성주는, '時間'의 한가운데, 다시 말하면 '時中'에 유폐되고, 그의 성주의 侍童은, ('時間과 空間'이랄 때의 그) '空間'(이를 '場所'라고 번안한다 해도 무리는 없을 테다)에, 다시 말하면 '所中'에 갇힌 듯하다. 이 '時中'과 '所中'은, '가르바'(Garbha, Skt., D. T. 수주키에 의하면, 中原 번역자들이 저것을, 이상스레 '藏'이라고 번역했으나, 예를 들면 '如來藏' 따위, 그 원의는 '胎'라고 한다)라고도 이를 그런 것인데, 그래서 그것은 '胎'임과 동시에 '骸骨'이라고, 그 양자가 하나로 나타난 것이라고 주장한다 해도, 종교적·문학적 상상력 속에서는 틀릴 성부르지 않다. '胎'는 그 자체가 그것인대로, 같은 것의 '女性'적 국면을 담당하고, 그렇다면 '骸骨'은, '男性'적 국면을 담당하는 것일 것. 여기, 밝은 달 아래 나서, 처용이 노래[心經] 한 자리 불러 젖힐 곡절이 있다. (노래 가사까지 읊어주랴? 呸, 小說하기의 雜스러움!)

7 "Munsalvaesche is not accustomed to let anyone come so near unless he were ready to face perilous strife or make the atonement which outside this forest is known as Death." *Parzival* (呸, 小說하기의 雜스러움!)

8 Iscariot Judas의 傳記는, Jacobus de Voragine의 *The Golden Legend* 중, "St Mathias Apostle" 편에 기록되어 있어, 나중에 그를 만나 뵙게 될 영광을 갖게 되면, 허락은 그때 받기로 하고, 우선은 빌렸다. (呸, 小說하기의 雜스러움!)

9 이 부분은, 문잘배쉐 주변의 황폐도 황폐지만, 연화존자의 傳記 속의 한 일화의 변용이라는 것은 밝혀두는 것이 필요할 듯하다. 그는, 어느 고장을 정복했다 하면, 그 고장 사내들은 치고, 여자들은 취했더랬더라는데, 法種을 심어 넣으려는 목적이 없었다 한다면, 천하에, 이런 변강쇠도 없었겠다. (呸, 小說하기의 雜스러움!)

10 D. T. Suzuki 英譯, *The Laṅkāvatāra Sūtra*, Chapter Two IX, 120~123의 法은, 佛法이, 회피할 수 없이 갖게 된 두 국면에 관해 설해진 것으로서, 稗見엔, 매우 중요하게 여겨져, 이 자리에 소개해두는 바이다. (呸, 小說하기의 雜스러움!)

"120. Establishing myself in the Dharma, I preach the truth for the Yogins. The truth is the State of Self-realization and beyond categories of discrimination."

"121. I teach it to the Sons of the Victorious; the teaching is not meant for the ignorant."

"123. According to the nature of a disease the healer gives its medicine; even so the Buddhas teach beings in accordance with their mentalities."

11 Drug—이는 *Zend Avesta*에 나오는 Succubus인데, 패관이 꼭히 '불의 예배자'들

의 夜紅이를 빌린 까닭은, 시동이의 탐색이 '불새 잡기'라는 데 있다는 것을 고려하면, 그 까닭이 저절로 짚일 듯하다. 이 드룩은, 사내들의 夢泄을 받아, 새끼를 배는, Succubus로 알려져 있다. (咄, 小說하기의 雜스러움!)

12 Vishnu—멧돼지, Brahmā—백조의, Svayambhū(Shiva Linga)의 두 끝 가는 데 찾기의 얘기는, 本 雜說 속에 실답잖도록 되풀이되어 있는데, (되풀이되는 건 어찌 그것뿐이겠는가? 한 얼굴은, 웃거나 울기 따위 여러 표정을 드러낼 뿐만 아니라, 잘 磨琢된 보석도 多面을 갖는데, 그 까닭으로 빛이 발산된다) 이는, 인류의 '성배 탐색'에의 두 大道를 가리켜 보인다고 믿다 보니 그렇게 된 것이다. 결과 브라흐마의 去勢, 性轉換이 초래되어, Śakti 숭배속이 일어난 것으로 얘기되어져 오고 있다. 주목을 요하는 것은, 中原 道家의 요가는, '陽'을 氣의 勃力으로 삼고 있음에 반해, 天竺 탄트라파에서는, '陰'(Śakti, Kundalinī, Serpent Power)을 그것으로 삼고 있다는 점이다. 그래서, 되풀이되는 얘기지만, 'Śakti가 없이 Śiva도 Śhava(송장)이다'라는 연금술적(Yoga) 명제가 이뤄지는 것일 것이었다. 稗見에는 그것이, 佛家의 密宗門에서 한 번 더 뒤집혀졌지나 않나 하는데, 예를 들면 '空'은 陰이며, '지혜'는 陽이라고 되어진 설법에 의하면 그렇다는 생각이다. (咄, 小說하기의 雜스러움!)

13 '永劫回歸'—"Whatever things that are thought have been in existence in the past, to come into existence in the future, or to be in existence at present, — [all such are unborn]." (D. T. Suzuki 英譯, *Lankāvatāra Sūtra Sagathakam*, 182) 이 法說을 떠들어대는, 저 찬달라를 건너다보건대, Śiva의 엄지발가락 밑에 눌린, 十頭의 Rāvana가 연상된다. 붓다의 손바닥 위에서 천 리 만 리를 내뛰는, 이놈(Gome)을 보아라!

붓다의 저 설법에 대한, 漢譯은, '過去所有法/未來及現在/如是一切法/皆悉是無生'이라고 되어 있으며, 國譯은, '과거의 법과 / 미래 및 현재의 / 이와 같은 일체법은 / 모두 다 無生이라네'로 되어 있다. '如是'를 통해, '過去所有法'이, 미래에도 현재에도 저와 같이, 되풀이된다는 뜻을 읽어낼 수 없는 것은 아니라도, 國譯을 통해서는, 그것이 거의 기대되지 않는 것을 짚어낼 수 있다. 漢·國 兩譯은, '無生'에 중점을 두려는 열성에 의해, 차라리 '無生'이라는 주제를 모호한 것으로 만들어놓고 있다. '天地玄黃 三年讀 焉哉乎也 何時讀?' (咄, 小說하기의 雜스러움!)

拙冊 『神을 죽인 자의 행로는 쓸쓸했도다』 참조. 本 雜說 중, 어쩌다, 또는 빈번히 등장하는, 기독의 Antithesis(Nietzsche)를, 본 패관은, 그의 말을 그대로 빌려, 'Fierce' Untouchable, Chandala라고 이해하는 바이지만, 이 졸책에

서 취급하는 것은, 그의 『자라투스트라는 이렇게 말했도다』에만 국한되어 있다는 것은, 분명히 해두지 않는다면, 그의 아손들 손의 모난 돌에 맞아 피 흘리기 똑 좋을 테다. (咄, 小說하기의 雜스러움!)

14 '智慧의 열매' —이 얘기 또한 수없이 되풀이되어 있거니와, 예의 이 열매 따기를 두고, 근래 일련의 석학들이, 그것을 처음 손대 따낸 이는, 아담이 아닌 하와였다는 데 주목하고, '지혜'에 관한 우선권을 여성에게 부여하려는 경향도 있어 뵈는데, 허긴 창조 이전부터 하나님과 함께 해왔다는 'Sophia'(지혜)가 그것 아니겠는가. 마는, 예를 들면, 정신적인 것도 있으며, 육신적 것도 있다는 식으로, 이 '지혜'에도 종류는 여럿이나 있는 것이나 아닌가 하는데, 本文 속에서는 그것을, '생명의 열매'와 대비해본 자리도 있었음을, 읽어본 이는 기억하고 있겠지만, 「창세기」에 보이는 정황대로 따르면, 저 지혜는 보다 더 육신적인 것으로 보인다면, (稗官 이전에, 다른 선각자들에 의해 분석된 바이지만) 패관이 男根主義的 돋보기 벗기를 싫어하고 있다는 비방에 처할 것인가? 이후 만들어진 것이 분명한, 저들의 神話는, 수상한 얘기를 전하고 있어, 그게 석연찮은데, 惑說엔, Lilith라는 마녀가 있었다고 하여, 아담의 첫 아내가 그네였다던바, 그 관계에서 카인이 태어났다고 이르되, 이 경우엔, 어디서 갑자기 저 릴리트가 불쑥 불거졌는지, 그게 썩 궁금해진다. 他說을 좇으면, 저 '간교한 뱀'에 의해 하와는 이미 童貞을 잃고 있었다고 하여, 그 관계에서 릴리트라는, 카인의 씨 다른 누나가 태어나 있었다고도 한다. 이는 'Arthur王 傳說'의 백미 중의 하나인, 'Merlin'의 출생의 전설에서 되풀이되어져 있어 뵌다. Merlin의 아비는 마귀였으며, 어미는 순결한 수도녀였더니, 여차여차, 이 관계에서 태어난 아들이 멀린이었다는 것. 이 관계에선 딸 대신 아들이 태어나 있는 것이 다를 테다. 건너뛰고 말하면, 예의 저 '지혜의 열매'를 두고 라면, '無知, 無智'에 반대되는 '智慧' 쪽에서도 물론 살펴볼 만큼은 살펴보아야겠으되, 당시의 정황을 참작한다면, 이 지혜는 보다 더 形而下的인 것이 아닌가, 하는 것이 稗見이라는 얘기다. 만약 이런 의미라면, 저 석학들의 의견은 천만 번 동의되어질 것일 듯하다. (咄, 小說하기의 雜스러움!)

15 어느 나이에 들어서면서부터 本 稗官은, 자신이 쓴 雜說까지도 들여다보기를 싫어해—이는 글자 혐오·공포증 같은 것이라고까지 진단된다. '글자'가 뭘 움켜내는 神通力을 가졌다고 생각하는 나이와, 그것은, 움켜낸다며 차라리 부숴버린다고 생각하게 되는 나이가, 앞서 말한 '어느 나이'이다. 게다 근래 '펜 공포증'까지 겹친 것은, 小說한 바 있다—술 마시고, 마신 만큼, 애먼 여름 잎에다 우박 퍼붓기나, 연꽃이 곱기만 하다는 까닭으로 그것들 속에 꼴린 혀 박기

식 (Da! Damyata, Da! Datta, Da! Dayadhvam) 상소리나 지껄이다 코 골아 자기로, —이런 자는 'Fierce' Untouchable(Chandala)이 맞다—독서라는 것은 되도록 회피하고 지내왔더니, 무식하다는 것은, 비유로 말하면, 엄동에 송아지 등에 입힌 멍석 같아, 푼근해 좋다는 믿음까지 들던 것이다. 이런 瞎輩가 써 놓은 글자도 그러니, 취해 비틀거릴 것이어서, '난독성 짜증'을 일으킬 것임에도, 할배가 사랑방에 펴져 뉘 잘 때로 조금씩 打字 연습이나 책 읽기로 소견법을 삼던, 안방의 瞎妄嫗가, 할배 토해 놓은 즙쇼릭를 타자하다, 어떤 독자들껜, 이 章의 '재나무'가, 이웃 나라의 어떤 '유명한 작가'의 『천년의 침묵』에 나오는 나무와, 최소한 그 장치 부분이라도 비슷한 것이 아니겠는가, 하는, 오해를 일으킬 수도 있는 느낌이 있다고 해, 정직하게 말하면 그러니, 누구의 '흉내 내기'의 시비에도 걸릴 수 있는 게 아니냐는 얘길 것인데, 할배는 크게 웃었더라. 그런즉슨 그를 스승 삼아, 그의 문하에 든다면, 오해가 생길 까닭이 뭐겠느냐는 것인 것. 이 즙쇼릭 끼적거리기가 끝나는 대로, 예의 저 독본을 봉독해 보려 하지만, 할배의 이 '재나무' 또한 할배네 선산에 있는 것은 아니고, *Norse Myths*의, 그 뿌리를 독룡이 휘감고, 시간도 없이 갉아대기의 까닭으로 노상 '앓기'로만 무량겁을 사는, '우주나무-Yggdrasill'이며, 이는, '어부왕'의 植物道的 Euhemerism으로 빌려진 그것이다. 그러니까, 人世의 性不具의 '漁夫王'이, 植物道의 벼락 맞고 않는 '재나무'라는 식이다. 그리고 물론 瞎榜稗官과 더불어, 사람의 말로써 말하는 '나무'라면, 그 원전은, 전래하는 童話들에서 구해야겠지만, 아주 젊었던 시절에 끼적거렸던, 「나무의 마을」이라는 短篇에로까지 이어지는 것이라는 것은 補註해두자. 이렇게 되면, 저 '유명'하다는 이가, 이 무명의 할배께 문안하러 와야겠으나, 그 실은 무고한 이를 두고 이런 떼를 부린다면, 이는 망령의 소치 말고 무엇이라겠느냐. 그를 위해, 할배 쪽에서 굳이 변명을 해주기에 나선다면, 판켄드리야의 머릿골[腦]이라는 것이, 『능가경』의 한 주요한 주제가 되어 있는, '藏識', '정화를 성취 못 한 習氣가 쌓인', 또는 '여래태'[藏]라는 바로 그것이어서, 그것을 박살 내지 않는 한, 누구도 그것으로부터 자유스러울 수 없어, 물론 새로운 해석, 변형 등이 가능해도, '새로운 것'이란 실제에 있어, 아무것도 창조되어지지 않는다는 얘기까지도 할 수 있다는 얘기쯤 부연해둘 수 있을 게다. 그래서 사람들은, 서로 간 아무런 연척이 없어도, 비슷하게 느끼기도, 비슷하게 생각하게도 되는 듯한데, 그래서 소통도 가능하게 되는데, 그럼에도 물론, 一官, 四官, 五官, 十官有情 간에 있는 차이는, 천하 없어도 부인되지 않는다. (呲, 小說하기의 雜스러움!)

16 Adonis—패관이, '찱'(몸+말+맘)論을 定立하던 중, '再生'을 '몸의 우주'의 달

마며 복음으로 이해했었을 때, '아도니스 秘儀'가 드러나 보였으므로, 그것을 빌려 '몸의 우주'의 기반으로 삼았었으나, 몸-말-맘이, 서로 단절적이 아닌 (그 것들도 단절적이라고 주장하고, 그럴듯한 얘기로 밑받침을 삼았더면, 파격적 이며 반항적 정신만이, 그 시대를 앞질러 간, 혜성적 지성인이라고 믿는 이들 로부터, 아으, 얼마나 큰 기립 박수를 받았을 것인가! 그것들을 단절적으로 보 려 하면, 그것이 비록 그 진실과 얼마나 멀리 가게 되든, 그것이 뭐 그렇게 어려 울 일이겠는가?) 계속적인 진화의 軸이라는 점에 주목하고 본즉, '아도니스 비 의'로써는, '몸의 우주'의 루타는 설명이 됨에도, 아르타까지 충족시키지 못한 다는 생각이 들기 시작했었드랬다. Jainism, 그중에서도 *Uttarādhyayana Sutra* 에 그것의 든든한 받침이 있음을 발견하기는 최근 일인데, 까닭에, 패관의 경 배심을 함께한 패관의 시선이, 자꾸 그것에 닿아쌌던 것이다. 예의 저 경전이 야말로, 저 셋의 우주를 꿰는, 하나의 진행적 법의 화살이던 것인데, 말과 마음 의 우주를 개벽해도 결코 무너져 내리지 않을, 몸의 우주의 기반이 거기 확고 하게 되어 있던 것이다. 그럼으로 해서, 基督이나 佛陀에 대해 바친 것과 같은, 그 같은 경배를 뒤늦게 Mahāvīra께도 바치게 된다. 새로, 집수리를, 할 수 있는 껏 완벽하게 하려다 보니, 이 부분이 확대되어 보일 수도 있는데, 결과, 근래의 拙文들은, 마하비라 찬양 일색으로도 보일 수도 있어, 어떤 종류의 곡해가 야 기될 수도 없지는 않았을 것이었다. (呀, 小說하기의 雜스러움!)

17 Just as living beings who are the essence

abide in the outer world of the four elements which is their vessel,

likewise in the personal body formed of the four elements there are 360

communities of worms.

Just as the internal essences are manifest in the outer vessel,

so in each community of worms

there are ten of thousands of minute beings,

and the ones that are produced from them surpass all calculation.

For every being that is killed numberless minute beings die.

For every being that you set work numberless minute beings suffer.

For every being whose womb is worked

countless small living beings feel faint.

Therefore as for its harmfulness,

This taking of life and the suffering of worms

Is like setting fire to a forest,

雜說品_주석

For they see the drops of blood like fire.

As for setting animals to work and the suffering of worms,

They feel as though pressed into a dungeon where there is no escape.

As for the wretchedness of having their life-force in harness,

They see themselves as bound with iron fetters.

As for copulation and the suffering of worms then,

It is as though an epidemic pervaded their whole realm,

And they see the bodily element of seed as though it were poison.

(西藏의) *The Nine Ways of Bon*

—Ed. and trans. by David L. Snellgrove

비슷한 法說이, *The Flower Ornament Scripture*(The Avatamsaka Sutra, Trans. T. Cleary, p. 489. Shambhala)에도 있다.

'There are countless microorganisms is my body whose life depends on me. If my body is satisfied, so are they [……]'

(咄, 小說하기의 雜스러움!)

18 『요나書』—이 雜說꾼이, 언제 저런 제목의 줍쇼리도 썼던가, 의문할 이들도 몇 있을 듯하다. 말이 나온 김에 아예, 절판된 그것들의 年代順이라도 밝혀두는 것은 해스러울 듯하지는 않다. '民音社' 간행, 『朴常隆 小說集』(1971) 「羑里場」의 '노트'에 "시간에 있어서의 五頭의 문제는, 아직 발표되지 않은 나의 長篇 『요나書』의 주제가 되어 있기 때문에, 이 소설에선 요약에 그쳤다"고, 밝혀졌던 바의 그것이, 나중에 '韓國文學社'에 주간으로 있던 때, 李文求 公이 산파 역을 담당해, 수년 후에야 출판을 본, 『죽음의 한 研究』(韓國文學社 간행, 1975)의 (또 그 빌어먹을 누무) '노트'(냐?)에, "졸작 『죽음의 한 研究』는 그리고, 다른 졸작 「羑里場」의 '노트'에서 『요나書』라고 밝혀졌던 그것이 改題를 당한 것이라는 것을, 밝혀두는 일은 꼭히 필요한 듯하다"라고, 밝히고 있는 그것이다. (그러고도 그것도, 돈 벌기에 해를 여러 개씩이나 저물리고 난 끝에, 가능했던 '자비출판'을 통해 햇빛을 보게 되었더라는 것도, 말해두자) 이후, 작고한 김현 교수의 귀띔에 좇아, '文學과知性社'(1986)에서 재출간을 본 것이, 현존판 『죽음의 한 연구』인 것. 그런즉 왜 새삼스레 『요나書』이겠느냐는 의문이 들 것도 분명한데, 그것은, 그것이 들먹여져야 되는, 本文의 전후 사정을 고려한다면, 구태여 대답을 만들지 안 해도 될 듯하다. 요나의, 레비아탄의 배 속으로부터 탈출의 얘기—, 그것이 假題 『요나書』였던 것이다. 이 레비아탄은, 중첩된 바르도이거나, 상사라이다. 苦海 속에 자맥질하는 고래, 그 고래 배 속

에 삼켜진 요나, 아으, 그리고 누구는 요나 아닌 이도 있는가? 이 고래 배 속은, 숨 막히도록 어둡고, 비리지 않는가? (咄, 小說하기의 雜스러움!)

19 ㄱ, 연금술사들의 '현자의 돌' 만들기의 도식에 이런 게 있다고, 주워들었다. '먼저 원을 만든 뒤, 사각을 내접하라. 그 사각 속에는 삼각을, 그리고 다시 원을 만들면, 현자의 돌이 나타날 것이다.'

ㄴ, 티베트의 詩聖 밀라레파의 先祖師 나로파가, (그의 스승) 티로파의 명에 좋아, 만들어 바친 만달라가, 대략 저런 꼴이었는데, 티로파 가라사대, "[……] 너의 머리통을 잘라서는 한가운데 놓아두고, 그리고 너의 팔과 다리들을 둘러, 둥글게 배치할지어다." 그 원전은 金剛乘(Vajrayāna) 門에서 구해지는 것을, 유리에서 왔다는 이상한 순례자가 빌렸을 때는, 庶子的으로라도, 그가 어느 門에 법의 배꼽 줄을 잇고 있는가를 밝히고 있는 것일 것이다. 의 이런 괴상한 발설을 통해, 아는 이들은 눈치챌 것이지만, 동시에 괘념해둬야 할 것은, 예의 저 '羑里'는, 모든 종단으로부터 환속했거나, 파문당한 이들이 모여들어, 이뤄진 고장이라는 그 점이다. 이런 식의 第三乘(Vajrayāna), (또 혹간 第四乘)에 관해서는, 이 (쓰여진 글은) 고아(와 같다는 말을 상기하기 바라지만)가, 어떠한 대접을 받고, 어떠한 처지에 있든, 어버이가 나설 부분은 아니거나, 넘어선 것으로 안다. (咄, 小說하기의 雜스러움!)

20 이것이 羑里門에서 하는, '祖의 傳授儀式'인 것은, 拙箸『죽음의 한 연구』를 일별이라도 해본 이들은 알고 있을 터. '발등에 이마 대기'는, 大地, '몸의 우주'에 바치는 경배며, '입술에 입 맞춰 침 먹이기'는 '말씀의 우주'에 祭酒 바치기인데, '해골'은, 그 자체가 '마음의 우주'의 祭壇이 되어 있는 것인 것. 혹자는 中原禪家의 六祖 慧能은, 五祖로부터 傳受한 '衣鉢'을 傳授한 바가 없으므로, 禪代가 '六祖'에서 끊겼다고 그럼으로 '七祖'의 도래는 불가능하다고, 언뜻 흠잡을 데 없는 해박한 주장을 하는 듯도 싶은데, 닭이 세 홰 쳐 울기 전, 자기의 主를 배반했던 베드로처럼, 긴박한 순간에 이르러, 혜능도, (예의 저 의발을 빼앗으러 추적해온 慧明이라는 자 앞에서) 예의 저 의발을 팽개쳐 버렸기로써, 禪家의 전통은 물론, 스승에 대해서도, 변절 개종을 해버렸던 일을 고려해보면, 결과적으로, 그는 스스로 儀式的 국면에서의 '六祖'라는 그것 자체를 부인해버린 것으로 이해된다. '衣鉢이라는 게 무엇이냐, 상징[表] 아니냐?' 그렇게 그는 자기 변호를 했던 모양인데, 이후 이 '상징'은, 비유로 말하자면, 알맹이 빠진 조개껍질 같은 것이 되어버린 것인 것. 특히나 '本來無一物'論을 주장하는 이가 傳受한 衣鉢이라는 물건도 그러려니와, 목숨이 위험해지자, 그것 지키겠다고 그 門의 聖表를 아무렇게나 저버리는 짓도, 어째 좀 그렇고 그렇다.

雜說品_주석

(南方 뙤놈은 여전히 뙤놈이었던 게다) 그러고도 그를 '六祖'라고 이르는 것에는 변함이 없는데, 이렇게 되면, 衣鉢에도, '表', 즉 形而下的인 것과, '義', 즉 形而上的인 두 종류의 것이 있음을, 알게 된다. 문제는 그리고, 그것이다. 라는 즉슨, 예의 저 '의발'의 '루타'[表] 부분이 탈락을 겪지 않았었을 수 없었음에 의해, 이후 그것의 '아르타'[義] 부분이, 어떤 식의 秘義(儀)的, 형이상적 형태를 취하지 않을 수 없게 되었다는 그것이다. 그리하여 '七祖', '八祖'가 如來했도다! 자야! 자야! 자야!

아으, 雜說하기의 잃음다움!

追記: '로키'의 혀끝에서 능멸당하지 않은 신이란 하나도 없었으므로 하여(Loki's flyting), 신들이 내달아, 저 음험 방자한 변절자를 묶어 벌주려 했기로부터, '신들의 황혼'이 시작되었다는 얘기(*Norse Myths*, Penguin, p. 162)가 있다. 그러자, 분노의 모난 돌을 쥔 군중 가운데 내몰린, 결코 결백 무고치 않은, 발가벗긴 어떤 여자 하나가 연상된다. "어? 임금이 께벗었네!"라고, 하지 말았어야 할 소리를 했다가, 그 군중의 煞을 쏴내는 눈총 속에 외롭게 버려진, 어떤 애의 멍청한 얼굴도 떠오른다.

혀 놀려져, 이미 씌어진 글씨임으로, 구부려 바닥에 뭘 더 쓸 것은 없다. 그런즉 그 글씨를 쓴 자는, 다만 침묵의 말이나 할 뿐이겠는다, 누구라도, 자기만은 전순히 무고하고 정당하다고 여기는 자가 먼저 돌로 치라!

그 죄로 로키는, 신들의 손에 죽임당한, 자기 아들놈의 열두 발 창자(가오랏줄로 쓰였던 모양이다)에 단단히 묶여, 이 세상에서는 그중 어두운, 찬 동굴 바닥에 던져졌으며, 그 얼굴 위에로, 그 천장에 매단 독사의 독아에 독액이 고이는 대로 떨어져 내리게 했더라 하는데, 모두 그를 버렸음에도, 평생을 충실하게 그를 지켜주어 온 그의 안댁 시긴(Sigyn)만은, 그런 자를 남편이라고, 그래도 그의 곁에 남아, 나무 그릇에 그 독을 받아, 채워지는 대로, 다른 자리에다 엎질러내고 하기를, 라그나뢰크까지 했던 모양인데, 아무리 로키라고, 이런 엔네를 두고, 과연 무엇을 생각하고, 무엇을 느꼈겠는가? 저런 순 로키까지도, 저주키는커녕 애정으로 지켜주려는 시긴이, 지척에 와 있는 라그나뢰크를 지연시키고 있을 테다. 남성우선주의도 비슷한 냄새 같은 것이 좀 풍기는 듯도 싶어, 시긴들에 관해서 말하지 못한 것은 어쨌든 유감이다. 로키는 그러나, 자기의 혀가 뽑혀, 천장에 매달려, 자기를 모욕하고, 고문해대고 있다는 것은 알지 말았으면 좋겠다.

티 베미(Thus I say)

아으, 누가 이 공주를 구해낼 것이냐: 동화(童話) 한 자리 1

1   Vajra-Yogini(Skt.): 'a Tantric personification of spiritual energy and Bodhic Intellect.' *Tibetan Yoga.*

2   Heruka(Skt.) is 'the yogic personification of the male, or positive aspect of the *Enlightening Power,* his consort, Vajra-Yogini, is the personification of its female, or negative, aspect.' Tibetan Yoga.

3   주 1 참조.

4   「계시록」8장 13절.

5   Ēkēndriyas(prakrit): 하나의 감각기관을 가진 유정(有情). 필자는, 이 '에켄드리야'를 '군중' '대중' 또는 '집단'의 상징으로 쓰고 있다. 그럴 때 그것은, 복수형을 취하는 것은 당연할 터이다.

6   Trindriya(prakrit): 셋의 감각기관을 가진 생물체.

7   수피(Sufi)를 그렇게 부른다고 한다.

8   태국인(泰國人)의 서사시(敍事詩)「라마키엔」속에 있는 게송(偈頌).

아으, 누가 저 독룡(毒龍)을 퇴치하여 공주를 구할 것이냐: 동화 한 자리 3

1   종교적 실(實)/비실(非實)에 대한 저 에켄드리야의 '추측과 억측'이라는 발상은, 썩 흥미로운 데가 있는데, 그럴 것이, '마음의 종교'와 관계되면 저것이, 심각하고도 긴한 문제가 되어온 것을 알게 되기 때문이다. 똥줄 땡기게, 또는 설사 똥 빠지게 바쁠 일 있는 것이 아닌 것이, 통한 자들의 세사(世事)라면, 허기야 조주(趙州)랑 조줄랑 쭐랑 가다가, 뭐 좀 재미있어 뵈는 것이라도 만난다면, 찔끔 지린내 좀 갈기고, 가도, 나쁘잖을라. 몸·말씀·마음 어디에 소속된 종교든, 한 종교가 건강하게 존속하여 그것의 역할을 다하려면, 그것은, 교의(敎義, doctrine)를 머리와 가슴으로 하고, 교의(敎儀, ritual)를 척추와 다리로 하여, 꿋꿋하게 서 있어야 된다는 것이, 필자의 관견이다. ('말씀의 종교'를 예로

든다면, '교의'[敎儀]가 약소해지면, 그 종단에는, '거짓 선지자'들로 우글거리게 되며, 반대로 '교의'[敎義]가 약소해지면, 그 종교는, 신도들을 마구잡이로 잡아먹어 치우고는, 붉은 용이 된다)

'마음의 종교'는, '파탄잘리(Patañjali, Yoga) 체계'와, '상키야(Sānkhya) 체계'가 병존상조(竝存相助)할 때, '해탈'이라는, 건강한 선조(禪鳥)들을 부화해낼 터이다. 중국 선(禪) 내에서는, (구태여 구별을 지어 말하기로 한다면) 신수가 '요가(파탄잘리) 체계'를 대표했었다고 한다면, 혜능은, '철학(상키야) 체계'를 대표했었다고 할 수가 있을 것이었다. '우리의 몸은 보리나무며, 우리의 마음은 맑은 거울과 같으니, 부지런히 털고 닦아……'라고 읊은 신수는, 그 게송으로써 '요가', 또는 '육신적 고행'(어깨며 슬관절이 무너졌다는, 달마보리의 '9년 면벽'은 무엇이었는가?)을 통해, '몸·말씀·마음'의 일원화가, 어떻게 '공', 또는 '무'의 상태로 나타나는가, 그 수행법(요가 체계)을 밝힌 것이었는데, 혜능은, (왜냐하면 '만인'[蠻人]이라는 불행한 이력 탓에,) 화목(火木)이나 해대느라 충분한 교육을 받은 바가 없는 데다, 그도 물론, 다른 모든 사미들과 같이, '무'라는 화두에는 묶여 있었음에 의해, 본격적으로는 그런 수행을 해본 적도 없이, 그러니 수사학이 이끌어내는 결론에 의해, 그 '궁극'을 '혀'로써 설하고 나선다. 이래서 보면 혜능은, 신수의 궁극, 또는 요가 체계의 궁극을 '추측하고 억측하고' 있었다는 것을 부인할 도리가 없게 된다. '요가 체계'에 대해 견식이 없다면, 어쩔 수 없는 일이다. 그리고도 그의 '무일물'(無一物) 사상은, 그 이전, 몇백 세 전부터 이뤄져 내려온 것이라는 것도 첨부해둘 필요는 있을 것이다. 추측하고 억측건대, 돌(咄), 혜능은, '요가 체계'에 대하여 충분한 지식이나 수행이 없었던 까닭으로 하여, '요가 체계' 쪽을 약화시킨, 매우 바람직하지 않은 결과를 초래한다. 이후 그러면, 선란(禪卵)들에서는, 날개를 하필 입속에 가진, 이상한 무익조(無翼鳥)들이 까여져 나올 가능성이 많게 될 터이다. (반대로, '상키야 체계'가 약화되었다는 경우엔, 중 신돈을 거울로 삼다 보면 쇠도 먹는, 불가사리들이 많이 까여져 나왔을 것이었는가) 그리고도 한 번 더 추측하고 억측건대는, 혜능의 저런 '무'라는 화두에서 연유된, '본래무일물'(本來無一物)이라는 '수사학적 도통'은, 그 이전부터도 있어 온 진리이므로 꼭히 오통(誤通)이라고 할 수도 없어 보이나, '저 특정한 경론대회(經論大會)만을 분리하여 말하면', 꼭히 정통이라고 할 수도 없어 보인다는 것이다. 그럴 것이 혜능의 '무'는, '유'의 대개념으로서의, 수사학적 '무'를 극복하지 못하고 있기 때문이다. '본래무일물'의 저 '무'는, 신수적 수행을 통해, '한 빗방울이 한 대양(大洋)에 합류하기', 또는, '한 대양이 한 빗방울에 합류하기'에서 나타나는 바와 같은, 한 '자아의 우주 속에로의 귀의─무화(無化)', 또는 '한 우주의 한 자아 속에로의 합일─무화' 현상의, 그 '무'와는, 조금도 닮은 데가 없어 보이지 않는가. 한 물방울이 한 대양에 합류하며, 무를 성취했으되, 그 대양은 없는 것은 아니며, 한 대양이 한 물방울 속으로 스며들어 스러져버렸으되, 그 물방울이 없는 것은 아니지 않는가.

　　'상키야적 도통'도 사실은, 어느 학동이 있어 '0'에서 시작하여, '1, 2, 3 …… 9'까지 숫자를 익혔다면, 그 '9' 너머에는, 다른 숫자란 더 있지도 않다는 것을 알게 되기와 마찬가지로, 한 사미, 또는 비구(니)가 있어, 「심경」(心經)까지 익히고, 또 깨우쳤다면, 그 너머에는 더 깨우칠 법이나 도가 있는 것도 아니라는 것을, 알게 되는 그것이다. '색불이공 공즉시색' ─그리고는 뭘 더 깨닫는다? 아으, 설해볼지어다. 그 '너머'까지는 깨우침이 없는 중생의 눈을 뜨게 하기 위하여, 부디 설해볼지어다. 그런 법이 있었다면, 접해보지 못하고 어떻게 죽을 수가 있겠는가? 그런 법은, 우이(牛耳)에도 음악일 것을! 것을? 그러나, 우주가, 몇억만 번이나 일어났다 스러진다 해도, 그 매 우주마다의, 모든 지적 탐구나, 사색의 종착점은, 그리고 무덤은, 「심경」임에 분명하다. (역학[易學]에서야, '생수[生數]/성수[成數]'를 어떻게 분류 해석하든,) '0, 1, 2, 3 …… 9'까지의 숫자를 '생수'라고 이르기로 한다면, '9+1+2=12'라는 투의 '성수행'(成數行)을 '數學'(또는 산법)이라고 한대도 무방할 터이다. 이 '성수행'이, 이제 껏 말해온 바의 '법'(도)과의 관계에서라면, '법륜(法輪) 굴리기', 또는 '중생제도'랄 것임에 분명하다. 이 '중생제도'를 위해서라면, 헤, 헤헨데, '우이'란 깊어, '팔만 경을 다 풀어 넣는다 해도, 그 고막에 가 닿지를 못하거늘, 초, 초론 순, 여, 여보게여, 임제(臨濟) 나루터 사공 하는 이임세, 사공은 말임세, 물길[苦海] 건네줄 중생이란 있지도 않다고 해쌈시롱도, 사공질 하여 목구멍에 풀칠해 힘 돋궈서는, 무서워싸서 물이, 물길이 무서워싸서, 한사코 배에로 오르려 하잖는, 그 소[牛]를, 배 위에로 밀어 올리려 하여, 꽥[喝]! 꽥 고함쳐대는데, 그러다간 그 에린 유정 경기 들어, 칵 칵쿠라지고 마네. 돌(咄), 구할 세상이 있건 없건, 또, 교화할 중생이 있건 없건, 에린 유정을 다룰 때일수록, 혀는 부드럽게 하여, 구만 십만으로 늘이는 것은, 헤음, 자비임세, 한 비구가 있어, 말의 유사(流沙) 구덩이를 벗어나기 위해, 말을 파괴하기와, 중생을 교화하기 위해 혀를 늘이기는 같은 것이 아님세.

2　릴케, 「말테 브리그의 수필」.

3　펜릴은 본디 신화에서는 Loki의 자식임.

4　오키드(orchid)는, 암수 짐승들이 덮고 간 자리에 흘려진, 짐승의 정수(精水)

산해기_주석

에서 피는 꽃이라고 알려졌었음.

5 티 베미: 나는 저렇게 말하였도다.

음담패설(淫談悖說)이라면 몰라도: 그러니 또 동화(童話)나 한 자리

1 독일 동화에, 「그림자를 잃은 사내」(Adelbert von Chamiss, 1781~1838)라는 것이 있는데, 그것을 대조해본다면 재미있을 듯하다. 저것은, '그림자'를 잃었기에 의해, 사람들 세상에서 외롭게 밀려나는 사내가, 그곳에 되참여하기 위하여, 그림자를 되찾으려는 노력을 보이고, 이것은, 할 수 있으면, 그것을 벗어버리려, 그곳으로부터 떠나려 애쓰는 사내의 노력을 보이고 있다. 여기에, 동/서의, 극명한 한 경계선이 있어 보인다. 지는 햇빛 받아, 삶에다 조금쯤 색칠을 하는 쪽의 사람들도, 참으로 행운스럽게도 떨어져 나간 '그림자'를 되찾으려 하기보다, 그것을 무장애, 위대한 자유로 받아들이거나, 또는, 그런 행운에 처하지를 못해 아직도 '그림자'를 늘리고 있거든, 그것을 떼어 내려기에 왼갖 노력을 다 바치기로 할 것이라면, 해는 물론 서쪽에서도 떠오를 수 있다. 우리의 세상이, 매우 멈칫거리며, 제자리걸음을 하느라 뒤지고 있는 까닭은, 해가 지고 있기 탓으로, 밝아야 될 곳이 매우 어둑스레해져 있기 탓이다. 눈[眼]은 그럴 때, 그것의 반의 구실도 다하지 못하는 것. 동쪽에서는 그렇걸랑, 동을 틔우기 위해, 동을 향해 눈으로 동을 틔우려 해야지, 저무는 빛 몇 조각에 눈을 좀 물들여 보자고, 너무 추파만 서를 향해 던질 일도 아니다. 넘세스럽느니라. (이 낫살의 패관의, 세상 흉보기?)

2 'Pātāla'(Skt.): Pāta― '가라앉은' '옴팡한', tala― '바닥' '땅'. 사람의 잠재의식, 뱀, 야차들이 사는 지하계(地下界).

3 '개구리'라는 유정은, '물'과 '흙', 두 원소 사이의 '과도적 존재'라고 이해된 것을 차용하여, 그것을 이제 '바르도에 처한 염태(念態)'의 상징으로 쓰려고 한다면, 생이빨 앓을 일이라도 생기겠는가? 어떤 유정이 그리고, '무상(無常)/유상(有常)'의 중간에 걸쳐 있다면, 그 유정 또한 '개구리'라고 이른다면, 새벽에 키 쓰고 소금 얻으러 다닐 일이라도 생기겠는가? (헌데 '有常'이라는 말도 있는가 몰라)

4 '소승'의 '대승'화는, 저렇게 이뤄지는 듯하다. '기독'(基督)이라는 이가, 세상의 모든 죄를 다 자기 한 몸에 짊어지고, 십자가 위에서 수난당했다는 일이 그러니, 절대로 시학(詩學)일 리가 없다. 지적해둬야 할 것은, 그의 수난은 대승적

인 것이어서, 그가 참으로 우리의 죄를 대속했는가 어쨌는가, 라는 투의, 소승적 물음을 물을 자리를 남겨두지를 않고 있다는 그것일 것이다. (그럼에도 누가 의심하여, 어떻게 어떤 타인이 타인의 죄를 대신 짊겠느냐고, 믿을 수가 없다면, 옳거니, 도류[道流]는 당연하게도, 오류의 짐을 질 일이다. 그러나 누가, 믿어, 그럼으로 하여 자기에게는, 더 이상 죄가, 있을 까닭이 없다고, 그래서 자기는 흰 눈과도 같다고 한다면, 이제야말로 도류는, 주막거리로 나가, 저육에 소주로 배를 남산만 하게 할 뿐만 아니라, 매일 서른 명 똥갈보의 음수에 젖는다 해도 좋으리라. 흙탕 묻을 자리가 있잖거늘!)······.

5 갈마(카르마)론을 고수하기로 하면, 모든 출산은, 부모의 쾌락의 '잉여물'이기 전에, 자기가 자기를 태어나게 하고 싶음의, 그 욕망에 연유한다는 것을 부인할 도리가 없게 된다.

6 구상관(九想觀)은, 출가한 중이, 성욕을 억누르기 위한 목적으로도 행한다는 선정법(禪定法)이라는데, "송장이, 시간의 경과에 좇아, 변해가는 아홉 가지 상(想)을 관(觀)한다"는 것. (『박상륭 전집』, 4446쪽, 주석 2 참조)

7 티베트의 시성(詩聖) 밀라레파의 선조사(先祖師) 나로파가, (그의 스승) 티로파의 요청에 의해, 만들어 바친 '만다라'가, 대략 저런 꼴이었었다. H. V. Guenther의 영역 *The Life and Teaching of Naropa*에, 이런 얘기가 수록되어 있다. "티로파 가라사대, '네가 만약 가르침 받기를 원한다면, 먼저 만다라를 하나 만들어 바칠지어다. ······너의 몸뚱이 속에 피라곤 없느냐? 너의 머리통을 잘라서는, 그것을 한가운데에 놓아두고, 그리곤, 너의 팔과 다리들을, (머리통을 둘러) 둥글게 배치할지어다.'"

세 바르도에 처한 세 유형의 몸

1 『박상륭 전집』, 4407쪽, 주 21 참조.

산해기(山海記)

1 "Prologue" 1, 2, *Thus Spoke Zarathustra*, Penguin Books 참조.
2 호서(湖西)에서 '최초의 사람'이라고 이르는 '아담'은 만유에다 '이름'을 부여하기로써, 무성(無性)의 잠[睡眠]으로부터 그것[萬有]들을 깨워 일으켰음에

산해기_주석

반해 호동(湖東)의 '최초의 사람, 프라자파티'(힌두교 신화[神話])는 '신(神)과 악마'들의 이름들을 불러내기로써 원초적 비화현(非化現)으로부터 '신과 악마'들을 화현케 한 자라고 알려져 있다.

3 '티 베미'는 프라크리트인데 산스크리트로는 '이티 브라비미'라고 한다 하며, 영문으로는 "Thus I say"라고 번역된다고 하는데 '자이나교(教)'의 경전(經典)은 '티 베미'로 시작하거나 끝을 맺는다고 이른다. '저렇게 나는 말했다.'(나는 저렇게 말하였도다)

4 '아힘사 파라모 달마'—'불살생(不殺生), 또는 타유정(他有情)을 해치지 않기가 최고의 임무(달마)이다.'

5 '흙 목숨'[地情, Earth-Lives] 이란 순전히 '자이나교(教)'의 발견의 결과며 또한 그들의 용어(用語)이다. 그들에 의하면 식물, 동물, 인간, 신, 지옥의 유정(有情)들 말고도 '元素'(사대[四大])에도 '생명'(生命, 혼[魂])이 있다고 믿어진다. '지정'(地情)은 사대(四大) 중에서도, '흙'의 원소와 관계된 생명인데, '무수하게 많은 수가 한자리 모일 때만 사람의 육안에는 보인다고 이른다. 필자의 환속(還俗)한 중 자라투스트라는 그것을 '민중'(民衆)과 같은 것으로 이해하고 있다. (그러기 전에 자라투스트라는 '거대한 형해[形骸]', 저 공룡의 촉루를 관찰했었는데 그러면 자라투스트라가 두 종류의 공룡을 관찰하고 있어 온 것은 알 만할 것이다) 그것은 '이념'(理念) 또는 '같은 서름'이라고 불리는 '하나의 감각기관'만을 구비해 있어 '오관'(五官)을 구비해 있는 모든 '개인'(個人, 판켄드리야)들에 비해 열등할 수밖에 없으므로 '거대한 초력적 짐승'으로도 불린다. (집단화[集團化] 한 개인[個人] 은 그렇게 전락해 있는 것인 게다) 헌데, 저런 초력적, 거대한 짐승들이 울기를 자주 하면 말세(末世)가 가까워진다는 예언이 있다. 이 '짐승'이 어떤 신화에는 자기의 '여인이 해산(解産)하기만 하면 그 아이를 잡아먹으려 지키고 기다리고 있는 붉은 용(龍)'으로 나타나 있다고 한다. 티 베미.

6 '오이디푸스'는 '모계사회'(母系社會)가, '부계사회'(父系社會)로 바뀌던 그 과도기에 처했던, 자식들의 비극의 한 전형이었다는 설이 있다. 우리가 처한 이 시절은, (그렇다고 하여, '모계사회'[母系社會] 가 도래하고 있다는 주장을 하고 있는 것은 아니지만,) 여성(女性)들의 (투박하게 말하면,) 여성성(女性性)의 확립에 의해, 어쨌든 '남성위주사회'(男性爲主社會)가, 그 근본에서부터 흔들리고 있는 시절인 것만은 확실하다. 이런 경향은 물론, 보다 나은 미래를 기대하게 하는 참으로 바랄 만한 것임에도, 문제는 그런데, '남성'(男性)들이 겪어야 하는 어떤 종류의 비극(?)이 수반되지 않을 수가 없다는 데 있다. (거두절

미하고 말하면) 이제껏 몇천 년을 종교처럼 지켜져 온 '남존여비사회'(男尊女卑社會)가 붕괴되기에 좋아, '남성'(男性)이 '여성'(女性)과 동등하게 공존하며, 경쟁하지 않으면 안 되게 되자, '남성'(男性)들 속에서, (어떻게는 당연한 귀결이기도 하되,) 부정적, 비극적 결과로 정신적 '남녀추니'(androgyne)가 속출하는데, 그것이란 '고전적 남성'(古典的 男性)의 실추, 심지어는 남성(男性)의 자기 거세(去勢)(오이디푸스가 스스로 자기의 눈 뽑기)로까지 이해되어진다. 이것은 분명히, 하나의 과도적 시대인데, 저런 '정신적 어지자지'를, 자라투스트라는 다시, 이 시대의 '오이디푸스'라고 명명하고 있다.

7   '드빈드리야'는, ('에켄드리야'며, '판켄드리야'와 마찬가지로, 자이나교[敎]의 용어[用語]로서) '두 가지의 감각기관(感覺器官)을 가진 생물체(生物體)이다. 전장(前章,「산해기」[山海記] 3장)의 '세이레네스'가, 이 장(章)에서는, '드빈드리야'로 변신(變身)하는데, 그러니 이것은 '에켄드리야'의 '드빈드리야'에로의, 그 전신부(轉身賦)랄 것이다.

8   「젠드 아베스타」에는, '뱀'과 '개'가 같은 동물로 취급되어 있는데, '뱀'의 상징(象徵)은, 널리 알려져 있으므로, 이 자리에서는, '개'가 거느리는 상징만 몇 추려보기로 할 일이다. '사자'가 남성(男性)의 표상(表象)인 것처럼, '개'가 여성(女性)의 표상인 것은, 아는 이들은 아는 바대로이며, 또한, ('개'가,) '독수리'와 마찬가지로, 죽은 넋들의 '밤바다 헤쳐나가기'에 동반자인 것도, 아는 이들은 아는 바대로이다. '개'가 그리하여 '어머니'의 상징으로까지 발전하거니와, 연금술(鍊金術)과의 관계에서는 그것이, '원료'(原料, 프리마 마테리아)의 상징(象徵, 또는 기호[記號])가 되어 있는 것도, 아는 이들은 아는 바대로이다. '질료(質料)의 순화(純化)', 또는 '변질'(變質)이, 연금술사(鍊金術師)들 간에 쓰는 사투리로는, '이리에게 찢겨 죽은 개'로도 표현된다. 필자는, 필자의 잡설(雜說)에다, 걸핏하면, 워리─ 워리─, 개를 잘 불러들이는데 이 자리에 불려들여진 '개'는, 자연(自然, 암독사)과 문화(文化, 수독수리, 또는 나비)의 중간적(中間的) 존재인 것으로 이해하면 좋을 것이다.

9   '해골(骸骨)의 자궁(子宮)' 또한, 그 원전은 연금술(鍊金術)에 두고 있는데, 그것도 '개'와 마찬가지로, 여성적(女性的) 국면을 담당하는 '프리마 마테리아'의 상징(象徵)인 것도, 아는 이들은 알고 있다.

10   '바르도'는, 서장어(西藏語)인데, '바-'는, '사이'[間]의 뜻이라고 하며, '도'는, '섬'[島]의 뜻이라고 하니, 붙이면, '간도'(間島)가 될 터이다. 죽은 넋이, '죽음과 재생(再生) 사이에 처한, 사십구 일간의, 중간적, 과도적 상태'를 이른다고 하는데, 이 자리에서는 그것이, '개인'(個人)과 '집단'(集團) 사이에 있는, 어떤

전이(轉移)의 공간(空間)으로 빌려진 것이다.

11 '판켄드리야'는, '다섯 가지의 감각기관(感覺器官)을 갖춘 생물(生物)'인데, 예를 들면, '사람' 같은 동물(動物)이다.

12 독자들은 이렇게 되어, (우리는 물론, 본디의 '조로아스터'라는 인물은 제외하고 말해야겠지만,) '자라투스트라'도, 최소한 두 종류나 있는 것이 아닌가, 하고 고개를 갸웃거리게 됨에 분명하다. 하긴 그렇다. 자라투스트라 하나는, '신(神)의 죽음'의 부음을 전하려 하여, 상복을 입고 우리들 사이를 지나갔었으며, 다른 하나는, 그 죽은 신의 말[言語]의 뼈가 묻힌 자리에서마다 태어나는, 새로운 신(이념 같은 것까지도 포함하여)들의 탄생을 고지하려 하여, 산파(産婆)로서, 우리들 가운데로 와 있다. (이 '고지'가 복음일지 어떨지는, 그러나 아직은 말할 만하지는 못하리라) 이러면, 굳이 설명하려 하지 않더라도, 어째서 어떤 한 글꾼이 하필, '자라투스트라'라는 이름을 빌렸던가, 그 까닭도 알게 되겠거니와, 어째서 다른 한 글꾼 또한, 하필 그 꼭 같은 이름을 차용하고 있는가도, 알게 됨에 분명하다.

13 『죽음의 한 연구』.

14 『七祖語論』.

15 『七祖語論』.

16 『七祖語論』.

17 뚤파(Tulpas. Tbtn.): 티베트의, 특히 탄트라(Tantra, Skt.)파 대승들은, 정신 집중을 통해, '심리적-정신적 정력'(rtsal. Tbtn.)을 일으켜낸다고 하는바, 이것에 의하여 저들은, 자기네 속에서, 자기가 원하는 어떤 '생각의 몸'을 만들어, 분리해낼 수가 있다고 한다. 그렇게 하여 '분리된 생각의 몸'은, 바깥바람을 쏘이는 즉시, 아주 완벽하게 '물질적 몸'을 구비하게 된다고도 이르는바, 이 물육(物肉) 입은 환귀(幻鬼)를 '뚤파'라고 이른다고 이른다. 헌데 만약, 이 뚤파가 일어나 본주(本主)를 다짜고짜로 쓰러 눕히고, 놀부 놈의 행사로시나, 침도 안 바르고, 본주의 후문을 쏘고 들려 덤빈다면, (얼레, 얼레? 저것 좀 보게시나 시방!) 그건 참 오랭이 꽉 물어갈 세상이 아니겠느냐?

18 좀비(Zombi): 부두(Voodoo) 속(俗)에 나오는, '살아 있는 송장' 또는 '혼 없는 몸.'

19 이 '경기의 법칙' 또는 '경기' 자체는, 그리고 이 산문의 뼈대가 된 '얘기'까지도, Reader's Digest사(社)에서 출판한 *Mysteries of the Ancient Americas: The New World Before Columbus*, 154~155쪽의 "Death is the Victor"에 나오는 것을, 차용했음을 밝혀둔다. 그 고장의 옛사람들은, 경기(또는 전쟁)에서 패한 역사(力

士)들을, 반석으로 된 제단 위에 올려 뉘어놓고, 도끼로 그들의 심장을 찍어내, 신들께 피를 바치는, 희생제물로 삼았었다고 일러져 온다. 그러고 나면, 오는 해의 풍요와 평온이 약속되어진다는 것. 그것은 그들 방식의 삶이었으며, 종교였으므로, 그것을 두고 현학적이나 철학적이려 할 필요나 까닭은 있을 듯하지 않다.

20 *Bulfinch's Compete Mythology*의 서문은, 이렇게 시작된다. "The religion of ancient Greece and Rome are extinct. The so-called divinities of Olympus have not a single worshipper among living men. They belong now not to the department of theology, but to those of literature and taste. There they still hold their place, and will continue to hold it, [……] ."

21 이문재 시집 『산책시편』.

22 Polyandry. 십만육천 행(行)으로 되어 있는, 천축국의 서사시 『마하바라타』의 주역을 맡은, 판다바(Pandavas) 다섯 형제는, 드라우파디(Draupadi)라는 한 여성을 공처(共妻)로 삼고 있다. 이 경우는, 정치적 이유(라는즉슨 왕위 복고, 또는 찬탈, 그리고 실지 회복을 하려면, 힘의 분산을 막아야 했었을 것이라는 것이다)를 갖고 있으되, 서장 사람들의 경우는 경제적 이유를 저변하고 있다고 한다. 그리고 「백설 공주」네 경우는, 밝혀진 바대로이다.

23 본 졸고는, 『그림 동화』에 수록된 것을, 교본으로 삼고 있다.

24 Bruno Bettelheim, "The Jealous Queen in Snow White", and "The Myth of Oedipus", *The Uses of Enchantment* 참조.

25 『七祖語論』.

26 김정란 시인의 세 번째 시집 『그 여자, 입구에서 가만히 뒤돌아보네』의 '발문'에, 이 '부엌시니' 얘기가 있다. 부디 김정란 시인은, 그 얘기를 빌려 쓰는 것을, 용허해주시기 바라는 바이다.

27 요한계시록 8장 13절.

28 이 '대쾅론'에 관한 필자의 관견은, 소설집 『평심』(平心)에 수록된 필자의 졸편 「두 집 사이: 제일의 늙은 아해(兒孩) 얘기」에 이어져 있으므로, 참조 바람.

29 '음호론'(陰戶論, Wormhole Theory)은 스티븐 호킹(Stephen Hawking)이 주창하는 것임은 주지하는 바대로이다. (이것 외에도, 몇 가지 더 문제를 들어, 호킹을, '예술가만큼도 진리를 추구하지 않는, 환상쟁이, 우주적인 익살꾼'이라고 이르는 소리가 있기는 있는 듯했다. 그것은 어찌 되었든,) 호킹은, 그의 '음호론'을 '빅뱅'(Big Bang)이 있은 후, 한 우주가 형성되어서는, 확대·확장·확산하고 있다는, 바로 이 우주를 어미로 삼아, 새끼 우주를 펑펑 퍼 내지르고 있

(다고 여기)는, 이 우주에서, 이끌어내고 있다. 반해서, 이 졸문 속의 늙은네는, 바로 저 '빅뱅'이 있기 전의 상태를, '남자 경험이 없는 여성의 자궁'으로 비유, 또는 비교하고 있어, 두 '음호론'은, 그 출발점을 달리하고 있다고, 말할 수 있을 듯하다. 늙은네는 그리고도, '물리'(物理)가 아니라, '화리'(化理)를 궁구하던 자이다.

七祖語論 1_주석

제1부 中道〔觀〕論(Mādhyamika) 1

白色

제1장 觀雜說 品一

1 ‘그림’은, Hakuin Ekaku(1685~1768)의 自畵像이라는데, 후, 후, 厚顏無恥한
자로, 다시 또 어떤 자의, 얼룩진 종이쪽에, 그 얼굴을 들이밀어, 악취를 풍기려
하놋다. 폐, 둥둥.

2 힌두敎 神話에 의하면, 크리슈나(Kṛṣṇa)가 어렸을 적에, 그의 어머니가 한 번, 그 아들의 목구멍을 열고, 그 안쪽을 들여다본 일이 있었는데, 그 어머니는, 그 아들의 안쪽에서도, 한 벌의 우주가 가지런히 차려져 있는 것을 보았다고 한다. 근년에는 라캉(J. Lacan)이라는 자가, 자기의 목구멍 속을 절시한 일이 있었던지, 이런 소리를 해놓은 게 있다. "[……] what the psychoanalytic experience discovers in the unconscious is the whole structure of language."(*The Agency of the Letter in the Unconscious or Reason since Freud*)

3 Nivritti: "literally flowing back, or in infolding: hence involution in contradiction to 'Pravritti'—evolution"(G. A. Barborka 편, *Glossary of Sanskrit Terms*)

4 Prakriti: '自然'은, 'trigund'(세 가지 성질)로 이뤄져 있는바, 'Sattva'(善·德) 'Rajas'(能動性·慾望) 'Tamas'(受動性·無用)이 그것들이다. 이 'Prakriti'에의 상대가, 'Purusha.'

5 "Hail to Holder of Dorje!" (필자의 생각에는, 呪文이란, 말로 이뤄진, 그러나 말이 아닌 말, —아마도 禪力만 남은 말, 'signifier'와 'signified' 간에 차이가 없거나, 그것을 뛰어넘어선 말, 語禪派에서 구워내려는 '語金'이 그것이 아닌가 하는데, 특히, 인용한 저 呪文은, 一體三位가 아닌가 하고 있다) 저 '벼락을 쥐고 있는 자'란, 四大로 이뤄진, 우리들의 '살'(몸)의 主라고 이해되어지는데, 그 다른 두 呪文을 들춰보면, 이러하다.

"Ōm Wagi Shori mūm!"

  (Hail to the Lord of Speech! Mūm)—(말씀)

"Ōm mani Padme Hūṃ!"

  (Hail to the Jewel in the Lotus! Hūṃ)—(마음)

이 경우, 우리의 주목을 요하는 것은, 'vajra'(Dorje: 벼락)와, 'Mani'(여의주)가 똑같이, 링감[男根]의 상징이 되어 있는데, 그러면 어떻게 하여, '몸'과 '마음'에 같은 상징이 쓰여져 있는가 하는 것일 것이다.

6 *Tibetan yoga and Secret Doctrines*, pp. 173~175.

putana: 인도교 神話에 나오는 魔女로서, 갓 난 크리슈나를 살해할 목적으로, 자기의 乳房에다 毒을 모아, 저 유아에게 그 乳房을 물렸던바, 저 크리슈나는, 그 乳母의 乳房의 毒뿐만 아니라, 그녀 정신의 모든 진기까지 다 빨아내기에 이르고, 그 결과는, 크리슈나는 훨씬 더 자라고, 그 魔女는 빈 껍질만 남긴다.

7 "Are people craving for rebirth and Bardo?"(*The Hundred Thousand Song Milarepa* 第45曲) 'craving for rebirth': 죽은 것의 살고 싶음. 'craving for Bardo': 산 것의 죽고 싶음.

8   *The Mahābhārata*에 나타나는 이 뱀은, 몸이 너무 커서, 이 우주 간 아무 데로도 몸을 움직여 나갈 수가 없는 고로, 그것은 그냥 한 위치를 지키며, 입만 벌리고 있다가, 무엇이 失足하여 그 입속에 들면, 그것을 먹기로 산다. 비구에게 있어서의 이 戒는, 그중 어려운 것 중의 하나라고 하며, 이 戒를 지키는 비구는, 주어진 것 외에는, 일하거나 빌어서 먹지 않는다고 한다. 그러니 예를 들면, 과일나무 밑에서라도 그 비구는, 그 나무가 떨어뜨려 주는 과일만 먹고, 따 먹어서는 안 되는 것이다.

9   *From Ritual to Romance*(Jessie L. Weston) 중의, "The Task of Hero" 참조.

10   '代贖羊', 또는 '犧牲祭'에 관해서는, 김현 교수의 『르네 지라르: 혹은 폭력의 구조』(나남 社), R, Girard 교수의 *Violence and Sacred* 중, "Sacrifice" 章과, "The Sacrificial Crisis" 章을 참조할 일일 것이다.

11   *Zend Avesta*에는, '개'와 '뱀'이 동속의 동물로 되어 있는데, 왜냐하면, 그 둘은 "앉을 때 먼저, 뒤를 틀어 앉기 때문"이라는 것이다. (아마도 저 둘의, 同種性은 보다 더, 鍊金術에서 찾아낼 수 있을 것이다) 'Kundalini'는, 會陰 속에, 동면 중의 독사모양 똬리 쳐 있는, Shakti(우주적 陰力. "샥티를 데불지 못하면, 루드라나, 브라흐마라도, 말하자면 송장과 같다")로서, "갈대처럼 속이 빈, 가는 명주실과 같다"고 이른다. (같은 문장에 나오는, '붉은 사자'는, 陰曆, 또는 月曆과 관계된 '여름', '해'의 상징인 것은 알고 있을 터이다)

12   "Then imagine thyself to be the Divine Vajra-Yogini, red of colour; as effulgent as the radiance of a ruby; having one face, two hands, and three eyes; the right hand holding aloft a brilliantly gleaming curved knife and flourishing it high overhead, cutting off completely all mentally disturbing thought-processes; the left hand holding against her breast a human skull filled with blood; giving satisfaction with her inexhaustible bliss; with a tiara of five dried human skulls on her head; wearing a necklace of fifty blood-dripping human head; her adornments, five of the Six Symbolic Adornments. the cemetery dust ointment being lacking; holding, in the bend of her arm, the long staff, symbolizing the Devine Father, the Heruka; nude, and in the full bloom of virginity, at the sixteenth year of her age; dancing, with the right leg bent and foot uplifted, and the left foot treading upon the breast of a prostrate human form; and Flames of wisdom forming a halo about her." (合掌再拜 한 말[言語]이, 형성하는 과정은 저렇다. 특기해 둘 것 하나는, "피를 뚝뚝 흘리는, 오십 개의 人頭骨"은, [서장 사람들의] 發音記號의 상징이라는 것이다)

13 주석 7 참조.

14 *Violence and Sacred*, p. 6.

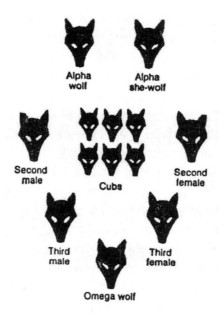

THE WOLF HIERARCHY

The pack, or family group, is composed of about six members. It has a fairly rigid structure, and nearly always includes a dominant male, his female and cubs, and several other adults and young. At the lowest level is the Omega wolf.
This animal male or female, lives on the fringes of the pack and is a victim of constant harassment.
For reasons still not clear, wolves need this underdog. If he or she dies, another low-status animal takes over the role. The whole group apparently benefits from this; it reduces their ever-present latent hostility. The dominant male often shows authority by threatening to bite the neck or back of a subordinate. The latter, ears down, head and tail low, adopts the humble, subservient pose typical of lower-status wolves.

"[⋯⋯] Claude Lévi-Strauss in *La Pensée Sauvage*: because sacrificial rites have no basis in reality, we have every reason to label them meaningless." 이 'reality'라는 문제와 더불어, 필자는, (인용하는) '이리 떼의 계급 조직'(*The Readers Digest Illustrated Book of Dog*, p. 12)을 참조해보기를 권고하는 바이다. (레비스트로스

의 어휘를 빌어 말하면) 저 '날것'이 '익혀지면' 'sacrificial rite'化할 것이다. 만약 그러하다면, 저 'reality'란 어쩌면, 'reality'라는 포장지에 포장된 '幻' 같은 것이나 아니겠을라는가, 咄! (de Saussure의 어휘를 빌려 말한다면) 이 경우는, 'reality'가 'signifier'며, '幻'이 'signified'일 것이다. 見性치 못하면, '人間도 짐승'이라는, (아마도 反基督的인) 정의에 대해, 필자로서는 조금도 저항감을 갖지 않는다. 그리고, 저런 'sacrificial rite'는, 그것이 어떤 것이든, 畜生道에다 그 祭壇을 두고 있다는 것이 필자의 주장이다. 그리고 畜生道의 宗敎는, 그 원전을 무엇에 두고 있든, '巫'라는 것이, 필자의 의견이다. 우리는 그리고, 畜生道의 것은, ―예를 들면, 왕이나 족장이, 서거하여 매장하게 되면, 저승에서 그의 안녕을 위해, 그의 권속들이며, 가축들을 함께 매장한다거나, 또는 그의 이름이라거나, 무슨 말[單語] 따위도 함께 매장한다는 식으로, ―그것이 여하히 추악한, 또는 불필요한 詩學이라고 한다 해도, 그것은 'reality'로 쳐야 된다. 왜냐하면, 畜生道는, 理性的 思考가 지배하는 곳이 아니기 때문이다. 거기서는 모든 것이 '실다움'이며, '실다움이 아니기' 때문이다. 그래서 필자는, 畜生道란 다름 아닌 우리들의 無意識이라고 이해하고 있다. (수라·아수라界 등은 한번 깨워진 무의식이, 잠자는 영역, 어떤 노력을 통해서든, 한 有情이, 그 한 벌의 無意識―六道를 다 깨우고 난다면, 이제 그는, 이제껏 자기가, 'reality'라고 고집스럽게 지켜왔던, 그 'reality'가, 다른 얼굴을 내비추이고 있음에 놀랄지도 모른다. (두 개의 'reality'가 있다. '色', '空')

15 慧能의 偈頌.

16 '바룬다 새'는, '몸은 하나인데, 대가리가 둘'인 새로 알려져 있다. 『판차 탄트라』에 의하면, '그 한 대가리가 어느 날, 정원에서 仙餅 조각을 하나 발견하고, 저 혼자 냉큼 찍어 삼켜버린 일이 있자, 다른 쪽 대가리가, 그 일로 화를 내고, 복수할 기회를 찾던 중에, 그 같은 정원에서 毒 덩이를 하나 발견하게 되어, 좋아라 하고, 그것을 대번에 쪼아 삼켜버렸'고 한다. 몸이 하나였다 보니, 창자도 같은 하나를, 두 대가리서 썼을 것이 아니냐.

17 '여의주를 못 얻은, 言語의 이무기': 그렇다면, 존자의 偈頌이야말로, 六祖의 偈頌에 대해, 'signifier'의 역이며, 六祖의 것은 'signified'의 역인데, 그럼에도 그 道門의 文法構造는 부정적으로 이뤄져 있어, 'signified'가, 그 안쪽에서, 그 밖의 'signifier'를 깨부수고, 'signifier' 자체까지 겸하려 하자, 咄, 그 양자가 동시에 괴멸되어버리는, 별로 바람직하지 않은 결과를 초래한 듯하다.

18 Sir R. Burton 譯, *The Perfumed Garden* 참조.

19 *Briadāranyaka Upanishad*, V. ii.

打—dāmyata: control

打—datta: give

打—dayadhvam: Be compassionate

20 Theodor Reik, *Masochism in Modern Man* 중 "The Paradoxes of Christ" 참조.

21 *The Nine Ways of Bon* 참조. (D. l. Snellgrove 발췌, 英譯)

22 *Milarepa*, p. 415 (第37曲)

"If you want to cleanse the rust from

    the mirror of your mind,

Look into the depth of the pure sky!"

23 E. R. S. Mead, *Pistis Sophia*, The First Book 第21章.

24 *The Gospel According to Thomas* 114절. (Bentley Layton, The Gnostic Scriptures)

25 Patanjali, *Aphorisms of Yoga*.

26 V. Propp, "Law of Chronological Incompatibility", *Theory and history of Folklore*, Minnesota.

27 J. Lacan, "The Agency of the Letter in the Unconscious of Reason since Freud", *Écrits* 참조.

28 필자의 'semiology'에 대한 기대는, 그것이 'psychoanalysis'化하기며, 'psycho-analysis'에의 기대는, 그것이 'semiology'化하기이다. 그러기 위해서, 그 양자는, 그 입은 人皮를 엷게 해야 하는데, 그러면, '안·밖'의 구별이 없어지면, 동시에 '自·他'에의 인식도 엷어져, 바르도의 체험에 처하게 될 것이다. 바르도란, '위대한 해방'(마하니르바아나)에의 통로로 주어진 것이던 것이더라. '人皮'를 엷게 하기 위해서는, 그리고, '人皮'를 엷게 하고 마면, 앞서 말한, 레비스트로스식의, 'reality'란, 백해무익의 惡幻이라고 알게 될 것이다. '밖'이야말로, 모든 有情들의 '무의식' 자체라는 것은, 근년에 들어, 필자가 확신하기 시작한 주제인데, 七祖(촛불중)이 후반생의 傳記는, '밖 읽기'(semiology)와, '안 읽기'(psychoanalysis) 사이의 장벽을 없애기 위한, 노력의 결과이다.

29 *Bardo Thödol*(The Tibetan Book of the Dead), Oxford Uni. Press, p. 103.

30 주석 7 참조.

31 Prajāpat, *Hindu Myths*, Penguin, pp. 271~272.

32 C. G. Jung, *Answer to Job*.

33 *Milarepa*, p. 359.

"The male gem is likened to the blue bija 'Hum';

And, when combined with 'Pad', fixes

Tig La well.

When Wisdom and skill together join

The Bliss of Two-in-One is offered best."

[bija=Tig La=(Bindu) 주 35 참조]

34 *Ibid.*, p. 167.

"My tailor is the inner Prāṇa-mind

Who warms Tig Le and makes it flow;

The marged Bliss-Void experience.

Is the needle used for sewing;

The cloth is Inborn vital Heat."

(Tig Le=Bindu=bija: male, 'Semen' female, 'blood')

35 C. G. Jung, *Psychology of Transformation*, p. 148.

"And we two came together as one.

There I was male pregnant by Him and gave birth

Upon barren stretch of Earth.

I become a mother yet remained a maid

And in my nature was established.

Therefore my son was also my father.

[……]

I bore the mother who gave me birth

Through me she was born again upon Earth."

36 Attar of Nishapur의 "The Heart"

Someone went to a madman who was weeping in the bitterest possible way.

He said: "Why do you cry?"

The madman answered: "I am crying to attract the pity of His Heart."

The other told him: "Your words are nonsense, for He has no physical heart."

The madman answered: "It is you who are wrong, for He is the owner of all the hearts which exist. Through the heart you can make your connection with God."

이 'heart'의 세 轉身은 재미가 있다. 처음 그것은, 中性을 띠었다가, (육신의) "'심장'화했다가, '심령'화한다." '神'의 죽음은 그런즉, '우리들 염통'의 죽음? '심령의 죽음', 종내 '人間'의 죽음?

37 *Bardo Thödol*, p. 179.

"If [about] to be born as a male, the feeling of itself being a male dawneth upon the Knower, and a feeling of intense hatred towards the father and of jealousy and attraction towards the mother is begotten. If [about] to be born as a female, [……] Through this secondary cause—[when] entering upon the path of either, just at the moment when the sperm and the ovum are about to unite—the Knower experience the bliss of the simultaneously-born state, during which state it faintish away into unconsciousness."

38 de Saussure의 정의를 좇는다면, (*Course in General Linguistics*) 'Sound Image' (文字·記號·其他)가 'signifier'이면, 'Meaning'이 'signified'인데, 여기에 의문의 여지는 없는 듯하다. 문제는 그런데, Lacan에 의하면, 'phallus'가 'signifier'라는 데서부터 시작되는바, 왜냐하면, de Saussure의 'signifier'는 그 기능상 '體'랄 것인 데 비해, Lacan의 그것은, 기능상 '用'이라고 이해되기 때문이다. "그네가 없이는, 우주적 大神들까지도, 말하자면, 송장과 같다"고 이르는 '샥티'는, 그러면, 'signifier'인가, 'signified'인가? 필자는 그런즉, 필자의 생각에 옳다고 여겨지는 대로, '박쥐'다운 자유를 즐길 것이다.

39 주석 14의 "The Wolf Hierarchy" 참조.

40 (11세기의 Sufi 詩人. Ghazāli)

"A bird I am this body was my cage

But I have flown leaving it as a token."

41 「이사야」 28장 10절.

"sav lasav, sav lasav / kav Lakav, kav lakav / zeer sham, zeer Sham!" (Order on order, order on order, rule on rule, rule on rule, a little here, a little there)

42 "Jack and the Beanstalk" (Old English Tale).

43 'TALA'(Skt.)는, 'LOKA(界)'가 'spirit side of world'인 것에 대해, 'Matter side of Region'이라고 한다.

44 『心經』.

45 *Nāgārjuna: Mūlamadhyamakakārikā.*

"Pratyaya parīkṣā" (觀因緣品)

non-origination, non-extinction,

non-destruction, non-permanence,

non-identity, non-differentiation,

non-coming (into being), non-going (out of being).

46 『臨濟錄』.

제2장 觀雜說 品二: 눈썹 뽑아, 祭火에 香木 삼기 얘기 한 자리

1 「火呪」 "옴 마음속의 노란 불이여, 傷(하게)하라, 傷하라, 태우라, 태우라, 먹어라, 먹어라, 스바하!"

2 "what is here is elsewhere. What is not here is nowhere." (*Vishvasara Tantra*)
"[⋯⋯] whatever is here, on Law(Dharma), on Profit(Artha), on Pleasure (Kama), and on Salvation(Moksha), that is found elsewhere. But what is not here is nowhere else." ("Bishma Parva", *The Mahābhārata*)

3 *Ruba'iyat*(*Ruba'i*는 四行詩인데, 'yat'는 복수형을 이룬다고 하니, 저것은 四行詩集이랄 것이다)에서 읽게 되는, Omar Khayyam의 風流도, 莊子의 것에 못잖은 대목이 있다. (듣기에는 그럼에도, [Sufi 詩人] Omar Khayyam이, 英語 속에 誤傳되어 있다는 비평이 있다)

제3장 續 · 觀雜說 品二: 눈썹 뽑아, 祭火에 香木 삼기 얘기 두 자리

1 비록 필자에게, 쓸 만한, 한 벌의 사투리가 있음에도, 이 章의 여기저기에서, 그 사투리를 서투리(서툴이)로 해놓은 까닭은, 그 사투리에서 특수성을 제거하기 위해서이다.

2 '용천병'은, 서장 사람들에게 "disease of earth Lord" 또는, "disease of Dragon"으로 알려져 있다. (*The Hundred Thousand Songs of Milarepa* Vol. I, 第10曲). 그리고, 이런 비슷한 龍이, 한 마을을 수호한다고 하며, 그 마을의 人肉을 즐기는 얘기는, The Mahābhārata(Vyasa)에 나온다.

3 『黃泉巫歌』에 나오는 「세천시어곡」의 '藥水, 藥草'는 *The Ramayana*(Valmiky)의 Yuddha Kanda에 근거하고 있는 듯하다. 그 梵名의 英音譯은 이러하다.
Mritasamjivani: (死者를 再生시키는 藥)

Vishlyakarani

Suvarnakarani

Shandhani

Samjivakarani

4 尸毗王의 苦行譚은, 「솔개와 비둘기」라는 제명으로, *The Mahābhārata* 속에서 읽혀진다. 『三國遺事』에는, 「厭髑滅身」章에 '解肉枰軀'라고 소개되어져 있는 듯하다.

5   뱀: 죽은 이의 환신. R. Graves, *The Greek Myths* 1, Penguin, p. 28.

6   헤카테 女神: 흰 암캐. *Ibid*., pp. 124, 130, 142.

달[月]의 한 변신으로서, 'cerberus-anubis'(Egyptian)는 본디, "송장을 파먹고, 달을 향해 길게 우는, 죽음의 女神 Hecate, 또는 Hebe였다." 이 Hecata는 '흰 암캐'로도 불린다. 달-흰 암캐. 달의 다른 변신으로서의 sphinx는, "날개를 단 사자(해-여름)의 몸뚱이에, 독사(겨울)의 꼬리를 달고 있다." (이는, 일 년을, 여름·겨울로 대별해 버리는 고장의, 월력의 상징적 두 동물임은, 알려진 대로이다. 원래는, 하늘·땅·지옥의 세 고장을 지배하는 여신으로 알려졌던, Hecate도 나중에, 저 월력과 제휴하여, 세 몸뚱이에, 세 대가리를 단 괴물로 나타난다. 사자·개·암말)

7   *Ibid*., pp. 27, 52.

8   *The Blue Cliff Record*(碧巖錄), p. 579와 M. Eliade, *Images and Symbols*, p. 127 참조.

9   *Brihādaranyaka Upanishad*, IV, iii, 36.

"When this [body] grows thin—becomes emaciated through old age or disease—then, as a mango or fig or a fruit of the Peepul tree becomes detached from its stalk, so does this infinite being (the self), completely detaching himself from the parts of the body, again move on, in the same way that he came to another body for the manifestation of his vital breath [prana]."
—꿈과 현실의 뒤섞이기. 바르도에 처한 念態는 상상하지를 못한다. 상상하기가 제휴하기이다.

10   C. G. Jung, "b. The Dog", *Mysterium Coniunctionis* Vol. 14, Bollingen Series, p. 146.

11   "Tree of Skulls", *Mexican and Central American Mythology*, p. 57. —"In my saliva and spittle I have give you my descendants" (Hamlyn Group 판)

12   '五仙酒': *Milarepa*, Vol 2, 第34曲, 주석 13.

'blood, semen, urine, feces, and Saliva'와 Tantric Ritual Gnostic Ritual을 (of Nicolaus's school) 비교해보는 것은, 法得이 있는 듯하다. 이하의 구절은, *The Gnostic Scriptures*(Trns, B. Layton, *Doubleday*) 중 "The Gnostic according to St. Epiphanius"에서 발췌한 것이다.

"(p. 206) [……] The woman and the man take the male emission in their own hands, (p. 207) [……] and then they eat it, partaking of their own filthiness. [……] And likewise with the woman's emission: when it happens that she has her period, her menstrual blood is gathered and they mutually take it in their hands and eat it. [……] Now although they have intercourse with one another, they forbid childbearing: [……] And if one of them, a man, prematurely ejaculates and the woman became pregnant, [……] As soon as it is feasible, they induce the expulsion of the embryo, and take the aborted offspring and grind it up with a mortar and pestle. And they season it with honey, pepper, and other spices, and with aromatics, so as not to nauseate themselves. Doing this, all the participants [……] and partake with their fingers of ground-up baby." (이 章의 제목은, "Sexual Practices in the Eucharistic Service"이다)

13 *The Mahābhārata*, passim.

14 金泰坤 著, 『黃泉巫歌硏究』(韓國巫俗叢書 VII-1, 創又社, 1966).

15 큰비암님像: 필자의 「美里場」 참조.

16 탄트릭 秘義(maithuna: 性交)에 쓰이는, '5M'은 이렇다. Mamsha: 肉味, Madya: 술, Matsya: 생선, Mudrā: (이것은, 'Gesture'이되, 이 秘義와의 관계에서는, '볶은 곡식'으로 만든, 음식에 관한 이름으로 변화해 있다. *Mahanirvana Tantra*[Maithuna: 性交, Samhita])

17 *Brihādaranyaka Upanishad*.

18 *Zend Avesta Faggard* XII, p. 161.

19 *Ibid.*, p. 159.

20 *Milarepa*, 第3曲.

21 *The Great Path of Awakening*(Jamgon Kongtrul) 이하의, 'Bodhicitta'를 계발하는 방법은, 모두 이 경전에 의존되어 있다.

22 *Ibid.*, p. 46.

23 *Ibid.*, p. 46.

24 *Ibid.*, p. 46.

25 *Ibid.*, p. 12.

26 *Ibid.*, p. 10.

27 *Ibid.*, p. 48.

28 *The Tibetan Book of the Dead*, pp. 99, 201.

29 *The Tibetan Book of the Dead*에 의하면(pp. 111, 112, 124, 150, 174), 人世의 색깔은, 누른색인데, 'bluish-yellow'라고 이른다.

30 '地下'에로의 여행은, 물론 巫弟들의 假死도 포함하여, 오직 '죽음'을 통해서, (또는 '매장'과의 관계에서) 가능한 것으로 이해된다. '춤추는 열두 公主'라는

童話를 통해서 배우는, 흥미 있는 사실은, 관곽은 '갇힘'이기보다는, '열림', 즉 슨 다른 세계, 특히, 地下에로의 통로, 그 門이 되어 있다는 것이다. 얘기된 '喪服'은, 이런 견지에서 관찰되어져야 할 것이다. 그래서, 그것을 입은 자는, (왜냐하면, 실제에 있어서는 몸을 벗어, 이승에 놓아두었으므로) 몸이 보이지를 않을 수밖에 없는데, 그러니, 이런 喪服은, '입기가 벗기'일 것이다.

七祖語論 2_주석

제1부 中道〔觀〕論(Mādhyamika) 2/間場 — 續·죽음의 한 연구

제4장

1 Mantroddhāra-Mantra(呪文)+udhāra(子宮). "The Mantra resides in the dark womb, whence it must be delivered, brought to light, and made known and infused with consciousness." (*Mahānirvana Tantra*).

2 Sandhyā—(여명, 박명) '해 뜰 때와, 해 질 때 드리는 祭.' '어머니의 子宮', '누이의 젖퉁이', '스승의 머리' 등인, Tantra Yoga에 있어, 중요한, 세 곳의 chakra(神經系)에 관한 은유일 것. (배꼽, 또는 丹田—비슈누, 염통—브라흐마, 머리—쉬바).

3 *The Mahābhārata*.

4 龍樹의 『四句論』.

5 Roland Barthes, *Michelet*.

6 (道家의) "HUAN-CHING PU-NAO"(는, 性交 中, 사내가, 어떻게 방출을 억제할 수 있는가, 그 비의를 다루고 있다고 한다) "When practicing HUAN-CHING PU-NAO(還精[?] 腦[?]) the man firmly grips the root of his penis between two fingers prior to ejaculation, while deeply exhaling through mouth and grinding his teeth(k'ou-ch'ih 叩齒)."

7 이 요가의 이름은, "Vajroli Mudra", "Sahajoli Mudra", "Amaroli Mudra"라고 한다는데, 이것의 성취는 쉽지도 않으려니와, 매우 위험하다고 하여, 대부분의 요가 冊은, 그 章이나 節을 삭제해버리거나, 심지어 언급도 하지 않고 있다.

8 여자는, 요니의 안쪽 천장 벽, 치골 아래, 대략 열두 시쯤 되는 부분에, 소위 말하는, 저 "Grüfenberg Spot"가 있는 것으로 알려지고, (그 부분의 마찰에 의해 여자도, 사내처럼 방출을 할 수 있다고 일러진다) 남자는, 역시 열두 시 되는 데쯤, 바깥 귀두 밑에 그것이 있다고 하는데, 일설에는, 불알을 면해 있는, 항문 속의 벽에 있다고도 하고 있다. 그래서 저것이 사실로, (물론 湖西에 대해서는) 새로운 발견(일 터이지만!)인지 어떤지는 모르되, 湖東道家에서는, 아주 오랜 옛적부터, 성교 중에 여자가, 나무로 깎아 끈에 꿰어 만든 염주 같은 것을,

남자의 항문에다 하나씩 하나씩 밀어 넣었다가, 남자가 절정에 달하는 기미를 보이면, 한꺼번에 주르륵 뽑아내는 수업을 했다고 이른다. 그리고 요가적으로는, "황홀감은 항문에서 일어난다"고도 이르니, 實學이 精神을 미치기는, 저렇게 여러 여러 세기씩이나 더딘 듯하다.

9 "What kind of egg has the lily laid this night?
The white flower sits already in its egg cup."—S. Mallarmé

10 "Om Haṃsa So'Ham Svaha!"
(Om, I am He; He am I, svaha!)
"Haṃ" is the seed of Ether. 그 상징은, '點' '圓' '흰 코끼리.' 저것("Haṃ)이, 촛불중이 창자 속에 넣고 다녔던, 그 '異物스러운 빛돌'(Mantroddhāra!)의 정체이다. 그것에서, 태어낳음 없이, 美里의 八祖가 일어난다. 八祖도 물론, 저 강물(Yoni, Saṃsara) 속에 그 얼굴을 빠뜨리지 않은 것은 아니다.

제5장

1 J. Frazer, *Myths of the Origin of Fire*. 저 '귀 멀은 벙어리 뱀'의 이름은, "Mun-dulum."

2 *Brihadāranyaka Upanishad*, VI, iv, 3. 필자는, '肛門'과 '玉門'의 구별을 해놓고 있지 않는 것에 주목해둘 필요가 있을 것이다.

3 실제에 있어, 六祖가 촛불중께 행한 그 비역은, 六祖의 살[根]로써가 아니라, 촛불중이 응시하고 있던, (그 '魔根'과 동질의 것임에 분명한) 그 촛대로써 행한 것인데, 그러자 두 가지의 의문이 떠오른다. 하나는, '촛대'로 나타난, 저 根은 누구의(六祖의? 촛불중의?) 것이었는가, 하는 것이며, 또 하나는, 그런데도 촛불중은 어떻게, 자기가 강간적으로 비역을 당했다고, 그런 결과로 六祖의 씨앗을 姙娠해오고 있다고, 그렇게 믿고 있는가, 하는 것이다. 그리하여 촛불중은, 독자들로 하여금, "모든 有情은, 자기의 無意識의 바닷속을 헤엄치는 물고기다"라는, (촛불중) 자기의 한 命題를 고려하게 한다. 그러면 독자들은, 저 '根'의 소속을 물을 필요가 없게 되며, 그러한 '姙娠'도 詩學이라고 매도하지 않게 된다. 전에, 우주적 대홍수 때, 그 홍수에 잃어진 經典을 되찾기 위해, 비슈누神이 생선의 모습을 꾸며, 저 바다를 샅샅이 뒤졌던 古事와, 그리하여 그가 구해 갖고 나온 經典이란, 다름 아닌 링감[男根]이었다는 것 등을, 아울러 고려해보는 것은 권할 만할 것이다. 그리고 '재'[灰]는, 특히 宗敎的 상상력 속

에서, '精液'의 상징을 띠는 것이, 흥미롭다.

4 千頭蛇 아난타를 침상 삼아, 비슈누가 잠에 들면, 한 우주가 소롯이 닫힌다. 그러다 그의 배꼽에서 蓮이 한 줄기 자라 만개하면, 한 우주가 열린다. (그 蓮꽃 안에는, 천지를 창조하는, 브라흐마가 정좌해 있다) 그런 말로, 우리들의 이 한 우주는, 비슈누의 배꼽에서 돋아난, 한 송이 蓮—그것이다. 마야[幻,—宇宙].

5 이 '菌'論은, '幻·想·念' 등을 '菌'으로 취급하고 있는 점에서, BON宗 (LAMAISM 이전의 티베트인들의 本宗)의 '菌'論과는 같지 않되, (前者는 心靈을 갉는 벌레, 번뇌, 벌뢰며, 後者는, 몸을 갉는 번뇌, 벌뢰, 벌레이기 탓이다) 근본에 있어서는, BON宗의 '菌'도, 실다움을 갖지 않는다는 점에 있어, (四大가 空에 의존하거늘!) 그 양자는 다르지 않다고 할 것이다.

6 '본'(BON)徒들이 읊는 呪文, 또는 逐鬼頌의 序行은, 언제든 저렇게 시작된다고 한다. "Sou, yon yon, yon, yon, yon yon, ngo……."

7 인용된 詩行은, (천축국인들의 敍事詩) *Ramayana*의 泰國版 *Ramakiea*에 (노래되어) 있다. 이 詩行에다, "Jack and the Beanstalk"이라는, 童話를 겹쳐놓고 들여다보는 일은, 권고할 만하다 싶으다.

　　* 이하의 第六章은, 第五章의 풍경이, 다른 각도에서 再演되고 있음에, 주목해야 할 것이다. (꼭히 그 다름이 지적되어져야 한다면, 前章을 凡論的이었다고 할 수 있다면, 本章은, 各論的이라고 할 수 있을 것이다) 같은 한 풍경이, 심각하게 되풀이되어졌음의, 까닭을 짐작해볼 일이겠는가. 그리고도, 本章을 續章으로 하지 않고, 딴 章으로 묶은 것은, 本章에는 새로운 소식이 담겨 있는, 그 까닭이다.

제6장

　　* 이하의 易卦解義는, 光文出版社 刊行, 『易經』(世界古典全集 9, 1987)에 의존되어 있다.

1 ☶☵[蹇] : 山(艮) 위에 江(坎)이 덮여 있다.

2 "Om Chit-pingala, hana hana, daha daha, pacha pacha, sarvajnājnāpaya: svaha!"

3 ☷☰[泰] : 땅[坤]이 하늘[乾] 위에 있다. 色이 空을 품어 있다. "蓮 속에 담긴 보석이여!"

4 ☵☳[屯] : 천둥[震]이 물[坎]에 잠겨 있다.

5 ☰☰☰[歸妹] : 나이 많은 남자[震]가, 젊은 여자[兌]의 요니 속에 삼켜 들어져, 뼈도 못 추리고 있다. (易에는, 男女 관계를 나타내는 卦가 넷이 있는데 [咸·恒·漸·歸妹], 이 '歸妹'만이 凶卦로 알려져 온다. 그것인즉슨 그럼에도 분명히, 家父長制度의 사회 제도 속에서만 凶卦일 것인데, 우리는 지금, 어머니 家長制度와 아버지 家長制度 사이의, 그 과도기에 처해 번민하던, 오이디푸스를 주인공으로 말하고 있는 것을, 잊을 일은 아니다)

6 ☰☰☰[咸] : 산[艮―젊은 남자]이, 못[兌―젊은 여자] 속에 잠겨 있다.

7 ☰☰☰[恒] : 중년 남자[震]가, 그런 또래 나이의 여자[巽]를 눌러살고 있다.

8 스바하―火神 아그니의 큰마누라. 呪文에도 性別이 있다고 이른다. 男性·中性·女性. 그중에서도, 男性·中性의 呪文은, '만트라'(mantra)라고 이르고, 女性을 띤 것은, '비디야'(vidya)라고 이른다고 한다. '훙·팰'으로 끝나는 것은, '男呪'라고 이르고, '탕·스바하'로 끝나는 것은, '女呪', 그리고 '나마―'로 끝나는 것은, '中性呪.'

9 ☰☰☰[同人] : 이 卦는, ☰☰☰[大有]에 대해, 암컷의 성격을 띠어 있어 보인다. '火天'(아그니)+'스바하'=(그래서) '火天同人'(일 터이다).

10 '八祖의 臨世―姙娠'은, 눈꺼풀이 두 번 겹치도록 하여, 건너다볼 재료일 것이다. 왜냐하면, 그 '불의 씨앗'을 오랫동안이나 姙娠해온, 어머니 역할의 아버지 편에서 보면, 그 '불돌'은 分娩되어졌는데, 그 '불꽃'이 새로 스며들게 된 母胎(第九祖) 쪽에서 보면, 저 '노란 불'은, 子宮을 옮겨, 새로 姙娠되어져 버려 있기 때문이다. 그러니, 어쨌든, 그 탄생은 한 번 더 기대되어지는데, 그 姙娠, 그 分娩에다, 프라브리티의 有情들의 生理的 週期 따위를 적용하려는 것은, 금물일 것이다.

11 七祖가, 八祖를, 다른 母胎에 실어주려 하며, 행한 이 '鷄姦'[비역] 또한, 눈꺼풀을 여럿으로 해서, 들여다볼 재료인 것이다. 첫째는, 七祖도, 六祖가 행한 '비역'에 의해, 그 '빛돌'을 姙娠했었다는 것이며, 一째는, 제자가 스승의 침상을 교란하지 않고도, (이 특정한 경우) 스승의 씨앗을, 그것이 심겨졌어야 되는, 그 정당한 자리에다 심어 넣기 위해서는, 그런 방법밖에 없었다는 것, (이 꼭같은 이유가 헌데, 여자에게 있어서는, '肛門' 한 곳만은 아직도 '處女'였으니, 그렇게 자기의 부군 되는 자의 제자 되는 자에게 자기를 내주고도, '姦淫'의 때[垢·罪]를 얹지 않게 되는, 그 풀림 점이 되고 있다) 그리고 셋째는, 바로 이 秘儀가 헌데, 스승 村長이 제자 村長에게, 그 代를 물림하는, '戒의 授受' 祭式까지를 겸하게 되었다는 것.

12 鍊金術師들의 'prima materia'에 대한, 상징적 도식은 저러하다. 그것의 陽性

的 국면은, '생명나무'를 아랫도리(동산의 중앙)에 돋귀낸 '아담'으로, '해골'을 얹은 祭壇 아래 비스듬히 누워 있고, 陰性的 국면은, 그 같은 나무를, 머리에다 돋귀낸 '하와'로, 역시 그 같은 祭壇 아래 누워 있는데, 祭壇 위의 '骸骨'은 다름 아닌, 그 여자의 요니, 또는 子宮인 것은, 의심할 여지가 없다. 이 '해골'은 동시에, 'prima materia', 'philosopher's stone', 또는 '金' 자체의 상징이기도 하다.

제7장

1 中國 巫歌에, 『九曲』(또는 『九歌』[The Nine Songs])이라는 것이 있는바, 인용 되어진 노래는, 第六曲에서 발췌.

2 임동권, 『민요집』.

3 "Tathāgata'(Skt., Pali) "the thus-gone [thus-come, thus-perfected] one." 如來.

4 『九曲』, 第四曲.

5 前章 '주석 10' 참조. 羑里의 八祖가 그리하여, 거듭 태어나고[重生] 있다. "어머니들의 胎夢과, 실제적 아버지들, 그리고 (저 어머니들의 胎夢 속으로 쳐든) 우주적 客鬼"들과 관계된, 處容歌에 관해서는, 앞서 촛불중이 누누이 말해 온 바이거니와, 그것은, 우주적 意味(signifier? signified?)가, 어떻게, 畜生道 的 살(signified? signifier?)을 성취하는가의, 그 과정을 소상히 밝힌다고, 촛불 중도 이해해온 것이다. 어떤 출산이든 헌데, 바르도에 처한 넋들의 귀환을 염 두건대, 그 어머니가 胎夢을 꾸었거나, 아무 그런 꿈을 꾼 일이 없다는 경우도 마찬가지로, (후자의 경우는, '꿈과 실제' 사이의 경계가 매우, 흐려 보인다) 모 두가 處容歌的이다. 헌데 羑里에서는 오늘, 저런 어떤 한 處容歌가 거꾸로, 그 러니 정반대로 이뤄지고 있는 것을, 절시케 된다. '각시―客鬼―處容'이라는, 處容歌의 도식을, 그것이 逆的으로 이뤄진 데다 적용해보기로 한다면, 그 도 식에는 변화가 없음에도('각시'[장로의 손녀]―客鬼[촛불중]―處容[六祖]), 그 내용상에 있어, 역현상이 일어나는 것을 간과할 수가 없게 된다. 왜냐하면 이 경우에는, '客鬼'가 實物役이며, 實物役이어야 될 '處容'이, 鬼神이 되어 있 기 때문이다. 저 巫女는 그래서, 오래전에 죽은 낭군과 肉交를 하고 있는데, 산 '客鬼'가, 無濕한 자리에다, 습기(불의 방울)를 떨어뜨려 준 것이다. 그러나, 業 을 지어본 일이 없이 태어난 생명은, 바르도/逆바르도 중 어디로 갈 것인가? 저런 肉交는 그래서, 巫交化한다는 것은, 여러 말 할 필요도 없을 것이다. 한 요니가, 한 宗家의, 三代에 걸치는, 複數的 男根을 수용하고 있음. 동시에, 저

한 요니의, 세 가지 轉變도 관찰되어진다. 八祖에 대해 저 여자는, 아담의 어미—大地 같은 것인데, (그래서 흙으로 지어진 아담은, 흙에서 태어나온 바가 없다) 六祖에 대해서는 하와여서, '태어나본 적도 없는 아담—八祖'의 어머니인 때문이며, 七祖에 대해 저 여자는, 자기의 '불씨'를 받아 '죽음'을 分娩한 여자라는 점에서, '해골의 골짜기', 즉슨 '해골' 자체이다. 大地—女子—骸骨.

제9장

1 G. 바슐라르 著, 김현 譯, 『불의 정신분석』 참조.

2 'Sandhyā'는, 앞서 한 번 언급된 듯하지만, '夕陽祭' 또는, '黎明祭'라고 번역될 것으로, 이 부분은, 宗敎的 實學(요가)과, 文學的 想像力이 뒤엉켜, 일견 난삽해 보일지도 모른다. 사실 그 否定的 국면에서 '禪'이 그러해 보인다. (그것은, 저 양쪽을 다 殺하고, 말기 때문이다) 촛불중은, '溫內派'(手淫派)네서 불머슴하던 사미였다는 것은, 기억하고 있는 자는 하고 있을 것이다. 그리고 그것이, 이 중으로 하여금, 'Sandhyā'를 상념케 한 소이인데, '두 개의 해'(그중의 하나는, 은근히, '달'의 모습을 띠고 있음에 주의할 일이다)란, 한 요기의 척추(수메루山)를 중심으로, 오른쪽 신경계(pingala)를 '해'라고, 그리고 왼쪽의 것(Ida)을 '달'이라고 이른 그것들이다. 헌데 이 '手淫'(요가) 중, 촛불중은, '흰 물새'(Haṃsa—'word', 'soul')에 먹히고 있는 듯하다.

3 (Gnostic에 있어, '肉身'은 '魂'을 감금하는 감옥이며, '魂'은 '靈'의 감옥이라면,) '流沙 구덩이'는, 촛불중께는, '言語'를 감금하는, 文法體系이다. 그것이 위대한 자유(마하니르바아나)에 비상하려는 정신을 억류 감금한다. (이 점에 있어서는, 촛불중은, 語禪門의 종도이다)

4 필자의 최초의 短篇 「아겔다마」 참조. 그것에 의하면, 基督의 人神化는, '必然的'이기보다는, 스스로 그것을 '必然化'하고 있다는 것을 알게 된다. 이것은, 羑里의 六祖, 七祖에게도 그대로 적용되는데, '六祖'와 더불어서는 그것이 약간 혼동되고 있는 듯하여, 뒤늦게라도, 한 주석을 붙여놓았으면 싶으다. 언뜻 읽으면, 六祖는, 별로 뚜렷한 이유도 없이, 그 스승보다 나은 사람처럼도 이해된다거나, 그를 본 여자들은 다 그를 무조건적으로 사랑하기에 이르러 보이는데, 前者의 경우는, 五祖는 鍊金術師이며, 六祖는, '金'에로 연금될 충분한 소질을 갖고 있는, '質料'로서 이해하여야 하며, 後者의 경우는, 헷헷헷, 누구든 조금만 연애질에 이력이 난 자라면 대번에 알겠지만, 여자들이 그를 보기만 하

면 갑자기 사랑에 빠지는 것이 아니라, 그를 사랑하도록, 그가 치밀하게 공작
유도하고 있던 것이다. 六祖도 그래서, 자기의 人神化를, 必然化한 사내며, 必
然性의 줄 끝에서, 그 必然의 춤을 춰야 했던 망석중이는 아니라는 것을 이해
하게 된다. 그만은 돼야, 아무리 작은 村이라도, 村長 하나는 해 먹는 것이다.

5 (그가 그 자신을, 풍진세상이라는, 꽤는 비극적, 하나의 敍事詩 속에다, 한 單
語로 삽입한 것을 기억하기로 할 일이지만) 촛불중은 그리하여, 차차로 occult
쪽으로 기우는 듯하여, 그것은 왜냐하면, '촛불중'이라는 한 어휘가, '몸'과 '마
음'으로 이뤄져 있어 그렇다.

6 '발'을 개의해싸면, 그는 '비슈누 콤플렉스'를 드러낸다고 믿는다. 그것은 '아
래', '깊이' 등과 깊이 관계가 있다. (本文 속 어디에서, 그것이 얘기되어져 있다
고 믿어, 생략한다)

7 '自己否定'—이 시대의 湖西場에서는, 한 誤導된 眞理가 부리나케 팔리고 있
어 보인다. 라는 그 誤導된 眞理란, 특히 무엇을 일러 하는 소린가 하면, '자기
를 먼저 사랑하라, 자기가 자기를 사랑할 수 없는데, 누가 자기를 사랑할 수 있
겠는가' 하는 것 같은 것이다. 아는 자는 알겠거니와, 저것이 『사탄經典』의 '第
一誡命'이 되어 있던 것. 만약에 사탄主義를 포교하려는 목적이 아니라면 설
교자들은, '자기를 "존경"하라'고, 그 '사랑'을 '존경'으로 바꿔 說할 수는 없는
가? ("대접받고자 하거든, 먼저 대접하라"는, 그 '자기 존경'을 說하고 있는 것
으로 이해되기 때문이다) 오늘날 창궐 만연하는, 염세자살이며, 행복하지 못
하기, 불만족, 불안, 초조 등은, (사람들이) 자기를 '사랑'할 줄 모르는 데 근거
하고 있는 것처럼도 보이되, 그것은 잘못된 진맥이며, 그런 병증은 사실은, 왜
냐하면 자기를 사랑할 줄 모르기에 의해서가 아니라, 자기를 否定할 줄을 모
르는 데 근거하고 있다는 것을, 새로 심심히 고려해보아야 할 것이다. '사람'이
라는 有情들이, 이만큼이나 進化에의 거보를 내딛고서는, 畜生道에로의 回路
를 거부해야 할 것이다. 거짓 先知者들이, 毒에다 糖衣를 입혀, 배고픈 심령들
에다 뿌리고 있다.

8 電影器(텔레비전)라는 것을, 한 번이라도, 禪家네 '거울'처럼 들여다본 자라
면, 서슴없이 동의하겠지만, 저 물건이야말로, 그 衆我的 국면에서, '자기 안쪽
의 意味의 記號化(化現)'의 관계를 극명히 설명해 보이는 것으로 보인다. 그
러고 본다면, 오늘날처럼, 求道를 위해서 좋은 시절도 없었다 싶으다. 사라쌍
수 밑에서, 석가모니(第七佛者—그 이전에 이미, 여섯 佛者들이 있었다고 일
러진다)가 보아온 것도, 이를테면, 저런 電影器 속의 풍경이었던 것이다.

9 그리하여 羑里는, 하나의 宇宙的 링가(anima-mundi에 대한 animus—그것은

다시 '말'이다. 육성으로 말할 수 없는, 大力의 창조력은 '로고스'[말씀] 라는 얘기는, 누누이 해온 바이다)를, 메어다, 들 가운데다 埋葬하려 하고 있다.

『中道[觀] 論』 終.

『進化論』의 始作.

七祖語論 3_주석

제2부 進化論 ─ 프라브리티(Pravritti)

綠色
배꼽 만지기 頌 1

1   필자의 雜說 '中道[觀] 論(Mādhyamika)'에 선보인, '煙色'이라는 제목 때문에, 독자들은 물론, 필자가, 六字大明呪(옴마니팟메훙)가 나타내는, 색깔의 이름들을 빌어, 자기 책의 各部의 頭題를 삼으려 하지 안 했는가 하는 것을, 어쨌든 어렴풋이라도 짐작했었을 것이었다. 그리고 그것이 필자의 의도였던 것이다. 누구나 알다시피, '煙[黑] 色'은, '나라카 로카'의 색깔인데, 그렇다면, 발전의 변증법에 좇아서는, 그 바로 윗녘의 '프레타 로카'의 '赤色'이 本冊(部)의 頭題가 되어야 옳을 것인데도, 느닷없이, '아수라 로카'의 '綠色'이 그 자리를 차지하고 있어, 이 전도가, 뜻있는 독자들을 어리둥절하게 했음은 분명하다. 이것에 대해서는, 필자의 설명과 사과가 따 붙어야 할 듯하다.

    필자도 물론, '사탄의 宗家'에서, 예의 저 大明呪를 거꾸로 뒤집어, 자기네 呪文으로 삼아오고 있는 것을 몰랐던 것은 아니었음에도, (솔직한 심정을 밝히자면, 그 탓에 약간 룽한 느낌을 갖지 안 했던 것은 아니었음에도, 다른 한편으로는, 그렇다고 어찌 그런 따위 邪道的 룽感에 억눌릴 필요가 있겠느냐고 하여 설라무네) 저승 간 羅卜이의 天路에의 역정이 그렇게 보이는 대로, 발전의 변증법에 좇기로 했었던 것이다.

    그러다 새로 생각하게 되었기는, 저 明呪는, 발전의 明呪가 아니라, (그런 어떤 우주적 순례에 오른 羅卜이의) 자기 뒤쪽의 母胎(界)들의, (자기를 유혹하는) 門을 닫으려는, 그런 出家의 明呪라고 하게 되었고, 그러자 저 明呪는 (한 넋을 위에 어디에다 올려주려는 목적의) 사닥다리이기보다는, (디뎌온 족적까지도 지우려는) 빗자루 같은 것이라고 이해키에 이른 것이다. 이렇게 되자, 이미 읊어진 '雜說'의 頭題로 등장한, '煙色'까지도, '白色'[옴]으로 수정할 필요를 느끼게 되며, (그리고 기회가 주어지는 대로 그렇게 수정하려 하는데) 자연적 결과로, 本雜說의 頭題인즉, '綠色'[마] 化하던 것이다. 필자는 그리하여 지금부터라도, 明呪의 순서를 좇으려 한다. 독자들께, 심심한 사의를 표한다. (옴―白―제바界. 마―綠―아수라界. 니―黃―人世. 팟―靑―殺生界·獸界. 메―赤―鬼界. 홍―煙黑―지옥界)

2 '배꼽'은, 요기들이 轉身轉移, 遁甲術이 가능한 일점으로 치는 기관인 것은, 알려진 바대로이다. 비슈누의 '배꼽'에서 돋은 蓮이, 마야[幻·宇宙] 자체라는 것도, 아울러 염두해 두는 것은, 권고해둘 만하다.

3 自我(purusha)는, '엄지손가락보다 크지 않다'고 알려져 온다(*Katha Upanishad*, II, iii, 17).

4 "一切 有爲法 如夢幻泡影 如露亦如電"『金剛經』(應化非眞分 第三十二).

5 *The Ramakien*(태국판 *Ramayana*).

6 "Visita interiora terrae; Rectificando invenis occultum rapidem"(땅의 깊은 속에로 내려가 보라, 純化를 통해, 그러면 그대, 숨겨진 돌을 찾게 될 것이다).

7 "There is one unborn[prakrit-Nature] —red, white, and black—which gives birth to many creatures like itself." *Śvetāśvatra Upanishad*, IV. 5.

8 *The Golden Bough.*

9 '들이쉬는 숨'은, 언제든 '새 숨'이다. 저 천공을 빽빽이 채운 그 공기를 살펴보라. 그러나 일단 한번, 한 비구의 콧구멍에 잡혀 들어, 발가락 끝까지 내려간 숨은, 이름은 여럿이라도(prāna, apāna, vyāna, samāna, udāna), 같은 숨이다. 그리고, '색깔'이란, 우주어휘사전에 있어서는, '肯·否'를 나타내는 어휘인데, 人世의 '善·惡' '好·惡' '삶·죽음' 따위를 그렇게 定義하는 모양이다. 그럼에도 그 색깔은, '白·黑', 또는 '白·赤'의 둘뿐이다. 문제는, 저것이 색깔을 나타내는 이름들이되, 헌데도 그것이 그 색깔까지 드러내어 쓰여지고 있는 것이 아니라는 데 있다. 저것은, '모자'나 '신발'이, '쓰는 것' '신는 것'이 아니라, '머리'와 '발'의 뜻을 갖는 식의, 이상한 이름들이다. 우주나, 달마 자체는, '선악' '호오' 따위의 구별을 못 하는 때문인 듯하다. 같은 하나인 것이, (우주나, 달마가) 드러내는 얼굴은 그런데, 그렇게 다른 듯하다. 白·黑.

10 前生엔 '사람'이었던 것이, '소'로도, '개'로도 환생하였음. '숨'은 같은 '숨.'

11 *Brihadāranyaka Upanishad*(VI, ii, 16)에 의하면, 輪廻가 物理的으로 이해되어져 있다. (火葬을 통해, 그 시체가 탄 연기 오르기⇄내리기)

"[……] From [those] months they go to the World of the Manes, from the World of Manes, the Moon. Reaching the Moon they become food. There the gods enjoy them [……] . And when their past work is exhausted they reach this very ākāśa, from the ākāśa they reach the air, from the air rain, from rain the earth. Reaching the earth they become food. Then they are again offered in the fire of man, and thence in the fire of woman. Out of the fire of woman they are born [……] ”

12 preta-Loka(餓鬼道), 거기서는 죽기가 태어나기, 태어나기가 죽기, 태어나기—죽기—태어나기—죽기, 의 악순환이 계속된다고 이른다.

13 『三國遺事』, 「蛇福不言」.

제 1 장

1 이 ‘山’은, 그 ‘山’(六祖가 ‘山’化해 있음에 주목할 일이겠거니와,)을 매단 ‘나무’와 동일한 것인데도, 修辭學에 의하면, 두 다른 사물로 나타나 있다는 데에, 修辭學의 오묘함이 있다. (文學하기의 즐거움은, 이런 데도 있는 듯하다) 上界에의 꿈은, 또는 춤[舞]은, ‘나무’며 ‘山’(그리고 물론 ‘불’)이다. 縱流하는 氣. 스바이얌부(쉬바의 링가). 아으 허지만, ‘스스로 된 고자’도 있느니라, 있느니라.

2 ‘스바이얌부(Svayambhū)’의 뿌리는 얼마나 깊이 박혔으며, 그 끝은 얼마나 높이 올랐는가를 알아보기 위하여, 비슈누는 멧돼지의 모습을 꾸며, 뿌리 쪽으로 내리고, 브라흐마는 백조의 날개를 달아, 위쪽을 향해 오른 古事는, 잘 알려진 바대로이다.

　　헌데 羑里에서는, 六祖가 그 ‘오르기’의 禪定을 行했으며, 七祖가, 그 ‘내리기’의 禪定에 잠겨 있는 것으로 알려지고 있다. 바로 이 禪定行 자체가 그리고, 다름 아닌 ‘法輪 굴리기’로 이해되거니와, 七祖(촛불중)의, 저 ‘無空間으로 알려진 곳에로 떠난 閟世’(주석 6 참조), 즉슨, 그 나름의 ‘法輪 굴리기’[雜說行]’는, 그런 까닭으로, 그 ‘法輪’이 ‘크다’(Mahāyāna)거나, 또는 ‘작다’(Hīnayāna)라는 투로 말해버리기에는, 매우 난하다는 느낌을 갖게 될 것이다. 이것은 그리하여, ‘金剛乘’(Vajrayāna)에의 이해를 필요로 하는 듯하다. 그렇다, 향후의 촛불중의 ‘雜說行’은, 바로 저 ‘金剛乘’이 구르는 방향에 좇아 이해하는 것이 권고된다.

3 道家네 瑜伽를 참조할 일이다(그림 참조).

4 『이솝 우화』.

5 ‘불의 물고기’에서, 비늘을 떼어내고, ‘벙어리 뱀’ 속에다 감금하기―이것은, (前 册 「間場」에서,) 숲의 靈室에서, 七祖가, 六祖의 미망인[九祖]의 後門을 열어, ‘빛돌’을 사정해 넣기로써, 그 ‘敎義’(doctrine)的 부분이 說해졌다고 할 수 있다면, 이제부터 邑이 行하는, 산 七祖의 葬禮式은, 그것의 ‘祭

儀'(ritual)的 행사라고 이해해야 할 것이다. 저 '불의 물고기'는 그러니, 美里의 一祖가 잃었던 그것[性器] 인데, 六祖에 의해 낚여졌다가, 모두 다 아는 바의 경로를 좇아, 七祖의 法根을 통해, 九祖의 後門(벙어리 뱀—用, 骸骨—體) 속에 移轉된다. 해골 속에 돋은 나무가 八祖이다.

6   촛불중은, 자기가 한 '代贖羊'으로서가 아니라, 雜根 같은 것으로서, 骸骨 속 같은데 묻히는 것을, 셈해 알고 있다. (그리고 九祖에 의해, 이 '雜根'의 의미는 해석된다) 되풀이 되풀이 인용해온 것이 이것이지만, (鍊金術的으로는) 이 '낡'이, 아담에게서는, 하복부에서 자라고, 하와에게서는, 머리에서 자란다. 바로 이 '낡'이, '개'의 이름을 입기도 하는데, '해골 속에 돋은 나무'와, '솥에 누운 개'는 그렇다면, 꼭같은 것이, 이름만 달리 입고 있는 것은 아니겠는가. 그것은 'prima materia'가 입은 여러 이름 중의 하나일 것이다.

배꼽 만지기 頌 2

1   *The Rg Veda*, 「埋葬頌」 11절.
2   *The Rg Veda*, 「埋葬頌」 3~4절.

제2장

1   *The Rg Veda*, 「火葬頌」 1~4절.
2   *The Rg Veda*——"purusha——Sūkta"(사랑頌).
3   이 요가를 '둠모(GTŭm-mō) 요가'라고 하는 듯하다. 라는 이 요가는, "추위를 견디고, 이기기 위하여, 內熱을 일궈내는 것"인데, 알겠다시피 필자는 책에서 읽은 요가를 소개하려는 목적으로 雜說을 抄하고 있는 것은 아니며, 그리고도 구태여 꾸역꾸역 말해야 한다면, 차라리 그런 요가가, 文學化를 치르면, 어떤 형태를 취하게도 되는가, 그런 것을 시험해보고 있다고 알면 좋을 것이다. 人體 속에, 무슨 電池라고 부를 수도 있는 기관이 있다면, 그것은 '會陰'으로 알려져 있고, '電流'는 하필 '性力'으로 알려져 있는데, 같은 電流를, 조절하기에 따라, '熱'로도, '빛'으로도, '動力'으로도 그 모습을 바꾸는 것을 잘 관찰하는 이라면, '會陰 속의 性力(쿤다리니 샥티)'이 '熱'로 바뀌는 과정도 잘 알 것이다. '외로운 白鳥'는 'golden person'으로도 불리는데, *Brihadāranyaka Upanishad*에 나온다. '빛'의 '熱'化를 관찰컨대, '새'의 모습이 드러나진다.
4   'Mundulum'이라는, 그 배 속에 '세상의 불'을 감춘, '벙어리 뱀'의 神話는, 프레이저의 「불의 기원」에서 읽고, 그런 뒤, 필자가 걸핏하면 되풀이 되풀이 인용하는 것인데, 그것은 여러 가지 의미에서 매우 중요해 보이는 神話라 그렇다.

本章에 나오는, '소리'와 관계된, '영겁의 空間의 子宮', '빛'과 관계된 '영겁의 黑暗의 子宮'도 물론, '會陰' 속에 '불'을 감춰놓고 있는 '男根'도 그것이며, 아담 이전의, 그러니 아직 아무것도 '이름'을 입지 않은 상태에 있는 세계도, 그리고 그 세계의 모든 사물, 비사물도 그것일 뿐만 아니라, 莊子의 '낮잠'과 '나비'도 그것인데, 요컨대 저것은, '非化現'이 '벙어리 뱀'으로, '化現'이 '불'로 의인화, 의물화되어 나타난 것이라는 것이, 필자의 생각이다.

이 부분에서, 촛불중은 혹간, 精水를 쏟아내지 안 했는가, 의문할 독자도 없잖아 있을 것이라도, 저 '새의 날아오르기'는, 그의 몸으로 열이 퍼져 오르기라고 이해하는 것이 권고된다.

그리고, 이만쯤까지 읽은 어떤 독자들은, 중도 역시, 여전히 인간이므로, 읽은 바와 같이, 生埋葬을 당한 처지에서라면, "神의 시험에 처해, 자기의 낳은 날까지 저주하는 욥"다운 고통을 드러내는 것은, 당연하거나, 사실적이라는 것인데, 그렇지 않다고 하여, 작자에게 힐문의 눈초리를 보내려 할지도 모르겠다는 생각이 있어, 덧붙여 두려고 하는바, 잊지 말아야 할 것은, '욥'은 어째도 "땅을 고집하는 사람"이며, 중은 "땅에의 집착을 여의려는 사람"이라는 것이다. '중'도 그럼에도, '욥'이 그런 처지에 있었더라면, 울부짖어 갈구했을, 빛을 갈구하고 있으며, 괴로워했을, 음부나 사망과도 같은 암흑을 괴로워하였으므로, 하여서나, '빛의 탐색'에 오른 것이었을 것인데, 그가 찾아냈다는 빛은 그럼에도, 그의 肉眼을 위해서는, 한 방울의 水分도 공급할 만하지 않다. 이러고 보면, 그도 人肉을 입은, '욥적 절규'는 시작도 못 한 것이나 아닌가, ─그러면 그도, 肉眼에 즐거운 빛에의 그리움으로, 빛이 있는 곳에로나 떠돌지 않을까, 그것을, 두고, 기다려 보게 한다.

5 다음 章의 '주석 3' 참조. 필자는 그를, "남의 꿈을 도둑질하는, 치사한 계집 두룩"(『죽음의 한 연구』 '주석 47' 참조)의 男性 쪽 얼굴로 이해하여, 이 얼굴을 촛불중께다 씌워주려 하고 있다. 이 '마야랍'이 '羅卜'의 이름을 입을 때도 있다는 것 같은 것을 말하려 하면, 눈썹이 헐겁다는 느낌에 당하게 된다.

배꼽 만지기 頌 3

1 이 章은, (천축국 사람들의 *The Ramyana*의) 泰國판 敍事詩 *The Ramakien*(J. M. Cadet 英譯, *Kodansha International*, Tokyo, 1971, pp. 174~176) 중, 「마야랍이 魔職祭를 지내다」에서, 필자에게 필요하다고 여겨지는 부분을 번역[重譯]한

것이다.

2 Totsagan은, *The Ramyana*의 Ravana. (Ravana는, 스리랑카의 왕으로서, 十頭를 해 갖고 있다)

3 Maiyarap: 下界의 王.

4 Ram: Rama.

5 Bardan: Maiyarap의 王室이 있는 도시인 것은, 읽어 아는 바대로일 것.

6 '요염한 계집': 중 修業과 더불어서는, '요염한 계집'이 노상, '훼방꾼'으로 나타난다는 것은, 널리 알려진 바대로이다. 아마도, 중 修業이라는 苦行 쪽에서 본다면, 俗世살이란, '요염한 계집'으로 나타나는 듯하며, 동시에, 중의 최후의 난관은, '性'인 듯하다. 그래서 魔羅(性器)가 魔羅(惡)이다.

7 '코끼리'는 분명히 禪力(yogic power)의 상징인데, "두 마리의 코끼리가, 나타나자마자, 맹렬한 싸움에 붙었다"는 의미는, 그 禪力이 어거되지 못하여, 否定的 국면만을 드러낸 것으로 이해된다.

8 '사자'는, ('Leo─해') '金'인데, 그것들 역시 '싸움에 붙은 것'을 보건대, 이 鍊金術은, 두말할 필요도 없이, 否定的 성공을 보이고 있다. '요순'이 나타나야 될 자리에 '걸주'가 나타나 있어, '실패'라고 말하기보다, '부정적 성공'이라고 말한 소이가 거기에 있다. Maiyarap의 이 鍊金術 솥은, (촛불중이 누누이 주장하는) '꿈꾸고 싶어 하는 잠으로서의 衆心'과, 그리하여 '꿈꿔진 者'(召命되어진 자) 사이의, 그 '부르기와 대답하기'가 어떻게 이뤄지는지, 그것이 잘 들여다보여지는 것이어서, 일별만 던지고 잊어버리기에는 너무도 아까운 재료이다.

제3장

1 *Alchemy, Medicine, And Religion In The China of A. D. 320.*

2 *The Tibetan Folktales.*

3 우리는 다시, 촛불중이 '手淫派'네 사미였던 것을 기억할 필요가 있다. 저 "송장을 디더, 벗고 춤추는, 열여섯 살 먹은 처자"는, (필자가 되풀이 되풀이 차용하는 秘儀인데,) 서장 禪師들의 요가에 있어, "Vajrayogini"로서, 한 비구의 '정신력과 지혜의 의인화'(*Tibetan Yoga* 참조)인데, TANTRA派 중들에 의해서는 그것이, "mūlādhāra-cakra"(會陰) 속에 따리 쳐 잠든, 우주적 陰力(shakti)으로서, 蛇力(Kundalini)이라고 이르는 것은, 알려진 바대로이다.

4 *The Bardo Thödol* 참조.

제4장

1 「招魂呪」, *The Rg Veda*(Penguin Classics), pp. 10, 58.

2 「茶毘火」, *Ibid.*, pp. 10, 16: "이 특정한 경우, 암개구리는, 비와 풍요의 상징이 되어 있다. 그렇게, 葬禮가 끝나고 나면, 새 생명이 싹터 오른다." 산스크리트 대신, 다른 方言을 쓰는 고장에서도 '개구리'는, '비와 같은' 것의 상징인데, '달과 관계된 동물'이며, '흙의 元素가 물의 元素에로'(反之亦然) 轉身을 치르는, 그 '과도적 존재'를 대표한다고 알려져 있다. 그런 까닭으로이겠지만, '개구리'가 그래서, '창조'와 '부활'의 개념을 띠고도 있다. [주석 6]에서, 이 '개구리'는 다시 논의되어질 것이다.

3 아이스킬러스의 「개구리」라는 희곡 속의, 개구리의 울음소리는, 들어본 자가 많을 것이다. "BreKKEK······Ko—ax, Ko—ax······"

4 '아크흐크할라'는, 산스크리트를 쓰는 귀에 들려진, 개구리 울음소리의 의성어일 것인데, 秘呪라고 이른다. (「개구리」, *The Rg Veda*, Penguin Classics).

5 「茶毘火」頌, *The Rg Veda*.

6 저 '불[말] 화라지'의 '말'의 이해는 저러한데, 특히, 그가 애써 밝혀보려는 부분은, 발음되어졌다가 죽어진 말[言語]의 되돌아오기, 즉슨, 바르도에 처한 念態의 새 살 입기까지의 과정인 듯하다. ─물론 [주석 7]도 함께 거론해야겠지만, 말한 바와 같은 暗示만 거듭해두기로 하고, 장황스럽게 되어질 수도 있는 [註解]는 생략해두는 것이 어쩌면, 읽는 이들의 '말'[言語]과 관계된 상상력을, 더 많이 자극하게 될지도 모른다고 여겨, 일일이, '불' '屍灰' '수말' '암깨구락지', '用', '體', 'signifier', 'signified'라는 식으로 예 들어, 작자의 의도를 드러내 보이려는 짓은 회피하기로 해야겠다. 그러면 우리는, 저 건조하기만 한 '말[言語]學' 같은 것을 두고도, 젖은 꿈을 꿀 수 있는 듯하기 때문이다. 羑里에서는, 모두가 하나씩의 아라핫들인 자들이 살고 있는 듯하다.

7 이 「呼龜歌」는, '비구름'(좆집) 속에, '비'(수말의 根에서 쏟겨 날 것)를 숨겨 놓고 있는, '거대한 수말'에게 하는 '秘呪'이기도 하다. (저런 것은, *The Rg Veda*的 詩興이다) 동시에, 굴속에 앉아, 아무 기적도 내보내지 않는, 촛불중을 상대로 한 招魂歌이기도 하다.

제5장

1 「韓國民謠集」, 任東權 편.

2 티베트의 禪僧「미라레파의 十萬頌」三十一曲(Grama, C. C., Chang 英譯). "bīja"—씨앗, 생명의 씨앗; "Pad"—喝; "Tig Le"—精水; ["Las. Kyi. Phyag. rGya"]; "Las-羯磨, Action"; "Kyi-(전치사) '~의'"; "Phyag. rGya"—Mudra, gesture. ("Ph"는, "Ch"로 발음한다고 들었다) (—"Action of Symbolic Teachings Practiced Through Concrete Actions.")

3 짐승은, 자기가 '자기'를 핥되, 여기 선보인, '蛇圓會陰'('花陰會陰'의 두 禪定法[瑜伽])은, 짐승에게는 문제도 되잖겠으나, 일반적 인간에게는, 불가능할지도 모르겠다는 것이 필자의 짐작이기도 하지만, 또 한편, 중국 曲藝師들을 거울로 삼아보면, 일찍부터 수련을 쌓은 요기(yogi)라면, 꼭히 불가능한 것만은 아닐지도 모르겠다는 것이 또한, 필자의 짐작이기도 하다. 앞으로 이제, 말한 바의 저 두 禪法이, 촛불중에 의해 수행되는, 그런 얘기를 (독자들은) 읽게 될 것인데, 문제는, 그것의 가능, 불가능이 아니라, 그것의 象徵主義에 있다는 것에 주목해야 할 것이다.

4 "The Vendîdâd", *The Zend: Avesta*, Fargard V, IV.

5 同書, 'Sirôzah' I, 7. ('비구름'을 '암소' '황소'로 비유하는 것은, *The Rg Veda* 속에 되풀이되어 있는 詩想이다)

黃色
제1장 觀夢品

1 「춤추는 열두 公主」라는 童話도, 그 '줄거리'는 비슷함에도, '主人公'으로 등장한 자가, '병사'라든지, '바보 놈'이라는 식으로, 신분을 달리하고 있어, 종류도 한 가지만은 아니라고 알게 된다. 그중에서도, 필자가, 그럴 필요에 의해 빌어 쓴 것은, Andrew Lang이 수집한 것으로, *The Red Fairy Book*에 수록된 것임을 밝혀둔다.

2 인도敎 神話에는, 어떤 계기에 의해, 어떤 왕비의 부군[王]과, 오빠의 얼굴이 바뀌어 붙게 된 얘기가 있다. 이 얘기를 염두하고, 아래의 얘기를 읽을 일이지만, R. Magritte의 그림들은, 讀者에게(필자는 '讀者'라고 쓴 것인데, 필자는, 그의 '그림첩'을 '읽는' 재미를 발견한 것이다) 이상한 감명을 준다. 그의 超現

實的, 抽象的 그림들을 이룬 言語들은, 실제에 있어서는, 어느 것 하나도, 現實的, 具象的이지 않는 것은 없음에도, 그런 (言語) 記號들이, 어떤 想念 속에서 어긋나, 서로 다른 것들끼리 야합했을 때, 거기 매우 생소한 意味가 형성되어서는, 그것을 읽는 자들의 想念에다 椿事를 일으킨다. 그러니까, 讀者들의 想念도 '어긋나'버린다. 예를 들면, '나뭇잎'은, 불과 같이 上昇의 의지를 드러내는 것에 착안하면, 날아오르는 '것'은 '새'에로 변형을 치르는 것은 당연하며, Magritte의 '잎'은 그러자니 '새'의 모습을 띠어 있게 되는 것 같은 것이다. 정작에 있어 그래도 그것은, "잎은 아니다", "새도 아니다." ―여기 어디에서 그러자니, 讀者의 想念에 椿事가 일어나게 된다. 무엇보다도 헌데 나쁜 경우는, 매우 具象的 '파이프'나 '능금'을 매우 具象的으로 그려놓고, 그 화면에다, "이것은 파이프가 아니다", "이것은 능금이 아니다"라고, 부정해놓고 있다는, 그런 것이다. 그 '否定'에 의해서 그러자, 具象的이던 것이, 갑자기 抽象化, 超現實主義化하는 반응을 보게 되는데, 이것은, 讀者가, 눈 뻔히 뜨고 있으며, 저 화가에게 코를 베어 먹히고 있다. '그림' 속에다 그는, '소리'를 도입해 들이고 있는데, 이 짓이란, 그 'signified'가 '上昇의 意志', 또는 '새'였으면, 그 'signifier'가 '나뭇잎'이었던 것의, 똑같은 되풀이일 뿐인데, 이 경우는 '파이프' 또는 '능금'이라는 具體的 事物이 'signified'이면, "이것은 ~이 아니다"가, 그 'signifier'의 역인 것이다. 앞으로 얘기하게 될, 그의 人魚의 문제에 이르면, 이것이 더 역력해지겠지만, 그가 만약에 '파이프'를 그림으로 그렸으되, 그의 '잎'이나, '人魚'와 마찬가지로, 담배를 담는 통의 부분만 '파이프'로 남겨놓고, (또는, 그 부분을 '어머니의 젖통이'라고 가정하고, 그 아랫부분, '빨대' 부분은 '파이프'로 남겨뒀대도 마찬가지였을 것이다) '빨대'가 되어 있는 부분은, 왜냐하면 오늘날엔, 담배 연기가, 癌毒과 마찬가지로 이해되어지고 있으니, 가령, 클레오파트라를 물었던 毒蛇 같은 것으로나 해 뒀더라면, 그는, "이것은 글쎄 파이프가 아니올시다, 해헤"라고, 매우 불필요한 肉聲을 도입했었어야 할 이유를 갖지는 못했었을 것이다. ("이것은 [인류에게 죽음을 가져온] 능금이 아니다"도 마찬가지일 터이다) 그러니 '파이프'는, '人魚'의 경우, 그 상반신이 되어 있는 '물고기'의 부분이며, "이것은 파이프가 아니다"라는 肉聲의 부분은, 그 하반신이 되어 있는, '여자의 하반신' 같은 것이다. 그는 그렇게, 具象的인 것은 抽象化하여, 讀者들의 日常的 觀念에다 椿事를 일으킨다. 이런 경우는, "이것은 파이프나/능금이 아니다"라는 肉聲은, 이제는 '言語'가 아니라, '그림'이다. 반대로는, '파이프/능금'이라는 '그림'은, '그림'이 아니라, '言語'일 것이다. 그런고로 필자는, 그의 '그림첩'을 '읽는다'고 이른 것이다.

주지하다시피, Magritte의 '人魚'는, 古典的 人魚가, 그 上半身/下半身을 바꿔 입기로, 새로이 조립된, 또는 Magritte의 '목구멍'을 비어져 나온 '人魚'이다. 그런 식으로, 반복되는 듯하지만, 이왕에 정착해 있는, (言語의) 記號들을 새로 '배치'하기, 그것이 Magritte 특유의 聲帶인 듯하다. 그러니까 어떤 것이라도, 그의 聲帶를 통과하면, 조각조각 토막토막 나뉘어져, 팔만 雜幻으로 떠흐르다, 어떤 자력에 의해, 모서리들이 맞기만 하면, 서로 붙어버린다. (그렇걸랑, 세계가 아무리 조각이 나더라도, Magritte에게는, [그것을 붙이라고] 맡기지 말지어다, 조각난 그림을 맞추는 데는, 그보다 더한 백치가 없기 탓이다. 우리는 이제쯤, 앞서 밝힌, 인도敎 神話 중의, 저 가련한 왕비에 대해, 자비를 좀 표시해도 좋을 때쯤에 온 것인데, 밤마다, 저 왕비는 타는 욕정 때문에, 그럼에도 어느 방에를 들지를 모르겠어서, 자기의 남편과 오빠가 들어 자고 있는, 두 방 사이를 오락가락하며, 한숨짓기가 그 얼마나!) 具象的인 것들이 그리하여 非具象化를 치른다. 그러나 그것은 우회하여, 새로 具象化하는 것도 관찰할 수 있게 된다. 흐흣, 그는 깜냥으로는 그렇게, 創造主에게 반란을 도모한다. (전에 우리들, 서로 '有識하게 웃느라'고, 만들어낸 글자 중에, 아래와 같은 것이 하나 있었는데, 그것이나 하나 덧붙여 두기로 할 일이다. 저것은, 누구나 놀라게 되면, 눈이 뚱그렇게 커진다고 하여, '놀랠 놀' 字라고 일렀었다) 喫—히, 히, 히, Magritte가 우리를 喫라게 한다. 喫夫 Magritte가 우리를 喫리놨다. 雜種 같애!

3　『티베트인의 요가』 참조.

4　(티베트인의)『죽음의 책』 참조.

5　태국인들의 敍事詩 *The Ramakien*에 포함되어 있는 노래.

6　천축국 詩人 Basavanna의 *Vacana* 161.

7　同詩人의 *Vacana* 36.

8　"공중에 날으는 독수리가 큰 소리로 이르되 [······] 禍, 禍, 禍(vae, vae vae, 또는 ve, ve, ve)가 있으리로다."「요한계시록」8장 13절.

9　"'PHYAK' is the union of the Bliss and Void" (Milarepa). "Bliss"—Linga; "Void"—yoni. (필자가 이해했기로는, 티베트語의 'p'와 'H'의 합성어는, 'CH' 音을 낸다고 했으나, 그렇지 않고, 씌어진 그대로, '퍅' 音이 난다 해도, 필자의 의도에 어긋날 일은 없는 것이다)

제2장 觀語品

1 '還俗을 위한 잠'은, 印度敎 神話에 근거해서 엮어진 것이다. 땅 위에, 무슨 그
럴 만한 일이 있어, 우주적 大力까지라도 내려오지 않으면 안 되게 될 때는,
('化現의 宇宙'를 주관하는 자는 비슈누이므로, 이때도 물론 그가 내려오는데,
현재까지 그는, 아홉 번에서 열 번가량, 어떤 母胎를 빌어, 四大를 입어왔었다
고 이른다. 이승엘 오는 다만 하나의 출구는, '어머니'라고 이르는 性別을 가진
것의 아랫배밖에는 없는 것이 아닌가. "神도 四大를 입으면, 四苦八苦에 당한
다. 어떠한 고난에 처해서도 그러나, 그 고통을 못 이겨, 神이라고 하여, 그 全
能力에 의존해, 그 고난을 극복하는 짓은 금지되어 있다"고 이른다. [어리석은
자들이 그러므로 '十字架'에 못 박힌 이를 향해, "그대가 神의 아들이어든, 거
기서 걸어 내려와 보라!"고 조롱하여 종용한다] 저런 말은, 존재의 形而下的
原型이 '양극을 갖는 타원형'이라고 한다면, 形而上的 原格은, '神' 말고, 다른
아무것도 아니라고 이해하는 것을, 가능케 한다. 땅 위에는, 神인 것들이, 짐승
들의 모습을 하며, 치사하게들, 히큼 히큼 히큼, 서로의 똥구녁 냄새를 맡고 있
다) 헌데 그 大力은, 떨치고 일어나는 대신, 편안히 누워(이래서 '神은 非化現'
이라고 이르고, 얼굴은 '검다'고 이르는데, '非化現'의 색깔은 '검'[黑] 기 때문
이다) 꿈꾸는 잠을 잔다고 이른다. 그리하여 그는, '꿈'을, 四大를 입은 것들의
고장의 어떤 子宮에다 꿈꿔 넣는 모양이고, 그것이 촛불중에 의해 '바람 좋은
날 鳶 날리기' 禪法으로 이해된 모양이다.

七祖語論 4_주석

제3부 逆進化論 — 니브리티(Nivritti)

續·進化論(Pravritti)
黃色
제3장 觀性品

1 　前 冊『七祖語論 3』에서도 밝힌 바 있지만,「進化論[Pravritti]」은, (대폭 생략했음에도) 긴 雜說이어서, 아직도 사뭇 좀 더 읽혀질 것이다. 前章에서, '말[言語]의 流沙 구덩이'에 떨어져 내리고 있었던 '羅卜'이가, 어떻게 되어서든, 제 그림자까지 거느리고, 洞口를 들어서고 있는 애기가 바로 이「觀性品」인데, 떠났다—돌아오기—떠나기의 되풀이는 언제든, '바르도' 겪기, 또는 통과하기이며, 동시에 벗은 살—입기—벗기가 아니겠는가. 그래서 그는 다시 '살'[肉身] 속에 떨어져 내려, 그 탓에 쓴 물 먹고 토하기의 자맥질을 하고 있다. 살이 苦海가 아니냐! 제기랄, 바르도라는 험로는 벗어나기 어렵구나. 이쪽에서 나아가, 이쪽을 벗었다 하면, 저쪽에 들어져 있고, 저쪽에서 또 저쪽을 벗었다 하면, 咄, 이쪽에 담겨져 있다, 캥 캐갱, 야웅 야웅, 음메헤—, 찌룩 찌룩, 끼웅 끼웅, 갸 갸 갸, 咄! 子宮에서 子宮에로 移轉하기—어미는, 입이 요니며, 요니가 똥꾸녕이며, 똥꾸녕이 입인 계집, 어머니는 詛呪, —바르도,

2 　티베트의 禪師 미라레파의 권고는 이렇다: "Things in themselves are void, / So never cling to Voidness / Lest you stray in formalism" (Garma C. C. Chang, 英譯,『미라레파의 十萬頌』제34頌).

3 　『미라레파의 十萬頌』제41頌.
"When you behold the void nature of Mind,
Analyze it not as one or many
Lest you fall into the Void-of-annihilation."

4 　'몸'[體], 또는 '記號'를 입고 있는 채로도, 한 有情은, 또는 한 '言語'는, 매 순간 매 찰나, 바르도에로 떨어져 내릴 위기에 직면해 있음에 분명하다. 그리하여 '몸'[記號]과 '넋'[意味]의 그런 분리를 통해, (젊은 계집의 월후와, 젊은 사내의 뻐등이는 새벽 하초가, 예를 든다면 말이지, '自然'으로부터의 輪血 탓이

듯,) ‘넋’은 죽음 속에 들었다 나오고, 들나오기를 반복하기로써, 그 ‘삶’(넋)을 담은 體 속에다, 죽음의 怪力을 輸血한다. 그럴 때마다 그 ‘넋’은, 교미 중인, 어떤 한 쌍의 어머니—아버지를 만나는데, 그 어버이는, 때로는 암수캐일 수도 있으며, 때로는 당나귀의 암수컷이기도, 뱀의 암수컷이기도 하여, 늘 같은 한 어버이인 것만은 아니다. 그래서 보면 ‘사람’이라는 有情은, 개도 되고, 망아지도, 뱀 새끼도, 그리고 물론 天神도 악마도 되는, 무슨 그런 原本 같은 것이나 아닌가, 하는 생각을 하게도 하는데, 그래서 둘러보면, 人世의 백주 번화가로, 그렇게도 많은 짐승들과 神들이, ‘사람’의 얼굴을 꾸며 흘러가고, 오는 것이 보인다. ‘사람’은 흔치 않다. 그것들 중의 어떤 것들은, 오늘은 망아지의 얼굴이지만, 내일은 수캐의 얼굴을 꾸밀 것이 예상된다. ‘살을 입어서야’ 되돌아오게 되어 있는 것은, 그리고 물론, 살을 벗지 안 했음으로 해서, 다른 살을 더 껴입을 수 없는 것이, 그 본디의 살 속에로 되돌아오기 위해서도 어쨌든, ‘어머니—아버지’는 필요하다. (後者의 경우는 그리고 어쩌면, 어머니—아버지에 의해서가 아니라, 자기 속에서 어머니—아버지를 임신하는 수단을 빌려, 자기의 본디 몸에로의 복귀를 성취하는지도 모른다. 이것이 무슨 얘기인지를 모르겠는 道流가 있다면, 그 道流는, 지난밤 꾼 꿈이 있거든, 그 꿈을 열고 내려 나가볼 일 일 것이다) 삶의 뿌리는 그러고 보면, 죽음 가운데, 그 썩음의 汁 속에 내려 뻗어져 있다고 알게 된다. 그러나 어떤 한 삶이 만약, 너무 많이 ‘죽음’을 빨아올렸다고 한다면, 따뜻한 물에 꽂은 꽃송이모양, 그 한 삶은 한번, 검도록 푸르되, 빨리 시들고 말 것이 염려된다. 산 것들은 그래서도 죽음을 그리워하는 것일 것이다. 그것으로부터 얻어낼 수 있는, 그 怪力의 맛.

5   아으, ‘무덤’을 보아라, 그것은 이승에 있어도, 이승 소속은 아니며, 저승 소속일 것임에도, 이승에 있다. 무덤을 보아라! (현재 촛불중의 몽상은 아마도, 자기가 갇혀 든, 이 세계와, 묻혀든 바위 무덤을 두고 행해지고 있는 듯하다) 그리고 冥眼을 더욱 밝혀, 상사라를 보아라, ‘色이 空과 다르지 않다’잖더냐, 그런즉 ‘空과 다름없는 色’은 骸骨, 骸骨의 子宮임을!

6   (Skt.) ① prāna ② apāna ③ vyāna ④ samāna ⑤ udāna: prāna, —the vital energy that controls breathing; apāna, —the vital energy that moves downward and out at the anus, and ejects unassimilated food; vyāna, —the vital energy that pervades the entire body; samāna, —the vital energy that carries nutrition to all parts of the body; udāna, —the vital energy by which the contents of the stomach are ejected through mouth, and the soul is conducted from the body at the time of death. (Translated and edited by Swami Nikhilananda, *The*

Upanishads, Harper Torch Books) 꼭히 그렇다는 장담을 하는 것은 아니지만, 道家에서는 저것을, '五龍'이라는 익명으로 부르고 있는 듯도 싶으다.

7 "The Endurable oppression of the lungs—the stifling fumes of the damp earth—the clinging to the death garments—the rigid embrace of the narrow house—the blackness of the absolute Night—the silence like a sea that overwhelms—the unseen but palpable presence of the Conqueror Worm"(E. A. Poe, "The Premature Burial").

8 '羯磨論'을 고수하면, 한 有情(한 自我)의 創造와 破壞는, '달마'라는 幻田(프라브리티) 위에서의, 그 有情 자신의, (羯磨) 拍子에 좇아, 그 자신이 추는 [蹈], 춤[舞]의 '일어나기[因]와 스러지기[果]'인 것이지, 그 '춤'을 일으키는, 鼓手나 樂士(라는즉슨, '創造主로서의 神'을 의미하는 말이겠지맹)가, 따로 있는 것은 아니라고 알게 된다, (그러면 최초의 一拍은, 어디로부터 일어났느냐? 수부티여, 그런 물음은, 석가모니에게도 물을 일이 아니다) 印度敎 神話의, 쉬바神의, 영구한 '創造와 破壞의 춤'은, 이렇게 이해된다("Tat Tvam Asi." —That thou Art. "Aham Tvam Asmi."—I am you).

9 셰익스피어의 아둔함이여, 道流는 일찍이, '毒 바른 북'에 관한 얘기도 들은 바가 없었더냐? 그런고로, '잠자는 자의 귀에다, 끓인 독을 부어 넣기'라는 식으로 애를 쓰고 있는도다. 북에다 붉은 독을 발라, 북을 울린즉, 그 소리를 들은 자마다, 시뻘게져 돼지며, 靑毒을 바른즉, 시퍼레져 돼지더라는 것을.

10 '거북'은 '非化現'의 暗號여서, 얼핏 니브리티의 象徵인 듯해도, 프라브리티 우주가 그 밭 위에 놓였다고 이른다. 촛불중은, '易'을 두고, 늘 의문해 왔기를, '變化'를, 어떻게, '卦'라는 솔(굳)은 記號로 圖式化할 수 있었는가, 그랬었는데, 그 '變化의 圖式'이, 다름 아닌, 저 '不變'의, 또는 '非化現'의 '거북' 자체, 또는 그 등에 무늬져 있었다고 한다면, 의문해할 것도 허긴 있어 보이지도 않는다. '變化'란 그런즉, '不變' 위에서, 또는 안에서만 가능하거나, 궁극적으로는, '不變'과 다름이 없는, 그러니 '不變의 裏面' 말고 다른 것이 아닌 것이기 때문이다. 이때 그러면, '不變'은 '變化'의 다른 쪽 뺨인가, 하고 뒤집어보려 하면, 그 짓은 저 '不變'을 이해치 못한 소치인 것을 알게 되는데, 그리하여 도달하게 된 결론은 어떤가 하면, '變化'란, 근본적으로는 있는 것이 아니라는 것이다. 그럼에도 무엇이 있는 듯이 보이는 것은, 그렇다면 '幻' 말고, 또 무엇이나 되겠는가. 그렇다면, '不變'은, '圖式化'한다 해도, 될 것도, 안 될 것도 없는 것일 것인즉, 그것을 두고 의문해할 것도 없기는 없을 것이기도 하다. 어찌 되었든지 간에, 어떤 '꿈'속에 나타난 것들끼리는, 서로가 서로에게 진한 '실다움'이듯이,

幻도 幻들 당자들에게는 진한 '실다움'으로 여겨질 것은 당연하다. 나가르주나 [龍樹]여, 저 일어난 '꿈'을 꾸는, 그 잠은 그러면 누가 자며, 코를 곯아(vritti) 쌌느냐? (vritti—振動)

11 "In the beginning, my dear, this[universe] was Being(Sat.) alone, one only without a second. Some say that in the beginning this was non-being(asat) alone, one only without a second; and from that non-being, being was born(VI. ii. 1). But how, indeed, could it be thus, my dear? How could being be born from non-being? No, my dear, it was Being alone that existed in the beginning, one only without a second (VI. ii. 2). It[Being, or Brahman] thought: 'May I be many; may I grow forth.' It created fire. That fire thought: 'May I be many; may I grow forth.' It created water [⋯⋯]" (S. Nikhilananda, 英譯, *Khândogya Upanishad*, Harper Torchbooks)

12 龍樹임세, 그럼에도 물론, '因緣, 또는 羯磨論'을 고수하기로 하면, 모든 有情은, 그 有情 자신이, 자기의 創造者라는 것, 그러니까 存在는, 그 存在 자신에 의해, 그 存在라는 存在가 되어졌다는, 바로 그것이 문제이기는 문제임세. 그런즉, 創造主(Sat.)가 '따로 있음'(Tat.)이 아니어-있음? (아니었음?)

13 有情들이, 前生에의 기억을 못 갖는 이유는, '어머니의 하문을 나올 때의, 머리를 욱죄이는, 그 지극한 고통 때문이라'고 하잖느냐. 그 고통이 얼마나 지극했으면, 前生을 깡그리 망각하겠느냐. 마는, 석가모니 당자도 물론, 그의 어머니의 '옆구리'를 터 태어나왔었지만, 그이뿐만이 아니다, 오늘날은, 이른바 '제왕절개'라는, 수술 방법에 의해, 많은 아이들이, 어머니들의 배를 터 태어난다. 문제는 헌데, 그렇게 태어나오기로 하여, 어머니들의 좁은 하문이 주는 고통을 겪은 일이 없는 아이들까지도, 前生에의 아무런 기억도 갖고 있지 않다는 그 점이다. 그래서 그렇다면, '前生'이란 있는 것이 아닌, 헛소문인가? 그러니까 이 '前生'이라는 것도, 어떤 다른 方言을 쓰는 고장의, '天國과 地獄'모양, 어떤 文學的 想像力이 좋은 說敎者에 의해서, 文學의 子宮에 피맺혔다 태어난, 文學의 자식인가? 촛불중의 說法을 통해 보면, 촛불중은 그러나, 결코 그렇게 생각하고 있지 않다는 것을 알게 된다. 촛불중에 의하면, 한 有情의 '前生은, 그의 性格 속에 있다'고 說하고 있는데, 홑겹의 畜生道에서는 그것이, '運命의 記號'(즉슨, 암노루는 '암노루'라는 그 형태, 토끼는 '토끼', 늑대는 '늑대' 등등)가 되어 있다고도 說한다. 촛불중도, 그의 先師들로부터 배우기는, '前生에 道流가 무엇이었던지, 어떻게 살았던지를 알고 싶거든, 이 현재의 道流 자신을 잘 살펴보라'고 하는 지혜 같은 것이다. 이것은 물론, '性格'보다는, '果報'를 가

리켜 말하고 있기는 하다. 어찌 되었든, 『마하바라타』속의 현자들이, 거듭거듭 강조해 가르치는 교훈의 하나는, '母胎' 속에 담기기의 그 더러움, (누리끼리하고도, 미끄덩거리며, 흐린 비린내의 羊水, 그런 거품, 절대적 암흑, 外 다수의 이유) 그리고 태어나오기의 고통 등을 들어, 할 수 있거든, 母胎라는 데는 들 만한 곳이 못 된다는 것이다. 에잇 쑤악하다!

14 The Zend-Avesta에는, '개와 뱀이 同一物視되어 있다'는 얘기는, 누누이 되풀이된 바대로이다. 이 프라브리티 우주 내에서의, '化現力/非化現力'에 대한 暗號化, 또는 象徵化를 당해 있게 된, 두 다른 이름의 저 한 有情은, (양자가 같은 한 有情으로 취급되어지는 특정한 경우에만 한정해야겠지만,) '개'라는 이름으로 불릴 때는, '뱀/쿤다리니/用'에 대해, '體'의 役을 담당해[反之亦然] 있는 것이나 아닌가, 그렇게 관찰되어지는데, 이때의 '개'는 그렇다면, '化現力'에 대해, '非化現'으로 이해되는 것은, 당연하거나, 論理的이다. 그렇다면, 촛불중이 현재 행하고 있는 이 瑜伽의 이름을, '蛇圓會陰法' 대신에, 가령 '狗空禪法'이라고 한다고 해도, 거기 무슨 다름이 있거나 할 것 같지는 않다.

15 '개의 중심되는 데서 틀어 올라온 蓮'은, '蓮'이 '요니'의 상징이라는 국면에서는, 修辭學的 誤謬의 늪에서 피어 올라와 있어 보인다. 이런 蓮은 그리고, 못의 水面에 피어 떠 있는 그것일 터이다. 그러나 비슈누의 '배꼽에서 돋아난 蓮' 속에 브라마가 담겨 있었고, 그가 한 우주를 창조했더라는 의미에서는, 이 '蓮'은, 精水를 길어 올리는 '링가'로도 이해된다. 이 '蓮'은, 그 뿌리를 '丹田'에 둔 것으로서, 그 '꽃'보다도, 그 '꽃 속에 담겨 있는 것'이 중시되어 있어, 반복되지만, '틀어 오를' 수 있는 '링가'이다. (그런 탓일 것으로, 같은 大神임에도, 브라마는, 비슈누의 아들로 얘기되어진다. 가맜자, 이런 점을 고려하고 새로 본다면, '비슈누의 배꼽에서 돋은 蓮'은, 어떻게는, 羑里의 六祖의, '양극을 갖는 타원형'과도 같은 것으로 보인다. 겉에 서 보면 '링가'라도, 안에서 보면 '요니'인 것)

16 "Food is the form of the Soul, the Ātman, for life consists of food" ("Maitri Upanishad", 6. 11).

"From food all things are born.

By food, when born, they grow up.

All are eaten and eat.

Hence everything is food" (*Taittiriya Upanishad*, II. ii. 1)

17 돌중은, '狗空禪'을 행하던 중, 좀 너무 넘어서 버린 듯하다. 그러나 뛰어난 요기라면, 제 몸속에서 생산해낸 營養을 먹어, 새로운 熱을 일으켜낼 수 있는 자

인 것이 분명하다. 사실로 그래서, 수업을 통해 사람은, 그런 自給自足을 할 수 있는지 없는지, 그것이 알고 싶은 자가 있거든, 그런 禪師를 찾아 물어보든지, 아니면, 스스로 그런 수업을 해보아, 스스로 그 대답을 얻어내 보기를 권유해 두는 바이다.

18 修業 중의, 한 중의, '몸'과 '마음'의 괴리 현상은, 비유로 말한다면, 이런 투일 수 있는 것이다: 날씨는 청명하나, 바람이 좀 센 날, 용소가 이리로 저리로 출렁이기에 좇아, 일전에 투신자살을 했으나, 그 밑의 용님이 두려워, 그 시체를 못 건져낸, 그러자니 그 용소 바닥에 가라앉아 있는, 그 마을 처자의, 물에 불은 무거운 몸으로부터 떠올라, 水面에 일렁이는 그리매[影], 그리고 그 거울에 그 리매를 비춰 올린 그 몸.

19 어떤 지독하게도 想像力이라고는 없어 골 없는 대가리가, '天國은 거대한 圖書館일 것'이라고 이르느냐? 네 이눔 방자야, 망나니야, 예이—, 너는 냉큼 그 사내의 골 바가지를 깨뜨려, 펴 보이려 하잖는다? 그러면 보았세라, 대체 그는, 그 골 바가지 속에, '想像力'이라는, 습습한 암흑의 천장에, 거꾸로 매달려 자는, 하다못해 날개 절룩이는, 한 마리 박쥐라도 매달아 놓고 있는지, 어쩌는지 보았세라. 박쥐는, 자기의 귀[耳]를 좇아, 冥天을 날아, 수줍어하며 으스름 속으로 다니는, 말[言語]을 물어오는 자, —音樂의 網紗의 귀를 가진 자. 해골 속에, 한 마리 박쥐의 귀라도 매달아 놓고 있는 자라면, 누구라도 알다시피, 하늘 사는 이들의 '圖書館'은, 바로 이 '땅' 자체인 것. 땅은, 創造者의 言語로 씌어진, 冊 자체거니와, 그중에서도 특히, '人間'이라는 한 종류의 有情은, 그것 자체가, 한 권 한 권씩의 冊인 것, —읽어보라, 그것들의 숨겨진 욕망과, 고뇌를, 음모와 사랑을, 그렇다, 이 '冊'의 二元論은, 이 '敍事詩'의 필수적 構造이다. 그 '필수적 構造'를 잃기 시작한 冊은, 어느 날, 神들의 이 '圖書館'에서 뽑혀져 나가버리지 않으면 안 되는데, '얘기'는, 저 '構造'를 잃는 그 순간부터, 興行性도 잃기 탓이다. '神은, 자기를 위하여서는, 사람을 창조하고, 사람을 위해서는 宇宙를 창조했다'고 하던 것을. 그러즉, 神이 머무는 곳이 '하늘'이라면, 그 '하늘'은, 사람의 심정 속에 휩싸여 있는 그 하늘 말고, 딴 하늘이 아니다. 道流는, 뭘 보겠다고, 눈을 두리번거림메?

20 '개구리'는, '물(의 元素)'과 '흙(의 元素)' 사이의, 그 過渡的 有情으로 알려져 있다. 그러니 이 有情은, '물'이 굳어 '흙'이 돼가거나 (反之亦然)하는 중에, 깜박 멈춰버린 것이다. 폴짝 뛰며, 공중에서 찍 오줌을 내쏘는 그 순간, 그것의 進化는, 그 어중간한 공중에서 솟아버린 것이다. 그래서 저래서, 이 有情이, '말씀의 우주'의 語彙 辭典 속에 수록되어졌을 때(란, 박제되었을 때란 의미기

도 하겠지맹), 몇 가지 중요한 의미를 띠고 있게 되었는데, 그중의 하나는, 이 有情이, '두 개의 세계', 또는 '두 우주'에 걸친 존재라는 것이다. 이 특정한 자리에, 이 有情이 불려 나온 까닭은, 이것이다. 그리고, 소마汁에라도 취해볼 양이면, 때로는, '말'과 '개구리'가 섞갈려, 헛갈려 보이기도 한다. 말[馬]이, 개구리의 後門을 쑤고 있음.

21 티베트인들의 『죽음의 책』에 보이는 풍경대로만 따르면, 바르도에 처한 念態들의 거의 전부가, 'Actaeon Complex'랄 것을 드러내고 있어 보인다. 이 콤플렉스의 특성은, '사냥개'들을 데리고, '사냥물'을 추적하는 '사냥꾼'도 자기며, 자기가 하는 그 추적에 당하고(쫓기고) 있는 '사냥물' 당자도, 다름 아닌 자기라는 그것이다. 이 '사냥개'들의 이름은, '사냥꾼/사냥물' 당자의 羯磨인데, 이것이 어떻게 迂廻하고, 또, 저 '개'들이 '악테옹'을 발겨 먹어, 배 속에 담아놓고 있는 당자들이라는 것 같은 것을 접붙여보기로 하고, 하다 보면, 저 '개'들이 다름 아닌, 저 '사냥물'의 母胎의 役을 하는 것으로도 이해되어지기도 한다. 이때 '母胎'는 여럿이며, '씨앗'은 하나인 것을 보면, 거기서는 그 '씨앗'의 선택이 필요한 것으로 이해된다. 새끼를 실었으면 하는 子宮은, 배고픈 사나운 개와 같은 것일 것. ('개'란 그리고, 鍊金術師들의 '原料'[prima materia]에 대한, [象徵이기보다는] '記號'라는 소리도 있기는 있다) '사냥꾼[自己]─사냥개─사냥물[自己]'이라는, 이 악순환적 추적은, 바르도를 바르도이게 하는, 프라브리티[易]의 '構造'일 것이다. 그리고 이승도 바르도이다. (이것을 촛불중은 '逆바르도'라고 부르는 것인 것) '사자'(아그니─火天을 게걸스레 '먹는 자')는 그렇게, '사슴'(蘇摩는 '먹히는 자')의 형태에 제휴한 '自己'를 먹고, '사슴'은 그렇게 '사자'의 형태에 제휴한 '自己'에게 먹힌다. 이렇게 본다면, 畜生道의, 저런 '죽이기/죽기'가, 그것들 당자들에 대해서는, 반드시 그렇게 참혹한 비극만은 아닌, 어떤 식의 빚의 청산, 또는 代贖, 또는 殉敎가 행해지고 있는 듯해, 참혹한 아름다움까지도 구비해 있어 보인다. 그럼에도, 畜生道는 뒤돌아보지 말지어다, 뒤돌아다 보지 말지어다.

22 "While all the suffering and evil of all sentient beings ripens in me,
May all my happiness and virtue ripen in them."

"I offer all gain and victory to the lords, all sentient beings, I take all loss and defeat for myself." (Jamgon Kongtrul, Ken McLeod 英譯, *The Great Path of Awakening*, Shambhala Publications Inc., 187, p. 16)

23 텍스트('Text'란, 어째서 '꼭 씌어져 묶여진 冊'만을 가리키겠는가. 占星術꾼에게는, 예를 들면, 밤하늘의, 별들의 運行이 '텍스트'가 아니겠는가)는, 언제든

共時態이다. 그 속에서 通時性을 일으켜 세우는 것, 그것은 언제든 독자의 몫이다. ('독자'란, 어째서 꼭 '冊을 읽는 者'만을 의미하겠는가. 밤하늘의, 별들의 運行을 읽는, 예를 들면, 占星術꾼도, '독자'가 아니겠는가) 무슨 넋 떨어진 간나위들이, 텍스트란 '孤兒와 같다'고 이르느냐? 커녕은, 텍스트는 恐龍과 같아서, 서툰 독자를 마구 삼켜버린다. 삼켜 먹히지 않으려면, 독자는, 유능한 産婆와 같아야 한다.

24 이 '臥禪法'은, '물의 요가'의 하나라는데, 피로 회복과 마음의 안정을 도모키에 좋은 요가라고 이른다. (같은 요가인지 어떤지는 모르되, '물의 요가'에 통하면 요기는, '물'이 되어, 한 방바닥 홍그렁하게 펴 늘어져 있게도 되고, '불 속에서도 태워지지를 않는다'고 하는 갑더라) 거듭 밝혀둘 것은 그럼에도, 필자가 雜說을 초하고 있음의 목적은, 무슨 '요가의 소개'도, 그것의 '수업'도 아니라는 것이다. 만약 前者가 목적이라면, 좋은 요가 冊들을 구입해, 번역을 시도해보는 일이 훨씬 더 보람 있는 일일 것이며, 後者의 의도를 갖고 있다면, 蓮坐 꾸며, 코끝에다 三世를 모아들여 볼 일일 것이지, 독자들의 눈썹까지 장리 내다, 혀를 놀릴 일은 아닐 것이었다. 헤헤헤, 이러면서도 그 같은 雜說꾼이, 자기가 읊는 雜說의 힘줄을, 자기도 잘은 모르는, 그 '요가'에서 얻고 있다는 일은 何以故, 수상하지 않으냐? ─凸!

우리는 지금, '말'이나 '마음'뿐만 아니라, '몸' 얘기도 하고 있는 중이 아니었던가? 앞서 말되어진, 그 시뻘건 '요가'야 어찌 되었든 그렇다면, '몸'을, '말'을, '마음'을 어거하기 위해, 그것들 위에다 멍에(yoke)를 씌우려 하는 노력도, 희끄무레하거나 말거나, 요가(yoga=yoke)가 아닐 수는 없을 것이다. 그 다름이 있다면, 하나는 '體'에 의해 '用'을 깨우려 하고, 하나는, '用'에 의해 '體'를 얻으려 한다는, 대개 그런 정도이겠지만, 이 '다름'에 의해 양자는, '같아져' 버린다는, 이상한 결과를 목도치 않을 수 없음도, 수상하다 할 것이다. 그러니, '만약 거기에다 마음을 투입하기만 한다면, 有情의 일거수일투족, 어느 것 하나 요가가 아닌 것은 없다'는 금언에, 새로 고개를 끄덕여야만 할 듯하다. (정직하게 말한다면, 필자가 이해하는 요가는, 바로 저것이다) '性器'로서의 구실 외에도, '몸'이 하게 되어 있는 일은 그리고, 마음의 조응을 받아, '요가'일 것인데, 進化를 위해서, 그렇다, '몸'의 무거움을 끌어 天路를 거뜬히 넘어버리기 위해서 말이지. '性器로서의 구실 외에도, 몸이'라는 말을 썼다고 해서, 필자에게, 『탄트라』『탄트라 요가』에 대해서 전혀 見識이 없는가 하면, 그렇지도 않으며, 그럼에도 불구하고, 이것을 제외했는가 하면, 그렇지도 않다.

이게 그 좋은 자리, 좋은 기회인 듯하니, 필자가, 독자들께서 은연중에 깨달아주기를 바라는 것이 하나 있는바, 그것이나 슬며시 밝혀 뒀으면 한다. 라는 것은, 기억도 할 수 없는 옛날부터 있어 온 '요가'가, 그것에다 전심전력을 바치는, 그런 어떤 '개인'들을 돕거나, 구제하거나, 悟道케 함도 분명하지만, 그러나 그것이, 기울어가는 한 宇宙(宗教가 싸안는 영토는 광대한고로, '世界'라는 어휘로는, 그 어디 한 귀퉁이밖에 더 싸안지를 못한다)를 제자리에다 되받쳐 올려놓을 수 있는 것은 아니라는 것이다. 우주는, '苦行'(요가)에 의해서가 아니라, '法'(즉슨, 實行에 逆對한, '理論')에 의해서 구제되는 것이다. (그래서, 누가 만약, 그런 '法'에 대해 생각을 하고 있다면, '요가'라든, '儀式' '制度' 따위가 무엇에 해당하는 것들이겠냐?) 眞理란 언제든 眞理여서, 그것엔 묵은 것도 새것도 없다. '法'도 그러하다. 헌데도, '法'의 '묵은 해석'이 그 기능을 다할 수 없게 되면, 거기엔 언제든, '末世'라는 절망의 시절이 온다. 그렇다고 해서 그 '묵은 해석'이 틀렸다거나, 그런 의미는 全無하다. 기존(묵은)의 한 우주를 밑받침해온 것은, 바로 저 기존의 '해석'이 아니었었는가? 예를 하나 들어 보기로 하면, 과거 이천 년은, 身布施까지도 아낌없이 했었던, '보디사트바'로서의 예수가 확대되었기에 의해서, (투박하게 말하면,) 인류는 희망을 잃지 않을 수가 있었다. 그리고 이런 것은, 시간의 경과엔 저절로 따르는 것인데, 信心보다도 理性의 눈이 더 커지기 시작하면서부터, (이러면 '묵은 가치'가, 그것의 기능을 다하지 못하기 시작하고 있다는 증거다) 그의 '보디사트바行', 즉슨 '身布施'를 두고도, 일련의 회의가 따른다: 어떻게 어떤 한 개인이, 인류의 원죄를 대신 짊어질 수 있는가, 그가 '나'의 죄를 대신 짊어줬어야 할 이유는 무엇이었는가, '내가' 원한 바 없는 일로 하여, 그는 왜 '나'를 빚쟁이로 만드는가, 원죄가 씻겼음에도, 왜 우리는 죽어야 하는가, '原罪'란 누구의 발명인가, 그런 發想은 정당했던 것이 분명한가……, 같은 것들인데, 그러다 보면, 이제껏 우주적 '實學'이었던 것이 갑자기, 그 뺨을 돌려대어, '詩學' 쪽을 보인다. 하나의 宗教가 詩學化할 때, 그 宗教에 대해서는, 그보다 더 큰 위기는 없다. 그래서 예수는, '보디사트바'였을 뿐이었는가? 그러면 우리는, 이 거대한 우주적 한 主題를 새로 관찰해보지 않으면 안 된다. 그런 뒤, 그리하여 보게 되는, 그의 숨겨진 다른 한 얼굴은, 그는 다름 아닌, '말씀의 成肉身'이었던 자라는 것, 탁 털어놓고 말하면, 그는 '말씀의 우주'를 개벽하러 왔었던 佛陀였었다는 것, 그 佛面이다. '法'(달마)의 기존적 해석은 그러니까, 새로운 우주에 대해서는, 입기에 너무 낡은 것이다. 그럴 때는, 그 '法'의 해석을, 새로 개벽할 우주에 맞춰야 할 터이다. 어느 시대에나 없이, 그런 고된 작업을 하려는 자들이, 가뭄에 콩 나듯, 또는 비 온 후에 죽순처럼 나선다. 그들의 대부분은 그리고, '異端'으로 취급되어져, 돌팔매에 터져 쓰러지거나, 십자가에 못 박혀 늘어져 버린다. 문제는 그럼에도, 한 우주는 점점 나쁜 쪽으로 경사하는데, '正統' 속에서의 '異端'은 기대하기가 어렵다는 데 있다. 이런 말은, 하나의 '眞理', 또는 '法'은, '曲解'를 겪을 때, 여럿의 해석을 가능하게 한다는 얘기다. 그렇다면, 여전히 기대를 갖고 건너다보아야 하는 자리는, '異端'이라고 규탄되어지는 자리 말고는 없는 듯하다. 만약에 '異端'이라는 어휘가 꼭히 정확한 것만은 아니라면, '外人'이라고 고쳐도 좋을 것이다. 예수도 그리고, 자기 당대의, 어떤 기존의 가치에 대해서는 '外人' 말고, 누구네 四寸도 아니었다.

25 일반적으로, '無意識의 영역'이라고 이해되어져 온 그것이, 혹간 촛불중께는 '말[言語]의 바르도'로 관찰되어진 것이나 아니었는가? 그런고로 그는, 거기에, 뭘 인식하며 산다는 有情, 즉슨 '사람', 각자 각자의 '한 벌의 運命冊'이 있다고 해왔던 것이었는가? 그래서, 어떤 '召命'에 의해, 거기서 '意味'와 '꿈'이 일어나, '記號'와 '胎夢'에 제휴하면, '運命'이 드러나는가? 그는 나름으로는, 이런 것을 관찰했기에, '우리들이 無意識이라고 이르는 곳'에는 '한 벌의 運命'이 되사려 있다고 했던 것이었는가. 그리고 그는, '突然變異'를 성취하지 못하는 한, 한 有情은, 늘 그 '한 벌의 運命'을 되풀이한다고 이른다. 그에 의하면, 한 有情의 '前生'은, 그 有情의 '性格' 속에로 옮겨져 있다고 하는데, (한 징검다리 돌만 훌쩍 뛰어넘고, 말하면,) 그런즉, 한 有情의 '運命'은, 바로 그 有情 자신에 의해서 만들어지는 것을 알겠는 것이다. 물론, '運命'에도, 말한 바와 같은, '小我的'인 것이 있으며, 그 小我가 처한 어떤 '주위 환경적' '外的', 그러니 '大我的'인 것이 있음은, 주지한 바와 같다. '人心天心'이라는 경구를 고려해본다면, 이 '外的 運命'도, 그 당대를 사는 '集團'에 의해 作成되어지는 듯함에도, ('땅'만을 한사코 고집하는 자들의) 이때의 '人'은, 아직 集團化를 치르지 못한 烏合之衆, 즉 '百姓'을 의미하며, '天'은, 烏合之衆을 극복한, 어떤 정예의 '集團'을 의미한다는 것을 고려하면, 그 당대를 사는 다수의 개인들에 의해, 集團의 運命도 좌우된다는 것은 알겠으나, 그보다 더 넓고도 두려운, 우주적 의미를 띠고 있는 듯하지는 않다. 이 '大我的 運命'은, 佛者도 어쩌지 못한 것, 그래서 그도 낳고, 늙고, 병들고, 그리고 죽은 것이다. (또는, 『心經』的 論理를 좇기로 하면, 그는 온 적도 없었으니, 간 적도 없어, 무슨 運命에 당한 적도 없었다, 고도 말되어질 수도 있다. '色/空'이라는 '두 가지의 眞理' 중에서도, 궁극적 眞理는 '空'이라면, '『心經』的 論理'는 '論理'이기보다는, '眞理'이기는 하다) 그러니, '大我的 運命'에 관해서라면, 함구함만 같지 못하니라.

26 '變身(遁甲)術(요가)'을, 티베트인들은, "pho-wa"(티베트인들은 'ph', 또는 'th'

등은, '프ㅎ' '트ㅎ'로 발음한다고 한다)라고 이르는 모양이며, 누가 넋을 잃었거나, 백일몽에 잠겼다거나, 假死 상태에 처했다는 식으로, 虛를 드러낼 때, 「處容歌」에서 보이는 바대로, 어떤 요기가 客鬼가 되어, 그런 어떤 몸을 차지해드는 요가는, "Thron-jug"이라고 하는 모양이다.

27 독자들은 분명히, 이런 장면이 되풀이되고 있다고 읽을 것인데, 사실로 그것은 되풀이되고 있다. 첫 번째는, 그것을 통해, '몸'과 '마음'이 어떤 관계인가를 알아보자는 의도를 갖고 있었으나, 이번엔, 저 '속사람' 外遊하기 얘기인 것이다. 無學僧의, 椿事에 의한, "pho-wa" 修業 얘기. 촛불중이 처한 것과 같은 상태에서는, 이것은 당연하게 기대되어진 결과인데, 參禪 중의 比丘(尼)의 '마음'이나 '몸'은, 팽대한 귀두와 마찬가지로, 그 자체가 송두리째 能動力의 덩어리라고 보아도 틀리지 않을 것이기 때문이다. 그런 그의 外遊가 還俗으로 떨어지지 않고, 계속적 出家일 수만 있다면, 그의 이 ("pho-wa") 禪法을 두고, 그가 자기의 형벌을 파기하고 있는 것이나 아닌가 하고, 의혹의 눈으로 보기 전에, 어떻게 有情은, 그 입어진 '몸'을, '進化'를 위한 도구로 쓸 수 있는 것인지, 그것을 고려해보려 할 것이다. '몸을 벗을 때, 進化도 멈춘다'고 하잖더냐. 문제는 그러자 이제, 그가 그런 外遊를 통해, 還俗하지 않고, 계속적으로 出家를 감행하고 있는가, 어떤가, 그것을 무슨 수로, 또는 무슨 척도에 의해 가늠해낼 수 있는가, 하는 거기에 있는 듯하다. 필자의 관견에는, 그것을 위한 尺度로는, 『파우스트』(Faust)가 적격이 아닌가 하는데, '파우스트'의 편력 속에 그 눈금들이 잘 새겨져 있다고 믿기 탓이다. (헌데도 그 '눈금'들이 誤讀되어오지나 안 했는가 하는 것이 필자가 갖는 의문이다)

파우스트는, '말씀의 우주'에 본적지를 가졌던, '말씀의 우주인'이었더랬는데, 어느 날, 어떤 계기에 의해서(였든), '아도니스의 우주', 또는 '몸의 우주', 다시 환언하면, '自然道'에로 떨어져 내린다. 노쇠하여, 죽음 앞에 마주했던 자가 얻게 된 새 젊음은, 몸이 줄 수 있는, 극한적 쾌락에의 욕망 자체라고 해도 과언은 아니다. (여기, 그의 還俗이 있다) 그리하여 '말씀의 우주민'이, '몸의 우주'에로 移民했을 때, 畜生道에 대해 그는, 당연하게도 '超人'的이었을 것이다. 그러던 날 그는 새로, 몸이 성취할 수 있는 희망의 한계 같은 것을 경험하기 시작했음은 당연하다. 이제 그는 죽고 싶다. (여기 또 하나의 還俗이 있다) 그리하여 그는, 그의 젊은 생명을 포기하기에 이르는데, 그러기 전에 그는, 자기 자신에 대해서, 그리고 모든 男性이라는 인류에 대해서, 수치를 덮어씌우고, 배반한다. '영원히 女性的인 것이 우리를, 보다 높은 데로 들어 올린다.' — 이것은 '프라브리티 宣言'이랄 것인데, '보다 높은 데'란, 어디쯤이나 높은 데일 것인가? 거기서 자기가 떨어져 내렸던 '말씀의 우주'? 어찌하여 그는, '영원히 女性的인 것이 우리를, 보다 높은 데로 들어 올린다'고 하는가? 그런고로 저것을, '프라브리티 宣言'이라고 이르는 것이다.

28 여기서부터 자아올려지는 얼마쯤의 雜說은, 필자가 수집한 몇 자료에 의해, "pho-wa"와, "Thron-jug"의 골자가 될 것 몇 가지를 나열해 보이고 있는 것이다. 그리고 그런 禪定에 따르는 위험성도 지적해 보이고 있는데, 이 두 禪法이야말로, 스승의 입에서 제자의 귀에로, '속삭임'의 수단으로 전수되는, 극비의 것으로 치는 것인즉, 행여라도 소홀히 하려 말지어다, 사마야 자, 자, 자! (삼가하여, 비밀로 할지어다, 비밀로 할지어다, 비밀로 할지어다!)

29 '識'(冥力)과 '符命圖'는 같은 것이지만, '마음'을 두고도 '用心/體心'을 운위하거늘, 그렇다면 '識'(冥力)을 '用'으로, '符命圖'를 '體'로 이해하려 한다 해서, 꼭히 안 되는 법은 있을 듯하지 않다. ('말 [言語]의 大洋'에서 헤엄치는 梵魚, 한 作家는, 최소한 저만쯤의 권리는 갖고 있는 자이다) 이런 이름은, '살의 우주'[畜生道, 自然]에서는, '欲望/몸'이라고 환치될 듯하며, '마음의 우주'에서는, '無(空)/거울'이라고 해왔던 그것의, '말씀의 우주'의 方言을 입은 것이라고 이해하면 될 것이다. 그러면 어째 하필, '識'(冥力)이며, '符命圖'일까 보냐고, 당연하게도, 누가 의아해할 것이라면, 그것에 대한 설명은, 어렵지도, 쉽지도 않을 것이기는 하다: 神들이나 精靈들모양, '體'를 입지 않았거나, 못 입은 '말'[言語]들은, 있어도[存在], 좀체 그 '意味'를 알 수가 없으니, '識'(冥力)이라고 이른다 해도, 무리는 없다는 것이며, 새로 발굴하여, (고고학자들이) 마주하게 되는, 古墳의 벽에 그려진, (아직 본 적이 없는) '그림'이라거나, (아직 판독되어지지 않은) '글자'들은, 그것이 무슨 '意味'를 내포하고 있는지 모르는 '記號'들이어서, '符命圖'와 다름이 없는즉, 그것을 이번에는, '符命圖'라고 이른다 해도, 무리는 없는 것일 것이다.

　　　(말이 나왔으니, 조금만 더 잇기로 하면,) '記號'(signifier)에 대한, '意味'(signified) 쪽의 言語는, 두 가지 機能을 겸해 있는데, 하나는 '意思疏通'이며, 다른 하나는 '感動力'(또는 感興力)이다. (새가 울었을 뿐인데, 청상과부가 눈물을 지었다는 경우는, 後者에 속한다고 할 것이다) 촛불중의 믿음에는, 이 '感興力'의 기능을 하는, '意味 쪽의 言語'가, '冥力'이며, '意思疏通力'을 하는 것이 '識'이다. 그리고 촛불중의 믿음에는, '識'이 'signifier' 役이며, '冥力'이 'signified'의 役이다.

그러면 알겠는 것이다, 人世를 중심으로 한, 아랫녘에서 通話 수단으로 쓰는 언어는, '符命圖'(記號)와 '冥力'으로 이뤄져 있으며, 윗녘에서 通話하는 그것은, (그들은 다만 想念하거나, 꿈꿀 수 있을 뿐인 듯하다. 그러면, 그들의 '想念 속에 想念되어진 것'에게—이것도 그렇다면, 한 형태의 'Thron-jug'인 것이 분명하다. —그 뜻이 통해져 있거나, '꿈꾼다'는 경우는, 그 꿈의 내용이 되어 있는 것이 어느덧, 存在나 事物化해 있다) '識'과 '冥力'으로 구성되어 있는 것을 알겠는 것이다. 이때는, 저 '識'이 '記號'(signifier)의 役일 것이다. 神들은 그래서, 肉聲으로 말하지를 못한다.

'符命圖'(記號)＋'冥力'＝畜生道 方言.

'記號'(符命圖)＋'意味'(識/冥力)＝人世 方言.

'識'＋'冥力'＝데바(神)界 方言.

주목할 것이 있다면, '冥力'이라는 것이, 三世를 하나로 꿰어버린 (쉬바의) 화살 같은 것이라는 것이다.

'符命圖＝Udhāra'(Skt. 子宮), '識＝Mantra'(Skt. 呪文).

30 '옴 蓮(팟메) 속에 담긴 寶石(마니)이여 흥!'('옴'—用? '흥'—體?) 저 明呪를 이룬 재료를, 言語學的으로 도식화한다면, '팟메'(파드마—蓮—요니)가 '記號'의 役일 것이어서, '用'者여야 옳음에도, 저 明呪와 더불어서는, '마니'(寶石—링가)가 '用'者여서, '用'者여야 할 것이, '體'面을 드러내 버리는 것을 관찰하게 되어, 흥미롭다. '想像力 複合症'도 있다던가(?) 하는 것에 묶였던, '젖 달고 좆 단 티레시아스'의 '숲속에서 만난, 푸른 뱀'과 관계된 '性轉換'도, 어쩌면, 이런 데 어디쯤에 근거를 두고 있는, 특히 言語와 想像力 간의 관계에 관한 神話가 아닌가, 하게 되는 것도, 흥미롭다. 이것에서 도출되는, 한 흥미로운 결론은, '符命圖'가 '用'者여야 함에도, 실제로는 '識'이 '用'者여서, '體'가 '用'을 收容하는 것이 아니라, 반대로 '用'이, 그것의 필요에 의해, '體'를 使役한다고 알게 되는 그것이랄 것이다. 이 '體'가, 촛불중께는, '無意識'의 영역이 되고 있음은 거론되어왔으며, 그리고 물론 앞으로도 거론되어갈 것이다. 만약에 地球라는 惑星이, '우주의 子宮'이 되어 있는 기관이라면, 그리고 누가 그 '子宮'으로부터 벗어나고 싶으면, 그렇다, 촛불중이 이르는, '밖'을 깨우치기가, 그 惑星의 구속, 장애, 無始無終의, 生死의 輪廻로부터 벗어나는, 다만 한 길이 될 터이다.

비린내 나는, 짜고 누런 구정물, 저 羊水의 苦海로부터 벗어나고 싶은 자는 모름지기, '안'을 홀까당 뒤집어 '밖'이 되게 할 일이며, '밖'을 온통 접어 들여 '안'이 되게 할 일일 것이다. 그러면 '안/밖'의 경계가 없게 되고, '다하여, 남음이 없게 된다.'

31 누구나의, 밤의 잠자리에서 일어나는, 惡夢이나 凶夢을 두고, 그것을 수상하게 여기는 이들은, 그것이 어디로부터 왔느냐고 묻고, 고개를 갸웃거린다. 그리고는 '밖'으로부터 무엇이, 자기의 눈 뚜껑을 열고 들어온 것 같지는 않으니, (그 실은, 그가 잠에 들었기 전에, 그날 아침부터, 또는 정오 때에, 그 꿈은 그의 눈 속에 들어가, 눈 뚜껑 밑의 그늘에서 잠자고 있었을지도 모르지만,) 결국은, 자기의 '안' 어디에서 온 것이 아니겠느냐고, 눈을 자기의 안쪽에다 접어 들여, 안을 샅샅이 뒤져보려 한다. (실은 달마보디가, 九年面壁한 그 '壁'도, 바로 저 '안'이 뒤집혀 된 '밖'이었겠지만, 눈으로 '壁'에 구멍을 내고, 휑하게 내고, 三世를 훤하게 보게 된, 자기의 눈 두 개를, 전수했으면 했던, 우직한 사미에게 바랐던 것도, 바로 저 '자기의 안쪽 보기'였었을 것이다. 그러면 '안'이 휑해져 버려, 그 虛를 상면해버리는 자를, 바위나 소금 기둥을 만들어버리거나, 無明 자체로 솟아, 그 無明을 직면해버리는 자를, 아으, 無明이란 그것을 뚫고 나아가려는 자에 대해서는, 바위 壁도 같은 것일 것, 털 나게 한다, 뿔 돋게 한다, 馬脚을 신긴다, 꿀꿀꿀, 음메에에, 크갱캥캥, 또는, 저쪽 어디로 小路가 열려, 호기심 많은 눈을 끌어들인다) 골머리 까고 이 잡기 하기모양, 저 짓이란, 자기의 안을 까뒤집어 내기인데, 그럴 때 그들은, 자기의 內部를 客觀化하는, 수상스러운 讀書를 하고 있는 것이다. 이렇게 되면, (아까 얼핏, '저 안쪽 어디로 열리는, 小路'만 보이기로, 따라가 보지는 안 했던, 그쪽 편 얘기를 좀 해보자면, 羅卜이엾지, 어디로, 안이라는 데로, 들어간다고 들어가기가, 동시에, 어디로, 밖이라는 데로, 나아가기여서, 상사라란 중첩적인 듯해도, 홑겹보다, 더 겹 진 것도 아닌 것을 알게 되겠소) 그럼에도 저 '유리디스'의 창자 속을 빠져나와, 빛 가운데로 나아가는 '오르페우스—아도니스'에게는, 세계는 어째도 중첩적일 수밖에는 없을 터이다. 한쪽[畜生道]에서는, 그것이 홑겹이어서 解脫에 장애가 되고, 다른 쪽[人間道]에서는 그것이 중첩적이어서, 또한 解脫에 장애가 된다. —재미있다고 해야 할 것은, 저런 꿈들의 '內容'이랄 것은, '밖'으로부터 거둬진다는, 그것일 것이다. 解夢이란 그렇다면, 어떤 특정한 꿈의 그물에 옭여 든, 어떤 특정한 '밖'을 재검토해본다는 의미라고까지 말할 수도 있게 된다. 이렇게 되면, 어떤 같은 하나의, 具象的 物體를, 여러 사람이 같이 보고, 만져본 경험을 했다고 하고, 그런 뒤, 그 여럿이 그 같은 대상을 꿈에서 다시 경험한

다고 하면, 그 내용들은, 여럿이 하나같이 비슷할 것인가, 하는 의문이 저절로 일어날 듯도 싶지만, 그 대답은, 쉽지도 어렵지도 않기는 않을 것이다. 그때, 그 경험의 내용이 비슷했으면, 비슷한 내용을 갖게 될 것이라도, 세계를 부정적으로 보는 눈에는, 그것이 부정적으로[反之亦然] 보일 것이며, 그 내용이 상이하다고 할 때엔, '중첩된 밖', 즉슨, 그 대상을 접했기 전까지, 이뤄져 온 羯磨의 밭이 검토되어져야 한다는 것이다. 이 경우엔, 그렇다면, 아까 여럿이서 함께 본 그 事物은, 손이나 모양, 누구에게나 비슷해도, 그 내용은 指紋的이랄지도 모를 일이다. 그러면 저 '중첩된 밖'을 '안'쪽에다 휩싸아 있는 저것은, 무엇이라고 이를 것인가? 촛불중에 의하면, 헌데 그것이 바로, '바르도', '言語의 바르도'며, 그렇기 탓에, 거기서 어떤 '말[言語] 씀'이 成肉身을 한다면, 그것은, 이전과 비슷한 記號를 입기도, 전혀 다른 것을 입기도 할 것이다.

靑色
제1장 空化色品

1   이 '바즈라 요기니'(Vajra-Yogini)는, 지금쯤은 어쨌든, 독자들께도 매우 친근해졌음에 분명하다. "Divine Yogini, a Tantric personification of spiritual energy and Bodhic Intellect"(W. Y. Evans Wentz, *Tibetan Yoga*).

2   月候(經度, 月經)는, '달의 침' '불의 물' '처녀의 젖' '아이의 오줌' '묽은 똥' 등과 같이, 錬金術꾼들의 '프리마 마테리아'(prima materia)에 입힌, 여러 이름 중에서, 女性을 띤 이름 중의 하나이다.

3   '骸骨'이 만약, 니브리티 쪽의 '암캐'라면, '암캐'는, 프라브리티 쪽의 '암캐'인데, 어쨌든 이것은, 필자가, 女性的 국면의 '프리마 마테리아'의 상징으로 써오고 있는 것이다.

4   '마른 해골'은, (한 요기의) '정신적 각성이 최고의 수준에 이른 것을 나타낸 것'("Tibetan Yoga")인데, 그것도 물론 포함하여, '다섯 덩이의 해골'은, '五元素'의 상징으로 이해해두는 것도 권고된다.

5   '열두 짐승의 잘린 목'은, 原典("Tibetan Yoga")으로부터 약간의 변용을 치른 것인데, 이 자리에서는 그것이, '쥐'[子]로부터 '돼지'[亥]까지의, 하루 열두 점, 일 년 열두 달, 또는 열두 띠 등의 六甲法에 제휴되어, (原典의 '言語'가 주제였던 것에 對하여, 또는 反하여) '세월'이 그 주제가 되어 있다.

6   '毒蛇의 팔/발/목걸이' —性力의 상징은 아는 바대로이며, 동시에 '元素'며, '季

節'의 상징임도 아는 바대로이다.

7 '검은 송장' —'쉬바도 샥티를 데불지 못하면, 결국 솨바(송장)이다.' 이 '검은 송장'은, 여기에선 '禪根' 그것이다. 밝혀 말하면, 하초(링가)이다.

8 '人頭骨로 만든 바리때에다, (사람의) 더운 피를 받아 마시기'는, 한 俗人의 '出家'의 상징으로 알려진, 그중 아름다운 地獄畵 중의 하나이다.

9 '시꺼먼 흰 새'라는, 두 相剋的 말의 合成語는, 무슨 意味의 알을 까는가, 그것은 독자들의 관찰하기에 맡겨둘 일이겠으나, 이 '흰 새'는, '항솨'라는, 들숨/날숨 때 나게 되는, '소리', 또는 '말'로서, '아자파 만트라'(ajapa mantra)라고 이른다고 한다. '우주적 맥박 소리며, '神의 숨소리', 항솨—

10 '사마야' —성스러운 지혜. '자' —비밀. (「미라레파의 十萬頌」 第31頌)

11 이 '蛇圓會陰'은, (앞서 여기서 저기서 밝힌 바 있는 禪圖로서,) 다음 章의 '蓮陰會陰'과 함께, 羑里의 溫肉派에서 極秘로 하는, 두 禪法 중의 하나이다. 그러나 그들이야 극비로 하든 말든, 이쪽 편 일은 이쪽 편 일인즉, 푸르죽죽이 털어놓고, 그 요가의 符命圖가 되는 부분을 밝히자면, 요기(요기니)가, '제 根을 제 입으로 빨아들이기(쓸기)'라는, 자기와의 性行이 그것일 것이다. 이때의 요기(요기니)는, 兩性一體化하는 것은 분명하다. 상사라—니르바나의 合一. 저 禪法을 달리는 '狗空禪'이라고도 이른다. 이것이, 六祖의 '變轉의 法則'의 요가化이다. (저 '變轉의 法則'은, 『죽음의 한 연구』 第17日 章을 참고할 일일 것이다) 하나[六祖]는, 理論을 정립했으며, 다른 하나[七祖]는, 그것을 體現해 보이고 있다.

　　　사마야 자, 자, 자.

제2장 色化空品

1 禪木—'Yoga Plant'(A. Avlon, *The Serpent Power*, p. 317, 下註 [2] 참조. 아울러, 前章의 '주석 7' 참조).

2 印度敎神話에 관심을 가져본 자라면, 잘 알고 있겠다시피, 이 '뿌리'[禪根]는, '스바이얌부'(自存者, 또는 쉬바의 링가)이다. 그것은 '세 부분'으로 나누어져, '會陰'(물라다라) 속에 묻힌 뿌리 부분은, '四角'(四元素)으로 브라흐마神의 영지로 치고('覺醒'), 그 위쪽, 샥티의 요니에 휩싸여 있는 부분은 '八角', '창조의 근원' '化現된 우주'라고 하여, 비슈누 神의 영지라고 하는바, '꿈'은 거기서 일어난다고 이른다. (이 '꿈'은, 비슈누의 '배꼽'에서 돋은 '蓮'인데, 이 '蓮'

이 이 '우주'며, 그 한가운데에, 브라흐마가 앉아 있다. [연화존자, 또는 파드마삼바바도, 그렇게 蓮에서 태어난 것은, 알려진 바대로이다] 헌데 '비슈누'란 '발'[足]의 의미라 하고, 브라흐마가 타고 다니는 수레는, '거위', 또는 '白鳥'이다. 男根과 발과 白鳥) 샥티 요니의 위쪽으로 뻗쳐 오른 (禪根의) 부분은, '잠의 神 쉬바'의 영지로 알려지는바, '圓錐形' '꿈 없는 잠.'

      전해진 얘기[神話]에 의하면, 그래서 대체, 저 禪根이라는 것이 얼마나 큰 물건인가, 그것을 알아보기 위하여, 브라흐마는 '白鳥'의 모습으로, 올라, 그 끝을 찾아보기로 했으며, 비슈누는 '멧돼지'의 모습으로, 내려, 그 뿌리의 깊이를 알아보기로 했다 한다. 그러나 종내, 그 어느 쪽도 그 끝을 볼 수가 없었다고 이른다. 그랬음에도 브라흐마는, 자기의 주재신 격을 주장해보려는 목적으로, 그 끝에 닿았다고 거짓말을 했었더랬는데, 그 결과, 쉬바의 '세 번째 눈'이, 떠, 한번 흘겨보기로, 브라흐마의 다섯 번째 머리가 타 스러져버렸다고 한다. 그것인즉슨, 브라흐마의 去勢와 관련된 얘길 것이라고 하는데, 이 去勢를 통해, 그가 '샥티'(우주적 陰力)에로 轉身을 치르기에 이르렀다고 한다. (촛불중이 이해하기로는, 저 '白鳥'와 '멧돼지'는, 沙羅雙樹, 또는 바룬다 鳥의, 雙樹, 또는 雙頭라는 것이다)

3   肛門(주석 8 참조).

4   屍蝎―'요니'[屍]와 '도마뱀'[蝎]의, 필자의 合成造語로서, 道敎네 '長生不死' 製造者들이, '長生不死'라는 '金'을 구울 때, 그 솥[丹田]의 眞氣가 새어 나가지 못하게 하려는 목적으로, '만두 모양'으로 깎은 '나무 공이'를 '肛門'에다 꽂아 막는다고 하는바, ("Taoist Yoga" 참조) 그 '肛門 마개'에 대한, 姜里의 '溫肉派'네 俗名, 또는 匿名이 저것이다.

5   바룬다 새, 또는 沙羅雙樹.

6   수메루 山(脊椎)을 틀어 오르는 蛇力. (쿤다리니는, '속이 빈 명주실과 같은 빛줄기'로 묘사되어 있다. 그것이 冬眠하는 자리는 '會陰'이다)

7   저것은, (印度의) 요기들이, 황혼 녘(śandhyā)에 하는, 'Śandhyā-Bhāśa'라고 하는 祭祀로서, 그 修辭學的 비유의 불손망측함에도 불구하고, 저것이야말로, 요가의 정곡을 찌른 것으로 알려진다. '어머니의 子宮'은, 요기의 '丹田', '누이의 젖가슴'은, '염통' 부위, '스승의 머리'는, '머리.' (특히 頭上, '사하스라라'라고, 하여, 거기서 '천 이파리의 蓮이 핀다'고 알려진다. ['프호와'에 있어,] '속사람'의 '몸 떠나기'는, 바로 여기 있는, '숨골'이라고 알려진 데를 통해서라고 일러져 있다)

8   前章의 '蛇圓會陰'(또는, 狗空禪法)과 함께, (이것은 '蓮陰會陰'이라고 이르는

데) 이것이, 美里의 溫肉派, 또는 手淫派에서, 極秘로 하는 두 요가이다. 그들이야 그러든 어쩌든, 이쪽 편 일은 이쪽 편 일인즉, 탁 털어놓고, 이 요가의 符命圖가 되는 부분을 밝히자면, 요기가 蓮坐를 꾸며 앉되, 제 根을 '尿蝎'(밑/뒤로 사려, 제 肛門에다 꽂아 막는 禪法)으로 쓰는 것인데, 혹간, 가능적으로, 그런 까닭으로, '촛불중의 根은 지렁이 꼴로 긴 데다, 중두막이 휘어져 있다'고 일러진 것이었을지도 모른다. 헤, 이거, 헤헤, 필자의 의문은 그럼에도, 중국 곡예사들모양, 아무리 한 요기가, 어려서부터 이 수업을 쌓아온다 해도, 과연 이 禪法이 가능할 것인가, 어떨 것인가, 하는 것이다. 이러면, 그것의 象徵主義가 거론되어야 할 것이지만, 그 점에 관해서는 말 되어진 듯도 싶으니, 잊어버리기로 할 일이지만, 그래서 새로 상기하게 되는 것은, '주석 4'에서 밝혀진 것과 같은 '肛門 마개'인데, 그것은 어째서 '禪根'과 다르다고, 꼭히 구분해야 될 필요가 있겠는가? 촛불중은, 헌데, 대부분의 경우, 자기의 '엄지손가락'(우파니샤드式 상상력에 의하면, 이 '엄지손가락'이, 한번 어떻게 變身을 치르면, '빛이며 不滅, 그리고 自我'의 상징이기도 하던 것)으로, '尿蝎'을 삼는다는 것도, 밝혀둘 필요가 있는 듯하다.

　　　前章에 밝힌(六祖의 '變轉의 法則'의) 橫圖에 대해서, 이것이 그 縱圖, 그리고 그것의 體現化이다. 하나[六祖]는, '세상나무'를 오르는 '죽음'으로써 그 요가를 완성했으며, 다른 하나[七祖]는, 그것을 타고, 내려가고 있다.

　　　사마야 자, 자, 자.

제3장 凹品: 배꼽 만지기 얘기 한 자리

1 이 章은, 전적으로, 히기누스(Hyginus)의 『寓話』에 의존되어 있다.
2 老子도, 夢想꾼이었으되, 그는 '문밖을 나가지 않은' 대신, 너무 (밖을) 내어다 본 나머지, '밖'을 姦通하는 夢想꾼이었었다. 왜냐하면, 종내 그것들이 하나일지라도, 말[言語]의 夢想꾼은, '谷神不死, 是謂玄牝'이라고, 하잖기 때문이다. '말의 夢想꾼'에게 夢想되어지는 '谷神'은, 골짜기를 꽉 채우고 덮어 내리는 天空, 그 거대한 陽莖, 그러니까 老子 자신이 격찬하여 마지않는, '……故有之以爲利, 無之以爲用'이라는, 그 '無'와, 그것을 수용하는 너그러운 '玄牝'(谷), 그리고 그 양자가 一體化하는 그 과정이다. 그러니까 그 '과정'에, 夢想의 공간이 있다. 이 '無'는 갑자기 어디서 모습을 드러낸 것인가, 하면, '……埏埴以爲器, 當其無'에서 온 것이다. 에익, 늙다리의 斜視스러움! '그릇'에서는, '그릇'과,

그 그릇 안쪽의, '비임'[無]을 분리해보면서도, '谷神'을 두고는, 그 '有'(谷)와, '無'(神)를 구별해보지를 못하다니('是謂玄牝'이 그것 아닌가?), 咄! ('鑿戶牖以爲室, 當其無—늙은네는, 바로 이 '無'[室] 속에 담겨 앉아, 밖[谷神]을 내어다보기에 의해, 이 '無'를 '玄牝' 즉슨 자기를 담아 있는 '子宮'으로 이해한 大誤를 범하였도다. 이것이 앞서 말한, '밖 姦'이라는 것인데, 저 늙은네는, 정작에 있어서는, '안'쪽에 있으며, '밖'을 내어다보는, 그 눈은, 어디 골짜기쯤에서 거둬들여 와서는, 處容歌를 부르게 한 것이다) 이 '無'(神)는, ('梨俱吠舵'的 상상력을 차용하면, '거대한 수말'이며,) 그러니 '陽'이며, 저 '有'(谷)는, ('암개구리'!) '陰'일 것이다. '玄牝'과의 관계에서는, 이 '谷神'이 ('玄牝'에 대한) '陽'(링가)임이 분명하다. 종국에야 물론, 그 양자가 一體化할 것인즉, '有' 쪽에 비중을 (두는 까닭은, '有'에 의해 '無'가 '쓰임'으로 化現하기 탓이다) 더 말하려다 보면, '谷神不死, 是謂玄牝'이게 될 터이다. (老子의 斜視 극복되다!)

3 어떤 한 夢想꾼 속에서, 어떤 계기에 의해, '말[言語]의 쿤다리니'가 깨어 일어나면, 한 우주가 개벽하고, 되사리고 눈 감으면, 그 한 우주가 닫힐 것이다. 이 '말의 쿤다리니'의 흐름이랄 것이, 촛불중이 노상 읊어쌌는, '修辭學的 壓力'이라는 것인데, 촛불중에 의하면, 이 '壓力'이, '複合性'보다 훨씬 더 힘이 세다고 하고 있다. 이 쿤다리니가 일어나면, 이제는 '말'[言語]이, 그 夢想꾼에게다 멍에를 메워, 말밭[語田, 또는 마음] 갈이에 나서게 되는데, 이 쿤다리니를 자기 의사대로 어거할 수 있게 훈련된 땅꾼이 있다면, 그때부터 그는, '말'[言語]에다 보습을 메워, 한 우주를 일궈내기에 나서도 좋을 것이다. 이 '말'[言語]은, 지칠 줄 모르는, 超力을, 그 근육 속에 갖고 있다. (이 修辭學을 좇으면, '言語'란, 말[馬] 같은 뱀[蛇], 또는 뱀 모양의 말[馬]로 보인다. 헌데 저 둘을 합쳐한 存在를 빚어낸다면, [湖東의] '龍' 같은 것이나 아니겠는가. '湖東의 龍'은, 湖西의 것과 달리, '날개'가 없다. 없으면서 그것은 登天을 한다! 이것이다, 이것은, 이제 막 精水를 좍 불 뿜어내려, 팽대해진 링가 그것인데, [머금어 있는 精水가 如意珠?] 그래서 이것은, '날개 달린, 나쁜 龍'과 달리, '퇴치해버려려야 할' 대상이 아니라, 예배되어질 創造力으로 이해된다. 鍊金術的으로 말하면, 湖西의 龍은, '不治의 病, 또는 毒'인데, 반하여, 湖東의 龍은 '현자의 돌'이다)

4 귀가 좋은 聽者라면, '神들의 죽음에의 欲望'이, 실제로 人世며, 畜生道라는 우주에 미치는 영향은 어떤 것이나 될 것인가를 의문해보고 난 뒤, 그것은 그런즉 두말할 필요도 없이 '末世'일 것이라는 결론을 도출하게 될 것이다. 그때 그러면, '神들의 原罪' 때문에 무고한 有情들이 희생되지 않으면 안 된다는 일로 그는, 神들에 대해 분노를 느끼지 않을 수가 없게 될 터인데, 자연적 결과

로 그러면 그는, '神이란 존재한다고 믿는 이들 심정 속에서만 존재하는 존재'라는, 잘 알려진 명제를 기억해내고, 이 경우, 만약 '神'들만을 숨음해버리기로 한다면, 어떤 일이 일어나게 될 것인가, 하고, 새로 묻게 될 것이다. 그럼에도, 저 聽者가 참으로 좋은 귀를 가졌다면, 그러므로 末世가 가까워 온다는 소식은, 낭설에 불과할 뿐이라고, 왜냐하면 그것이 당연한 논리적 결과이니까, 라고, 일소에 부쳐버리고, 궂은 세상을 마음 편하게 내다보려 하지만은 않을 것이다. '神을 숨음'해낸 자리는 그러자, 평화롭게 비어 있다거나 하는 것이 아니라, 새로운 얼굴들이 거기에 웅성거리고 있음을 보게 되는데, 맨 먼저 보이는 사돈네 얼굴은, 다른 누구도 말고, 하필, 아까 '神들 숨음'해내던 바로 그 당자의 얼굴일 것이었는다. 人類史를 조금만 자세히 들여다본 이라면, 人類는, 보다 나은 세계의 구현을 위해 투쟁을 계속해가면서도, 이상스럽게도, 죽고 싶어 해오고 있다는 것, 그것도 '집단적 죽음'을 감행하기를, 또는 초래하기를 바라는, 그 파괴적 욕망을, 언제든 저변에 둬 오고 있다는 것을, 부인할 수가 없다고 알고 있을 것이다. 집단은 '피'를 좋아하는데, 집단은, 性交에서 얻는 것과 같은 絶頂을, 달리는 얻지를 못하기 때문이다. 그래서 파시즘이, 앞서 말한 그런 絶頂이며, 나치즘이, 그리고 근년에는 共産主義(가 형성되어지는 과정의, 대중 심리의 분석에 좇으면,)가, 그런 絶頂 비슷한 역할을 하였으되, 결과는 언제든, 집단의 오나니슴만을 초래하고 만다. 집단도, 저런 오나니슴의 불만족, 욕구 불만에 의해, 그러면 '숨 끊긴 絶頂'에의, 否定的 동경을 키운다. 그리하여 그들은, 그 자기 파괴의 날을 준비하기 시작할 것인데, 이것은 프라브리티 우주의, 易의 저울[天秤]이 그렇게 되어서 그렇다. 상징적 어휘를 차용하기로 하면, 易의 한쪽 접시엔, '어린 羊'의 白瑪瑙가 올려지고, 다른 쪽 접시엔, '붉은 龍'의 黑瑪瑙가 놓이는데, 이쪽 편에 黑瑪瑙가 자꾸 무겁게 쌓이기에 의해서, 부분적 파괴가 자행될지라도, 그렇다고 '末世'가 오는 것은 아마도 아니다. 양쪽의 두 접시가 다, 아무것도 더 이상 올려놓을 수가 없도록, 높이 쌓이게 될 때, 모래시계를 두고 말하면, 그러니 뒤집어 세워야 될 때가 된 것이다. 末世는 그러니, (神이 존재하거나, 말거나, 존재한다 해도, 존재치 않는다 해도,) 일방적으로 초래할 수도 있다거나, 그런 것이 아님을 알게 된다. 아래쪽 세상이 화기애애하면, 위쪽 세상도 화기애애하다. 위쪽 세상이 궂으면, 아래쪽 세상도 궂다. "As above, so below."

5 이 'Prajāpati' 얘기는, *The Satapatha Brāhmaṇa*에 수록되어, 후세인을 교화한다고 들었다.

6 咄, 그래서 이제, 히기누스(Hyginus)와, 그의 종도들 간에서는, '倦怠'가 (神들

의) 創造力의 원동력이나 아닌가, 그런 논의가 계속되어 오고 있는 듯도 싶으다. 그러고 본다면, 有情들이란, 저 '倦怠'에 찌들은 자들의, 소견법으로 하는, 手淫질에서 쏟겨난 '더러움' 자체일 뿐이고, 이것은 그러니 '創造'는 아닌데, 비록 말해 '創造'라고 이른다 해도, 이 '創造'의 목적은 이미 달성되어 있어, 有情은 剩餘物에 불과할 뿐일 것이다. 그렇다는 경우는, 有情은, 순결무구하기가 비둘기나 어린 羊 같다 해도, 소비물 자체여서, 장차는 소비되어져야 할 것이다. 또 혹간, 누가 반론을 제기해, 神으로부터 말미암은 것은, 비록 한 조각 비듬까지라도 소비되어질 수가 없다고 한다면, 이 경우는 有情이 흑사병이나 죽음만큼이나 새까맣다 해도, 이 새까만 자도 꼭히 은총에 휩싸여져야 할 대상이지, 가라지 죽정이로, 영겁을 타는 불에 던지어져야 할 것은 아니게 된다. 有情은 왜냐하면, 創造者의 어떤 目的에 의해서나, 또는 有情 자신의 의지(그렇다, '有情 자신의 의지'라고 쓰고 있다!), 즉슨 化現하고 싶음의 의지에 의해서, 有情이 된 것이 아니기 때문이다. 어째서 이들이, 다른 존재들의 '倦怠'의 값을 치러야겠는가? 呷!)

7 '숨' 얘기 조금. —密家네 아비와 자식 간에 소곤거려 주고받는 말에, '남녀 合宮 중에, (남자 편에) 早漏氣가 있다거나, 또는 절정에 닿는 시간을 좀 더 끌고 싶거든, 혀를 입천장에로 말아 올려, 목구멍으로 밀어 넣어, 숨을 멈추라, 그러면 精蟲도 흐르기를 멈춘다'라는 것이 있는데, 그것을 염두한다면, '숨'과 '精蟲'이 (創造主와의 관계에서는) 같은 것으로 이해된다. 이건 물론 좀 다른 얘기지만, 생각 있는 이라면, '太初에 記號가 있고, 다음으로 意味가 있었다'라고, '말씀'의 기원을 설명하려 들지도 모른다. 얼핏, 히기누스의 『寓話』는, 그것을 말하고 있는 듯이도 보인다. 그러나 이런 문제는, '닭이 먼저냐, 알이 먼저냐?'의 문제와 비슷하되, 같지 않아, 어떻게 묻고 들어야 하는가 하면, 무엇이 무엇을 修飾 限定하고 있는가, 다시 말하면 무엇이, 무엇을, 어떻게 化現하게 하고 있는가, 그것을 알아보아야 하는 문제라는 것이다. (이렇게 되면, 매우 바람직하지 않게도, 言語學的 'signifier'가 전치되는 결과를 보게 된다. 그럴 것이 허긴, 그 출발점들이 다른 까닭이다) 무엇이 먼저 있어 온다, 라는 것이 그럴 때는, 중요한 것이 못 되는데, 그것이 '化現'을 성취하기 전까지는, 무엇이 어디에 있어 왔대도, 아직 그것은 非化現에 머물러 있어, 말하자면 '없음'과 다르지 않기 때문이다. 그럼에도 이 '없음'은, 어떤 경우, '修飾, 限定'되기에 의해, 그 '있음'을 드러내게 될, '있음의 없음'이어서, 이것이 장차, 言語의 複合性, 또는 羯磨의 몫을 담당하는 것이기는 할 것이다. 神의 言語(創造)에 대한, 人間의 言語는 그러하다. 촛불중께는, '記號'(體)가 '無意識'에 머무는 소이가,

여기에 있다. '말씀의 우주'를 이룰 『語彙辭典』은, (일설에는) 아담이 (지었다고 하고, 일설에는 프라자파티가 지었다고 하지만, 프라자파티의 『辭典』은, 그 범위가 '마음의 우주'에까지 미쳐, 광대한 것도 사실이다) 지은 것인데, 아직 그때까지는, '말'들은 辭典에 수록되어 있는 상태로, '作文'의 형태로까지는 발전을 못 보고 있어, '말'[言語]들은, 自然道, 또는 畜生道에 머물러 있었다. (그리하여, '말씀의 우주'를 개벽할, '말씀의 우주'의 佛陀가 오실 날을 기다리게 된다)

8 　一覺팍! '破'와 '覺'의 合成語. '覺 밖!' 밖을 깨우치라! 覺! 覺!

제4장 凸品: 배꼽 만지기 얘기 또 한 자리

1 　이 章은 전적으로, 莊子 「內篇」 속의 '나비의 꿈'에 의존되어 있다.

2 　티베트의 詩聖 미라레파의 法系는, 'Tilopa—Nāropa—Marpa the Translator—Milarepa—Gampo-pa……'의 순서인데, '나로파'가, 스승 '티로파'에게 바친 '만다라'가 저러했었다.

3 　"Look into the mirror of your mind,
　　　　　　　the intermediate state,
　the mysterious home of the Dākini." ―Nāropa

赤色
제1장 茶飯品

1 　"No light, but rather darkness visible." ―(J. Milton, *Paradise Lost*)

2 　'肉眼의 無明' ―'알' 속에서 피맺히고 있는 것에 대해서, 그 알을 품고 있는, 밖의 '어미 닭'은 그럼에도 非化現, 아직 부화하지 않은 것이다. 그 알 속의 것이, 그 어미 닭을 알게 되기 위해서는, '無明'이라는 그 알 껍질을 깨뜨려야 될 것인데, 이것이 촛불중식의 求道로서의 '밖 깨우기'라는 것이다. 그 '새끼 닭'이 부화하게 될 때, 함께 그 '어미 닭'도 부화하게 될 것이다. 꼬끼요―,

3 　'oxymoron'! '爲'를 묶어 꼼짝도 못 하게 하는, ('펜리르'[Fenrir]를 묶었던 것과 같은) 끈이 '無爲'라면, 이때는, '爲'가 '펜리르'의 役인 것이다. 이 '爲界'(宇宙)의 밖을 둘러 있는 것이 '無爲'(非化現)라면, 이 한 우주를 우주이게 하는 것은

呪, 'oxymoron'이다. 이 관계는 바로, '意味'와 '記號'의 '言語'의 관계인데, 그렇다면 '言語'는, 그 자체가 'oxymoron'이다! 人世의 모든 眞理는 그렇다면, 종내 그것 자체를 깨뜨리지 않는다면, 'oxymoron'에 의존되어 있다? '肉身에 억류된 魂, 저주로다! 魂에 억류된 靈, 저주로다!'라고, 靈智派 先知者들이 탄식하고 있었을 때, 그들은 저 'oxymoron'의 비극을 알고 있었던 것인가? '相剋'을 싸안은 '胎褓'——프라브리티! 누가 이 단단한 '밖'을 찢거나, 깨뜨려, 벗어날 수 있을 것인가? '펜리르'를 묶은 끈은 그러고 본즉슨 'oxymoron'이었었구나. '살'을 부정하기 위해, '살'을 대상으로 하는, 求道行 자체가 'oxymoron'이다.

4 '힘과 빵'의 결핍에 의하여, 그 魔를 이겨내겠다고, 광야에 나가, '사십 일을 밤낮으로 禁食하신' 자 앞에 펼쳐 보여진 '천하만국과 그 영광'은, 얼마나 이겨내기 어려운 유혹이었겠느냐? 白日夢에 잠기기를 좋아하는 이들은, 그때 '그'가 만약, '천하만국과 그 영광'을 택했더라면, 금후의 세상은 어떻게 바뀌었을 것인가를 묻게 된다. 그 대답은 헌데, 실제와 꿈속에서, 또는 歷史와 藝術 속에서, 이미 되어 있어 온다는 것을 알게 된다. 하나는 '히틀러'로 대표되고, 다른 하나는 '파우스트'로 상징된다. (이 序論에 대한 本論, ——그 주제가 될 것의, 눈썹 한 뒤 오라기를 뽑아 보이기로 한다면, '영아 학살은 혹간, 되풀이된 것이나 아니었는가? 되풀이되어졌다면, 까닭은 무엇이었는가? 처음의 것이 만약에, 살[畜生道] 속에서 魂을 出産시키기 위한 것이었다면, 두 번째 되풀이에서는, 魂 속에서 靈을 꺼내기였다고 이해해볼 수도 있는가?' 하는 따위, 其他, 는 그럼에도 생략하지 않으면 안 되는데, 그것은, 말하자면, '毒 바른 북'을 두드리기 같아서, 위험하기 짝이 없는 소리가 될 것이기 때문이다. 무슨, 또는, 누구의 正義에 의해서든, 그리고 그것이, '相剋的 秩序의 우주'의 均衡[易]과 어떤 관계를 갖고 있든, 歷史의, 어느 場의, 어느 章에고, 피가 뿌려져 덮인다는 것은, 비극이며, 자칭 靈長이라고 이르는 有情의 수치일 뿐이다. 그것은 歷史의 主體者들이 결코 바랄 것이 못 된다. 그렇다면, 歷史의 主動力을 담당하고 있는 자들은, 그런 비극에 저항하지 않으면 안 되고, 그런 수치를 씻으려 하지 않으면 안 될 것이다)

　　　……'王은, 民衆(이라는, 歷史의 主體者, 꿈꾸기 좋아하는 잠)의 망석중이(꿈)이며, 民衆은 또, 遺傳된 陰氣의 發現의 舞臺인 것'을, '망석중이'들의 춤의 舞臺……

5 어떤 心理學꾼들은, '忿怒'라는 否定的 감정을 두고, 벽에다 빈 병을 던져 깨뜨린다는 식으로, 그때그때 그것은 해소를 해버릴 것이지, 쌓아둘 것이 아니라고 가르친다. 그런데 어떤 宗敎꾼들은, 그것은 터뜨려낼 것이 아니라, 숨죽여버릴

것이라고 이르며, 굶고 주리는 짓이 苦行이 아니라, 저런 것이 진정으로 苦行이라고 이른다. 그러니 한편에서는 그것의 '外爆'을 말하고, 다른 편에서는, '內爆'을 말하고 있는 게다. 그래서 보면, 心理꾼들은, 정신적 月候하기를 가르치며, 宗教꾼들은, 殺菌(sterile)法을 가르치는 듯하다. 그렇게 하기로써, 그 결과에서 보면, '어떤 心理꾼'들은, 하나의 괴물에게 젖을 물리기 시작하고 있으며, 宗教꾼들은, 聖者의 씨앗에다 거름을 주고 있다. '터뜨리기'에는 끝이 없으며, '숨죽이기'에는 끝이 있다는 것만 결론해두면, 더 말하지 안 해도 될 것이다. 눈썹을 주의해야겠지맹.

6 이 구절은,『마하바라타』에 빈번히 나오는 것이지만, 목적은, 이 구절의 출처가 아니라, 이 구절을 저변하고, 촛불중의, 거의 극한에 달한, 忿怒에 의한, 심적 고뇌와 탄식을 고려해보자는 데 있다. 그의 忿怒는, 詛呪의 모습을 띠어, 시위를 벗어난 듯한데, 이 毒矢는, 그 弓手 당자가 회수하고 싶어 한다 해도, 이제는 너무 늦은 듯하기도 하다. 그럼에도 아직도, 밖의 저 심술이 난 늙은네는, 말한 바의 저런 무슨 '毒矢'에 터럭 끝 하나 다친 듯하지도 않지만, 그래서 본다면 이 '毒矢'는, 현재, 未來라는 時間의 요니 속으로 뚫고 들어 날고 있는 듯하여, 그 未來가 잉태하게 되는, 이 '毒矢'와 관계된, 저 화라지의 어떤 씨앗을 겨냥해, 어김없는 진행을 계속하고 있는 듯하다. 이런 화살은, 결코 그것이 겨냥하고 있는 대상을 놓칠 일도 없지만, 놓친다는 경우는, 그것을 쏘아 보낸, 그 弓手를 꿰뚫기 위해, 되돌아오는 데 문제가 있다. 이제 그 화살을 되돌리기는 너무 늦었다 해도, 할 수 있으면, 矢頭에 묻힌 毒, 즉슨 詛呪化한 忿怒라도 中和할 수 있으면, 그것이나 바랄 일일 것이다. 저 '毒矢'는 '讖'의 형태라도 좋을 것이다.

이것이 적당한 자리인 듯하므로, 덧붙여둘 것이 있다면, 六祖를 이끌어간 것은 늘 '衝動'이었으며, 七祖를 변질 변모케 하는 것은, '椿事'인 듯하다는 것이다. 이 '椿事'는, 이 比丘의 '欲生', '欲望'과, 그것에 의해 자기를 어떤 대상화하기(펴 늘이기, '밖 깨닫기')라는 과정을 통해, 고압적으로 充電된 정신의, 어떤 일점에로의 집중 중에, 일순, 그 운동의 치차에 엇물림이 있게 되는 데에 끼어 있다. 되풀이 되풀이 밝혀지고 있지만, '스승을 못 뫼신, 不學의 求道者의 비극'은 이것이던 것이다. 시원찮은 정신은, 이 일점[椿事]에서 영겁을 못 벗어나 미로에 헤맬 것인데, 그럴 것이, 達磨 속에 '椿事'가 있는 것이 아닌데, 없는 그 '椿事' 가운데 떨어져 내린 '작은 정신들'이, 무슨 수로 자기의 발목을 뽑아 올리겠는가. 이럴 때 필요한 것은, 예를 들면, "佛이란 무엇이냐?" "서 근의 삼[麻]이다"라는 문답 속의, '佛'과 '삼' 사이에 있는 것 같은, '力動性'을 일깨

워내는 것뿐이다. 그 '力動性'을 일깨워낼 수 없는 사미에게는, '佛'과 '삼' 사이
에는, 椿事, 그리고 건널 수 없는 陷坑이 있을 뿐이다.

제2장 符命圖品

1   마치 가을날 나뭇잎이 하나씩 둘씩
        차례로 떨어져 나중에 나뭇가지가
        제 벗은 옷을 고스란히 흙 위로 내려다보듯, (단테, 최문순 譯,『神曲』에서)
아으, 밖에서 밖을 觀하는 자여, 단테임세, 道流가 만약, 무엇의 밖에서 안으로도
들고 싶어 하거든, 縱인 것을 橫으로 觀할지며, 橫을 縱으로 觀할지라. 그럴 때
만 사물은, 자기 쪽에서 슬며시, 옷고름을 풀어, (입었던 것을) 흘려 내리는 것
이거늘. 그리고도 道流가 만약, 그런 사물과 존재들의 뜨끈하고도 물컹한 가슴
안쪽의 것을 불러내어, 아랫녘 주막에라도 가고 싶거든, 아으 道流는, 소를 만
나거든 소에게, 바위를 만나거든 바위에게, 그렇지 소나무를 만나거든 소나무
에게, 절해보게, 무릎 꿇어 절해보게, 자꾸 절해보게, 그리고 나서, 자기가 무릎
꿇어 절했던 것을 우러러본다면, 그때 道流는, 소가, 바위가, 그렇지 소나무가,
'소'라는, '바위'라는, '소나무'라는, 그렇지 그 각개의 존재며 사물이라는, 그 假
飾들(複數)을 벗고, 그 本身(單數)을 보여줄 것이지. 절해보지 않고는 모르네,
모르지, 密宗的 우주는 알 수가 없네.
        '밖에서 밖을 觀하는' 까닭에, 단테임세, 道流네 神은, 그리고 우주도 포
함해야겠지만, '거룩'하여서, 닿을 수 없는 데 있고, 그리하여 神은 언제나 神이
며, 人間은, 그리고 다른 팔만 有情도 포함해야겠지만, 언제나 人間에 머물게
되어 있을세. 그럼에도, 그 간극을 메우기 위해서, 神이 人肉을 입어 내려와,
"나는 포도나무요 너희는 가지니 저가 내 안에, 내가 저 안에 있으면 이 사람은
과실을 많이 맺나니 나를 떠나서는 너희가 아무것도 할 수 없음이라. 사람이
내 안에 거하지 아니하면 가지처럼 밖에 버리어 말라지나니…… 너희가 내 말
이 너희 안에 거하면……"(「요한」, 15: 5~7)이라고, 肉聲을 다해 說한 法을 잊
을 일은 아님세. '포도나무'는, 그 가지를 '橫'的으로 뻗되, 그 둥치는 '縱'的으로
뻗었으니, 三世의 軸인 것, (그것이 '十字架'일 것, 특히 '生命의 十字架') ─저
렇게 說해진 法을 話頭로 삼아, 道流임세, 정진해보게람, 혼신을 바쳐 정진해
보게람, (이것이 '人神主義者의 宣言'일세만,) 할렐루야, '基督'은 그러면, 道
流 자신 말고, 다른 아무 누구도 아님을 깨닫게 될 것임세! 꼭히 '人身'을 입어

내려온 神이 '基督'인데, '基督'이 우주적 '聖三位'의 '一位'를 이뤄온 당자였느니, 할렐루야, 이 상태에만 이른다면, '人身'을 입은 모두가 '基督'임을 알게 될 것임세. 그리고 '聖三位'란, '一體'의 '三位'거늘, '三位一體'거늘!

2 '개구리'는, 人世의 修辭學 속으로, 폴짝 잘못 뛰어들었을 때, '물'과 '흙'이라는, 두 元素의 중간 되는데, 즉슨 '과도 상태'에 처해 있는 有情으로 이해되어졌었으니 말인데, 헤음, 觀雜體, 이런 개구리 고기 맛이 그러니, '물'인지 '불'인지 그 구별이 되잖아, 그 역 '과도 상태'에 머물러 있는, '물의 불', 또는 '불의 물'이라는 소주 맛과, 어찌 같지 않을 수 있다고 할 것이냐. '불을 배 속에 감춰 넣고 있던 의뭉한 뱀 문두룸'이, 바로 이 '소주' 말고 무엇이었겠느냐. 이 뱀에게 물려, 한번 혈관을 터뜨려본 일이 있는 자라면, 자꾸 더, 저것에게 목덜미를 물리고 싶어 한다니, 이 뱀이, 말하는 그 吸血鬼가 아니고, 또 무엇이겠느냐. 저승과 이승의 중간 되는데, 과도적 죽음, 또는 과도적 삶, 히히히, 吸血鬼, 의 몸을 도는 피는, 그러고 보니, '개구리'의 오줌 말고, 다른 것은 아니겠느니라.

3 중을 비방하려는 의도만 아니라면, 저런 표현은 꼭히 옳은 것은 아니라고 해야할 것이다. '味覺'이 운위되어졌으니 말이지만, 늙는 바위나 고목은, '맛을 생각지 않음으로' 하여, 解脫을 성취한 게 분명한가? '고자가 (장가를 들어서도, 결과는, 열매가 없을 것이지만,) 중이 되어서는 열매가 없다'는 말도 들어본 일이 없느냐. '苦行'이란, 궁극적으로는, '사람이라는 '짐승'의 '獸慾'을 극복하려는 노력이라고 하는 것이라면, 태어났을 때, 또는 어려서 개에게 끊겨, 아예 '獸慾(魔羅)의 덩이'가 去勢되어 있어, '고자'라고 이르는 이들이야말로, 중이 되기에는 그중 좋은 조건을 구비해 있는 자들이라고 해야 할 것이 아니냐? 헌데 어찌 된 일이냐? 물어보았세라, '先(後)天的 고자'와, '스스로 된 고자'는, 같은 종류의 고자인가, 아닌가? '중은, 감기 같은, 작은 앓음을 앓기로도, (그 아픔을 살피기에 의해서) 과거 오백 세 쌓인 惡業까지도 해소하는 자'라는, 말의 의미가 그러면, 천착되어져야 하잖겠느냐. '몸이야말로, 進化를 가능하게 하는 다만 하나의 조건'이라고 觀한 까닭은 나변에 있느냐? '가진 것이 없이 乞士라는 자들은 그러니, 出家함도 없다'라는, 헤헤, 농언 지껄이기이십겠습, 法을 누룩으로 하여 담은 보리술 같은 소리는, 바위나 고목에 대해서는 매우 적절하지만, 중에게 적용하려 하면, (허기야 아침에 빌었던 俗家 찌꺼기 음식 속에, 그 댁 안댁들의 눈 흘김이 너무 많이 담겼던 것이 이유나 되겠지만,) 參禪 중에 있다는 중이, 어째 그리도, 측간을 향한 걸음을 빠르게 하고 있는지, (글쎄 그것은, 먹어둔 '눈 흘김'이 삭지를 못해 그런 것이라닌간두루) 그것부터 알고 보아야 된다. 진정한 의미에 있어서의 '出家'가 이뤄지는 자리는, 削髮受戒가 행해

지는 자리이기보다도, 중도 獸肉을 구비해 있음으로 해서, 육신적 욕구에 아프게 당하게 되어 있는, 그 '欲望'에 굴레를 씌우려는, 피나는 노력이 행해지고 있는, 거기에 있을 것이다. '還俗'은 그렇다면, 이런 의미에서는, 그런 수업에 오른 중의, '欲望'에 항복하기, 그리하여 '肉身' 속에로 떨어져 내리기일 것이다. '肉身'이라는 宗教는, '변절, 개종'키가 어렵구나! ('肉身'이라는 宗教 얘기가 나왔으니 말이지만,) 이 '宗教의 教理'는, 다름 아닌 '偏食'이다. 그것이 畜生道의 達磨이다. 촛불중이, '性慾'과 '殺慾'으로 이해하는, 畜生道의 두 磁場은, 畜生들의 저 '偏食'에 의해 나뉜다. 다시 말하면, '먹이사슬'이라고 이르는 것은, 이 '偏食'으로 그 '사슬'을 이루고 있다는 얘기다. '肉身'이라는 宗教에 대해서, '偏食'은 苦行難行이다. 더 이상 사냥할 수가 없어, 굶주려 죽어가는 늙은 사자가, 만약에 草食을 하고서도 살 수 있다면, 저 무성한 풀 가운데 누워, 죽음이 빨리 오기를 기다리지 안 해도, (당분간은) 괜찮았을 것. 草食을 하는 노루는, 노루인 運命이, 그 자체가, 苦行이듯이, 사자는 사자인 것이 難行이구나, 그리고 사람도, 사람인 것이 苦生인 것! 것? 것.

4   '앎'은, '앓음'과 '알음'[知, 또는 覺] 의 複意體 단어로서, '옴'과도 유사한 音性을 갖는 것이 주목된다. 飜案, 또는 通譯을 한다면, '卵生이여, 앓[苦痛]을 지어다, 앓기를 통해, 알[知覺]을 지어다!'로 될 것이었다. '로카'(Loka, ske.)에 대해서는 '喝'! '탈라'(Tala, ske.)에 대해서는 '앏'! 그렇게 알('앓' '앎'[知] '알'[卵]) 들은 깨인[覺] 다. ('탈라'는, '로카'보다 '下界'에 속한다. 때로는 '地獄'이라고 부른다) 앏!

5   이것은 그저 조그만 하나의 例에 불과하지만, 動物의 生態나 습관 등을 관찰, 연구하는 많은 학자들이, 動物들이 갖는, 어떤 기능들의 초월성에 감탄 경도한 나머지, 人間만이, 그 천부적 기능을 잃어, 自然(에덴)으로부터 스스로를 제척했다고, 그리하여 人間은, 한 번 더, 저 '지혜의 열매'를 따 먹어야 된다고 이르는데, 그러면 그것은 '세상의 끝날'이 될 것이라고도 이른다. 이런 생각은, 오늘날 대두하게 된, '지구의 환경 문제'와 연결 지어져, '動物이 人間보다 우월하다'는 'animalitarianism'을 형성하기에까지 이른다. 그리고 그 哲學的 배경은, 老子에게서 얻으려는 경향이 있어 보인다. 필자는, 이에 대해서, '셋의 우주', 즉슨 '몸의 우주' '말씀의 우주', 그리고 '마음의 우주'를 상정하고, 禪尺을 도입한다. 라는 禪尺은 무엇인가 하면, '道通하기 전에는, 山은 山이고, 江도 江이다. 道通이 되어가려 할 때에는, 그러니 그 直前에는, 山도 山으로 보이지 않고, 江도 더 이상 江으로는 보이지 않는다. 그러다 道通을 하고 나면, 山은 다

시 山이며, 江도 다시 江이다'라는 것이다. 필자에게 이해되어지기에는, 오늘의 세계는, '몸의 우주'와 '말씀의 우주'의 중간 되는 데 어중간하게 걸쳐, 그 탓에 야기되는, 혼돈, 혼란, 와해를 겪고 있어 보인다. 까닭은, '말씀의 우주'를 이끌어왔던, 그 正義가, 歷史를 통해, 그 否定的 국면만을 확대해왔기 탓인데, 이런 의미에서도 人間은 허긴, 한 번 더, '지혜의 열매'를 따 먹어야 할 때에 온 것이다. 基督을 다시 만나야 될 때에 온 것이다. (부디, 앞서 밝힌 '禪尺'을 염두하고 읽기를 바라는 바이지만,) 얼마만큼이나 '몸의 우주'가 완벽한가와도 상관없이, 有情은 먼저 '重生'을 성취해야 하며, 그리고 '解脫'을 성취해야 하는 目的을 갖고, 프라브리티 속에 자기를 化現케 한 것이다. '自然'은, '몸의 우주'는, 찢겨져야 되는, '重生'을 위한 '胎褓'인 것이지, 그것이 도달해야 되는 목적지는 아니다. '거짓'[僞] 된 先知者들은 아니라도, 이 '새로운 先知者'들은, 人間이 찢고 태어나온, 그 '無明'을, 새로 덮어쓴, 그 誤謬를 범하고 있어 보인다. 그럼에도 이 誤謬는, '異端'이라거나, '邪道'라는 식으로, 규탄 매도할 수 있는 그런 것은 아닌데, '말씀의 우주' 쪽에서 보면 '誤謬'인 것이라도, '몸의 우주' 쪽에서 보면 그것은 '眞理'이기 때문이다. 문제는 헌데, 人間은, 프라브리티라는 험로에 올라, 더디되 부단한 '進化'를 성취하고 있음에도, '動物主義者'들은, 人間의 退進化論을 설파하고 있다는 그것이다. 그래서는, '잃어버린 獸性을 회복하기로서, 人間은 神이 된다'라는 투로, 잃어버린 神에의 향수를 되새긴다. 비록 말해, 그렇게 하기로써, 人間이 神이 된다 하더라도, 神이 되어서는, 헤헤, 그리곤 어쩌자는 것인가? 허, 허긴, 허, 風流의 魔衣를 입고, 올림포스 구경에라도 올라야겠는가? 거기서는, 좀체로 식지 않는 性交의 絶頂에 잠긴, 極美의 짐승들이, 交尾하기로 무량겁을 사는 곳, ―그러함에도, 이제는 트로이를 보아람, 그 한바탕의 泥田狗鬪的 肉交가 끝난 자리를 보아람, 神들은 그리고도, 영겁의 至福함 자체일 뿐인가? 프라브리티 우주를 내어다보아람, 그가 發音해낸 '비둘기'를, 그가 發音해낸 '솔개'가 꿰차, 그 살을 발겨 먹기 위해 털을 뜯어내고 있다. 神의 아랫배엔, 독사며, 전갈, 거머리며, 황충, 毒龍과 마귀들이, 그 창자를 터뜨릴 듯이 들끓고 있다. 그의 下半身은, 重力에 당해, 흙 속에 묻혀 있다. 神의 아래 몸은 地獄 자체로구나. 地獄을 창자로 하고 있는 자의 휴식은, 지복함은, 어디에 있는가? 그러던 어느 날, 神은 죽고 싶어 하기에 이른다. 地獄을 창자로 해 갖고 있는 한, 神도, 무량겁을 존재키 위해, 반드시 적합 조건을 구비하고 있는 것은 아닌 것이다. '神의 運命은 프라브리티'인데, 영겁의 '作爲'인데, 有情의 有情이기의 목적은, 그렇다면, '神'은 아니다. 神의 목적은 차라리 有情이며, 有情은, 有情이기에 의해서, '프라브리티'를 벗어나려는 목적을 갖고 있다. 神과 달리, 그래서 有情들은, 그것을 벗어나려는 방편으로써 '몸'을 입었다. 그렇다는즉, '몸'은 道具인 것이지, 예배의 대상인 것이 아니다.

6　'硫黃불의 날개를 가진 火鳥'는, 鍊金術 새[鳥] 겠구나. '硫黃'이야말로 그들께는, '金'의 꿈을 씨눈하고 있는 알[卵], 다시 말하면, '프리마 마테리아' 중의 하나던 것이 아니냐? '不死鳥'란 그러니, 다름 아닌, '硫黃불의 날개'를 가진, 鍊金術 새던 것이다. 金鳥, 또는 賢者의 돌.

7　本文에서는, 童話的이거나, 또는 鍊金術的 언어를 쓰고 있음에도, ('鍊金術的 언어를 쓰고 있다'는 말은, 머큐리液 속에 담겨진 '原初的 質料가, 그 原料性의 죽음을 당하기', 그렇게 하기로 하여, 다음 단계의 '아말감'에로의 轉身이 가능하게 된다는 그런 말인 것이다) 저것이, '물의 요가'(「제3장 觀性品」 주석 24에서도 조금 밝혔지만,)라고 일러지는 것을, 아는 이들은 알고 있을 것이다. 이 '물의 요가'에 의해, 요기가 불 속에 던져졌다 해도, 태워지지도 않는다고 하거니 와, (이것은 썩 재미있는 얘긴데,) 몸속에 무슨 異物이 있다고 할 때도 요기는, 이 요가에 의해 자기를 휑뎅그렁하게 펴 늘이고 있으면, 곁에 있는 자가, 그 異物을 드러내 주기로, 요기는, 말하자면 자기 해부 수술을 한다고 한다. 그렇다면, 腎臟에 앙금된 毒 씻기도, 어찌 이 요가에 의해 가능치 않을 것인가.

8　'프라나 마음'을 두고, 촛불중은, 그 한 머리는 '황소', 다른 머리는 '독사'로 되어 있는, 兩頭鳥(바룬다)를 연상하는데, 촛불중의 이 '兩頭鳥'는 '月曆'과 관계된 짐승이나 아닌가, 하는 의문을 갖게 한다. '여름'과 '겨울.' 촛불중은 (이상스럽게도, 혹은 당연하게도,) '季節' 複合症을 갖고 있어 보이는데, 어쩌면 그것이, 상상력의 원천이 되어 있는지도 모른다. 그것은 어쩌면 그가, 한 삶을, '두 바르도' 겪기, 또는 往來하기라고 이해하는 데 연유하고 있는지 모른다. 삶은, 어쨌든 '季節'이다. 歲月 위에서 季節은, 나타났다 스러지는, 한 토막씩의 짧은 꿈이다. 歲月이 꾸는, 슬프고도 짧은 꿈. '바룬다 새'가 비유로 들어졌으니 말이지만, 촛불중은 그럼에도, 저 '두 季節', 또는 '두 바르도'를, 兩立的, 二元的으로 이해하려 하고 있지는 않는데, 예 들어진 兩頭鳥의 창자는, 하나인 것을 상기해볼 필요가 있다. 입을 벙긋하려 하지도 말아야지, 벙긋하려 했다가는 누구라도, 禪的 모순당착이나, 그 無意味에 떨어지지 않는 한은, '二元論'에 떨어져 내리도록 되어 있는 것이, 修辭學이 지배하는 세계의, 아래쪽에 열려 있는, 회피할 수 없는 함정인데, 그러므로 촛불중은 그것(二元論)에 의존해, 修辭學的 우주 내에서의 삶을 유지해왔으나, 이제 추론해볼 수 있는 것은, 촛불중 투의 '二元論'의, 그러나 '뫼비우스의 고리' 다음은, '바룬다 새'의 모습을 띠어 있다

는 것이다. '말[言語]의 流沙坑'을 벗어나는, 정신적 力動力은, 禪的 말[言語]의 虐殺만으로 가능한 것만은 아니라는 것을, 그러면 알게도 된다. (그러고 보면, '말'[言語] 속에도, '죽고 싶음', 또는 '自己破壞의 欲望'이, '兩頭鳥'를 두고 말한다면, 그 '一頭'가 되어 있는 것을 알 만하게 된다)

9 '빈두'(Bindu, Skt.)는, '點', 또는 (탄트라 門에서는) '精蟲'으로서, 이것의 軌跡에서, 形相的 우주[曼茶羅]가 化現하는 것일 것이며, '비-자'(Bija, Skt.)는, '힘' '씨앗' '根力'이라고 번역될 것으로서, 이것이, '모든 物質的 化現의 저변에 있는 것'이라고 하거니와, 이것의 擴散은, 만트라[呪文]를 이룰 것이다. ('만트라의 씨앗'이 '비-자')

촛불중이 행한 '쾅!禪'은 그러니, 먼저 번갯불(만다라)을 보내고, 다음에 우렛소리(만트라)를 따르게 하는, '천둥'에 비유한다면 좋을 것이다.

10 촛불중의 이해에 좇으면, 아도니스가 이 宗敎('몸의 우주')를 설파한 자이지만, 그 否定的, 또는 응달쪽에는, '사탄'이 차지해 있어 보인다. 이 '사탄'은, '魔羅'가 '마음의 우주'의 庶子인 것처럼, '말씀의 우주'의 그것[庶子]인데, '魔羅'가 '마음의 우주'에 대해서처럼, '말씀의 우주'에 대해서, '不治의 病', '必殺毒'의 역할을 하는 자로서, '魔羅'가 '몸의 우주'에 가서, 자기를 그렇게 肉化, 또는 成肉身한 것처럼, 저것도 '性器'에 提携한다. 이때 그것의 이름은, '붉은 龍'으로 불리는데, '重生'을 성취하려는 자와, '輪廻'의 고리로부터 벗어나고 싶어하는 자들에 대해서, 저것들이야말로 障碍가 아닐 수 없을 것이다. 그럼에도 이 '障碍'를 도약대로 삼지 않고는, '彼岸'까지 닿을, 그리고도 그 너머에까지 닿게 할, 한 뜀(뜀뛰기)의 용수철의 힘을 얻을 자리는 없는 것이 분명하다. '二元論'은, 이렇게 극복되는 것이, 그중 바람직하다.

곁들여둘 것이 있다면, 매우 複合的으로 읽혀지는, '아도니스 神話'에 대한, 촛불중식의 이해는 어떤 것인가, 간략하게라도 그것을 밝혀두는 일일 것인데, 그래야만 어째서 촛불중이, '사탄'이 있음에도 (그는, '否定的 국면'을 담당한다고, 앞서 밝혔으니, 재론치 말기로 할 일이다. 희랍 神話를 통해 밝디밝은 쪽의, '몸의 우주'를 볼작시라, ―아름다움!) '아도니스'를 '몸의 우주'를 개벽한 자라고 이르는지, 그것이 명백해지기 때문이다.

전해오는 얘기(헤시오드, 오비디우스 등)에 좇으면, 아도니스는, 후레자식 중에서도 후레자식이다. 딸(스뮈르나)되는 것이, 자기 친아비(테이아스)되는 자에게 春情을 느껴, 어둠 속에서, 아비의 精水를 받아, 임신한 것이 저 자식인데, 이 일이 밝혀졌을 때, 아비의 진노에 접하자, 도망치던 중, 神들의 동정을 입어, 저 엔네는 '沒藥 나무'가 된다. 그러니 아도니스는, 이 沒藥 나무에 姙娠되어 있는 중인데, (물론 다른 說도 있지만, 얘기되어온 흐름을 좇아, 따르기로 하면,) 그 딸을 죽이려, 칼을 쥐고 쫓아오던 그 아비가, 그 칼로, 그 나무의 껍질을 치자, 아도니스가 태어나온다. (그리고 정작의 아도니스의 얘기는, 지금부터 시작되어지는 것이겠지만, 촛불중이 중시하는 것은, '딸―아비' 간의 근친상간, 그리고 '나무의 子宮에서 태어난, 사람의 자식'이라는 것이니, 얘기를 더 자아올릴 필요는 없을 것이다) 촛불중께는, 이것은 다름 아닌, '植物的 輪廻'의 神話化인 것인데, 아도니스의 탄생의 신화에는, 그 가장 중요한 매개자 역할을 해야 할 '어머니'가 제외되고, '딸'이 그 자리를 차지해 있다는 것이, 무엇보다도 의미심장하다 해야 할 것이다. 바로 여기에, 촛불중이 보는, '植物的 輪廻'의 관건이 있는 듯하다. 라는 것을 이해하기 위해서는, '토템俗'에의 이해가 따르거나, 전제되어져야 할 것인데, '토템俗'은, '근친상간에의 공포' 탓에 이뤄졌을 것이라는 주장이 있으며, 그래서 '같은 토템을 갖는 자들끼리는 결혼이 금지되어 있다'고 해설한다. 그런데, 누구나 다 아는 바와 마찬가지로, 植物界에나 畜生道에는, 말한 바와 같은 '토템俗'은, 아직 드러나 있지 않는데, 自然道를 내어다보면, 거기서는 '區域主義'가 매우 단단하게 지켜지고 있어, '他姓混血'이 차라리 敵視되어지고 있는 것이나 아닌가 하고, 여기게 된다. 이런 얘기인즉슨, 自然道에서는, 종족을 번식하기 위해서는, '近親相姦'이라는 수단에 의존한다는 것을 부인할 수가 없다는, 그런 얘긴 것이다. 반복되지만, '近親相姦'에 의해서, 自然道에서는, '肉身的 輪廻의 고리[環]'가 이어진다는 것이다. '아도니스 神話'에서 보면, 특히 '植物界의 輪廻의 軸(環)'은, '아버지+딸=자식'(이 '자식'의 촌수 헤아리기는 쉽지 않다)으로 이어지는 듯하다. (이러자니, 저절로 따라붙는 생각이 이것이지만,) 그러면, '畜生道의 輪廻의 軸(環)'은, '어머니(에피가스테, 또는 조카스타)+아들(오이디푸스)=여식(안티고네)'이라는 식으로, 상반된 軸(環)을 취하는 것이 옳다고 여기게 된다.

'植物的 輪廻'란, 植物들이 봄에 싹 틔우고, 꽃 피우며, 겨울이 오기 전에 열매 맺었다, 겨울에는 죽고, 그리고 봄에는 되살아나는, 그 循環을 이른 것인데, (이런 의미에선, '動物的 輪廻'란 '遺傳因子'를 傳授한다는 것 말고는, '輪廻'랄 것도 못 되기는 하다) 이때, 저 '輪廻의 軸(環)'에 보이는, 자기 남편의 딸이며, 자기 아들의 누이인 '女性'은, 자기 아들의 아버지며, 동시에, 자기의 아버지이기도 한 '男性'에 대해서는, '겨울'(죽음, 바르도)의 위치며, 자기의 아들이며, 동시에 자기 아버지의 아들(여기에, 저 前男性의 再生의 모습이 역연하다)인, '젊은 男性'에 대해서는 '子宮'(봄, 逆바르도)의 役割인 것이 분명하다. 그래서 '아도니스'가 '나무'에서 태어날 분명한 까닭이 보이며, 이 循環

에 '他人'이라는 不純物이 낄 자리가 없어 보인다. (神話에 의하면, 아도니스
의 죽음을 기념하고 영광을 입히기 위해, 아프로디테 女神이, 埋葬祭를 정했
는데, 아도니스를 추모하고 추종하는 이들에 의해 매해 봄에 거행된다고 한다.
[봄의 들에 씨 뿌리기가, 그런 埋葬祭가 아니겠는가] 그들은 '綠草'[이것은 나
중에, '양념' '香辛料' '芳香'에 쓰는 草本으로 알려진다] 를 재배했는데, 그것을
'아도니스의 정원'이라고 일렀다. 이 綠草들은, 비정상적일 만큼 빨리 자라고,
자란 만큼 빨리 죽었는데, '아도니스의 운명'을 상징함에 분명하다고 이른다.
아도니스는 글쎄, 그렇게 죽기로서, 영구히 젊어 再生한다. '輪廻'가, '몸의 우
주'에서는, 삶의 모든 희망이며, 福音이며, 恩寵임이여. '마음의 우주'의 '羯磨·
輪廻論'은, '마음'이 '몸'의 자리에 환치하기에 의해, '植物的 輪廻'라는 데서,
'物性'만 탈락시킨 뒤, 남는, 그 같은 '軸'[環]에서 이뤄진다는 것은, 그러면 자
명해질 터이다)

　　　이제는, '動物的 輪廻의 軸(環)'에 관해서도, 약간의 補註가 필요할 듯하
지만, 필자는, 아까부터, 눈썹 뿌리에 가려움을 느껴 오고 있는 중이다. '植物
的 輪廻의 軸(環)'에서 본다면 물론, '遺傳子의 傳授'란, '輪廻'라고도 이를 만
한 것은 못 될 것이라도, 그것만 분리해 본다면, 반드시 '輪廻'가 아닌 것은 아
니라는 얘기나 한마디 첨부해 뒀으면 싶고, 거기서는 그래서, '死亡의 골짜
기'에로 떨어져 내리는 것을 두려워하는 有情은, '거듭 낳기'[重生] 를 성취하
지 않으면, 안 된다는 것이 說法되어져 온다는 것이나 일깨워뒀으면 싶으다.

　　　그리고는, '輪廻'와는 별로 상관이 없는 문제를 하나 들췄으면 싶은데, 그
것이란즉슨, '畜生'에게, '어머니란 詛呪'가 아닌가, (글쎄, 오이디푸스를 볼지
어다, 조카스타를 볼지어다!) 하는 그것이다. 다행한 것은, 허긴 그것이 '畜生
道의 補償의 法則'이기도 하겠지만, '女性'이, (男性에게) 입힌 손상을 '女性'
이 補償하고 있다는 것이다. (男性에게 이해되는) '女性'의 하나는 그래서 '死
亡의 골짜기'며, '地獄'이며, (단테나, 괴테 등의 詩魂에 붙은 젖퉁이를 물린)
'女性'의 하나는, '구원'이며, '天國'인 듯하다.

11　이 童話에도, '오이디푸스' 神話에 보이는, '女性이 훼방하고 손상한 것은, 나
중에 女性에 의해 補償된다'는, 그 '補償의 法則'이 극명하게 說破되어 있다.
이래서 보면, (아도니스 神話에 나타나는 '두 男性'[아비—아들] 이 '하나'이듯
이,) 이 '두 女性'도 종내는 '하나'가 아닌가 여겨진다.

12　궁극적으로는, '善'도 '惡'도 있는 것이 아니어서, 우주적 言語로는 '白'이라거
나 '黑'(또는 赤) 같은 색깔의 이름으로써, 그 구별을 한다고 하는데, 쌔, 그렇
다 해도, 本文에 예 들어진 바와 같은 '밥과 차'모양, 대립적이지가 않다면 모

르되, 대립적이라면, 결국은 본디 자리에로 되돌아오는 것이 아니겠느냐, 라는 그 소리가 저 소리다.

13 이하의 '3, 4, 5章' 참조.

14 本文에서 말하는 이 '險口'는, 그 가슴에, 有情에 대한 애정이나 슬픔을 품지 않고 행해지는, 그 구 할 구 부가 否定的 효과만을 불러내는, 그것에 한정해 말하고 있다는 것을 밝혀두자. 왜냐하면, 宗敎的 險口랄, 그런 '聖스런 險口'라는 것도 있다는 것을, 필자는 알고 있기 때문이다. (어떤 종류의 經典이든, 세심한 주의를 기울여 읽어본 자라면, 누구든, 이것은 쉽게 수긍할 수 있을 것이다) 가슴에, 사랑을, 슬픔을, 안타까움을 품었기에, 바로 그것이 까닭이 되어 놀려지는 '險口'는, 그것 자체가, 그 險口의 대상이 된 의, '無明'이나, '障碍', 또는 한계를 모르는 '欲望' 따위를 깨뜨리기 위한 法杖 휘두르기여서, 이런 경우는 그렇다면, '險口'가, '法輪 굴리기'랄 것이다. 이런 '險口'야말로, 물론 그럴 만한 충분한 까닭이 있음으로 하는 '稱讚'과 마찬가지로, 또는 훨씬 더 큰 怪力을 갖고, 그 대상이 되어 있는 '禪卵'의 껍질을 탁 쪼개는 法杖이지만, 副作用도 큰 것은 부인하지 못할 것이다. 아무도, 다른 이가, 자기를 두고 하는, (직접적이거나 간접적인) 險談을 좋아하지 않기 때문인데, 그런 까닭으로, 그렇게 해서 깨진[孵化] 禪병아리들은, 後遺毒에 당하게 되는 것도 분명하다. (이런 後遺毒은 그럼에도, 時間이 中和 解消해줄 것인 것) 그래서 이런 '以毒攻毒'法은, 蓮모양, 아무리 바람이 불어 흙탕을 일궈 끼얹어도, 흙탕에 묻지 않을 만한 정신을 갖는 자가, 情이나, 슬픔이나, 안타까움을 함께하고서, 그럴 써도, 그 毒을 이겨낼 만한, 큰 器局에게만 써먹을 것이지, 그 藥效(毒效)가 매우 속하다 해도, 아무렇게나 써먹을 것은 못 된다. 그렇잖으면, 저 毒口를 잘못 놀렸던 자는, 그 毒口가, 워리─워리─ 불러 모은 毒狗 떼 속에 외롭게 던져졌다가, 처참하게 사지 오체를 찢김당하기가 쉬우며, 그뿐만 아니라, 그 대상이 되어 있는 쪽은 그쪽대로, 젖을 보채는 갓난쟁이에게, 蘇摩를 마시게 하고, 마늘을 먹이기 같아, 애를 죽이게 되는 결과를 초래하게 될 것이다. 어쨌든, 저 '法杖'을, (헤헤, 또는 '毒口'를) 어떻게 내두르는 것이, 가장 효과적일지를 아는 자는, 通達했기뿐만 아니라, 스승으로서도 뛰어나다고 해얄 것이니, 어떤 道流에게 法恩이 있어, 그런 스승을 만나는 인연이 있게 되거든, 소주도 사 먹이기뿐만 아니라, 後門도 맡겨도 좋을 일이다. (예로부터 스승과, 제자의 後門은, 같이 가는 품목이던 것)

15 '한 손뼉 치는 소리'의 확산. 한번 두들겨진 북의, 소리의 振動의, 鼓皮의 안쪽으로 羅卜하기는, 저런 모양을 띨 것이다. 無音 속으로, 그 非化現의 문빗장을

열어, 퍼져 들어, 나가는, 소리, 소리 아닌 소리
　　黙

제4장 識品

1　이 章으로부터 시작해, 촛불중이 행하는 '자기 몸 벗어나기' 禪은, 티베트 禪師
들이, "pho-wa", 그리고 "Throng-jug"이라고 이르는 그 禪法을 기초로 하고 있
지만, 같은 한 대상, 이를테면, 타는 한 촛불을 두고 말한대도, 한 방 안에 열 사
람이 있어, 열 사람이 본다면, '열 개로 다른 촛불들'을 보게 되는 것이나, (이때
그러면, 보이지 않는 추상적 대상, 다시 말하면 '神'과 같은 존재에 대해서는,
백 명의 신도가 있으면, '백의 神'이 있게 되는 것이 아니겠냐는 의문이 일어나
는 것은 당연하고, 이런 의견은 일견, 唯一神을 신앙하는 宗敎內의 多神性을
들춰내는 듯도 싶지만, 그 대답은, 필자의 한 졸작 『열명길』 속에서 되어져 있
다고 믿어, 이 자리에서는 되풀이는 회피하려 한다) 또는, '보기' ('보기'는, 대
상과 認識의 관계이지만, 이 점에 있어서는, '듣기'와 '접촉'하기, '맛보기'도 같
은 범주에 속한다 할 수 있을 것이다) 대신에, '소리내기'(이것은, 투박하게 말
하면, '受容'의 반대편에 선다고 보면 옳을 것이다), 예를 '아—'라고 듣고, 그
소리내기를 두고 말한대도, 열 개의 聲帶를 거치면, 하나도 같지 않은, '열 개
의 아—' 소리가 있는 것과 같이, 같은 한 禪法(요가)이라도 행하는 禪꾼에 의
해, 하나 같지는 않을 것이라는 것을 짐작하기는 어렵지 않을 것이다. 게다가
촛불중은, 어떤 스승 밑에서 엄한 훈련과 함께, 정규적이랄 교육이란 받은 바
가 없어 스스로도 '돌중'이라고 이르는 데다, 노상 '위험스러운 事故'를 치르고
는, 그 危地에서 어떻게든 도망치려는 몸부림을 통해, 그곳을 어떻게든 간신
히 벗어나기를 통해, 스스로 익힌[獨學] 禪이 되어, 일러 '正統禪'이랄 것으로
부터는, 얼마나 멀리에 떨어져 나가 있는지도 모르게 될 것이다. 마는, 그 禪을
행하는 자의, 그 心度의 깊이나, 높이가, 어떤 한도를 넘고 있다고 하면, (이
것이 『열명길』에서 논의된 그 福音[그렇다, 그것은 福音이다] 이던 것이다) 그
'닿는 점'은, 어느 것이나를 막론하고, 같아져, 하나에로 통한다는 것, 그것을
염두해 두면, 法恩이 크다 할 것이다. 흐흐흐, 崔道士(水雲)가 獅子吼하눘다,
"[……] 君無傳位之君이언마는 而法網을 何受며 師無受訓之師언마는 而禮
儀를 安效요, 不知也 不知也커라"(『東學經典解義』, 韓國思想研究會). 물론
늘 그러는 것은 아니지만, 헌데, (어떤 부분의 '라마이즘'을 필두로 해서, 모든

宗教의 土着化에 따르는 副作用 따위를 고려해볼 일이지만,) 어떤 경우에, 어떤 原典의 訛傳, 曲解, 脫落이라는, 그중 바람직하지 않은 風化를 겪은 것이, 무엇보다도 바람직한, 그중 훌륭한 것이 되어 나타나 있음을 보게도 된다는 것도, 염두해 두면, 法恩이 있다 할 것이다. '變節과 改宗'의 美學이 說해지는 자리도, 이런 데 어디일 것이다.

2 근래, 어떤 記者가, 연속 殺人狂으로, 일세를 공포로 떨게 한 자를 (감옥에로 찾아가) 면담하고, 그 내용을 발표한 일이 있었는데, 누구나를 경악하게 하고, 고개를 갸웃거리게 한 사실은, 이 '무시무시한 殺人狂'이, '죄진 자라도, 회개하기만 하면 구원된다'라는, (바로 이런 敎義가, 그 宗敎의 장점이 아니던가!) 그 한 신념에 의해, 독실한 기독교인이 되어, 천국의 꿈을 갖고, 자기 죽음의 날을 기다리고 있다는 그 점이었다. (佛敎와 달리, 이 '구원'은, '被動態'를 취해 있다는 것을 염두해야 한다. 그러니까, '자기가 자기를 구원하는 것'이 아니라, '神에 의해서 구원되어진다'는 것이다) 이것은 그럼에도, '神'과 그 '영혼' 간의 문제여서, 그 외의 사람들로서는, 竊視라도 해볼 아무 구멍이나 틈도 얻을 수가 없어, 저들 간에서 무슨 일이 일어나는지 알 수가 없을 뿐인데, 이 유감은, 한 삶이나, 한 우주가 끝날 때까지도 씻겨지지는 않을 것이다. 그런 대신 떠오르는 의문은 한두 가지가 아니다. 그래서 만약에, 저 福音에는, 일점일획도 고칠 것이 없다면, 저 殺人狂에 의해서 '회개'할 기회를 박탈당하고 살해된 자들의 영혼은 그러면, 어떻게 되는 것인가? 분명한 것은, 이런 죽음을 일러 '개죽음'이라는 것이며, 결코 '殉敎'가 못 된다는 점이다. 저들을 살해한 그 붉은 손을 가졌던 자는 천국에 있으며, 그 붉은 손에 닿아, 귀중한 생명이 헛되이, 가라지 죽정이가 되어진, '비교적 선했던' 자들의 것은, 모닥불에 던져 넣어져도 괜찮은가? 왜냐하면, 영혼 하나는, '회개하기'를 통해 흰 비둘기 같은 데 비해, 다른 영혼들은, 아직 그럴 기회를 갖지 못해, 희어지지 못했으니, 그랬으니 말이지? 이건 큰일이다, 한 우주가 이래갖고는, 좌초하고, 끝장나고 말겠다. 그런고로 그래서는, 이 의문의 방향을, 바로 저 宗敎의 敎義 편에 돌려, 그런즉슨, 그것의 뿌리나 벼슬이 되어온 것을, ("회개하라, 그러면 天國이 저희 것이니라!") 뽑아내 버리는 것이 옳지 않는가, 묻고, 요구해도 되겠는가?

　　그러나저러나, '사람'은, '神놀이'를 하게 되어 있지는 않다. '말씀의 우주'에서는, '神은 영구히 神으로서 거룩하며, 사람은 영구히 사람일 뿐'이므로 그 앞에 겸비해야 하기 때문이다. 아으 그런즉슨, 이에서 더 線을 넘으려 하지 마라.

3 '더운 피를 넘치게 담은 人頭骨', 그리고 그것 마시기는, 한 중의 '俗世 여의기',

즉슨 '出家'의 象徵으로 치는 祭祀인데, 이로 본다면, 촛불중의 求道가 현재, 꼭히, 陰極으로만 빗나가 있다고 지적할 수 있는 것도 아닌 듯하다.

4 얘기가 진행되어지기에 좇아, 이것이 무슨 얘기인지가 밝혀질 것이지만, 그 '祭床'은, 이미 涅槃해버린 중[六祖]을 위해 차려진 것이어서, '고기'가 놓여져 있을 까닭이 없음에도, 촛불중이 '고기'를 말하고 있음은, 필시 다른 내용을 담고 있음일레라. 本文에서 방금 전에, '香煙—코—가야금 소리—귀'를 말하고 있었는데, 그래서 미뤄본다면, 이 '여우'가 된 자는, '가야금'으로 하여금, 자기의 울음을 대신 울게 하고 있는 자를, 즉슨 '장로의 손녀'로 알려진 엔네를, 무자비하게 파먹고 있는 것이나 아닌가, 한다. '六祖'에 대해서는, 그 '엔네' 자체가 '祭祀'며, '祭物'이던 것이 아니냐! 涅槃을 姙娠한 子宮, 은 骸骨. 그 '祭床에 놓인 祭物을 파먹는 자'[七祖]도 그러면, 저 '祭祀'를 받는 자이다, 그렇잖은가? 이 한 祭祀도, '아도니스'네 가정사만큼이나 複合的이구나. 羑里 쪽의 '마음의 우주'에서도, '몸의 우주'의 '아도니스의 탄생'의 전설이 되풀이되어져 있다는 것은, 경이다. 비유로 말한다면, 저 '祭祀'는 '沒藥樹'이다, '딸'이 '親父'의 정수를 받아, 애를 배고, 아비의 진노 탓에 草木탈라(界)에로까지 轉落한다. '나무'가 된 채로도 저 '딸'은, 아들(아도니스)을 分娩한다. 이 '아들'은, 저 '아비' 쪽에서 보면, '아들'이며, '손자'이고, 이런 자식을 낳은 그 '에미'는, '딸'이며 동시에 '아내'인데, 저 자식 쪽에서 보면, 자기의 '아버지'인 자는 동시에 '할아버지'며, '어머니'인 자는 동시에 '누님'인바, 이런 어지러운 촌수 관계를 부득불 밝히려는 소이는, '말씀의 우주'의 '우주적 出産'과 관계된, '작은 子宮에 外接한 큰 子宮, 또는, 큰 子宮에 內接한 작은 子宮'이라는 '複合子宮'論에 이어, '몸의 우주'와 '마음의 우주'에도, 그런 '複合子宮'이 있어, 그것을 통과할 때라야만, 새로운 '出産'은 가능하다는 것을, 밝혔으면 싶어 그런 것이다. ('말씀의 우주'의 그것은 그런데, '複數子宮'이라는 이름을, 하나 더 가질 수 있다는 것도 덧붙여 밝혀두자) 말한 바의 저 두 종류(몸/마음)의 '複合子宮', 즉슨, '몸의 우주'에서는, 한 循環의 삶[輪廻]이 '沒藥樹'로 象徵되고, '마음의 우주'에서는 상사라가 '骸骨'로 나타나는, 그것을 잘 살피지 못하면, '몸의 우주'의 '植物的 輪廻'를 잘 이해하지 못하게 되며, '마음의 우주'의 '解脫'을 잘 이해하지 못하게 된다. '마음의 우주'에로 탐험에 오른 *일곱 왕자들의 얘기가 이것인고로, 이쪽 얘기만 하자면, 道流들은 장차, 일곱째 왕자가 개벽해 보이는, '마음의 우주' 속에서, 뚜껑이 열린 '棺槨' 속, 한가운데에 덩그맣게 놓인, '苦' 字 신발, 타다 만 것 한 짝밖에 더 볼 것이 없게 될 것인데, 그때 되돌아서려 (하기의 비극!) 하지 않으려면, 이 자리에서, 이 '複合子宮'에 대해, 충분한 이해를 갖도록 노력해두

는 것이 좋을 것이다.

(* '일곱', 또는 '7'이라는 숫자는, [피타고라스 學派의 理論을 근간으로 하여, 유태교의 密敎[카발라]派 중들이 계발한 理論에 좇으면] '가장 신비적이며, 불가사의한 숫자'라고 이르며, ['5'가 '小宇宙로서의 人間의 숫자'이며, '6'이 '大宇宙로서의 人間의 숫자'인 것처럼] 그것은 그래서 '神의 숫자'라거나, '完成의 숫자'라는 투로 해석하는 것에 접하게 된다. 이런 까닭에, 該博한 讀者들 가운데서는, '羨里'라는 '萬神殿'記는, '제 여섯 번째 神殿지기'['6'은 게다가, '大宇宙로서의 人間의 숫자'가 아니던가!]의 얘기까지만 씌어지고, 그 이후의 '神殿지기'에 관한 얘기는 씌어지지 않게 될 것이라는 것을 점쳐 내기도 함에 분명하다. 사실, 그런 讀者는 틀리지 않았다. 틀리기는커녕, 그런 讀者는 慧眼을 갖고 있다고 해얄 것이다. 色界[프라브리티 宇宙]는, 그것대로의 法則이 있는데, 그 法則을 좇는다면, 그렇게 되는 것이 옳기 때문이다. 그래서 사실로, '羨里의 여섯 번째 神殿지기[六祖]' 얘기까지로 '色界'의 얘기는 끝난 것이다. 그리고도, 그런 뒤에 씌어져 온 '일곱 번째 神殿지기[七祖]'의 얘기는, 이제는 '色界'의 얘기가 아니다, 아니고, 이제부터는 '空界'[니브리티 宇宙]의 얘긴 것이다. 그러니까 『六祖傳』까지로, 필자의 '色界硏究'가 마무리 지어진 것이었으며, '七祖記'로부터 '空界硏究'가 시작된 것인데, '뚜껑이 열린, 棺槨 속에 담긴, 해진 신발 한 짝' 들여다보기—. [이것은 누구에게나 당연하게 짐작되어질 것이겠지만, 空界란 한번 들여다보기가 닫히기어서, 開闢 자체가 末世여서, 그리고 '말의 우주'를 넘어선 곳에서도 더 넘어서 있어, 얘기가 짧아질 수밖에 없던 것이다. 『逆進化論』이 그것이다] 이것은 그러니까, '棺槨'으로 둔갑한, '骸骨'의 '바깥'쪽[이승] 얘기도, 그 '棺槨'에 담겼던 어떤 것이, 파고 내려가잖으면 안 되는 '안'쪽[저승] 얘기도 아니다. [바로 이 '이승/저승' '逆바르도/바르도'가, 필자가 이해하는, 三世六道, 色界의 全域인 것] 이것과는 별로 상관은 없으되, 이것이 그런 얘기를 덧붙여두기에 좋은 자리 같으므로, 덧붙여둘 얘기가 있다면, 그리고도 필자가, 그럴 필요나 까닭이 있어, 앞으로도 무슨 '얘기'를 꺼내게 된다면, 그것은, 후후, '벙어리 뱀 문두룸'의 아가리를 열고, 딴으로는 익은 것으로만 골라, 불알[火卵] 꺼내 먹기 같은 것일 것이다. 잘은 모르지만, 어쩌면 그 卵殼 속에 '文學'의 三世六道가, 그곳 날으는 새가, 잠들어 있는 듯하다. 모르지……)

5 앞서(本章 주석 1), 그 이름만 밝혀져 있는, '*포와', 그리고 '*ㅌㅎ롱—죽' 요가의 初禪은 대개 저러한 듯하다.

'포와' 요가는, 촛불중이 귀동냥했던 바에 좇으면, 自然的 죽음의 과정

('날것―썩기'가 '自然의 軸'이라거늘, 심한 'oxymoron'은, '文明, 文化'했다는, '사람' 그 자신은, '自然의 軸'에서 벗어나지를 못했다는 것이다. 뉘 알랴, 火葬俗은 그래서, 그 '自然의 軸', 또는 畜生道로부터의 解脫을 성취하기 위해 일어난 것이었는지, 뉘 알랴. 분명한 것 한 가지는, '火葬俗'은, 사람이 '불'을 길들이기[文化!] 시작한 뒤, 그러니 최근에 시작되었다는 것인데, 이것을 갖다가시나, '낮에는 멧돼지가 되었다가, 어두워 들면 들에서 돌아와 겉옷을 벗는데, 보면 준수한 왕자'라는 童話 속의, 그 '공주가 밤중에 깨어, 저 왕자의 겉옷, 다시 말하면, 돼지 껍질을 벽난로 속에 던져 넣어 태웠다'는, 그 童話에 비교해도 괜찮을랑가! 저 '멧돼지'는 물론, 조랑조랑 얘기하고 있는 '혀'에 좇아, '큰 구렁이'로도 둔갑되어지기도 하며, 어떤 경우 심한 脫落을 겪으면, '암곰'으로도 轉身하기도 하되, 고수되어지는 童話的 한 法則은, 저 有情은, 魔女의 주술에 덮어씌워지기로써, 언제든 人世의 아래쪽 되는 데로 전락해 있다는 그것이다. 이 점에 있어, 童話的 想像力과, 佛敎的 衆生의 이해가, 같은 母胎라는 것을 알게 된다. 촛불중이, 그쪽의 다른 별것도 말고, 하필 湖西 지방의 童話를 예찬하는 까닭은 여기에 있는데, 童話的으로는 그쪽에서도, '몸의 우주'를 파고 '내려가기'로, 그 우주에 구멍을 뻥 뚫어, 中國에로 '올라와' 버린 것이다. [이 '中國'은, 히히, 笑話的 想像力과 제휴하면, 그 特有性을 잃게 된다는 것은 당연할 것이다])을 본떠, 그러니 假死 상태를 꾸며 하는, 遁甲術 요가라고 이르는데, (道家에서는, 거기로 道兒가 태어난다고 이르는) 頭上의 숨구멍(Brahmananda, Skt.)으로 알려진 데를 통해, 넋이 나가, (그러니 몸은, 假死 상태에 머물러 있음에 분명하다) 바깥 주류를 하는 것을 이른다.

'뜨롱―죽' 요가는, '포와'와 같은 과정에 좇아, 주류에 나선 넋이, 다른 有情의 몸속, 그러니 방금 전에 죽은 송장이라거나, 깊이 잠든 몸, 또는 깨어 있어도, 정신이 나간 자 속에 쳐들기의 요가라고 일러진다.

말한 바의 이 두 禪法에 따를 수 있는, 매우 큰 위험은, 첫째는, 禪꾼의 몸 비우기가 잦기에 따라, '몸'과 '마음' 사이의 接着力이 약해진다는 것, 둘째는, 비워진 몸이 (食物의 결핍이나, 病 따위의 이유) 죽게 된 경우, '마음'은 '몸'을 잃게 된다는 것, 셋째는, 그 '비워진 몸'속으로, 處容歌에 보이는 바와 같이, 客鬼가 쳐들어 지키고 앉아, 자리를 내어주지 않으려 하기, 같은 것들을 들 수 있다고 한다.

(* 이왕에, 'ㅍㆆ' 'ㅌㆆ' 같은, 中年에 脫落되어진 글자들을 썼으니, 필자의 소견을 밝혀두기로 하자면, 오늘날처럼 여러 다른 '혀'들이 뒤감기고, 거품을 일궈낸 시절도 없는 데다, [이것은 '바벨탑 쌓기'와는 판연히 다르거니] 또

한 '言語의 移民, 定着, 土着化'로 미증유의 현상이니, 필요하기만 하다면, 옛날에는 있었으나, 中年에 脫落해버린 것들이라도, 새로 들춰내어, '먼지 털고, 끈 달아' 쓰는 것에, 무슨 害가 있는가, 하는 것이다. 현재 씌어지고 있는 發音記號만으로 반드시 충분치가 않다면, 더 계발해내기도 하려 해야겠거니와, 이왕에 있는 것을 쓰지 말아야 할 이유는 나변에 있는가. 이것은 덧붙이는 얘기지만 그리고, 言語도, 宗敎와 마찬가지로, 여러 가지 것들이 섞여, 하나 속에 溶解될 때, [한 宗敎나, 言語가, 그만큼의 溶解力도 없다면, 그것은 반드시 월등한 것들이랄 수는 없을 것이다] 그 言語를 쓰는 정신을, 그 言語가 고양시키고, 확장하게 한다. 그만쯤은 돼야, 한 우주를 앞장서 운영한다고 나설 수 있게 된다)

6 '詩的 想像力'과, '童話的 想像力'의 바룬다 鳥性은, 어쩌면 이런 데 어디에 있다. 童話 쪽에서만, 한 夢想을 달려보기로 한대도, 이 한 새[鳥]의 兩頭의 갈림길 목이 어디서인지 자명해질 것이다. "그렇잖아도, 魔女의 呪眼이 내쏜 煞에 쐬어, 날개를 못 쓰게 된 駝鳥가, 쫓기고 쫓기다, 더 도망칠 수 없게 되었을 때, 따[地]님께 보호처를 구하여, 그네의 품에 머리를 묻기에 이르렀다. 그러고 조금 있자, 부터, 그 새의 전신에 石化 현상이 일어나고 있었다. 그것이 따님의 자비심의 결과인지, 魔女의 呪術 탓인지, 그것은 분명치 않았으되, 거기 山이 드러났다. —그렇다, 그것이 山의 기원인데, 그런 후 허기야, 山들은 얼마나 날기도, 달리기도 하고 싶겠느냐. 그런, 비상, 또는 상승에의 그리움으로부터, 나무들이 자라올랐다." —이래서 보면, 이것은 어느 점에서는 詩學的인데도, 그 '想'의 '相'에로의 轉身轉移, 다시 말하면, '提携하기'라는 점에 있어, 詩學을 벗어나는 듯해 보인다. 그러니까, 童話的 想像力은, 그것에 머물지 않고, 客觀體에로 轉移해버린다는 것을 관찰할 수 있게 된다. 이것은, '마음을 넓힌 자의 마음의 풍경'과도 매우 흡사한 것이어서, 宗敎的이기까지 한데, 童話는 그럼에도, 이거 눈썹이나 축낼 얘기지만, 宗敎的 目的을 갖고 있는 것이 아닌 것. 美里의 七祖의 해석을 좇는다면, 그것은 '言語의 輪廻'譚이다. 어떤 한 '語彙'가, 發音을 입기까지의 과정, 그리고 發音을 입은 것이, 沈默 속에 가라앉기까지의 과정, —바르도→逆바르도→바르도……譚.

7 중의 이런 '還俗'은, 한 求道者에 대해서는, 뭣보다도 위험한데, 이것은 왜냐하면, 美里派의 '變節·改宗'主義를 좇다 보면, 美里派 중들이 저절로 거기에 닿게 되는, 그 '還俗'과는 같지가 않기 때문이다. 그 구별을 하기로 하자면, '變節·改宗'을 觸媒로 하여 드러난 還俗은 그러니까, '禪'의 '順調轉移'에서 나타난, 바람직한 '아말감' 같은 것으로서, (美里派 중들에 대해서는) '能動的 還俗'이

라고 이를 수 있다면, 이번 촛불중이 겪게 된 것 같은 저런 還俗은, '逆(退)調轉移'에서 나타난, 바람직하잖은 똥 같은 것으로서, '受動態 還俗'이라고나 이를 수 있는 것인데, 그렇게 다르다. (촛불중께는, 한 '禪尺'처럼도 되어 있는,) '探險 떠난 세 왕자'와 관계된 童話的 想像力 속에서는, 이 '受動態 還俗'은, 두 가지 형태를 띠어 나타나는바, 主人公이, (童話的) 運行 속에서 솔아, '바위 되기'가 그 하나며, 다른 하나는, 畜生道에로의 急墜落, 즉슨 '돼지'(짐승) 되기이다. 이와 달리, '能動態 還俗'은, 늘 한 모습을 드러내는데, '毒龍을 퇴치한 왕자가, 그 毒龍께 납치되었던 공주를 구출해, 손을 잡아 돌아오기'이다. 헌데, 이런 童話가 회자하고 있는 인근 고장들에서는, 賢者들에 의해, 저것이 '몸'과 '魂'의 結合으로서, '거듭[重] 태어나기[生] —'잘 살았더래'—'로 해석되어졌더라고 했으니, 저런 童話는 그러니까, '畜生道'와 '말씀의 우주' 사이, 그런 어디 中間村(바르도)에서 이뤄진 것을 짐작해내겠는 것이다. 거기서는, (무엇이 무엇을) 想念하기가, (무엇에) 提携하기이다. 헌데 저 같은 童話가, 어떤 경로에 의해서든, '마음의 우주'에로 소개되어져, 회자했을 때, 그곳의 뜻있는 이들이, "모든 經典이 만약, 이렇게만 쓰여진다면, 하룻저녁에도, 무수한 禪卵이 깨어, 삐약 飛躍거리겠구나. 흐음, 좋고 좋도다!"라며, 무릎들을 쳐댔더라 하는데, 이, 이런 것도 허기는, 原典으로부터 '脫落' 현상이 일어났다고 해얄랑가 어쩔랑가는 몰라도, 이들은 저 原典을 자기들대로 飜案해버린 것이고, 그리고는 "상사라가 니르바나이며, 니르바나가 상사라이다", 또는 "色不異空, 空卽是色"이라고 이해해버린 것이다. 그러나, '몸과 魂의 結合'과, "空不異色 色卽是空" 간의 간격은, 뭐라고 말할 수 있는 것이 못 되는 것이 문제다.

8   「無門關」 '百丈의 野狐' 참조.
"大修行底人, 還落因果也無?"
"不落因果!"
"大修行底人, 還落因果也無?"
"不昧因果!"

　　촛불중께 이해되기에는 헌데, 저 兩者 공히, 野狐들 말고, 다른 것들이 아니었다. 前者는, 音聲學(phonetics)에 치중하여, ('還落因果'의 '落'에 유의할 일일눗다) 音聲學的으로는 오류를 범하지 안 했으나, 意味論(semantics)的으로는 오류를 회피할 수가 없었으며, 後者는, 意味論的으로는 오류를 범하지 안 했으나, 音聲學的으로는 오류를 회피할 수가 없었던 까닭이다. '아'와 '어'의 다름을 두고, 이렇게나 까다로워야 되는 까닭은, 禪料란 다름이 아니라, '言語'이기 때문이다. 野狐皮에 씌워지지 않으려면, 입을 없애는 수뿐이겠다. 老

婆 놈들!(oxymoron!)

9 이 '揷語' 몇 구절들은, 이미 되풀어온 얘기들의 더 되풀이로 읽혀지는 것은 당연할 것이라도, 촛불중은 이 자리를 빌어서 다시, "有情의 無意識은, 그 몸을 포함한 '밖'이다"라는, 자기의 주장을 피력하고 있는 것이다. 그것을 위해서라면, 촛불중은, 자기 此生의 '눈썹'뿐만 아니라, 필요하다면, '눈썹'을 장리 내기 위하여, 還生하려는 각오까지 하고 있다. 요컨대, '(우리의) 無意識'이 '안'쪽의 어디에 있다고 관찰되어지는 것은, 揷腰語的 宇宙, 그러니까 '몸'과 '마음' 사이의 '말씀의 우주'에 처한 有情(앞서 괄호 속에 밝힌, '우리'라는 人間)에만 한정되며, '아래'로나, '위'에로나, 이 우주를 벗어나면, '깨우쳐야 할 것'은 '밖'이라는 것이 촛불중의 의견이다. 그 例로 그는, 本文의 앞 章 어디에서, ⁽ᵍ⁾'질그릇과, 그것에 담겨진 空'에 관해 말하고 있는데, 물론 이 '空을 담은 질그릇 얘기'는, 그도 빌려서 쓰고 있기는 하다. 그럼에도 촛불중은, 六祖모양, 저 '질그릇'을 한 죽장질하기로, 탁 깨내 버리려 하고 있지는 않다. 그럴 수 있는 '질그릇'과, 반대로는 '헌 독 깨고, 새 독 물어줘야 되는 (還生! 고통스러운 還生!)' '질그릇'이 또 있다. 天路歷程에 있어, 有情들께 그중 극난한 한고비는, '말씀의 우주'가 場 선 곳이다. 거기쯤에 이르면, '모험에 오른 왕자'들이, 더 이상 헤쳐 나아가고 싶지가 않게 되는데, 이제껏 '몸의 우주'를 고단하게 헤쳐나온 저들께 보이는, 이 '말씀의 우주'의 휘황함과, 아름다움! (이런 휘황찬란함은, 필자로 하여금, 짧은 세 치 혀를 놀리게 할 것 없이, 둘러볼 일이다, 누구든, 자기 현재 서 있는 자리에서 둘러볼 일이다, 세계를 둘러볼 일이다) 이 우주에서 그리하여, 어떤 왕자는 ⁽ᴸ⁾'바위'나 '소금 기둥'이 되고, 어떤 왕자는 '畜生道'에로 전락해버린다. '性器'가 돌출해지고, '머리'가 줄어든다. '붉은 龍'이, '어린 羊'들이 태어나는 대로, 무참하게 삼키고 있다. (필자로 하여금 그러나, 「啓示錄」의 풍경을 再現케 하려 할 일은 아니다. 둘러볼 일이다, 누구든, 자기 현재 서 있는 자리에서 둘러볼 일이다, 세계를 둘러볼 일이다, 어째서 「啓示錄」의 지옥화는, 앞으로 언제고 펼쳐질 것인지는 몰라도, 아직은 아니라고, 한잔 술에 더 취할 것만 생각할 수 있는가. '붉은 龍'은, 창세부터 지금까지, '戰爭準備'만 해오고 있고, 한 번도, 하나의 넋도 상하게 한 일은 없다는 얘기겠는가? 필자의 이해에는, 「啓示錄」은, '未來의 凶夢을 미리 꾼 자가, 그 過去의 時間 속에서 쓴 얘기'가 아니라, 모든 시대의, 응달쪽에서 꿈꿔지고 있는 惡夢의 한 典型, 또는 原型이, 「啓示錄」의 모습을 취해 있다. 이 '凶夢, 또는 惡夢'은 그리고, '畜生道'를 한번 떠난 有情들의, '畜生道'에의 그리움, '獸皮' 입기의 편안함, '殺慾'과, '죽고 싶음' 같은 것들의 총체인 것이 분명하다. 이것이 宗敎的 어휘를 입

으면, '사탄'이며, '魔羅'이며, 鍊金術的으로는, '不治의 病, 또는 毒'임에 분명하다. 이 '毒'에 의해, 質料의 新生, 또는 重生도 가능해지는 것이지만, 그래서 그것은 필수적인 것이지만, [이 점에 있어, 나찰이 보살이다] 더 많게는, '똥'이다, 와해. [이눔, 사탄인 자여, 道流는 불행한 役에 선택되어졌도다!] 그러니까 「啓示錄」은, 앞으로 펼쳐질 지옥화이기뿐만 아니라, 창세적부터, 그러니까 有情들 중에서도, '그것 자신의 ['意味를 판독해낸 記號', 다시 말하면 '사람'들 세계에, 펼쳐져 온 것이라는 것이다. 저런 '地獄畵'는 그러니까, '意味'의, '記號'에 대한, 또는 '記號化'에 대한 恐怖에서 일어난 것이랄 것이다. "哀哉, 獸皮 속에 억류된 魂이여! 哀哉, 魂 속에 억류된 靈이여!")

(ㄱ 이 '질그릇'은, '몸'의 비유이기는 하지만, 輪廻의 장소로서의, '大地' '어머니' 등의 상징이기도 할 것이다. 그것이 깨뜨려지거나, 그것으로부터 벗어나지 않는 이상, 그것 속에 담겨진 有情께는, 하나의 우주가 二重的이다. '大我'와 '小我'라는 개념도, 그렇게 시작되었을 터이다.

(ㄴ '바위'나 '소금 기둥'은, '虛無主義'나, '無宗敎主義'로 나아간 자들을 이를 것이다.

(ㄷ '그것 자신의 意味를 판독해낸 記號'—'사람'은, 그래서, 자기의 '안' 쪽으로 파 들어가기 시작한 것이다. 그러면서 이 有情은, 중첩적, 복합적 不純한 짐승이 되는데, 그로부터 '사람'은, '밖'을, 자기의 은밀한 '안'에다 쌓아 놓기 시작한다. 촛불중도 그래서, 修辭學的으로는, '사람의 無意識'은, 그들의 心理라는, 어떤 '안'쪽에 있다고, 일단은 긍정하기는 한다. 그럼에도, 그것이 궁극적 결론은 아니라는 것도, 염두하고는 있어얄 것이다. (이런 얘기는, 本文 중에서 풀어져 왔고, 되풀어져 갈 것이지만, 이것이, 촛불중이 定立하려는, 그 나름의 한 法이 되고 있다면, 촛불중께다 소금과 구정물을 찌뜨려 쫓아버리려 하든지, 아니면, 마음을 모아, 경청하든지, 하는 수뿐이다)

10 "……, beyond this 'speech', what the psycho-analytic experience discovers in the unconscious is the whole structure of language." (J. Lacan, *Écrits*, Norton Press, p. 147)

먼저 神이 있었다. 그는, '있기' 시작하자마자, 너무도 많은 '뜻'(로고스)이 일어나, 비등하는고로, 토해버리고 싶어, '말'을 하려 하면, '뜻'에다 形態(記號)를 입혀 뱉어내게 되곤 했다. 그는 肉聲으로 말이 하고 싶었으되, 하지 못한 것이다. '사물과 존재'는, 그리고 그것들의 총체로서의 한 '우주'는, 그렇게 化

現한 것이었다. 그러나 존재들에 대해 이 한 우주는, 어떻게든 判讀되어지지 않는다면, 解夢되지 않은 꿈처럼, 있으되, 아직은 '잠'[非化現] 의 소속일 뿐이다. 존재하는 당자들까지도, '非化現'에 소속된, 흐리꾸리한 夢態일 뿐이다. 無明의 胎褓에 휩싸여 있는 우주, 읽혀지지 않은 텍스트—

다음에 아담(사람)이 있었다. 그는, '눈뜨기' 시작하자마자, 보이는 것[具象] 들은 물론, 보이지 않는 것[抽象] 들까지도, 손짓하고 말을 걸어, 그것들 각자 각자의 '特性'이랄 것들을 일러주려 하여, 너무도 떠들썩해, 그 心情(그리하여 아담께는, '안/밖'이 생겼구나) 이 뜨거운 데다 터질 듯하였으므로, 보이고, 들려진 대로 '發音'해내다 보니, 저 한 '텍스트'를 다 읽어버리기에 이르렀다. 아담의 이 '읽기'[判讀] 가, 한 '우주의 존재와 사물'들에다 '이름 붙이기'로 알려진 것인데, 이상한 것은, 그 '읽기'가 끝났을 때 아담 자기가 '命名'한, '밖'의 그 한 우주가, '이름'[言語] 의 형태로, 송두리째 한 벌, 고스란히, 자기의 '안'쪽 에로 移轉되어와 버렸다는 그것이었다. 이 '言語'들은 그럼에도 아직은, 語彙辭典 속에 수록된 語彙들과 다름이 없어, 橫態, 또는 記號들의 나열에 불과한 상태에 있는데, 장차 그 '구슬'들을, 文法的 秩序라는 실[達磨] 에 꿰일 자의 내림[來臨] 을 통해, '말씀의 우주'의 開闢이 있게 될 것이었다. 이 言語의 縱態, 또는 意味는, 그때 확연해질 것이다.

헌데, '아담—사람'의 내부로 移轉한 우주는 그런 후, 神이 아직 아무것도 發音해내었기 전의, 神의 마음의 풍경과 똑같은 것에로, 소급 역류했다. 그리하여서는, 소롯이, 잠 속으로 가라앉아 들었는데, 밖의, 어떤 자극에 의한, 잠 깨우기에 의해서만, 그 잠의 어떤 끝을 깨워내곤 했다. 깨워진 것은 그리고, 시간의 경과에 좇아, 다시 잠 속으로 침몰했다. 이것을 일러 촛불중이, '化現을 성취하고 난 나머지의, 보다 큰, 그 저변의 非化現'의 言語들을, '아담의 無意識의 영역일 것'이라고 이해하는데, 촛불중의 이런 이해는, 앞서 引用文에 보이는 바와 같은, "[……] in the unconscious is the whole structure of language" 는, 라캉의 그것과 같은 것인가? 그 판단은 그러나, 독자들께 미뤄두는 것이 좋을 듯하다. 앞서 '空'을 일러 '意味' 役이라 했었다 하더라도, 그 '空'에 금 간 자리가 있지 않는 것모양, 이 일점에 있어서는, 촛불중이 라캉을 차용한 듯이 보는 눈이 있다고 한다 해도, 그 눈에 닿아, 촛불중의 먼지 털 하나라도 재가 될 듯하지 않는데, 촛불중이 보는 것은, '三世六道'라는 한 우주로서의 한 有情이지, '말씀의 우주'를 전 우주라고 허우적이는 '患者'로서의 아담(사람)에 국한하고 있는 것이 아니기 때문이다. 그러니까 '畜生道'에는, '言語' 대신 '本能'이 있으며, 그것이 '運命의 記號'라고 이르는 것이며, '마음의 우주'에는 '空'(死

語)이 있다는, 그런 얘기가 되는 것이다. 進化의 과정 중에 있는 有情은 그러자니, 이것 1/3, 저것 2/3, 이것 半, 저것 半으로, 不純한 상태에 있을 수도 있어, 全能한 눈으로 본다면, 그 한 피륙의 우주는, 무늬가 몹시 현란할 것이 분명하다.

11 '面壁九年'을 하기 위해, 西域 멀기도 먼 데서 동쪽으로 왔던 자도 있었다는데, '숙어지기 위해' 할미장꽃이 피는데, 무슨 안 될 일이 있는가? 그 일이 궁금하거든, '面壁九年'을 마치고, 저쪽 내[川]를 건너려, 신발을 머리에 이고 있는, 달마보디라는 사내게 물어보게, 그라면 혹간 알 만하다 싶으구먼.

12 촛불중 믿음에는, 그만한 達力이면, "돌을 명하여 떡이 되게" 할 만하다고 했던 듯한데, 바로 이 일점이, 道士와 爲邪道(魔職師)의 갈림길일 것이다.

13 촛불중은, 현재, 卵生을 胎生처럼 가정하여 상념을 달리느라, 저 卵殼 속의 새 새끼가, 아직 눈을 못 뜨고 있는 상태의, 짐승의 새끼처럼도 취급하고 있어, 前生의 문제를 거론하고 있다. 胎生들이, 前生에의 기억이 없는 것은, 어미의 좁은 下門을 통과할 때의, 그 욱죄임 탓에, 그 고통의 극함으로 인해, 망각하게 되기 탓이라고 하고 있는데, 촛불중도 그렇게 동의하고 있는 것은 아니다. 촛불중께 이해되어진, 한 有情의 前生이란, 누차에 걸쳐 이미 밝혀진 바대로, 그 有情이 畜生道에 떨어져 내려 있다면, 입어진 '獸皮' 자체가, 그 有情의 前生의 총계('運命의 記號')이며, 그 有情이, 獸皮를 입고 있음에도, 의식하며, 생각도 깊이 해감시롱 사는, '文化'化한 有情이라면, 그 有情의 '性格' 속에, 前生이 고스란히 옮겨져 있다고 하고 있는 것이다. '어미의 下門 통과하기의 고통'이라든 뭐라든 하여, 有情이, 자기의 前生으로부터 망각되어질 수도 있다거나, 분리해나갈 수도 있다거나, 그 영향을 받지 않을 수도 있다거나, 그런 건 아닐 것이다. 이런 데 어디에, '모래시계' 속의, '時間의 모래'와 관계된 夢想이 끼일 자리가 있다. '未來의 時間을 젖 먹이는 時間은, 過去의 時間의 집적'이라는 그런, 夢想 말이지. 그래서 보면, '모래시계' 속의 '時間'은, 늘 通時性을 유지하는 共時態이던 것이다.

14 "大地와 民衆은, 아래로 더 내려갈수록 더욱더 훈훈하다"고 하는 것은, 프랑스의 史學家 미슐레(Michelet)의 발견이지만, 그뿐만도 아니다. 억만금의 유산 위에 누운 과부모양, 大地와 民衆은 또, 아래로 파고 내려가면 내려갈수록, 더 많은 金脈을 감춰놓고도 있으니 그러니 道流들임세, 아무리 둘러보아도, 뭘 해서 먹고살 만한 짓을 못 찾겠어서, 하다못해 혀품(文學 말임세)이라도 팔아 볼 것이라면, 품바 公들임세, 公들은, 저 과택의 엉덩이 밑에 깔린 金塊를 생각하거나, 그리하여 그 세 치 혀로 그 金을 감아올리려거든, 여섯 치로, 아홉 자

로, 달디달게 늘여야겠지만, 계집의 저 무거운 엉덩판 된 데에는, 畜生道의 場이 서 있다는, 그것을 기억하거나. 民衆은, 그것 자체가 畜生道라잖던가.

15 "그러나 이제 무슨 손이 있어, 저 천년 沈默의 문빗장을 열어, 沈默 속의 말[言語],의 모이만을 먹고 사는 새, 새는 불새[火鳥], 를 날려 보낼 것인가?" —本文은, 이렇게도 씌어졌을 수도 있었다. 本文이나, 이것은, 어찌 되었든 공히, 프레이저(Frazer)의 『불의 기원』 속에 수집되어 있는, '벙어리 뱀 문두룸'과 관계된 神話에다, 文基를 두고 있다. 다시 인용되고 있음은, '反意的 文法體系'를 고려해보자는 의도인데, 라는 것은, '세상의 불을 배 속에 감춰놓고 있는 문두룸으로 하여금, 어떻게든 그 목구멍을 열어, 그 속에 억류되어 있는 불에게, 탈출구를 터줄 수 있는 까불이 새'는, 다름 아닌, 그 '벙어리 뱀'의 沈默 속에 갇혀 있는 바로 그 '불' 자체라는 그것이며, 그 까닭에, '프라브리티'는 벗어나기가 어려운 것이 아닌가, 하는 것이다.

'배 속에 불을 감춰놓고 있는 벙어리 뱀'은 물론, 미슐레의 '地理學的 想像力'에 걸맞아, '民衆과 마찬가지로, 아래로 내려갈수록 따뜻함'에 분명하지만, 촛불중의 경우는, 이 '불'이, '自由에의 意志'化를 치러 있어(도, [토씨] 프레이저를 무렴하게 하거나 하지는 않지만,) 達辯꾼 미슐레를 어눌하게 한다.

16 "Tat"는, 英語로는 "that"이라고 번역되어져 있는데, 印度敎에서는, "말로써 표현할 수 없는 어떤 本, 源, 人知로써는 잴 수 없는 신비, 불멸의 절대자 또는 神을 일컬을 때, 타트"라고 이른다고 한다. 타트 트밤 아시!("That Thou Art!")

제6장 冥品

1 바로 이 '개'가, 다름 아닌, 필자가 이해하고 있는 'Prima Materia'이다. 이제 '쇠우쇠'는 잘 달궈져, 불순물도 다 떨어져 나가, 연기를 다 태워버린 불과 같이 되어, 그것을 주물러줄 좋은 손을 기다리고 있다.

바로 여기에도, (이 '쇠우쇠'는 이 경우, '몸의 우주'[畜生道] 의 상징이라는 것은 명약관화하다) '말씀의 우주'와, '마음의 우주' 사이의 경계가 있어 보인다. 저 '쇠우쇠'를 주무르려는 손이, '밖'으로부터 오는 경우, 거기 '말씀의 우주'가 場 서고, 그곳의 대장간에서는, 모루 치는 소리가 한창이다. 이제, 이 '쇠우쇠'는, 그것을 주무르는 자의 意志에 복종할 뿐이어서, 일례로 '죽음'이 그것을 주무르면, '생명'을 수확하는 '낫'이 될 것이다. 위쪽의 대장간에서는 그러나 모루 치는 소리가 들리지 않는다. 何以故?

2 (帶妻僧은 제외해야 될 듯싶지만, 出家한 중이) '性慾'을 억누르기 위한 목적으로도 행한다는 이 禪은 '九想觀'이라고 이른다는데, '송장이 변해가는 아홉 가지 相을 觀한다'는 것이다. (필자의 생각에는, R. H. Blyth가 借用하고 있는 '九想觀'의 '想'은, '相'의 誤字인 듯하다. '나바삼지오나'[Navasamiña] 의 漢譯이 저것일 것인데, *Sanskrit-English Dictionary*에 의하면 "nava"는 '아홉'이라는 숫자며, "Samjña"는, "gesture, mark, sign, signal, characteristic, or attribute, proof" 등으로 통역되어 있는바, 나열되어진 어휘 속에는, '想'의 의미를 띤 것이란 있어 보이지 않으며, 대신 그 모두가 '相'에 기여하고 있어 보인다[R. H. Blyth, "Zen and Zen Classics", Vol. Four, *Mumonkan*, p. 159, The Hokuseido Press, 1966]). 이제 그러면, 대체 저 '九想'이란 뭣들을 이르는가, 그것을 열거해 보이는 것이 필요한 일이겠지만, 葬俗과 상관없는, 몇 가지 相은, (시간의 경과에 좇아, 송장이 부풀어 오른다든지, 얼룩덜룩 푸른 색깔을 돋궈낸다든지, 부패하기 시작한다든지, ……) 모두 다 아는 바와 같으며, 몇 가지 相은, 지방에 좇아 다른 葬俗(埋葬, 火葬, 水葬, 살을 찢고, 뼈를 빻아 새에게 먹이는 天葬, 또는 하늘에 가까웁게, 나뭇가지 위에 올려놓기, 기타)과 관계가 있음으로 해서, 열거해본다 해도, 별로 도움이 될 만한 것이 못 된다고 감안하여, 그 짓은 생략하기로 한다. 에페, 페, 페, 더럽다, 썩는, 냄새나는, 쉬가 오 공 칠 공 구 공으로 버무려져 쏟겨 나는, 살은, 페, 페— 데럽다, 참으로 데럽다. 페, 그, 그러, 그러함에도, 아으, 이런 얘기를 하기는 수줍다고 해얄끄나, 그것이 살아 있어, 내일 늙어, 모레 죽으면, 그 당장부터 썩기 시작하여, 아홉 가지의 추태를 보인다 해도, 오늘 곁눈으로 보며, 지나며, 엉덩이를 뒤트는, 저 젊어 뜨거운, 生命인, 살을 두고, 뼈등여 일어나는 이쪽 편 살의 당연함은 또, 어찌할까 부냐. "한 세상의 계집들과, 밀이며, 보리가, 한 사내의 욕망을 충족키 위해 오히려 부족하다"고 하되, 그 한 세상의 모든 것이 꼭히 자기의 소유이어야 할 필요란 있는 것도 아니다. 필요한 것은, 畜生道에 머문 그 눈을, 들어 올리는 일뿐이다. 가다가 그렇게 한 번씩, 아으 아아 난다여, 스치는 것에게, 한 번씩 빠져드는, 그런 한순간의, 살콤한 사랑이, 짝사랑이, 확인하게 해주는, 우주의 비밀이 무엇인지 아는가? '自己'라는 그 한 '自我'는, 한 겹 살갗 밑에 오그려 싸 갖고 있는, 그 한 덩이의 해골바가지나, 똥 창자, 맹장이나, 복숭아뼈뿐만은 아니며, 사실은, 저것들을 싸안고 있는, 그 한 겹 살갗의 '밖'에, 더 큰 한몫으로, 펴 늘여놓고 있다는, 그것—그것의 확인인 것이다.

3 '동안 백발의 노인', 또는, '도움 많은 賢者'란, 다름 아닌, 모든 개인들의 '自我'의 象徵이라고 이르잖는가. 그러고 보면, '自我'도, (앞서는, '늙은네'가 예 들어

졌으니, 그와 반대되는 예를 하나 든다면, '어린 羊' 같은 것, 등등) 여럿의 모습을 드러내는 것을 알 수 있다. 精神分析學的으로, 한 心理를 이해하기로 하면, 한 '우주'가 곧장, 한 '마음'의 풍경인데도, (사람의) '心理'를 硏究한다는 이들에 의해 서는, '心理'가 '우주'化를 치르지 못하는, 안타까움이 있다. 이것을 얼마큼 관찰한, 湖西 쪽의 어떤 賢者가 그래서, "湖西에서는 心理를 이해하는 대신 마음을 이해하지 못하며, 湖東에서는, 마음을 아는 대신, 心理를 모른다"고 이른다. (凸! 公은, '엿'이나 빨게. '마음'을 알기로, 엿 빨 누무 '心理'는 저절로 환해져 버리는 것, 아으 그러나, 눈썹을 주의할 일이겠니라!) 이 湖西 쪽의, '한 벌의 宇宙'로서의 '마음'[空]은 아직도, 그들 나름의 '事實主義'(色)라는 胎褓에 싸여 있는데, 만삭이 되어 있음에도 태어나지 못하고 있는 까닭은, '宗敎'라는 한 '붉은 龍'이, 그것이 태어나는 대로 삼키려 해서, 그런 것이다. 그럼에도 엘, 엘에, 저쪽 언덕엘 보라, 거기 이미 한 '어린 羊'이 태어나 있거늘, (태어나고 있었을 때, 저 '붉은 龍'의 위협에 맞서기 위해 갖춘,) 그것의 한 뿔의 이름은 '自我'이며, 다른 뿔의 이름은 '宇宙'이거늘, 代母 '童話'가, 젖을 물려주고 있다.

　　이것은, 한 번 더 밝혀둬도 해스러울 듯하지 않아서 말인데, 촛불중은, 經典은 湖東의 것을, 童話는 湖西의 것을 좋아한다는, 그 얘기이다. 이렇게 말하면, 어느 일점에서, '經典'과 '童話'가 동궤에 올려지는 듯한데, 올려질 수 있다면, '宗敎'도, 그 宗敎에 심신을 바친 信徒들의, '최고의 眞理'에 도달하기 위한, '自己否定'을 통한 苦鬪苦行이라고 한다면, 대부분의 (湖西 쪽) 童話의 主材가 되어 있는 것 같은, 어떤 '나쁜 龍'께 납치되어간, 그 땅 위에서는 그중 예쁜 '公主'를 구하기 위해, 그 '나쁜 龍' 退治에 오른, 용감한 '왕자'들이 겪는, 그런 苦鬪 難行과 그것은, 다르지 않기 때문이다. (만약에 '敎儀'[ritual]를 'signifier'라고 하고, '敎義'[doctrine]를 'signified'라고 해도 무리가 없다고 한다면, 言語學的으로는 그렇다면, '敎儀'가 '記號' 役이며, '敎義'가 '意味' 役인 것은 자명한데, 이 관계를 저 양자─'經典'과 '童話'에다 적용해보기로 하면,) 湖西의 '童話'는, 그 'signifier' 쪽에서, 湖東의 '經典'의 'signified'와 同軌에 오른다는 얘기를 할 수 있게 된다. (첨부해 둬야 되는 사실은, 그럼에도, 이런 이해는, 湖東의 돌중 촛불중의 것이며, 바로 그 본고장에서는, 저런 童話가, 한 번도 '色'의 영역을 넘어본 적은 없다는, 그 사실이다. 불원간 그쪽에도, '마음의 우주'가 개벽을 해야 할 터인데, 그래야 세계가, 하나의 寺院이 될 터인데……)

4　"발을 개의해싸면, 비슈누 複合症을 드러낸다"는 것이, 촛불중의 의견인데,

(이것도 '메시아 콤플렉스'의 한 양태일 것인데, '마음의 우주' 쪽에 그 住所를 두고 있어 보인다) 羑里의 '六祖'도, 상사라에 연접된, 그 '가죽 신발'(신지 못한, 생살 발)을 태움받은 일이 있다.

5 童話나, (宗敎的) 敍事詩에는, 文學的 '伏線'이랄 것을 깔아둘 자리가 없는데, 왜냐하면, 저 두 종류의 얘기는, '運命'에 의해서, '얘기되어지는 것'이며, '얘기'에 의해서 '運命'이 짜여지는 것이 아니기 때문이다. 그래서 이런 식의 '運命論'을 고수하면, 有情은, 그 입어진 運命의 記號를 벗고 나면, "모두 天國에서 잠을 깨게 된다"는 주장을 할 수 있게 된다. (『마하바라타』라는 敍事詩 속의, 惡役에 처했던 자들이, 모두 참패하여 전사하고 난 뒤에 보니, 모두 天國에 모여, 새로운 광휘에 넘치는 삶을 누리기 시작하고 있었다는 얘기는, 허기는 충격적이지 않은 것은 아니라도,) 有情은 결국, 아무것 하나도 제외됨 없이, '運命의 망석중이'에 지나지 않는 것이라면, (그 망석중이를 놀리고 있는 그 손도 그리고, 망석중이 당자의 것이, 아닌 것은 아니다) 자기에게 맡겨진 役을 충실히 이행하는 것, 그것밖에, 다른 선택은 주어져 있지 않는 듯하다. 이것이 그래서, 무슨 귀신 씻나락 까먹는 소리인가 하면, '運命'이, '놀리는 줄'을 쥐고 있는 한, '偶然'까지도, '망석중이'에 불과하다는, 그런 소리쯤 했으면 해서인 것이다. 왜 갑자기, 홍두깨 밤중인가? 하면, 저들 둘이서 만난 것이 까닭이지, 오랜 오랜 세월 만난 일이 없다가, 그럴 필요가 있자마자, 별로 어렵잖게스리 해후하게 된 것이 까닭이지. '둘'이는 또 무슨 느닷없는 뚱딴지인가? 헤, 아 거 왜, 아는 이들은 알잖는다고? 거시기 말이시, 아는 이들은 아는, 그런 사연으로시나, 촛불중이 고향을 떠나지 않으면 안 되었던, ……그 친구와, 촛불중……, '그런 사연'이라니? 초, 초런 순 똥돼지 누무, 道流 이 세상 온 지, 며칠이나 되었납? 喝! 필자로서는, 글쎄, 곰도 부리는 그만큼의 재주를 부리기로 하여, 몇 문장만 더 써 넣는 수고를 아끼지 않기로 했더면, 저 '本文'의 사건을, '註'에까지 끌어오지 안 했어도 되었을 것이다. 그랬더면, 저 '둘'의 해후에서, 얼핏 보이기에 偶然처럼 여겨지는, 그 '偶然性'쯤은 용이하게 제거해버릴 수 있었을 것이다. 그럼에도, 그러려 하지 않은 것은, 필자 나름으로 노린 것이 있었는데, 라는 것은, 오히려 '偶然性'을 통한, '運命의 마주침'[必然化]이라는, 바로 그것이었다. 이런 의미에서는, 요컨대 '偶然'이란, 존재할 수 있는 품목이 못 된다는 것일 것이다. 그것은 있는다 해도, 종내는 '必然化'해버린다.

6 촛불중은 그리하여, 자기가 그중 難視해온, 프라브리티 우주의 '相剋的 秩序'가 어떻게(印度敎라는, '몸·말·마음'의 세 宇宙를 싸 버린, 한 총체적인 거대한) 한 宗敎의 기틀이 되어질 수 있었던가를 거듭거듭 살펴낸다. '먹고[아그

니, 火天]/먹히기[蘇摩]'라는, 프라브리티 우주의 '먹이사슬'이, 종교적 천재들의, (금강석도 녹여버리는) '思惟'라는 胃腸을 겪어 나왔을 때, '祭祀'化를 치러버린 것인데, 그리하여 '悲劇'이 '恩寵'化한다. 有情의 삶은 그래서 祭祀이다. '達磨'가, 그 祭祀行爲에 따르는, 모든 否定的 요소들을 다 제거해버린다. (『마누法典』에 의하면, '達磨'가, '任務' '우주적 使命'이라는 쪽으로 강조되어 있다) 거기서는 그리하여 '위대한 肯定'이라고 일러도 좋을 결과가 초래할 것이다. (이 '위대한 肯定'이, 싸안은 '四苦'에서, 피와 똥 냄새가 풍기지만 않는다면!) '삶이 祭祀'라면, 이 세상은, '祭壇'이 될 터이다.

7 촛불중은 현재, '살'을 입고 있지 않음에도, '서낭鬼神'에 의해서, '살을 입고 있는 자'와 같이 취급되어져 힐책당하고 있다. 何以故 고오타마? 저승文學(이라는 것도 있던가?)이 터놓고 범하는 오류를, 필자도 터놓고 범하고 있는데, 그쪽 얘기를 안 하려면 몰라도, 해야 할 것이 있어 하려고 들면, 저 '오류'라는 돋보기를 쓰지 않을 수가 없는데, 글쎄 그걸 눈에 걸쳐야만 저승 되어가는 풍경이 환하게 보이기 때문이다. (물론 이 경우는, 꼭히 '저승'이라고도 부르기가 거시기하며, 동시에 '이승'이라고 부르기에도 머시기하기는 하다. 이럴 때는, 그 '次元'이 다르다고 알아버리면 좋은데, '저승'도 바로 이런 어떤, '次元이 다른 데'를 일러, 그렇게 부른 것일 것이다) 바로 이 '次元이 다른 곳'(어찌 되었든, 종내는 다시 그곳을 '저승'이라고 부르게 될 것이다)에서는, 이승에서 ('몸'이 'signifier'였다고 하면,) 'signified' 役이었던 것들이 'signifier'('念態'라고 이르는 것)化하는데, 兩面이 다 비추도록 되어 있는 '거울'이 있어, 그 거울에다, 아무 有情이나, 촛불중이든 누구든, 하나를 데려다 비춰보기로 한다면, 이승쪽 鏡面엔 '촛불중'이 비춰 보임에도, 저승 쪽 거울 판에는 '蓮꽃'이 보일지, '두꺼비'가 보일지, 제길, 그걸 뉘 알겠는가, 그건 알 수 없으되, 더 이상 '촛불중'은 아니라는 것만은 분명하다. (『이솝 寓話』속의, 「프로메테우스와 사람 짓기」 얘기쯤 참조해보아도 해될 일 없으렸다) 이렇게 되면, '저승文學'은, 불가능해질 수밖에 없다. 그리고, [주석 13] '저승文學'이라는 것을 섭렵하려 하며, 合理主義라는 자[尺]로 재려 드는 자가 있다면, 그는, 趙州네 學堂에 보내어져, 趙州의 발길에 佛알이 떨어져 나가도록 걷어차이며, 뭐 좀 더 뜰 눈을 남겨 갖고 있는가 없는가, 그것 좀 배우면 좋을 것이다. 깨갱 캥캥, 저런 저런, 저 저, 조, 趙州가 저러다 저거, 無佛性者를 상하게 하기가 쉽겠군그랴.

8 Garma Chang 英譯, *The Hundred Thousand Songs of Milarepa*, '第54頌' 참조.

9 『마하바라타』에 그 原典이 있고, 『三國遺事』에 '解肉枰軀'라고 소개되어진 바의, 그의 苦行譚을 근거로 해서 되어진, '尸毗王의 慈悲心이란, 短見의 소치'

라는 얘기는, 촛불중에 의해, 이미 살펴보아진 바대로이다. 그런 超人間的 苦行을 통해, 그가, '相剋'으로 되어 있는, 프라브리티 우주의 秩序를 바꾸지 않는 한, 자기의 살점을 저며, 한번, 솔개의 배를 채워주기로써, 그 솔개와, 그 솔개의 후손들은, 더 이상 비둘기를 좇지 않게 된다면 몰라도, 그렇잖다면, 그 慈悲心은 가상하되, 그보다 더 무슨 의미를 띠어 있는 것은 아니라는 것이, 프라브리티 우주적 실정이다. 그런 까닭에, 그런 초인적 苦行도, '短見의 소치'라고 매도하게 된다. 프라브리티 우주의 秩序가, 왜 '相剋'으로 體系化해 있는지, 그 까닭을 한 번 더 찬찬히 살펴볼 필요가 있다. 프라브리티 우주는, 어디 다른 우주에서 犯罪하고, 定罪 받은 자들이, 流刑살이나 온, 저주의 장소인가? 그곳의 '秩序의 相剋'性은, 순수히 저주일 뿐인가? 그러면 여기쯤에서, 두 개쯤의 프라브리티 史觀이 이뤄질 수가 있다. 하나는, 프라브리티라는, 이 泥田의 宇宙 이전에, 黃金의 宇宙가 있었다는 견해이며, 다른 하나는, 黃金의 宇宙에로 닿는다만 하나의 길은, 泥田의 宇宙를, 狗鬪해 뚫고 나가는 수뿐이라는 견해이다. 後者는, 발전의 변증법에 징검다리 놓아 건너뛰어, '마음의 宇宙'를 개벽한 자들에 의해 열려 보이는 희망, 위대한 희망인데, 촛불중도 이 견해에 동의하고 있다. 그러니까, 저 泥田의 苦痛, 泥情의 더러움은, 無明을 여읜 눈에는, 그것 자체가 '金'이던 것이다. 그런 까닭으로 촛불중은, 프라브리티 우주의 '苦痛'은, 詛呪가 아니라, 恩寵이라고 이해하는 것이다. 그 '苦痛' 속에서도 有情은, 틈만 있으면 행망 부리려 하는데, (『마하바라타』 속에는, 헤헤, 이런 일화가 있다: 失足하여, 절벽에서 굴러떨어져 내리던 사내가, 어떻게 어떻게 하여, 천야만야한 그 중턱에 돈은, 무슨 덩굴나무를 붙잡을 수가 있었다. 그런데, 그가 대룽대룽 매달려 있는 그 덩굴나무의 밑동 부분은, [갉지 않으면 이빠디가 자라기 때문에] 쥐가 갉고 있었는데, 그 덩굴의 위쪽에는, 들벌 집이 있었나 벴다, 거기서, 덩굴줄기를 타고, 꿀이 조금씩 흘러내리고 있었다. 사내는, 혀를 내밀어, 그 꿀을 핥으며, 그 맛의 좋음에 취하고 있었다) 그런 채찍질이 없으면 어떻게 될 뻔하였는가. 까닭에 "佛者는 有情을 위해, 아무 짓도 하는 바가 없다"고 이르게 되는 것일 것이다. 그렇다면, 일러 보리사트바라는 이들은, 그것을 몰라, 고통에 처한 有情들을 돕는다고 나선 것인가? 그 점은 반드시 분명하지는 않다. 때로는, 그들(이란, 주로는, 어떤 集團의 召命에 귀를 열어, 그 集團의 앞에 나선 자들인데,)의 '돕고 싶음'의 열성이 도에 넘치거나, 陰極에로 기우는 수가 있어, 프라브리티 우주의 秩序의 테를 금 가게 하여, 오히려 해를 끼치는 수가 있기도 하다. 尸毗의 경우는, 정직하게 이해하기로 하면, 결코 '秩序의 테를 금 가게 하지는 않는' 선에서, 그러기보다는 자기를 희생하기로, 그 '돕기'를 멈추는데, 그것은 바랄 만하기는 하다. 할 것이, 누군가는 어쨌든, 감로수병을 안고 다니며, 굶주리고 목마르기 탓에, 더 행진하지 못하고 쓰러져, 天路에서 낙후하게 되는 자들을 일으켜 세우기는 해야 되기 때문이다. 함에도, 우주적 견지에서는, 尸毗까지도 자기를 도운 것밖에, 비둘기를 도왔다거나 한 것은 아니었다는 것은, 용이하게 짐작되어질 것이다. (尸毗의 身布施와, 基督의 身布施는 같은 것인가? 만약 같지 않다면, 어떻게 같지 않은가?) 尸毗에게 주어질, '하늘의 상'은, 땅의 우리가 따져볼 품목은 아니라도, 어리석음으로 인해, 만세토록 [주석 10] '고양이 백정'을 못 면하게 된 南泉과 달리, 만세의 인구에 회자하는, 尸毗의, '비둘기 한 마리 무게의 살' 값은 얼마냐! 이러고 본다면, '비둘기'야말로 尸毗를 도왔던 것이 아니었는가? (이 '주석 10'은, '本文' 속에 삽입되어 있은즉, 거기서 읽을시라. 클클클, [주석의 주석] 이, 本文 속에로 뛰어들어, 난장판을 벌이지 말아야 될 이유가 있는가? 喝! 道流는, 쇠똥 벗으라, 곱만 끼이는, 그녀러 童貞 떼어라)

11 이렇게 되면, '鬼神'도, 그 종류는 하나만 있는 것은 아닌 듯하다. 필시 그럴 일이다. 그럴 것이, 현재 필자가 운위하고 있는 이 '鬼神'은, '몸의 죽음'을 겪었음으로 하여, 그 業의 무게 탓에, '鬼界'(프레타 로카)에로 떨어져 내린, 그 有情들과는 '발가락도 닮아' 있지가 않은 까닭인데, 필자가 슬픔을 갖고 운위하고 있는 이 '鬼神'은, 어떤 사정에 의해, 잠시 자기의 肉身을 벗어난 사이, 다른 어떤, '몸을 잃었던 有情'이, ('뜨롱—죽禪法'의 위험은, 이런 것이라고 하잖았던가?) 그 '몸' 속에 쳐들어, 그 '몸의 죽음'을 죽어버린 결과에 의해, '죽음을 치르지 못하고, 산 채 鬼神이 되어 있는 자'가 아닌가. (詩人的 想像力보다는, 記者的 想像力이 승했던, 단테의 地獄의 鬼神들은, 이 자리에서는 제외해야겠지만,) '鬼界'에 떨어진 鬼神들은 그럼에도, 물론 天路의 뿌리께, 畜生道보다도 아래쪽에까지 추락하기는 했지만, 天路에서 벗어나졌거나, 누락되어져 있지는 않은데, '죽음을 치르지 못하고, 산 채 鬼神이 되어 있는' 이 有情들은, 天路에서 벗어나졌거나, 누락되어져 있어, 그들에 대한 필자의 슬픔은 크다. (아, 그리고, 단테의 '想像力'을 두고, '詩人的이기보다는 記者的'이라고 이른 것은, '詩人'은, '想像'이라는 '눈'으로, 보는 것만을, '記者'的으로 표현해내기뿐만 아니라, 그 意味를, 그 心像[影像]을, 그 表現 속에 放置해두지 않고, 어떤 방법으로든, 어떤 형태로든 일으켜 세우는 자들인데, 무엇이 '記者的 想像力'을 겪으면, 겪어진 모든 것들이 그 당장, 古墳壁畵化해버리는 것을 관찰하게 되기 때문이다. [얘기가 나왔으니 얘기지만, 人世에서 이르는 '想像力'이라는 것은, "눈알 하나를 갖고, 老婆 셋("Graeae", Grk., "old women")이서, 번갈아 가

며, 세상을 내어다본다"는, 그 '巫女'들의 그 '눈알'인 듯하다. 첫째 巫女는, '記者'며, 第二의 巫女는, '詩人'이며, 나머지 老婆는 '僧'이다. 여어, 이 손에서 저 손에로, 그 '눈알'을 넘길 때에는, 주의할지어람, 그것이 흙밭에 떨어져 구르지 않도록, 매우 매우 주의할지어람. 그렇지 않는다면, 중만 하나 例 들어 보이고 말기로 할 일이지만, 중이, 흙먼지에 덮인 그 '눈알'을 통해, 세상을 내어다보았다간, 그 당장으로 還俗하지 않을 수가 없게 될 것이거든. 어든, 다른 이들이야 말해, 뭣할 것이겠는가. 이건 여담이지만, 아예 얘기가 나왔으니, 아예 한마디 더 얘기지만, 저 '세 老婆'들은, '눈'뿐만 아니라, '이빨'까지도 한 개를, 셋이서 번갈아 썼다고 하는데, '눈'이, 보다 더 抽象的인 것을 보아내는 것이라고 한다면, '이빨'은, 보다 더 具象的인 것을 씹는다는 의미에서, 그리고, 입, 혀, 이빨 따위가 言語와 관계를 갖는 인체 기관이라는 것까지를 고려하여서, '思考力'을 담당한다고 이해하는 것은, 용이할 듯하다. 그 '이빨'을 주고받는 중에, 늙은 손들이 떠느라 실수하여, 똥 덩이에다 떨어뜨린 것을, 둘째 老婆가 집어 들어, 이틀에 박고, 헤벌려 보이는, 저 누런 웃음을 건너다볼작시라. 더 할 말이, 있어 웃느냐?])

12 "이 늦은 저녁엔, 서낭鬼의 느낌이 그것이지만, 시간까지도 꺼끄럽고 느리게, 줄질하기모양, 같은 부분이 반복되고 있었다." ─이것은, 해괴한 文章이다. (文法的으로 이르는,) 能動態 上半身에, 受動態 下半身을 해 있는, 怪物이 드러나 있어 말인데, 그래서 저것은 誤文인가, 하면, 꼭히 誤文인 듯하지도 않으며, 그러면 그것은, 바른 文章인가, 하면, 그 대답도 그런데, 꼭히 그런 것 같지도 않다, 는 데, 문제의 발단이 있다. 그것이 밝혀지기 위해서는, 文法을 연구하는 이만의 도움만으로는 될 듯하지 않으며, 語義를 연구하는 이의 도움까지도 합쳐야 될 듯하다. 함에도, 아으, 티레시아스가, 어느 숲에서, '푸른 뱀'을 보았음으로 해서, 당한 변을 생각해볼 일인데, 저들이, 이 文章을 벗어나고 있을 때에도, 그런 변이 일어나 있을지, 뉘 알겠느냐! (글쎄, 이 怪物의 구조가 그렇게 되어 있잖느냐? 그런 까닭에, 能動態, 또는 陽은, 受動態, 또는 陰化하고, 반대로 陰은, 陽化한다) 저 '푸른 뱀'은, '까불거리는 불새의 대가리에, 벙어리 뱀 문두룸의 아랫도리'를 해 갖고 있다. 그런 까닭에, 누구든, 저 잡스러운 有情을 만나게 되면, 쥐고 있던 막대기를 쳐들어, 저 불순한 녀러 것의 허리를 쳐, 토막 내기로서, '새'와 '구렁이'를 분리하려 하게 될 터이지만, 히히히, 그 결과는, 티레시아스임세, 저 잡종께는 아무 일도 일어나지 않았음에도, 어쩐 일로, 公 자신에게만, 변이 일어나 있음일 것임세. '안/밖'이 뒤집혀 있음임세! 詩 三百一言以蔽之하려거니, '一言'인즉슨, '凸'은 뒤집히면, '凹'化한다는 그것

이다.

　　이것이다, 前 註(주석 11)에서 필자는, '두 종류의 鬼神'이 있는 것이 아닌가, 하는 문제를 들춰냈었거니와, 그중에서도, '서낭鬼'와 같은, '몸을 잃어 죽지 못해, 살지도 못하며 사는 鬼神'은, 다름 아닌, 바로 저 '怪物化한 文章'과 같은, 존재라는 것이다, 그것이다. 이 鬼神도 그러니까, 그 형태상에 있어서는 '바르도'에 처해 있지 않은 것은 아닌데, 이 '바르도'는, '몸의 죽음을 겪은 귀신들이 처하게 되는 그 바르도'와 달리, '不姙의 子宮' 같은 것이며, 거기 처한 鬼神은, 그런 不姙의 子宮에 '想像姙娠'되어진 胎兒나 같은 것이다. 그러면, 이 '不姙의 子宮'으로서의 이 이상한 '바르도', 그 '中間'性, 또는 '間場'性을 어떻게 설명해야 할 것인가? 그것이, 文法的으로나, 語義的으로나, '誤文이 아닌데도 誤文이며, 正文이 아닌데도 正文(反之亦然)'이라고, 들춰진, 저 한 怪文 속의 空間이다. '서낭鬼'는 그리고, 들어 살던 조개껍질을 잃은 隱遁게(hermit crab. 소라게)로서, 저 이상한 바르도에 처해 있다. '記號'를 박탈당하고, 이 不姙의 子宮에, 想像姙娠되어진, '意味'는, 불운하다.

13　[주석 7]의 註文에 나타나 보이는, [주석 13]을 참조할지어람. 거기에는, "저승文學이라는 것을 섭렵하려 하며, 合理主義라는 자[尺]로 재려 드는 자가 있다면", 그는, 趙州가 경영하는, 개장국집에로 보내어지는 것이 좋다는 얘기가 있다.

14　"한 송이 보랏빛 꽃은, 붉다." ─羅卜임세, 세상은, 꿈꾸기에 좇아, 꿈꿔지는 것, 한 송이 붉은 꽃은, 보랏빛인 것, 것. (그러고 보면, 색깔이란, 그렇다면 분명히, 形態도, 꿈꾸는 자의, 그 夢根의 빛깔인 것이구나, 그리고 形態도─)

15　이 '숨'은, 그러니, 산소를 함량하고 있는 '공기'의 의미보다, 더 진한 의미를 띠고 있을 것이다. 목숨.

16　가령 '政治'라는 主題는, 그것이, 여하히, 泥田鬪狗들, 달 떠오르자, 와 짖어 울어, 靈山會 쁜[本] 사내는 소리 같은 소리라도, 일반적 구독자를 상대로 하는 '新聞의 제일면'을 차지하는, 이상한 特權을 누리며, (世上 시작된 그때부터, 世上은, 世上事로 근심하고 애쓰는 이들만으로 世上을 이뤄왔음에도, 한 번도 世上事가 제대로 되어본 적이 없음은, 何以故 가이사?) '科學'은 또, 그런 일이란 허다한데, "羊頭를 내걸고 개고기를 팔고 있다" 하더라도 그것이 '科學'의 이름을 띠고 있는, 푸주에서, 그 자신도 자기가 파는 '고기'의 진의를 잘 모르면서도, '科學者'의 이름을 갖는 푸주장이에 의해 팔리고 있는 한, 그 고기를 누구에게나, 거의 宗敎的 신실함으로, '羊肉'이라고 인정되어지는, 그런 特典을 즐기는데, 헤헤, '文學'이라고 어찌, 그런 特權 特典쯤 즐기지 말아야 할 까닭

이 있겠는가. 사실에 있어서는, '말씀의 우주'에서는, (이거 뭐, 조금도 새로울 것 없는 얘기지만,) '文學'이야말로 헌데, 말한 바의 저 特權, 特典 자체라고 해도 과언이 아닐지 모른다. 이 자리에, 이렇게 脚註까지 데불게 된, 저 뒤 구절의 本文도 그런 한 例이지만, 사람의 '想像力'은 그렇게, 無障 無碍를 두 날개로 달고, 三世六道를 주류하는 것이다. '文學'은 그렇다고 해서, '想像'의 문제만을 다루는 것은 아니다. (힌두宗派네 古史記에는, 이런 얘기가 있어, 인구에 회자해온다, "쉬바神의 링가[스바야얌부]의 뿌리는 얼마나 깊이 박혀, 그 둥치는 얼마나 높이 치솟았는가, ―같은 大力들 간에도 그것이 궁금해, 그것을 알아보기 위하여, '비슈누神'은, '멧돼지' 모습을 꾸며, '아래쪽'으로 파 내려갔으며, '브라흐마神'은, '白鳥'가 되어, '위쪽'으로 날아올랐다. 그리고 그렇게 그들은, 헤아릴 수도 없는 세월을, 내리는 자는 내리고, 오르는 자는 올랐지만, 그 끝 간 데를 찾을 수가 없어, 되돌아오지 않을 수가 없었다. 그런데 브라흐마神은, 자기의 우월함을 과시하려 하여, 자기는 그 끝에 닿았었더라고, 거짓 혀를 놀리기에 이르렀다. 그 결과 그는, 去勢를 당하기에 이르고, 훗날, 우주적 陰力으로써, '샥티'에로 轉身을 치르게 된다." ―이런 얘기가 시사하는 것은, '쉬바의 링가'라는 이름을 입은 한 '宇宙'[그것은, '大我'와, '小我'로도 구분되기도 하지만, 종국엔 다름이 없다는, 法論이 있다], 또는 하나의 궁극적 '眞理'를, 이해하거나, 닿기에는, 대별하면, '白鳥'的, 그리고 '멧돼지'的이라는, 두 가지의 방법, 또는 두 길이 있다는 것인 듯하다. [그 '끝'에 닿기만 한다면, 저 둘은, 한 자리에 만나짐이 분명할 터이다. 그러니까, 저 두 神들이 간과한 그 '끝'들은, 어디 따로따로, 말하자면, 끝없이 進行하는 한 直線의 兩端으로서, '끝'을 찾으려는 자 자신이, 그 '끝'을 자꾸 더 멀리 밀어가고 있었던 그런 것이 아니라, 정작에 있어서는, 그것들을 포착하지 못하고, 떠났었던 그 자리에로 되돌아와, 그들이 서로 다시 만나게 되었던, 그 자리, 그 일점이나 아니었겠는가, 하는 것이다. 圓은, 出發點이, 그 終點이 되는 것이 아니던가. 複數的 두 끝이, 一元化하는 자리. 그래서 이제, 저 두 大力들의 歷程을, 古山子的 言語로 記述하기로 한다면, '양극을 갖는 타원형'이 나타날 것이다. 스바야얌부! 神들도, 때로때로 깨달아야 된다. 그들의 '無明'은, 그들의 '잠, 스바야얌부' 자체이다. 촛불중께는, 그것이 '밖―記號'로 이해된 것일 것] '白鳥'의 길은, 앞서 말한, 그 '想像力'이 '白鳥'가 되어 나선 길이라고 이해하기는 매우 용이한데, 그렇다면, '멧돼지'의 길은, '想像'에 逆하는 意軌나 아니겠는가, 추측하는 것도, 그렇게 어렵지는 않을 것이다. 게다가 그 '방법'은, '뿌리'가 박힌 쪽으로 파고들기여서, [오르페우스의 하데스에로의 여행, '열두 公主'의 舞鞋에 뚫리는 구멍의 비밀을 비밀하고 있는 곳,] 그 '멧돼지의 행위'를, 語彙化한다면, 그것은 곧장 '分析', 특히, 精神分析學的 '分析'化하는 결과를 보게 되는데, '想像'에 逆意的이며, 어두운 곳을 파고들어, 거기 숨겨진 것을 캐내고, 밝혀내려는 행위에 대한 語彙는, 바로 그것이기 때문이다) 文學은 동시에, '分析'한다. (精神分析學者들은, 환자가 고스랑고스랑, 쥐알 새알 도깨비알 고스랑여 내는 이야기를 통해, 그 '환자'라는 敎本을, 다만 分析할 뿐이지만, 文學꾼은, 자신을 먼저, 그 환자 당자에로 환치해버린 뒤, 그 환자를 체험해버린다. 그리고는, 그 환자의 입을 통해, 깨알 메주알 헤아려 내는 것이 아니라, 자기의 얘기를 헤아려 내는 것이다. 그때 이 '記述'하기라는 행위를 거칠 때, 저 '환자'가 '分析'을 겪는데, 그리하여 文學꾼은, '환자'와, '分析學者'를 겸한다) 그런 뒤, '想像'이냐, '分析'이냐, 그리고 그것들이 記述化를 겪을 때, 어떻게 함량되어[%] 있느냐에 좇아, '文學'이, 자기를 化現하는 형태는, 다양할 터이다.

　　'말'[言語]이 쓰이는 곳에는 어디에나, '文學'의 부분적, 또는 지엽적 化現이 있다, 成肉身이 있다, 還生이 있다. '新聞'이라는 괴물을 하나 예로 들어본대도, 그것이 대번에 확연해져 버리는데, 그것이 '一面' '三面'이라는 식으로, 한세상을 나누어, 범주별로 무엇을 다루든, 그것은 다른 아무것도 말고, '文學'의 一般的, 日常的, 集團的 化身(니르마나카야, 또는, 어떤 의미에서는 '뚤파')이라는 것이다. 강조하기 위해, 한 번 더 말한다면, 예 들어진 바의 '新聞'은, 그것이 발간되는, 그 한 사회의, 가장 '보편적, 대중적 형태로서의, 擬人化한 文學'이라는 말인 것이다. '말씀의 우주'에서는, 소나, 여우나, 지렁이 우는 소리를 듣는 그 고막에서도, 그리고 꽃이 피거나, 잎 진 나뭇가지가 바람에 떠는 것을 보는 그 눈 속에서도, '文學'이 刊行된다. 그렇지 못하다면, 그 '귀'는, '먹는 구멍'에 붙어 있으며, 그 '눈'은, '뱉는 구멍'에 뚫려 있다. (하으, 눈썹을 헤아려 보라구 말인가? 커흐, 커흐, 커흐, 중들은, 눈썹을, 자기의 하초나 불알쯤으로 아는 듯해도, 雜說꾼은, 그런 것쯤 개새끼로 아는 다름이 그래도 있으니) 文學은 그럼에도, 그러므로, 敗北하지 않으면 안 된다. 畜生道가 敗北했기처럼, 敗北하지 않으면 안 된다. 文學은 敗北해야 한다!

17　'새'는, 날개를 접어, 등을 덮고 있을 때, 수은 방울과도 같이, 완벽한 형태를 회복해내는데도 불구하고, 重力에 당하기를 시집살이하듯 하다, 종내는, 그 磁場에다, 자기 몸의 반쪽을 볼모 삼아두고, 그리고도 볼모 삼아둔 그 반 몸을 괘목 삼아, 나머지 반 몸으로 그 위를 굴러서야 움직임을 성취하는, 구렁이에게까지도 먹힌다. 허긴 구렁이도 그렇게, '불'의, '나무'의 꿈을 꾸는 듯하기는 해도, ─헤매다 우리는, 광야에서, 광야의 毒牙에 물려, 더 나아갈 수가 없었더

니, 그 광야에서 우리는 뱀을 보았더라네, 하늘로 뻗은 사닥다리에 척 걸쳐져 있는, 아으, 한 마리 불뱀, ─광야의 고뇌, 고뇌를 보았더라네. 그 뱀을 본 자마다, 그리하여 광야의, 그랬더라네, 흙의, 고뇌를 벗었더라네. 뱀은, 우리가 벗은 신발, 흙의 신발─이것도 또한, '自然'이라는 敎本에 드러나 있는, 그 '矛盾語法' 중의 하나인 것. '새'는, ('광야에서 만난 불뱀!'[광야를 헤맸던 '우리들'은 그때 분명히, 헤매기에 지쳐, '金송아지'라도 뫼서, 大地에 밀착해 살고 싶었던 것이었다. 그때 '불뱀'이 일어나, '우리들'의 뒤꿈치를 쏘고 내닫는다.「民」21章, 8~9]) 大地의, '飛翔'에의 意志의 擬人이 아니었느냐, 그렇다, 그리하여 大地의 품에서 깨어 날아올랐음에도, 흙에 발을 붙이고, 움직이려 하면, 이상한 부조화가 드러나, 이방인 적이다. 기는 짐승도, 뛰는 짐승도 아니어서, (새여, 물고기들을 볼지어다, 그렇걸랑, 뭣하러 땅에로 돌아오고, 되돌아오고 하늤다?) 뒤뚱거리거나, 종종거리는데, 그 형태 자체는, 완벽하여, 결코 虛가 아닌데도, 분명하게는 '無性態'일 터인데도, 새는, 흙에 舞足을 디뎠다 하면, 虛다. 땅 밑에서, 사방에서, 붉은 손이 내밀어져, 그 발목을 움켜쥐어, 그 '깃털'들을 뽑아낸다. 새의 舞靴는 '깃털'인데, 활활 타오르다 수그러드는 불을 보아라, 이제 춤추지 못하는 새는 재[灰] 이다. 자기가 꾼 꿈속에서 舞靴를 잃고, 자기 꾼 꿈속에서 못 벗어나, 자기 꾼 꿈속에 유형당한 有情, 새, 새여 새, 새 새끼, 色鬼, 우여라 딱딱 우여─

18 湖東에서는, '달'[月]이 '토끼'와 相似 관계가 있으되, 埃及인들의 꿈속에서는, 그것(달)이, '고양이'로 둔갑되어 있는 것은 주목할 만하며, 이 '고양이'가,『六祖傳』에도 출몰했었거니와, 또한 이 자리에도 출몰해 있다. 주시하다시피 그리고 '검은 고양이'는, '암흑과 죽음'의 상징이거니와, '달'과의 관계에서는, 필자는 '그믐달'에 연결 지었으면 한다. '그믐달'이란, 있는 '달'이 아니어서, 矛盾語法인데, 바로 그 '凶夢'의 국면의 '矛盾語法'이 擬人化한 것이, '검은 고양이' 인 것이다. 정직하게 말하면, '검은 고양이'는 '風聞'이며, 있는 것이 아니다. '白馬非馬'라는 말[言語]도 있다더라만, '黑猫非猫'거나, '黑猫無猫'이다. "나는 夢想꾼, 말[言語]의 夢想꾼"이라던, 바슐라르 公이라면, 저 '骸骨'이라는 '없음의 記號' 속에, 둥글게 뭉치고 낮잠에 든, '검은 고양이'라는, '없음의 意味', 또는 '無爲'를 통해, 뭘 읽어낼 만한가? "한 송이의 보랏빛 꽃은 붉다" ─허기야 그것 자체(라는즉슨, '없음'에서 어떤 '있음'을 읽으려 하기라는 그 語法,) 가, 수상한 語法(oxymoron!)이다.

19 『미라레파의 十萬頌』(Garma Chang 英譯), '第54頌' 참조.

20 이런 '아름다움'에의 찬양도, 사실은, '죽음'에의 夢想에서 우러난다. '가을'이

깊어 들고 있을 때는, 의식하며 산다는 有情이라면, 모든 모서리, 모든 귀퉁이에서, 이윽고는 오게 될 '겨울'을 느껴내는데, '가을'이라는, 그 별량도 따뜻한 陽地에서 느껴내는, 저 별량도 슬픈 '겨울'은, 얼마나 달콤하게 슬픈지, 또는, 슬프게까지나 달콤한지, 그것은 宗敎的 열예에까지도 비교될 만한 것이다. 아니, 그것 자체가 法悅이다. ('봄'엔 물론, 그 같은 모서리, 예를 들면, 잎 없는 가는 가지, 그 같은 귀퉁이, 예를 들면, 드러나진 검은 흙 따위, 그런 모두에서 發聲되어지고 있는, 意味들이, 이것과 정반대가 될 것이다) 그럴 것이, '季節'이란, '祭壇'인 것이며, 그 季節을 겪기로 輪廻하는 것들은, 祭祀 자체던 것이기 때문이다. 그러면 누구에게, 이 '祭祀'를 바치며, 그것을 歆饗하는 자는 누구냐? 분명히, 여기 어디에, '있어지게 된, 한 自我'의, '삶과 죽음'의 비밀이 있다. 한 '自我'가 '삶' 쪽에 그림자를 드리우고 있을 때, 그것은 분명히 '죽음' 쪽의 '自我'에다 祭祀하고, '죽음' 쪽에로 나아가 있을 때는, '삶' 쪽에다 그렇게 하는 것이 아니겠는가? (어쩌면 이런 어떤 까닭에 의해, '神'들은, 한 번도 죽은 일이 없는데도, '의식하며 산다는 有情'들은, 그들[神]의 顯在를, 늘, 他界 쪽에서 본다. 이 現在, 이 現場에, 顯在한 神들을 보는 눈들은, 心情들은, 어만 쪽 마당에 구르고들 있다. 가당찮은 矛盾語法이로고!) 저 '法悅'의 젖을 흘려내는 젖통이는 그런데, '겨울'이 달고 있음인 것.

　　저것은 그저 하나의 例에 불과할 뿐이지만, 의식하며 사는 有情들은 그렇게, '삶과 죽음'이라는 天秤의, 한쪽 저울판에는, '삶'이라는 白瑪瑙를 올리고, 다른 쪽에는 '죽음'이라는 黑瑪瑙를 올려, '삶'과 '죽음'의 균형을 잡는 것이다. (놀라울지어람, '삶'도, '죽음'의 중량에 比例하는 것을!) '삶'이 너무 승하면, '아수라界'와 '데바界'가 요연해지고, 반대로 '죽음'이 너무 무거우면, '畜生道', '餓鬼道', '地獄道'가 성한다. 그러면 누가, 저 '易'이라는 손을 갖고 있느냐? 라고 묻는 자여, 道流의 두 손이, 각각 색깔 다르게, 나누어 쥐고 있는, 그 '運命의 錘'는 무엇의 소용인가?

21 촛불중은 현재, 정신적 혼란을 겪고 있음이 분명하다. 그럴 것이, 중은 '포ー와 禪定'에 잠겨 있으면서, '낮꿈 꾸기'나, '夢想하기'와 혼동하고 있으니 그렇다. 이런 혼동은, 그 자신과, 몸 사이의, '氣의 줄'이 끊긴 결과로 드러나는 듯하다. 안됐지만, 處容네여, 아닌 '가라리'가 두 개 더 많다. 클클츠쯧.

22 有情은, 살던 어떤 날, 새로 짓게 되는 羯磨에 의해, 그 體를 벗지 않으면 안 된다는 것이, 그러자 확연하게 이해되어진다. 예를 들면, 어떤 이는, 그의 (느끼고, 생각하고, 따위를 그냥, 한마디에 뭉뚱그려,) 행위에 의해, 어느 날 보면, 한 마리의 수캐가 되어 있는데, 人皮에 싸여 있다고 한다면, 저 '用'과 '體' 사이에

는, 逆意, 反調 현상이 일어나 있어, 그런 채로, 백 년씩이고, 천 년씩이고, 서로 견디며, 살아나가게 되어 있지 않다는 것은 확인한다. 저 '수캐'는, 어디에 가서든, 그 '수캐 껍질'을 입을 때, 그것 나름의 自由를 성취한다. (이번에는 반대로) 또, 어떤 이는, 비록 常民이라도, 그 긍지는 帝王에 비교해 조금도 부족하지 않다고 할 때도 그렇다, 그러면 그 常民이 입어 있는 麻衣는, 왜냐하면, 프라브리티의 달마가, 金剛石을 구리반지에다 끼워 넣고 있게 하지 않음으로 해서, 어떤 식으로든, 錦衣로 바꾸어지지 않으면 안 되는 것이다. 아으, 바르도의 절실함이여. (아으 그럼에도, 대답하여라, 왜 '말씀'은 일어나서, 무량겁 저렇게, '記號'를 바꿔 입어 되돌아오지 않으면 안 되는지, 깨달은 자들은 대답하여라, 대답하여라, 제기랄, 대답하여라! ─이래서 보면, 基督教的으로는, '生命'과 함께하게 된 '죽음'이 '原罪'였지만, [『죽음의 한 연구』 제17일 章 참조] 佛敎的으로는, '生命' 자체가 '原罪'인 듯하다)

23　히끈 벗어버린 독자에게사, 이따위 것이, 무슨 문제라도 되겠는가, 마는, 벗기가 또, 그렇게 쉬워야 말이지. 라는 문제는, 무엇인가 하면, 촛불중은 현재, 하나의 '생각[念]의 몸', 또는 '속[內] 사람의 몸', 또는, '氣體'(星氣體, astral body)를 해 갖고 있는데, 어떻게 그런 몸이, 실제적 '신발' 한 짝을 신고, 또는 머리에 이고, 주류에 올랐으며, 돌아올 때는, 죽이기 위해서, 한 마리 '벌뢰'를, 바로 그 '신발' 속에다 담아오는데, 그렇다는즉슨, 그 '몸'은, '신발'을 신거나, 머리에 이을 수도 있는 몸인 것이 분명한데, 어찌하여, 그 '벌뢰'를 때려죽일 수가 없다고 했는가, ─하는 것이다. 허긴 그건 모순당착으로 보이지 않는 것은 아니다. 허헛, 이것은 그러고 보니, 얼룩소 대가리의, 살찐 암노루가, 배고픈 이리 떼 가운데서, 한가로이 풀이라도 뜯고 있는 광경도 같아서, '씌어진 글의 孤兒性'이 어떻게 되는지, 그것이 자명해지는 듯하다. 이럴 때, 作者는, 삼천 근 철퇴를 꼬나들 만한 강골이 못 되면, 이빨 쑤시개라도 쥐어 들어, 나서, 저 이리 떼를 족쳐대지 말아야 할 이유가 어디에 있겠는가. 어버이가 있고서야, 어찌 자식을 '孤兒'로 내버려 둬야겠는가?

　　　앞서 의문되어진 그것이, 변호되고, 설명되어지기 위해서는, 『語論 3』에서부터 논의되어진 '신발學'으로 되돌아가 보아야 되기는 한다. 그리고 그것(신발)이 왜 그렇게, 이상하리만큼이나 장황하게 논의되어졌던지, 그것도 새로 검토되어져 보아야 하기는 한다. (아담을 임신했던 어미─大地를 보아람, 處女의 子宮은, 姙娠을 한다 해도, 分娩하지를 못한다. 그래서 아담은 태어나 본 적이 없다고 이른다. 그것이 '大地'라는 宇宙的 子宮이다. ─헤음, 이런 기습에 당해, 놀라지 않을 늑대도 있겠는가? '신발과 子宮, [또는 玉門,]' '신발과

상사라'學!) "발을 개의하면, 비슈누 콤플렉스를 드러낸다"라는 것이 촛불중의
의견이거니와, 그 '발'(브리티, 不斷의 動, signified)에 대해, 그것을 신기는 '신
발'(signifier)은, 비슈누와의 관계에서는 '마야'(우주) '상사라' 말고, 달리 또
무엇이나 되겠는가? 달마보디와의 관계에서는 그것(신발)이, '空'으로, (美里
派의 '骸骨') '棺槨'으로도, 변형을 치러 나타나는 것을, 아는 이들은 이미 알고
있을 것이다. 그러니, 비슈누는 그것을 신었으며, 달마보디는 그것을 (머리에)
이었던 것이다. '그것'이란 그리고 '신발'이다. 그래도 더 물을 말이 있겠는가?

제기되어진, 저 문제와는 달리, 이왕에 '달마보디와 신발' 얘기가 나와져
있는 데다, 바로 그 얘기가, 『逆進化論(니브리티)』의 골자가 되어 있으니, 그
때 가서 되풀이되는 한이 있다 하더라도, 이 자리에다도, 그것에 관한 얘기를
몇 마디 보태두는 것도, 꼭히 불필요한 일 같지는 않다.

달마보디가 죽었기에, 그의 兒孫들이, 먼저 그를 棺槨 속에 안치해뒀다
가, 나중에 장례를 치르려 하여, 했다, 보았더니, 그/棺槨 속에는, 평소 그가 신
고 다녔던 신발 중의 한 짝이 덩그마니 놓여 있더라 했다. 나중에 누가 보니, 그
는, 신발 한 짝을 머리에다 얹고, 西域엘 가느라, 냇물을 건너고 있더라 했다.
(그러니, 냇물을 건너기 위해, 한 짝 신발을 머리에 얹었었겠는가? 바로, 이 '신
발 한 짝'이 지금, 本文 속에서 얘기되어지고 있는 그것이기는 하다)

'棺槨 속에 놓여진 한 짝 신발'이란, '二重의, 不毛한 子宮(요니)', 즉슨,
'骸骨'이 그것 아니겠는가? ('骸骨'을 두고서야, 大我的 骸骨, 小我的 骸骨이
라는 식으로, 나누어 따질 것은 없으렸다) '沙漠' 가운데의 '마른 늪', '마른 늪'
벽의 '바위 무덤', '나비를 날려 보내고, 봄 뜰에 누워 있는, 莊子의 구멍 뚫린
잠'—. 헌데 저것이 바로, 촛불중이 이해하고 있는, '禪'이며, '니브리티'이기도
하다. '어버이'가 천이라도, 만이라도, '話頭'나, '公案'이라는 것을 두고는, 아무
도 그것을 감싸려 한다거나, 변명해주려 나서지 않는 것으로 되어 있으니, 그
래서 '話頭'(公案)는, 언제든 천애의 孤兒이니, '棺槨 속에 담긴 한 짝 신발'도,
어째서 '禪'이라는지, 또는 '니브리티'라는지, 그것도 孤兒로 둬둘 일이다. 허,
헌데, 이 '話頭'는, 커다란 입[話]만 갖춰 있는 대가리[頭]뿐, 목 밑부분이 구비
되어 있지 못해, 먹어도, 새끼 중, 늙다리 중들을, 백으로, 만으로 먹어도, 만복
을 모른다. 조심하그라.

24 「處容歌」의 한글 譯이 있음에도, 구태여 唐文字本을 들춰내고 있음은, '한글
전용'이라는 문제와 관련하여, 唐語傳用本도 한번 고려되어져 보아도 좋은 것
이 아닌가, 여겨지기 때문이다. 저 唐語傳用 「處容歌」를 주의 깊게 읽어본다
면, 그것은, 서라벌 아낙네가, 唐衣를 휘감고 있음을 알게 된다. '불[明] 기(期)

두래[月良]' 언뜻 보면 唐女인데도, 화촉 아래 '가라리'를 드러낼 때 보면, 서라벌 아낙네던 것이다. '소리말'의 '뜻글'化는, 매우 이상하고, 무리가 많아 보이되, 그러나 아직, 제정된 우리의 文字가 없었으니, 다른 도리는 없었던 것이, 이해되어진다. 우리의 文字가 없어, 唐文字만으로, 우리말을 表記하기와, 우리의 글자가 제정되었음으로 하여, 우리 글자만으로 唐(漢文)語를 表記하기는, 서로 정반대 편에서, 조금도 달라 보이지가 않는다. '뜻글'의 '소리글'化에는, 당연하게, 무리가 따르지 않을 수가 없어, '한글 전용'의 많은 문장들이, 아무리 전후 관계를 살피고, 맞춰, 그것이 무슨 뜻을 담은 글귀인지, 또는 낱말인지를 알아내려 해도, 알아낼 수가 없거나, 알게 된다 해도, 긴가민가, 알쏭달쏭하여, 도저히 장담하여 뭐랄 수가 없는 경우를 매우 흔하게 만나게 된다. 그런 문장들은, '한글 전용'이라는, 범국민적 聖事에는 기여했으나, 言語의 기능이라는 점에 있어서는, 言語를 殉敎者化한 것인데, 이런 殉敎에도, 어떤 기릴 만한 정신이 있는지, 어떤지는, 또한 알쏭달쏭하여, 장담해 말할 수가 없다. (그러나 가맜게라, 필자가, '한글 전용'에 반기를 들고 나섰다는 식으로, 성급한 판단은 내리려 할 것이 아니다. 필자는, 특히 이 문제로는, 뜨겁지도, 차갑지도 안해, 누르스름하거나, 희둑스름하다. 붉지도 푸르지도 못하며, 검도 희도 못하다. 이제, 이 雜種性이 밝혀지리로다)

필자의 관견에는, '宗敎'와 '言語'는, 매우 비슷한 성장 과정을 겪는데, 많은 잡것, 불순물을 섞고서도, 그것의 主體性을 잃지 않는 것을, 宇宙的인 것으로 친다. 宇宙的 人間은, '서른두 가지 大人相'을 구비한 자라고 생각한다면, 그런 자는, 어머니가 무덤 아래 누웠거든, 그 무덤에 내려가서라도, 젖 좀 더 먹어야 됨에 분명하다. 宇宙的 人間은, 그저 아무렇게나 집히는 대로 들어 말한다면, 사슴뿔에, 개 혓바닥에, 성성이의 팔뚝에, 황소의 앞가슴에, 말의 자지를 해 갖고 있다. 그렇게 그는, 한 우주 내의 모든 有情을 포용하고 있다. 이런 '宇宙人'은, 雜스럽고, 不純해서, 추악해 보이기까지 하다. 宗敎도, 그리고 言語도, 바로 저런 '추악한 相'을 꾸밀 때, 우주를 토막 내지 않고, 서로 보태어, '바벨탑' 쌓기를 성공하게 할 것이다. ('바벨탑'을 헐어냈었던, 어떤 方言의 神은, 그렇게 헐어내기로써, 자기 神性의 '方言性'을 확고히 했으며, 그렇게 하기로써, 筋骨을 굳게 했을 것이었는데, 그렇게 자기 디딜 자리를 확고히 한 뒤, 그는, 그 자신이 '바벨탑'을 쌓아 올리기 위해, 새로 오게 되는바, 그가 '基督'으로서, 와서 '말씀의 우주'를 개벽한다. 그것이 '바벨탑' 쌓기일 터인데, 이 국면에 있어서 그는, '佛者'이다. 저 '말씀'[로고스]이, '成肉身'을 했었어야 할, 필연적, 우주적 이유가 있었다면 그것은, [「욥記」와 관계된, '이유'는, 재론치 말기로 할 일이다] 다름이 아니라, 어떤 자기만의 목적 탓에 헐어내지 않으면 안 되었던, 그 '바벨탑'을 다시 쌓아 올리기 위해서였을 것이다. 그런 후, 저 복음이 닿아진 모든 곳에서, 인류는, 비록 그 '記號'는 같지 않더라도, 그 '意味'는 하나로 꼭같은, 그러니 '하나의 말'로써, '神'과 통화하기 시작한다. 그럼에도 '基督'은, 아직까지도, '인류의 原罪의 代贖者'로서, 그러니 그의 '보디사트바'的 국면만이 확대되어져 신앙되어져 왔으나, [모든 것을 생략하고, 건너뛰어 말하기로 하면,] 어느 때에 이르면, 그때엔, 그의 '佛陀'的 국면이 확대되어져야 할 것은 틀림없다. 그리고 그 '어느 때'가, 바로 지금이나 아닌지 모르겠다) ―이런 말은, 그, 그러니까, 필자는, 宗敎나 言語의, 폐쇄주의, 또는 쇄국주의를 별로 찬양하고 있지 않다는, 그것을 말했을 것이다. 필자가 『문학과사회』(1993년 가을호)에서 마련한 '대담'에서 밝혔던 것이 이것이지만, 그것은, 어느 한 宗敎가, 歷史라는 용광로에서, 장구한 세월을, 도태치 않고, 건강하게 존속해왔으면, 이제는, 그 문을 활짝 연다 해도, 그 탓에 그 종교가 도태하게 된다거나, 다른 종교에로 흡수되어져 버릴 위험이란 없으니, 종교들은, 그 배척적 태도를 버리고, 문을 열어야 된다고 했던 그것인데, 그것은, 言語에 대해서는 더욱더 그렇다는 것이 필자의 소견이다. 문제는 '전용'이 아니라, 자기네 言語圈 속으로 뛰어든, 별똥 같은, 不純한 言語, 예를 들면, 漢文語 같은, 모든 異邦語들을, 어떻게 수용하여, 자기네의 것으로 바꾸느냐, 그런 데에 있을 것이다. 그렇게 될 때, 그 外來語는, 새로 또, 그네들의 한 專用語化하는 것일 것인데, 그렇게 하기로써, 그네들의 『어휘 사전』은, 보다 더 풍부하고도 다양한 어휘들을 수록하게 될 것이 아닌가. 만약에, '歷史'와 '言語'는, 완전히 별개의 것들이어서, 서로 영향을 미치는 것들이 아니라면, 필자로서는, 더 이를 말도 없을 것이다.

이렇게 말하고 본즉, 필자 자신의 귀에까지도, 필자가, '한글 전용'에 반대하여, '漢字混用'을 주장하고 있는 듯하게 여겨지는데, 비록 필자 자신, '漢文混用'을 하고 있다 해도, 헤헤, 그러나 그런 것은 아니다. 필자는, 이런 문제로 구애받지 않는 글꾼인데, 이것이 '雜種性'이라면, 앞서 말한, 필자의 '雜種性'은 저것이다. 필자는, 필자가 표현하려 하는 것이, 필자가 의도하는 대로, 혼동이나 혼란, 긴가민가, 눈인가 눈인가, 이 소린가 저 소린가, (그런 글은 씌어지자마자, 뒈져 자빠졌음! 咄, 言語의 오나니슴!) 그런 어떤 종류의, 불쾌하기 이를 데 없는, 알쑹달쑹함 없이, 독자들께 백분 전해질 수 있는 言語만 있다면, 그것을 서슴잖고 쓰려니와, 없다면, 그것을 위한 記號나, 單語를 만들어서라도 쓰려 할 것이다. 필자는, 말[言語]을 효과적으로 써서 부리려는 자이지, 그래서 '말'[言語]은, 이런 어떤 종류의 調말師를 만났다 하면, 살은 주리를 틀려

기름을 짜이고, 뼈는 깨이어 골을 핥이며, 아주 생조시 쏙난다, 그것을 禮拜하는 자가 아니다. 탁 털어놓고 말하면, 필자는, 필자가 필요로 할 때마다, 그것 [言語]으로부터, 處女皮(모든 새로운 이미지, 其他, 를 위해 동원되는 '記號'는, 그리고 '意味'도, 童貞인 것!) 몇 장에, 장가간 적 없는 젊은네의 불알('意味')까 몇백 석이라는 투로, 바치라, 하여, 朝貢을 받는 자이다. 이런 자는 그래서, 이쪽이냐, 저쪽이냐, 라는 식으로, 어느 편에 서지 않는다.

그렇다 하더라도, 꼭히, 보다 더 確實한 意味傳達이 問題라면, '신(神)인가, 신[鞋]인가', '말[言語]인가, 말[馬]인가', 라는 식(式)으로, 괄호(括弧—흐흐, ( ), [ ], < >, 괄호 속에 들어가져 있는 '括弧'를 보아람)를 利用하는 方法도 있는 것이 아닌가, 라고 힐문되어지게 될 일이기는 하다. (이 자리에서 하나 묻고 넘어가고 싶은 것은, 저 '괄호'[括弧] 바깥쪽의 말은 우리말이라도, 안쪽의 말은, 우리말이 아닌가, 하는 것이다. 그러자 그렇다면, 漢文字로 씌어진, 예를 들면,『中庸』을, 우리말 책[冊]이라고 해도 되겠는가, 묻는 도류[道流]가 있다. 喝! 中庸을 지키게람, 道流는, 中庸之道를 修業해보게람!) '괄호' 쓰기란, 매우 非經濟的이라는 弱點을 갖고 있으되, 무엇보다도 바람직하여, (되풀이되지만,) 意味傳達만을 위해서는, 필자도, 전에 늘 그렇게 해왔듯이, 앞으로도, (별로 많지 않은 분량의 얘기를 쓰게 될 때에는) 그렇게 해나가려 하지만, 필자는 또한, '의미 전달' 이외에도, 漢字를 使役하는, 다른 이유를 한뒷 더 갖고 있다. 라는 것은, 이 경우에 使役당하는 漢字는, '文字'이면서, 동시에, '符號'(sign)라는 것이다. (『이희승 국어대사전』의, '일러두기'의 '기호'란을 본즉, ':, +, ×, ↗, ☆, →, ←, *' 등, 칙칙, 착착, 쉬풍, 별 요상스러운 것들이, 미친 밤하늘모양 나열되어 있는데, 만약에 보편화만을 성공시킬 수 있다면, '초서' 이전의 英語든, 火星人들의 발자국이든 뭐든, 왜 쓰지 말아야 할 까닭이 있는가?) 國語에는, '大文字'나, '이탤릭體' 등이 계발되어지지 안 했는데, 그런 것들의 필요가 있을 때, 그러니 강조하기 위해서도, 필자는, 저 '漢符號'를 써왔다. 그리고, 그런 결합이 가능하기만 하다면, '소리글'과 '뜻글'의 결혼에서는, 당연하게도, 宇宙的 言語體系가 드러날 것이다. '言語'가 信仰의 대상이 아니라, '想念'이, '思考'가, 言語에 의해 信仰되어져야 할 것이다.

25 「處容歌」의 '處容'은, 사실로는, 비겁한 자였거나, 아니면 몹시 좋지 않은 병에 걸린 자는 아니었던가, 하는 그 의문이, 이제 새로 머리를 쳐든다. 저것은 도덕적으로는 매우 건강하지 못한, 패륜의 노래던 것이다. 그럼에도, 그것이 '巫歌'라는 이름에 붙여지자, 아무런 의문도, 무리도 없이, 우리들 심정을 차지해, 건강하게 존속해오는데, 그 까닭은 어디에 있는지, 이제라도 그것은 밝혀져야 할

듯하다. 推筶은 물론, 여럿일 수 있을 것이라도, 그것이 '巫歌'라고 알려져 온 이상, 매듭은, 거기서 풀려져야 할 것이다.

　'부두'(voodoo)의 祭義가 이것이지만, '神'과, '人間의 魂'은, 같은 한 몸 속에서, 일시 동거하지를 못한다고 하여, 어느 몸을 디뎌 神이 내릴 때는, 그 몸속의 人間의 '魂'은 자리를 비켜줘야 된다고 한다. (이 '魂 없는 몸'은 '좀 비'[Zombi]라고 이른다고 이르는데, '부두'의 사제들은, 갓 죽은 '송장'을 불러 일으켜 세워서도, 神내림을 맞는다고 한다) 「處容歌」가 '巫歌'일 수 있다면, 바 로 저런 관계(내림 神—處容 각시[좀비]—處容[몸 잃은 魂])에 의해서가 아닌 가 하고 여겨지는데, 「處容歌」의 경우는, 男巫(覡)께 男神 내리기가, 淫辭의 형태를 띠어 있는 듯하다. (覡-處容의 '魂 없는 몸'이, '處容 각시'로 이름되어 져 있다) 淫邪스러움이, '巫'俗의 한 특징이기도 해 보이는데, 초월자와 필멸할 有情 간의 交通, 靈媒에 대한, 저들의 저런 이해는, 두렵도록 깊어 보인다. 神 들과 人間이, 실제로 저렇게 性交하다니! "有情은 神에 대해서 그리고, 언제나 암컷이다!"(「處容歌」에서는, '巫'[覡] 자신이, '좀비' 役을 담당해 있다는 것이 달라 보인다. 羑里에서는, 저 '좀비'가, '骸骨'과 相似하는데, '九祖'[태어나지 않은, 八祖의 어미]의 중요성은, 바로 저 '좀비', 즉슨 '살아 있는 祭壇'이 되어 있다는 그것일 것이다. 그 옌네가 羑里이다)

26　이것은, 촛불중의 생각이지만, '마음의 우주'에서 본다면, 有情은, 어떠한 超越 者에 의해서도 救援되어지는 것이 아니다. 어떠한 超越力도, 자기가, 또는 '프 라브리티'라는 非人格者가 정한, 프라브리티의 法則(達磨)을 어긋내지는 않 는다. (그럼에도 肉身을 구비한 有情만이, 그것을 어긋내곤 하는데, 그 하나의 형태는 宗敎的이랄 苦行을 통해 쌓은 達力으로, '프라브리티'라는 고치에 구 멍을 내고, 나비가 되어 날아가 버리기이며, 다른 하나는, 무분별한 殺生이나, 파괴를 자행하기로서, 自然의 균형, 즉슨 '易'에 불균형을 초래하기일 것이다. 결과는, 有情의 집단적 죽음일 것이다) 헌데 어떤 有情이, 그 法則에 준해 살 았음으로 해서, '떠들어 올려짐을 받았다'고 한다면, 그를 떠들어 올린 손의 임 자는, '얼굴'과 '손'을 틀리게 하고 있다는 것이 관찰되어질지도 모른다. 얼굴은 超越者의 것인데, 히히히, 손은, 떠들어 올려진, 그 당자의 것이라는 식이다.

　그러면, "宗敎란 無用인가?"라는 물음이 당연하게 제기될 터이지만, 먼 저, 대답이 아닌 대답부터 하나 해두기로 한다면, 몸 입어, 프라브리티라는, 相 剋的 秩序 속에 처하기 자체가 '宗敎的 苦行'이라고 한다면, 뭣 때문에, '살기' 이외의 다른 宗敎가 필요하겠는가, 라는 것이다. 그리고는, 그렇게 생각할 수 없는 이들께 대고 해둘 소리가 있을 수 있다면, 그런 물음은, 꼭히 물어져야 될 것이라도, 대답이 만들어질 수도 있는 물음이 못 된다는, 그런 소리쯤일 것이다. 그럴 것이, 그런 '물음'은 '머리'에서 만들어져서, '가슴'을 쏜 화살이라 그렇다. '가슴'은 그리고, 알다시피 '머리'와는 같지 않은 용도를 위해 지어진 것이 아니더냐. (무엇보다도 그리고, 누가 어떤 이름의 神을 믿되, '信仰'이라는 것을 賂物로 삼아, 틈틈이 진상해오다, 필요할 때마다, 저 '큰 힘'을, 자기의 이익을 위하여 이용하려 든다면, 우주적 貪官汚吏가 생겨날 것이다) 대답 아닌 또 하나의 대답은 그리고, 무엇을 믿기에 의해서부터 有情은, 進化의 첫걸음을 내딛는다는 것이다. ('살기'라는 행위와, 그 행위를 통해 거두게 될 '열매'와의 관계에서 얘기지만, 같은 '문지르기'라도, 문지르는 그 대상이, 손가락인가, 하초인가, 에 따라, 그 결과는 다르다는 것이 기억되어진다면, 法恩이 있다 할 것이다)

어떻게 해서 '마음의 宇宙'에로까지 移民 길에 올랐던 有情이, 고향(은, 畜生道인 것!)에의 그리움 탓에, 三世六道를 혼동하기 시작하면, 그는 그 순간, 하필이면, '빈 거울'(속의 실다움은 어떤 것이나 되는가?) 속에다 지옥을 파고, 그 가운데로 들어가고 있다.

27 '나비에의 꿈의 알', 즉슨 '굼벵이'는, '물'과 '뭍'(흙)의 두 元素 사이의 '과도적 존재'라는, '개구리'의, '흙'과 '공기' 사이의 變形인 것이 분명하다. 그러니까, '굼벵이'도 '개구리'며, '개구리'는 '굼벵이'이다. '개구리가, 公主의 입맞춤을 받기로써, 王子에로 轉身한 얘기'는, 알려져 온 바와 같이, '魂(公主)의 靈(王子) 化'의 얘기이기도 하겠지만, (분명히 鍊金術과도 관계된 얘기일 것으로,) 粗惡하고도, 不純한 元素(프리마 마테리아)의, 純得, 또는 '아말감'化의 얘기로서, (에케 파우스트!) 아직도, 저 '金'의 現住所는, '몸의 宇宙'에 두고 있어 보인다. ('魂의 靈化'를 통해서는, 분명히, '말씀의 우주'가 開闢할 것이다. '아도니스 神話'와, '개구리 王子 되기 童話'는, 비교해본다면, 그 相似點의 力動性이라는 점에서, 몹시 흥미로울 것이다) 이 '개구리가, 公主의 입맞춤을 받기로써, 王子에로 모습을 바꾼 얘기'는, 나중에, 『파우스트』에로 변형하기로서, 어른들을 위한 童話에로 둔갑한다는 것도, 용이하게 고찰되어진다. 되풀이되는 듯하지만, '파우스트의 救援'을 '말씀의 宇宙'에서 이해하려고 하면, '말씀의 宇宙의 秩序'에 攪亂이 야기된다.

"Simon Peter said to them: Let Mary go out from us, because women are not worthy of the Life. Jesus said: See, I shall lead her, so that I will make her male, that she too may become a living spirit, resembling you males. For every woman who makes herself male will enter the Kingdom of Heaven." *The Gospel*

According to Thomas(Log, 114, 18~ 26). —(여기 어디에 물론, 神의 母性的 국면의 현현으로서 '聖母'가 얘기되어질 자리가 없는 것은 아니다. 그러나 '神의 母性的 국면의 현현'과, '人間의 魂'[어머니魂/아버지靈. 어머니 大地/아버지 天國]은, 신중하게 고려되어져야 할, 두 다른 재료들이라는 것도, 고려되어져야 할 것이다. '말씀의 宇宙'에서는, 人間이, 아무리 그 마음을 넓힌다 해도, 神은 되지 못한다. "神은 언제나 神이며, 人間은 人間이다.")

28 아람語(Aramaic)에서는, (예를 들면, 우리말의 '눈'[眼]과 '눈'[雪], '손'[手]과 '손'[客] 등과 같은 것이나 되는가, 어쩌는가, 그것은 '아람語'를 아는 자나 알 일이되,) '약대'와 '동아줄'이, 듣는 이들의 청각에, 매우 비슷하게 들려지는 어휘들이라고 이른다. 그러니까, '약대가 바늘귀를 통과한다'라고 통용되고 있는 그 金言은, 본디는, '밧줄이 바늘귀를 통과한다'라는 말이었을 것인데, 혀로 옮기게 되면서, 誤譯이나, 訛傳 현상이 일어났을 것이라는 얘기가 있다. 그래서 새로 고려해본다면, 허긴, 이 경우, '약대'라는 어휘는, '듣는 이들의 想像力에 無理'함을 일으키는 것도 사실은 사실이다. 그런데도 어쩌면, —이것은 순전히, 필자의, 基督에 대한 경애심으로 하는 말이지만, —基督처럼 修辭學에 밝았던 이로서는, 오히려, 저 '아람語'의, '동아줄'과 '약대'의 相似點을 이용하여, 듣는 이들의, 日常的 想像力에 반란을 일으키려 하여, 그리하여 凡常한 정신 속에서 力動性을 일으키려 하여, '밧줄' 대신에, 고의적으로, '약대'라는 어휘를 쓰지 안 했을 것인가, 필자는 그렇게 짐작하고, 그리고 주장했으면도 싶으다. 當世에 대해서, 基督의 法說은 그렇게, 非凡常的, 力動이었던 것이다. 글쎄, '經'도, 어떻게 읽느냐를 좇아, '소귀' 아니던 것도 '소귀'를 만들며, '소귀'던 것도, 아닌 것으로 만드는 것이다. 돌팔이 박수가, '經'과 '귀'를 욕되게 하느냐? 그녀러 쎄빠닥을 쑥 잡아 빼어, 열둬 발쯤 잡아 빼어, 달만 떠오른다 하면 짖음 나와 못 사는, 저누무 犬公의 똥꾸녁에다 쑤셔 넣어뒀다가, 그렇지, 다른 아무 날에도 말고 그믐 되면, 쑥 뽑아내여, 본디 자리에 되사려 넣어줘 보아람. 그래람 보아람, 흐럼 크럼—

29 '弛緩'과 '凍結'과 같은, 두 宿敵들이, 같은 한 목적을 위해, 같은 위치, 같은 자리에 동원되어지는 경우는, 물론 흔하지는 않되, 저런 것을, 修辭學에 있어서의, '政治的 聯盟'이라고 이른다면, 무리가 있겠는가? 이런 투의 '政治的 聯盟'에 동원, 참가되어진 語彙들은, 그것들 自意와도 상관없이, 그것들 자신들에 대해서, 그러니까 '記號'와 '意味' 사이에서, 모반과 폭동이 일으켜지도록 강요되어 있는데, 그리하여 일어나 있는데, 신비스럽기까지 하다고 해야 할 것은 그럼에도, 그 '聯盟'에 가담되어진 저 '語彙'들은, 그 '記號'나 '意味'의 어느 모

서리에도, 아무런 변화도 드러내지 않고 있으면서, 그런 자기 모반을 통해, 동원되어졌었던 그 '목적'을 십분 달성하고 있다는 그것이다. ―이런 것도 그런 이유 중의 하나로 꼽을 것이지만, 필자는 그래서, "修辭學的 壓力은, 한 作家의 複合性보다도 강력하다"고 이른 것이다. 주지하는 바와 같이, 通話手段으로서의 '言語'와, 그 言語의 紡織으로서의 '修辭學'은, 반드시 같은 것들이 아니다. '言語'는, '記號'와 '意味'의 和合에서 태어난 자식이라면, '修辭學'은, '부두[voodoo]宗'에서 그 적절한 비유를 찾기로 한다면, '좀비'(Zombi―soulless body)와 '호우간'(hougans―spirit masters)의 野合에서 태어난 자식이다. '通話手段'으로서의 '言語'는, 그 목적에 기여하기 위해 동원되어진 單語들의 '意味'가, '複合性'의 역할이랄 터이지만, '言語의 混成 紡織으로서의 修辭學'은, 作家가 '좀비' 役이며, 동시에 '호우간' 役인데, 이 祭壇에서 이뤄지는 '靈媒接神'은, '좀비'가 제어 조절할 수 있는 것은 물론 못 되지만, '호우간'까지도, 반드시 자기를, 잘 통어할 수 있는 것은 아닐 것이다. '호우간'에 대해서 이 상태는, 절정에로 치닫고 있는 性交인데, 얼마나 많은 간나위들이, 옻칠한 숟가락으로 玉門 맛을 보는 중에 홍시가 떨어져 내린 것을 보고, 그것 맛도 보아야겠다고 몸을 일으킬 수가 있는가?

말[言語]을 몇 사르고[焚] 난 자리에서 이제는, 어찌 되었거나, 舍利를 몇 주워 들어보기로 하면, 有情들의 말씀(말 쓰기)을 두고, 어떤 종류의 가름[分類]이 가능해지는 게 아닌가, 하는 것이 고려된다.

주워보게 된 舍利는 세 종류이다. 그 하나는, '言語를 通話手段'으로서만 빌렸던 자들의 것으로서, 이런 '言語'는 '畜生道'에서도 (같은 종류의 有情들 사이에서는) 通用되고 있은즉, (그러니, 有情의 種數만큼이나, 方言의 數도 많을 것이다) 이 말 뼈[語舍利]는 '몸의 우주'에 소속된 것이라 할 것이다. 그 둘째 번 것은, '修辭學이라는, 混成 紡織의 言語'의 뼈인데, 이런 言語를 쓰는 자들은, 그것을 쓸 때마다, 어떤 靈妹接神症을 드러내지 않을 수가 없는바, 한 우주가, 홑(한)겹보다 많아지기 시작했으니, 그것을 일러 '말씀의 우주'라고 해오는 것인 것, 이 말舍利는 그러니, '말씀의 우주'의 목뼈던 것이다. 그리고, 그 마지막 것은, 눈썹을 주의하기로 하여, 그 語骨의 이름이나 밝혀두고, 다른 말은 생략하기로 할 일이겠다. '禪', ―그렇다, 그것이 저 語舍利의 이름이다. '마음의 우주'의 말, '말'[言語]을 타, 此岸에서 彼岸에로, 건너뛰어 버리려는 말-아닌-말. "코끼리를 양육하고, 막강한 힘을 내게 하는 것은, 그것이 먹는 풀인데, 그 같은 풀이 꼬여져 만들어진 동아줄에 묶이면, 그렇게나 막강한 코끼리도 無力해진다." ―禪의 法恩과 悲劇도 그것일 것. 이래서 보면, 野壇 차리고 法席 깔린 데 보면, 아크흐크할라, 기라성 같은 중들이, 꼴만 코끼리며, 황소지, 개 새끼며, 개구리도 못 되는구나. 캐갱 콩콩, 코악스 코악스 부렉켁 부렉켁. 禪家譜에 의하면, 臨濟門에서도 깨인 兒孫들이 뒷 나오고, 南泉에서도 반이 나오고 했다는 소리가 있으되, 그리고 그들의 당차가 코끼리 같으며 황소 같아, 큰 바퀴 메운 수레 타고 나가, 큰 낫 휘둘러 잡초 쳐내기가 염라 같다 해도, 헤헤이, 그래가지고 사래 긴 밭에 빼꼭 찬 잡초를, 언제 다 쳐 눕히려 하늤다? 하나 쳐 눕히면 두 목을 돋구고, 둘을 쳐 눕히면 넷이 되는 것, 그것이 잡초인 것을. (그, 그렇다 해도, 중생 구제에 나서기 전에 道流는, "佛者가 과연, 이 세상을 위해, 했던 일이 뭣이 있었던가?" 그것쯤 물어볼 일이겠네)

30 '신발이 발을 재조립하려는 현상'은, '넋들에 대한 畜生道의 관계'라는 얘기는, '有情의 輪廻와, 그 입어져 오는 입성, 또는, 活運動에 신겨진 신발'의 문제와, '自然的, 또는 物質的 進化의 路程에 올라 있는 生物의, 進化의 記號(다시 말하면, 그 肉身的 形態)'의 문제를 고려해보게 한다는 점에서, 흥미롭지 않은 것은 아니다.

『이솝 寓話』 속에, 이 문제를 고려해보기에 아주 적합한 얘기가 하나 있으니, 그러기 위해, 그것을 빌려보기로 할 일이다. "제우스의 명에 의해, 프로메테우스가, 사람과 짐승을 짓게 되었더라. 제우스가 본즉 그런데, 짐승의 수가 많아도 너무 많게 지어진지라, 프로메테우스에게 다시 명하여, 저 짐승들 중의 얼마를 바꿔, 사람으로 만들라, 하였으므로, 그가 그렇게 하였더라. 그런데, 본디 짐승이었다가, 사람으로 再造되어진 有情은, 현재 비록 사람의 형상을 꾸며 있다고 한다 해도, 그것의 마음은 여전히 짐승이었더라."

이솝은, 저 짧은 얘기 속에, '사람'[文化] '짐승'[自然], 그리고 '사람 형상의 짐승[雜種]'의 세 有情을 들춰내 보이며, 畜生道의 構造를 암시해 보이고 있는데, 촛불중의 관심사는 헌데, 저 불순한 有情, '雜種'이라는 記號이다. 주목해야 되는 것은, 저 '雜種'은 헌데, '文化'(사람)를 그 '外皮'로 하고 있다는 그것이다. 저 '雜種'은 그러니까, '文化道'에만 있고, '自然道'에서는 보이지가 않는다는, 그런 얘기일 것인데, 이렇게 되면, 야야, 房子야, 예이이, 방자는 막둥이처럼 대답도 잘하는구나, 얼른 들에로 나가, '개구리'나 '두꺼비'나, 아무것이라도, 눈망울 크게 뜬 것으로 하여, 放恣함을 들먹여, 대번에 묶어 대령하렷다, 한 뒤, 엄히 문초하여, 놈이 '흙/물'의 두 元素의 中間的, 또는 過渡的 有情이라지만, '文化道' '自然道' 중, 과연 어느 마을[官衙]에 더 충성하여, 정탐꾼 노릇을 하느냐, 그것을 실토케 해얄시라. 예이이, 그러나 놈은, 퉁방울 같은 눈방울만 멀뚱히 하여설람엔, 문초하는 까닭이나, 내용, 아무것도 모른다 하는즉슨, 아, 알겠도다, 알겠도다, 그만해둘지어다, 놈이 '文化道'에서 유명해진 것을 알게 되면, 그렇잖아도 멀뚱거리는 놈의 눈깔이, 더욱더 커져 멀뚱거리리라. 이 '개구리'라는, '過渡的' 暗號까지도 그런즉, 그 '개구리' 당자와는 상관없이, '人間途', 또는 '文化途'에 소속되었음을 알 일이다. 모든 '불순한 雜種'은, 그래서 보면, 人間途 소속이다. 제우스와 프로메테우스가 범한 매우 신중한 과오가 이것이지만, 人間途, 또는 文化途에는, 山海의 무수한 '過渡的 有情'들이 우글거리고 있다. 어떤 有情은, 그 인두겁 속에 돼지를, 또는 똥개를 휩싸아 있으며, 어떤 有情은 또, 곰이나 여우를 싸 갖고 있다. 그뿐만도 아니어서, 어떤 이는 사자의 머리통에, 독사의 하반신을 해 갖고 있으며, 사람의 상반신에 말의 하반신을 해 갖고도 있다(『山海經』 참조). 비록, 프로메테우스가, 많은 '짐승을 헐어내고, 사람으로 바꿨다' 해도, 여전히 '사람'은 부족하다. 어찌 되었든, 文化途에 저렇게나 짜들아지게 쌔뼈린, 저런 불순한, 中間的, 過渡的, 雜種들은, 헌데, 人間途의 宗敎(神話), 藝術, 歷史, 心理 같은 것들 속에, '象徵'이나, '比喩', 심지어는, '象形文字' 같은, 言語의 記號를 입어 나타나 있는 것들이라는 것을, 아는 이들은 너끈히 알고 있을 것이다. 그리하여 알게 되는 것은 또, 그러므로 '文化途'에 대해서는, '有情의 進化/退化'와 관계된, '개구리'의 출처나 행방을 묻지 안 해도 된다는 것이다. 문제는 그런데, 그러자 무엇인가 하면, '自然途의 進化/退化'를 主題로 하여, 살펴보려 하면, '개구리'의 출처나, 행방을 묻지 않을 수가 없다는 데에 있다. '進/退化'가, 間歇的이 아니며, 不斷하고, 繼續的이라면, (뜻있는 이들에 의해, 이미 물어진 바대로,) 어떤 有情(예를 들면 '사람')과, 어떤 有情('원숭이') 사이에는 꼭히, 서로 간 잇대어진 고리가 있어얄 것이다. (그러나, 이미 무수한 碩學들이, 무슨 答片이라도 주울까 하여, 샅샅이 훑고 지나간 자리를, 뒤늦게 어정어정 따르려 하며, 눈썹은 물론, 뒤꿈치까지도 잃으려 할 일은 아닐 것이다) 허기야, 뉘 알랴, 이후에라도 그런 '고리'가 새로 발견되어질지도 모르긴 모르지만, 그건 그때의 문제고, 이 현재는, 그런 까닭으로, '畜生道'가, '넋'에 대해, 'signifier'라고 이른 것이다. (반복되지만, 이런 이유로 촛불중에게서는, '畜生道, 自然道'가 '土器場' '옹기塵'으로 비유되던 것이다. '進化/退化'의 결과는 그러니까, 有情이, 어떤 '運命의 記號'를 입고 있는 그때에가 아니라, 그것을 벗은 뒤, '바르도'엘 들렀다, 되돌아오게 될 때, 그때 드러나게 된다는 것이다) 그러니까, (한마디만 더 얹은 뒤, 이 脚註의 정강이를 부러뜨리기로 한다면,) 진정한 '進化/退化'는, '畜生道'에서가 아니라, (그러니 '肉身的'으로가 아니라,) '文化道'에 이르러서라야만, (그러니 '精神的' 노력을 통해서만,) 가능한 것이며, (촛불중이) '運命의 記

號'라고 이르는, '畜身'은, 그것을 입고 있는 有情이, 그것 입었음의 고통을 자각한 뒤, 자기를 '文化道'에로 쏘아 오르기 위한 跳躍臺, 또는, 그런 날개를 제조하는 質料로 주어진 것이라는 것이다. 현재로서는, 畜生道에는, 旣成品 形態들만 있어, 어느 넋이, 다른 도리가 없음으로 해서, 자기를 그 畜生道에다 投入(또는 再投入)하려 하면, 말한 바의, '신발이 발을 재조립하는', 畜生道의 그 達磨에 복종, 적응해야 할 것이다.

31 어떤 자가, 어떤 惡緣에 의해, 가슴에 쌓아 갖게 되어, 앓으며, 때에 당하면 터뜨려내려는, 어떤 怨恨이나 憎惡를, 그런 때며 기회에 당해서 그런데, (어쩌면, 그런 惡感에도 곰팡이는 필 수가 있어, 누룩 된 것이, 이것일지도 모르지만,) 일어난 어떤 종류의 善念(이란, 꼭히 옳은 단어라고 할 수가 없기도 하다면, 어쨌든, 어떤 運動에다, 靜止, 또는 挫折을 結果할 수 있는 反動力, 또는 障碍라고까지 이른다 해도, 상관은 없을 터이다)에 의해, 터뜨려내는 대신, 접어 들이려 하는 경우가 있다면, 그것을 접어 들여버린 자에게 그것은, 그날 그때껏 劇藥이기만 했던 것이, 갑자기 변해져 仙藥이 된다는 것이다. (여하히 "惡業을 지은 자라도, 善에 대해, 한번 생각해보았기만으로, 그 惡業을 모두 中和한다"는 얘기는 그것일 것이다) 바로 저 法이, 有情이 獸皮 입어, 畜生道에 처해야 되었던, 그 비극적 獸皮 속에 숨겨 넣어진 '밀물돌'이라는 것이다. (이 '밀물돌'은, 촛불중이 누누이 說해온 '鱧魚道'에 근거를 두고 있음) 조악한 물질로 이뤄진 몸[獸皮]은, 그러니까, 必滅 必死여서, 劇藥인데, 그것을 質料로 하여서라야만, '不滅, 不死'가 錬金된다는 것이다. 이렇게 仙藥化한 劇藥은, 그 主元素가 되어 있는 것의 성격에 의해, 그것은 그 당장 확대 확산을 치르는데, 그러기에, "正道에 올라 있는, 한 중이, 산막 암자만 지켜 있고, 마을에 내려온 일이 없어도, 그 마을에 法恩이 골고루 미친다"고 이르는 것일 것이다. 까닭에, "美里의 하늘에선, 아닌 꽃비가 흩어져 내리고 있었"을 것이었다. 그 '主元素의 성격'은 그러면 어떤 것인가, ―하면, 그것이 '惡'일 때, 그것은, 여하히 傳染性이 강하여, 한 시대를 온통 惡疫으로 창궐 만연하게 하고 있는다 해도, 언제나 그것은, 乾酪에 피는 곰팡이 같을 뿐인데, 그래서 그것은 언제든, 부분적이며, 국소적, 下向性的인 것에 머묾에 반해, '善'은, 아무리 작은 것이라도, 우주적이며, 전반적 上向性的이라는 것이다. (아마도, 宇宙를 그 등에 받쳐 안전하게 하고 있는, 그 '거북'의, '人世의 이름'이 '善'이다. '善'도 그러니, 프라브리티 우주의 소속이다) 그러면 알겠는 것이다, 태초부터 '惡'이 '善'과 같이 해오며, '善'을 멸살하려 해도, 그리고 어느 시대나 없이, '惡'이 승리하고 있는 듯이 보여도, '善'이 한 번도 패한 일이 없는, 그 까닭을 알겠는 것이다. 말하기로 하

여 말이지만, '惡'이 그래서, 그런 노력 끝에, '善을 멸살하기'에 성공했다 하면, 그런 뒤에 '惡'은, 뭘 어쩌려는 것인가? '惡'이 설 자리는 어디인가? '乾酪'을 다 먹어 치워버린 '곰팡이'가, 그리고는 어쩌려는지, 그 뒷일에 대해서는, 돋보기를 써도, 필자의 推眼은 미치지를 못해, 아무것도 보지를 못한다. 이렇게 되면, '善'이라는 '乾酪'에 대한, '惡'의 '곰팡이'性[寄生蟲性!] 이 들춰지는데, 이런 '惡'은 그렇다면, '善'에 相對하는, 二元論的인 것이 못 된다는 것은 분명하다. '善'은, 그것 단독일 때, 더욱더 우람하고 찬연하게 서지만[立], '惡'은, 그것 단독으로는, 한 찰나도 버텨내지 못하는 것. (그럼에도, 그 '善/惡'이 縱軸이 되어 있는 人世가, 修辭學으로 이뤄지고, 그것에 의해 운영되어지고 있는 한, '이름'의 二元論은 회피할 길이 없기는 없다. 서 근의 삼!) 이런 까닭에, '善은 우주적이며, 전반적, 上向的'이라고 이른 것이다. 모든, 自己擴大에의 꿈을 갖는 것마다, '上向性'을 드러내고, 反하여, '下向性'을 드러내는 것은 무엇이든, 未知의 '밖'의 광활함에의 두려움 탓에, 自己縮小에의 욕망을 갖고 있다. 前者는 進化하고, 後者는 退化한다. (鍊金術的 '毒'으로서의 '惡'은, 거론될 자리가 아니어서 거론되지 안 했다 해도, 결코 無視된 것은 아니다. 그것은, 無視될 수도 있다거나, 그런 범주의 품목이 아닌 것이다. 첨부해둘 것은, 이 '惡'과, 저 '惡'이, 서로 다른 두 개의 '惡'이라거나 그런 것은 아니며, 같은 한 '惡'일 뿐인데, 그것을 觀하는 視線의 각도가 다를 뿐이다. 어떤 하나의 對相, 또는 主題를, 여러 각도에서 살펴서, 하나에로 통일하려는 것이, 필자가 해온 노력이다)

32 인용되어진 구절은, 『東學經典解義』(1963年) 27面에 現住所를 두고 있다. 어떤 說해진 法이 글자에 제휴하여, '經'의 이름에 불려지면, 그것은 일단은, 어떤 개인, 또는 어떤 소수 집단의 소장품 眞理의 한계는 벗어난 것이어야 되며, 가능한 한 많은 心情들에 접쳐져서, 그 心情들 속에서, 그 眞理가 단근질을 당해야 될 것이다. 그렇게 하기로, 그 眞理가 더욱더 빛나지며, 굳어진다면, 이제는 心情들이, 그 眞理에 단근질을 당해야 될 터이다. (단적으로 말하면, 저렇게 '眞理'와 '心情'은, 서로를 단근질해야 된다는 것이다. 그런 苦行을 통해서라야만, 天路에 오른 有情들은, 짐 지어진 무거움을, 조금씩 조금씩 벗고, 가벼움을 성취하며, 自己擴大, 擴散을 가능케 하는 것이다. '아트만과 브라흐만이 틀리지 않다' 해도, 브라흐만의 아트만化에서는 프라브리티 우주가 개벽하되, 아트만의 브라흐만化에서는, 個存의 擴大, 擴散, 全存에로의 歸依가 있다. 아트만에게 있어서의 궁극은, 브라흐만化이다)

  인용되어진 구절은, 先師 崔濟愚의 天人一體化의, 宗敎的 체험이 묘사되어지고 있는 그것인데, 바로 저 '宗敎的 체험'이랄 것을 좀 고려해보았으면 하는 것이, 필자의 의도이다.

힌두教에 의하면, 어떤 우주적 불상사가 있어, 大力이 나서지 않으면 안될 때, 그 大力들 자신들이, 畜生道의 입성[肉身]을 입어, 자신들을, 그곳에다 투입한다고 한다. 꼭히 염두해둬야 할 것이 있다면, 이렇게 化身한 神들은, 어떠한 역경에서도, 자기가 입은 그 몸의 힘으로 그것을 타개해야지, 처지가 난하다고 하여, 자기 속의 超力을 내휘두르려 해서는 안 된다는 것이다. ―그 宗派의 賢者들의 그런 통찰은, 필자에게는 경이였었다. 저 '통찰'은 그리고, 조금만 더 천착하고, 조금만 더 비약하기로 하다 보니, 용이하고도 자연스럽게, 필자에게는, "畜肉身을 입어 있는 모든 有情이, 그 本體는 神이다"라고, 通譯되어지던 것이다. (見性, 解脫하지 못하고 있는 한은, 사람도 畜生道에 소속되어 있는 有情이라는 것은, 누구이 밝혀져 온 바대로이다) 이런 견지에서는, 프라브리티 우주에는, 神들 밖에, 다른 종류의 有情이란, 있어 본 적도 없다, 는 주장에 수긍하게 된다. 필자의 믿음은 그렇다. 이런 관점에서는 그러자, '靈媒接神' 같은, 巫義/巫儀가, 이해되어지기에 난함을 느끼게 된다. 그러나, '이해되어지기에 난한 것'과, 그러므로 '그런 것은 있는 것이 아니다'라고 주장하는 것은, 두 상반된 문제이다. 이 자리는 그리고, 그런 것[巫儀]이 있기는 있는가, 어떤가, 그런 것을 따져보려 마련한 것은 아니다.

(딛지 안 해도 되겠는 징검다리는, 징검 징검 뛰어넘기로 해야겠는가,) 그러면 알게 되는 것은, '無明'이라는 魔女의 呪術에 옭여, '獸皮에 억류된 王子'들이, 그 獸皮를 찢고 얼굴을 드러내어, 三世를 마주하기, 는, 그 (王子들의 수만큼이나, 그 運命의) 紋樣은 많을 것이라도, 결국에는, 대략 두 가지 相態로 대별되는 것이 아닌가, 하는 것인데, 그것을 알게 되는 것이다. 그 한 相은, 그러니까, 無明에 덮어씌워졌던 그 有情이, 자기의 本體, 本性을 보는 그것이며, (필자는 이것을, 편리를 위해, '甲相'이라고 명명했으면 한다) 다른 하나는, ('乙相'이라고 부를 것으로서,) 有情이, 자기를 겸비히 하여, 從婢("모든 有情은, 神들에 대하여, 암컷이다.")가 되든, 비워 '좀비'가 되든 하여, 저 어떤 超越的 힘의 내림을 기다려, 영접하는 그것이다. (어떤 心理學者의 分析을 좇으면,) '超人'은 그리고, 이 '乙相'에서 나타나게 된다고 하지만, '甲相'에서 보면, (이란, '無明을 여읜 王子가 見性한 바에 의하면', 이란 말인데,) 그것은, (敎本을 誤讀한 결과의) 誤判, 誤導라는 것이 밝혀진다. 문제의 이 '乙相'은, '超越的인 것'과, '粗惡한 것'의 接合에 의해서 일어나게 된, 괴로운 황홀감, 지옥적 열예 따위의, 矛盾語法이 軸帶가 되어 있어, (平心에 대해서,) 狂氣, 狂症이라고 부를 黃塵이 덮어씌워져 있을 것인데, 얼핏 그것이, '超越, 超力'的으로 나

타나 보이는 것도 부정하지는 못할 것이기는 하다. 그럼에도 이 '超人'은, '敎材'(텍스트)의 誤讀의 결과로 나타난, '툴파'(티베트), 즉슨, 物肉을 입기까지 된 허깨비(그런 修業을 행하는 자의 念體)일 뿐이다. '超人'이라고도 誤認되는 이런 자가 바로, '巫'거나, '先知者, 또는 豫言者'라는 것이, 필자의 소견이다. (이렇게 되면, 藝術作品 속에 드러난 '超人'과, 日常生活 속에서의 '超人'에 대한, 얼마쯤의 비교 연구 같은 것도 필요해질 듯하되, 그런 일을 두고라면, 필자는 눈썹의 부족을 느끼고 있다) '메시아'는, 그렇다면, 이 '乙相'에서 出現하는 것이 아니라, '甲相'을 띤다는 것이, 자명해진다.

이만쯤에서는, 시작한 얘기의 끝맺음을 해도 좋을 듯한데, 그러기 위해서 필자는, 말 위에다 말을 더 얹으려 하기보다, 해놓은 말에서, 말을 덜어내기로 하여, 그 방법으로, 물음이나 하나 만들어, 결론을 대신했으면 한다. (이 '물음'이라는 것이, 그래서 나중에 보면, 라후[蝕] 모양, 해온 말들을 모두 삼켜 넣어 버리던 것이다) 水雲先生의, 저 宗敎的 체험은 그러면, 어느 '相'을 띠어 있다고 해야 할 것인가, '見性'인가, '좀비[從婢] 役'인가?

(그리고도 부연해둘 것이 있다면, 本文 속의, 저 어떤 '客鬼'가, 그 몸主의 顯在 때문에 드러내고 있는, 저 이상스러운 寒感은, 앞서 말해온, 그런 '宗敎的 체험'과는 분리해야겠지만, 그 나타난 증상에 있어서는, 조금도 다름이 없다는 것일 것이다. '宗敎的 체험'은 아닐지라도, 그 病名이 '處容歌'로 알려져 오는, 巫病의 일종은 일종이다. '處容歌'는 물론, 處容의 입장에서만 불려진 노래이지만, 처용 마누라의 '가라리'를 휘감고 있는, 그 客鬼가, 그 노래를 듣게 되었을 때의 심정은, 또 어떠했을 것인가, 그것쯤 추측해본다 해도, 害는 없을 터이다. 그 客鬼의 '몸의 떨림'은, 處容의 마누라[좀비]에게로 移轉할 터인데, 이때의 巫病氣는 그러니, 處容의 마누라에게서 일어나고 있을 것이다. 이렇게 되면, '巫氣'의 與受가 꽤는 복잡해진다. 그러나, 들여다보려 하지 말아야 할 것은, 들여다보려 하지 말아야 할 것이다. 그것은[處容病症] 어쨌든, 有情들은, 알고도 모르고도, 깨어서도 자면서도, 感氣모양, 그런저런 투의 '巫病'을, 수시로 무시로 앓는 것이 분명한데, 月候를 통해 女性이, 달과, 바다와, 대지에 밀접해지거나, 아예 달이며, 바다며, 대지가 되어버리듯이, 저런 無時의 巫病 앓기를 통해, 有情은, 三世에서 쏟겨 드는 電信에 접하기로, 외로운 惑星이 아니라고 알거나, 아니면 통째로, 三世化하는 것일 것이다)

33 티베트語의 '바르도'는, '바르'가 '間'의 의미라고 하며, '도'가 '島'라고 하는즉, '間島'라고 通譯되어지는 게 분명하다. 돌아가서 돌아오기, 돌아와서 돌아가기, 까지의, 그 中間狀態―間島. (이것은 순전히 필자의 추측, 夢想을 겸한 추

측일 뿐이지만,) 본디, '바르도=間島'가 만약, '상사라=苦海'와의 연상에서 이
뤄진 '이름'이라면, '미친개들 다투는 泥田'과의 관련하에서는, '호수' '늪' '뻘
밭' '수렁', 심지어는 '마른 늪'의 모습을, 그 '이름'의 치마 밑에 숨겨놓고 있는
것이 아니겠는가, 한다. 苦海 가운데[間] 있는 섬[島]에서는, 개구리들이 캐갱
캥 캥 짖고 있으며, 泥田에서는, 恐水病에 미친 개새끼들이, 아크흐크할라, 꼬
악거리고 있다. 멀리서 들어보면, 그 탓일 것이었다, 때 개구리 우는 소리와, 떼
개 울부짖는 소리가 비슷하여, 구별하기가 어렵던 것이다. '개'도 그러고 보니,
'개구리'던 모양이었다. 넋들을, 두 世界로 인도해주는 有情. (이 '有情'은 複數
形을 취해 있지 않음에, 유의할 필요가 있다. 「젠드 아베스타」的 想像力에 의
하면, '개와 뱀은 같은 한 有情'인데, '개와 개구리가 또한 같은 한 有情'이라면,
'뱀'이 '개구리'를 먹기는, 自給自足인가? 어디서 '만나'[manna]가 내리지 않
는 한, 프라브리티 우주는, 自給自足하는 것이구나, 그것이 '프라브리티'일 것
이다. '自己'가 생존하기 위해, '自己'를 먹기는, 괴로운 相剋行이겠구나. 파괴
하기가 창조하기, 가 파괴하기, 가 창조하기, 가 파괴, 괴롭디괴로운 舞拍 둘
—右拍 左拍, '苦'字拍, '海'字拍, 舞拍 둘—)

34 '하늘' 가운데, 또는 '空'間에 '埋葬하기'라는, 美里의 第六祖의 葬禮에 관해서,
들어본 이들은 들어보았을 것이었다. (이것을, 필자는, 티베트의 어떤 고장들
에서 행해지고 있는, '天葬'과 분리하기 위해서, '空[間] 葬'이라고 했으면 하는
데, 티베트인들의 '天葬'과는 매우 다르기 때문이다. 그 유사성을 따진다면 이
것은, 北美洲 土人들의 옛 葬俗에 가까울지 모르되, 그 '詩學的 배경'에 있어
서는, 또한 전혀 같지 않다. '葬俗'을 두고, 필자가 '詩學'을 들먹인 것은, 듣는
이들께 의아스러움을 자아내게 될지도 모르겠으나, 필자에게 이해되어져 오
기는, '葬禮'처럼, 이마가 썰렁한 事實主義도 없음에도, 동시에 그처럼 아름다
운, 우주적 詩學도 없는데, 일례로 '埋葬俗'을 들어본다면, 하나의 球根을 땅에
묻기로, 봄 되면 새싹이 돋게 될 것이라고, 남은 이들이 기대하기는, 植物的 輪
廻論과 결탁한, 우주적 詩學이 아니고, 사실 무엇이겠는가. '水葬俗'은 또 어떤
가, 그 死者만을 위한 꽃배[상여]를 엮어, 그 위에 누이고, 저쪽 어디 물 건너에
[또는, 물밑 어디에] 있다고 믿어지는 좋은 곳, 에로의 물길에 올려보내기는,
'저쪽'[彼岸]에 대한, [또는, 어쩌면, 글쎄 어쩌면, '子宮', 또는 '母胎'에의] 동
경, 인류가 공통으로 가져오는 동경, 그것의 한 궁극적 성취로 이해되는, 그런
것은 아니냐. 사람이라는 有情은, 山에서 태어나서도, 이상스레 물길[水路]에
의 동경을 갖는다는 것은, 말이지, 이상하다. 다른 한 예로, '天葬'은 그러면 어
떠하냐, [티베트俗에 좇으면] 남은 이들이, [물론, 그 일을 하는 僧을 고용해서

겠지만,] 死者의 살은 저며 잘게 썰고, 뼈는 깨뜨려 역시 잘게 하여, 모여든 독수리에게 먹이기로, [그 살과 뼈의 祭祀를 받는, 하늘 날으는 저 무덤들은, 天女들일라, 아름다울라 다키니들 독수리 모습! 아으 하늘 어머니들!] 드디어 死者는, 고통의, 重力의 땅을 표표히 벗어 떠나, 하늘에 태어날 것이라고 믿기나, 또는, 시체를, 높은 데에, 나뭇가지들을 엮어 평상을 만들어, 올려 놓아주기[北美洲 土人俗]로서, 死者가, 죽음을 통해, 보다 하늘 가까이 높이 올라갔다고 믿기는, 어떤가, 수긍하고도 남을 만큼, 아름다운 詩學은 아닌가? ─이 문제는, 좀 더 깊이 파고들어지면 질수록, 더 물씬거리는 金脈에 닿을 것이지만, 이 자리에서는, 提言만 해두기로 할 일이다)

　　羑里의 六祖의 '葬禮'는, 두 다른 '記號'로 포장할 수 있던, 하나의 '意味'였었는데, 그 '記號' 중의 하나는, '몸과 말씀의 우주'에서 빌릴 수 있는 것으로서, (왜냐하면 이것이 그것을 그중 근사하게 표현해내기 때문에) 鍊金術門에서 方言을 빌린다면, "우주나무, 또는 세상나무를 오르기로 하여, 不純한 짐승이, 獸皮를 벗고, 純化를 성취한다"는, 그 '空(間)葬'이며, (北美洲 土人葬俗과 저것은, 비슷함에도, 그래서 그 詩學的 배경이 다르다고 이른 것이다) 다른 한 '記號'는, '마음의 우주'에서 빌릴 수 있는 것으로서, '火葬'이다. 그렇다, '나무에 올려져, 그 나무 위에 지어진 둥지에 동그랗게 담겨진 죽음'이, 火葬이다! (『죽음의 한 연구』의 독자들의 거개가, '六祖의 葬禮'를, 前者的으로 이해해온 듯한데, 그런 까닭에, 그것은 동시에, '火葬'이기도 했다는, 얘기를 하기에, 著者까지 동원되게 된다) 환치는 자 중에, (咄, 세계가 幻인 것을, 환쳐, 환을 實物化하려 해서는 어쩌자는 짓이냐!) '르네 마그리트'라는 이름을 가진 자가 있는데, 날아오르는 것은 새이다, 라는, 錯/着想에 의해서일 것으로, '나뭇잎'을 그리며, '독수리 날개' 본을 떠 놓은 것을, 본 이들은 보았을 것이다. (그럼에도 어쩌면, 사람의 想像力 속에서, '독수리' '새'는, 보다 더 '공기'의 元素에 관계된 暗號들이다) 이것이 어쩌면, 처음 어떤 話頭, 특히 '無' 같은 데 묶인 사미가, 첫 門을 열게 되어, 들여다보게 된 세계의 풍경일지도 모르겠고니라. 때에는, 세계는, 幻과 實이 도착되어 있음에 분명하다. 거기서 '藝術'은, 그중 요염한 용자를 드러낼 터이다. 羑里에서 이해해오기로는 헌데, '말'[言語─禪]을 위시해, '오르려는 모든 것'은, '불'이라는 元素의 특성을 드러낸다고, 한다. ('마음의 우주'에서는, 어떤 存在나 事物로부터, 그 '記號'가 탈락되어져, 그 '意味'만 남는데, 그런 까닭에, 일례를 들면, '날개'라도, 추락하고 있는 '이카루스의 날개'는, '흙'의 元素性을 띠는 것으로 이해된다) 그래서, 앞서 말 되어진, '마그리트의 나뭇잎 새[葉鳥]'는, 羑里에서는 '불'이다. 이제는 그러면, 羑里에서, '촛불중'에 관해서는 '불의 물고기'를 말하며, (그래서 그는, '불의 안쪽'으로 '스며드는 불'로 이해되어진다. 거기 '재'[灰]가 있다, '骸骨'이 있다) 六祖의 죽음을 말할 때는, '하나의 말[言語-禪]이, 세상나무를 올라, 그 위에 놓인 둥지에 동그맣게 담기기'라고 하여, '타오르는 불꽃 속에, 둥지 지어, 禪卵을 품어 있는 火鳥, 또는 金烏와 섞갈리는 영상을 고수하고 있는데, 그 까닭을 알 만하다 하겠다. (이것이 촛불중에 의해, '솥에 누워 있는 개'에로 변형을 치른, 錬金術門의 '화덕 속에서 타고 있는 이리[狼]'이다. 프리마 마테리아) 사실 말이지, '元素'의 횡포가 미칠 수 없는 곳, '마음의 우주'에서야, 무슨 '불'이 일어나, 무슨 '송장'을 태우고 말고 할 것이나 있겠는가? 그럴 때는, '火葬'이라는, 그 한 葬祭에서, '祭義'(意味)만 남고, '祭儀'(記號)는 脫落되거나, 象徵化를 치러버리게 되고 말 것이다. 이때는, 그 '象徵'態가, '記號' 役일 것이다.

그럼에도, ('大悟徹底'한 자는, '空'을 성취했다고 이르니,) 그런 어떤 한 '空'을 태우고[火葬] 난 자리에서, 그 茶毘式을 집행했던 자들은, '舍利'라는 것을 주워내려 하며, 그 數를 헤아려, 入滅한 자의, 覺道의 深度를 헤아리려 하는 일이 행해지고 있는 듯하다. 문제는 그러자, 여기에서 발단한다. '大悟徹底'한 자도, 남길 것을 갖고 있는가? 그런데도 이것은, 남기는 자의 문제가 아니라, (이삭을) 주우려는 자의 문제인 것 같기는 하다. 이래서 보면 저것은, '空'을 이해키보다 훨씬 더 이해키 어려운 '色'事겠다는 것이다. ('豫言'이라는 '子宮'만, 受胎할 준비가 되어 있으면, 그리고 그 '子宮'에 걸맞는 '씨앗'[Bindu. Skt.]만 얻어진다면, 이 '子宮'에서는 곧바로, 그 '豫言의 化身, 또는 成肉身'이 탄생하게 되는 것인데, '舍利'도, 그런 '子宮'에 담기기에 걸맞는, '우주적 씨앗'의 특성을 구비한 것 중의 하나라는 것도, 물론, 잊고 있는 것은 아니다. 이런 '씨앗'으로서의 '舍利'도, 종류는 둘이 있는 것으로 알려져 있는데, 그 하나는, 그것을 남긴 자의, 생전의 '說法, 語論, 偈頌' 같은 것이며, 다른 것은, 그가 쓰던 '遺物'이나, '屍灰'라고 이른다. 그렇다면, 그 어느 '씨앗'이, 말한 바의 저 '子宮'에 담겨지느냐에 좇아, 그 '化身'도 달라질 것은 용이하게 짐작되어진다. 그 '化身'들이, 어떻게 다른 모습을 취할지에 관해서는, 그러나 말하려 할 일은 아닐 것이다)

'舍利(śarira, Skt.)라는, 古代印度語는, 몸(각종 과일, 씨 따위의) 껍질, 外皮'라고 通譯되어진다고 한다. '自我'(아트만)를 휩싸아, '物質의 몸(sthūla-śarira), 神秘의 몸(linga-śarira), 偶然의 몸(kārana-śarira)'이라고 이름 되어진, 세 종류의 '껍질'이 덮여 있는데, 그것이 본디의 '舍利'의 정체던 것이다. 그러나, 오늘날 논의되고 있는, '舍利'는, 저 原語義와는 같은 것인 것처럼은 보

이지 않는데, 이것은, 열반한 이가 벗어버린 '껍질' 같은 것이기보다, 무슨 覺道
의 精髓, 또는 佛力이나 智慧 같은 것의 結晶 같은 것으로서, '알맹이'[核] 같
은 것으로 취급되어져, 崇拜의 대상이 되어지고도 있어 보이기 때문이다. 狹
義的으로는, '舍利'는, 말한 바의 저런 '몸, 껍질, 外皮' 같은 것이지만, 廣義的
으로는 그런데, 滅度한 이가 남긴, '法, 經, 다라니' 따위도 포함한다고 하니, 허
긴, 時間의 흐름 속에서, '廣義'와 '狹義'가, 서로 混合되기도, 어느 부분 脫落
을 치를 수도 있다는 것은, 너끈히 짐작할 수 없는 건 아니다. 그런 결과는, '狹
義' 쪽의 '聖스러운 遺物'이, '聖' 面만을 확대하게 되어, '物'을 포장해버리게
되어진다는 것도, 짐작 못 할 바도 아니다. 이 '舍利崇拜俗(cult)'은, 석가모니
佛 涅槃 卽後 이뤄진 것으로 알려졌으니, (그래서, 버마에 있는 파고다에는,
그의, '머리칼'이 안치되어 있으며, 스리랑카에 있는 칸디寺에는, 그의 '齒牙'가
모셔져 있다고 이르고, 그리고, 그가 썼던 '바리때'는, 아쇼카王 治理 때, 스리
랑카로 옮겨졌다가, 마르코 폴로에 의하면, 쿠부라이칸의 명에 의해, 중국에로
옮겨졌다고 한다. 이 얘기대로 따르면, 석가모니佛이 남긴, 狹義의 '舍利'란,
'머리칼' '齒牙' '바리때' 같은 것들이었으며, 그 本語義에서 별로 멀지 않다고
알게 된다) 허기야, 이만큼이나 흐른, 복합적 時間 속에서, '記號'(狹義)와 '意
味'(廣義)의 완벽한 접착이 없을 수도 없을 것이었다.

　　俗心에 여겨지기로는, '大悟徹底'가 어떻든, '空'得이 어떻든, 위대한 깨
달음을 통해, 무명 중생 제도를 위한 聖法을 說해 남긴 거룩한 이들의, 머리칼
이며, 齒牙, 바리때라든가, 신발 같은 것이 남아 있기만 하다면, 그런 거룩한
이들의 것을 그래서, 쓰레기 처리장에라도 버릴 수가 있겠는가, 모셔, 파고다
를 쌓고, 길이길이 기념하는 일은, 法恩이 있으면 있지, 害스러울 일이란 있을
듯하진 않다. 그럼에도 이것은, '俗心으로 기려서 하는 말인 것이며, '色'의 '幻'
性 위에서, '空'을 깨우치려는 자들께야, 사실 말이지, 저런 것이 무엇의 소용
이겠으며, 무슨 의미가 남아 있겠는가? 말이 나왔으니 사실 말이지, 예를 들면,
基督이 만찬에 썼던 잔[聖杯] 이라든지, 그가 입었다가, 병사들끼리 제비뽑기
에 쓰였던, 그 紅袍(聖衣)라든지, 하는, 그런 것들은, '空'屬이 아니어서, '色'屬
이어서, 色界에 남겨져야 하는 것이겠지만, '色不異空 空卽是色'이라고, 궁극
적 진리를 설파하여, '마음의 우주'를 개벽했던 이의 '遺物'이라면, 문제가 생
기지 않을 도리가 없게 된다. 二律背反이 거기에 있다. 저렇게 '궁극적 진리를
설파했던 이'는, 필요 탓에, 法을 說하지 않을 수 없어 說하되, 하면서도, 說해
진 法을, 八萬經에나 달하는 法을, '버리기' 위한, 法(아닌 法)을 說하기를 잊
지 않는다. 『金剛經』. 그것은 그리고, 종내 그것 자체도 지운다. 남겼어도 남김

이 없다. 이 프라브리티 우주는, 菩薩들의, 자기 純化, 覺道를 위한 일터인 것이지, 佛者들이 뭘 할 수도 있는 고장이 아니던 것이다. 佛者들이 뭘 하려고 한다면, 그들은 그들의 그 무량한 慈悲에 의해, 프라브리티 우주의 達磨에 올을 터뜨리거나 하는 데까지 나아가서는, 그 均衡(易)을 어긋내 버리게 될지도 모른다. 尸毗迦가 求道 중, 자기의 살점을, 자기의 품에 피난처를 구해 든 비둘기 무게만큼 뜯어, 그 비둘기를 쫓던 솔개에게 먹이려 했을 때, (佛者는 그러나, 그런 아무 짓도 하려 하지 않을 것이다) 자기가 그렇게 하면, 솔개가, 더 이상 비둘기를 사냥하려 하지 않게 되리라고, 그렇게 믿었던 것이겠는가? 그렇게 된다면, 그렇게 되는 것이, 앞서 말한 '易'의, 즉슨, '相剋으로 되어 있는, 프라브리티 秩序'의, 均衡을 잃기이다. 그것이 확대된다면, 프라브리티 우주는, 그 당장 自滅하게 된다. 끝장이다. 이 프라브리티 우주가, 왜 지어졌어야만 되었는지, 누가 지었는지, 그런 투의 원초적이면서도 궁극적 의문의 대답이야 어찌 되었든, (一說에는 헌데, 神이 '사람'을 위해서 그것을 지었다고 하는데, 神이 거할 곳은, '사람의 심정' 속밖에 없었던 까닭이었다는 것이다. 그러니까, 神이 자기가 있기 위해 사람을 지으려 하여, 그 사람이 거할 곳을 마련해주려 하여, 우주를 지었다는 것이다. 그리고 다른 說은, 이것은 羑里門에서 고수하는 것인데, 自存者들, 즉슨 神들이, 자신들을 표현하고 싶은 욕망에, 말을 하려 하자, 그 입술 끝에서 存在와 事物, 즉슨 한 우주가 드러났다고 하여, 이 우주가 神들의 自己顯身이라고 일러, 그 우주의 始作의 이유를 꼭히 묻지 않는다) 그 우주가 그리고도 다시 지어져야만 되는 것이라면, (왜냐하면 神은, 다시, 자기가 거할 곳이 필요하게 될 뿐만 아니라, 自存에의 欲望 탓에, 어쩔 수 없이 化現치 않을 수가 없기 때문인데,) 그 우주도 다름없이, '相剋' 위에다, 그 초석을 놓게 될 것은 분명하다. '없음'[無·空] 자체에서 '있음'[有·色] 이라는 槪念을 일으키기 자체가, 그 本에 相剋하는 것인 것이 아니냐. 그렇다면, 우주는, 나빠졌으면 나빠진 대로라도, 현재의 그대로가 최선일지도 모르는데, (글쎄, '相剋' 위에 초석 놓아진 우주가, 그것 속에 거하는 것에게 福地로 주어졌겠는가?) 그렇다면, 있는 것을 보존하되, 더 나쁘게 부수려 들지 않는 일이야말로, 누구나 없이 도모해야겠는 것이겠는다. 헌데도 이것은, 症候에 의해 본다면, '末世'거나, 아니면, 끼꺽 끼꺽 멈춰지고 있는 '法輪'에 새로운 輪轉力을 가해줄 이가 오거나 할 때는, 절망과, 기대가 혼합되어 있는, 전에 없이 고통스러운 시대라고 이른다. 바랄 것은, 온 우주가 합심하여 바랄 것은 그렇다면, 멈추고 있는 '法輪'을 밀어, 새로 그 '法輪'이 굴러, 본디 궤도에 오르게 할 이의 출현과, 協力일 것이다. (그런다고 해도, 그 본디 속력을 회복하기가 그렇게 쉽겠는가, 그리고도 한 이삼 세기는 더 지나야 된다고 이르는 소리가, 그래서 있다) 주목해 둬야 되는 것 한 가지는, '法輪에다, 새로운 輪轉力을 가해줄 이'란, 새로운 우주를 개벽한다거나, 새로운 宗派를 세울 자, 라는, 그런 뜻은 全無해, 보인다는 그것이다. 이 의미는, 필자에게 이해되어지기에는, 이제까지 인류가 계발해온 그 眞理보다도, 더 깊다거나, 높은 眞理란 있는 것이 아님에도, 眞理라도, 어느 쪽만 많이 닳아지다 보면, 더 이상 그 眞理의 구실을 다하지 못하므로, 새로운 면을 들춰내 보아야 한다는 것이다. 듣기로는 그러자니, 근래, 이런저런 宗團에서, '메시아'나 그와 유사한 이들의 출현을 알리는 소문들이 있고 한데, 필자의 관견에는, 그럴 때, 그 '오신 이'의 眞否가 문제가 되는 것이 아니라, 이 당대의 우주가, 어떠한 '메시아'를 召命해내려 하고 있는가, 그 召命의 저의에의 이해인 듯하다. 근래, 이스라엘 정부에서, 공식 발표한 '메시아'는, 예를 들면, 그들께는, '참 메시아'인 것은 분명한 듯함에도, '유태敎'를 신봉치 않은 우주 쪽에 대해서는, 그 '참'이라는 것이, 유태敎를 신봉하는 자들에 대해서 떠는 것 같은, 그런 의미를 띠는 것은 아니라는 것을 고려해볼 필요가 있다. 하나하나씩의, 宗敎가 확립되지 못했던 시절에는, 그 확립을 통해, 우주적 확산을 실현하기 위해, '메시아'들은, 하나하나씩 그런 어떤 宗團에로 왔었다. 그리고 그런 메시아는, 歷史를 통해, 끊임없이 왔었던 것이 아닌가, 한다. 그러나 이제는, (여기서 저기서 이미 되어졌다고 믿어, 장황해질 수도 있는, 모든 얘기를 생략하고, 투박하게 말하면,) '메시아'가 와야 된다면, 凡宗敎的으로 오지 않으면 안 된다는 것이, 필자도 동의하는 의견이다. 그렇지 않는다면, '甲宗'의 메시아는, '乙門' '丙派' 등에서 받아들이려 하지 않기뿐만 아니라, 그 '메시아' 자신도, 宇宙的으로 '乙門' '丙派'를 포용하려 들면, 별수 없이 그 당장, 異端에로 떨어져 나가버리게 되고, 그러면 그는, 발붙일 자리를 잃어, 더 이상 '메시아'가 아니게 되기 때문이다. (그러면 이제, 그렇게 '甲宗, 乙門'을 정해서 오는 '메시아'와, 아예 無所屬으로 오는 '메시아'는 같지 않다는 것이, 고려되어져야 할 것이지만, 이런 문제는 提起해놓기가, 풀어 말하기나 같은즉, 눈썹을 아낌만 같지 못할 것이다)

　　그래서 그러면, 세월 속에서, 그 本語義와는 사뭇 다르게, 그것 나름으로 형태를 취해, 굳어져 버린, 저 '舍利'란 무엇인가? 그것은 참으로, 聖法의, 또는 佛力의, 그런 어떤 結晶體인 것이 분명한가? —俗 편에서는, 당당하게 이런 질문을 제기해야 되며, 反俗 편에서는, 萬人(여러 계층의, 여러 분야에 종사하고 있는 여러 사람)이 동의할 수 있는, 당당한 대답을 해야 할 것이다. 宗敎는 詩學을 겪되, 종내, 그것을 뛰어넘는 곳에서, 再形成된 實學이어서, 그 대답도 물론 實學的이어야 할 것이다. 구체적으로 말해, 그래서 '舍利'가 무엇인가? 그것은 사실로, '苦行'의 結晶體인가? '苦行'은 그러면 무엇을 위해 하는가? '見性' '成佛'하기 위해서? 그렇다는 경우, 그러면, '性'과 '佛'이 '舍利'인가? '性'도 '佛'도, 形體와 質量을 입을 수 있으니, '色屬'인가? 아니면, ('法'[達磨]이란, '性·佛'의 '相'이라고 이르는즉,) 그 '法'(道)의 結晶體가 '舍利'인가? 그렇다면, '說해진 法(經)'이나, '다라니' 등은 무엇인가? 아으 나가세나임세, '불'보다도 더 뜨거운 것은 없다 해도, 그 '불'까지도 타고나면, '재'밖에, 紅玉을 남기거나 하지는 않듬세.

가맜쓰람, 有情의 '自我'는, '物質의 몸', '神秘의 몸', '偶然의 몸'이라는, 세 종류의 껍질이 있다고 이르고, 그것이 '舍利'라고 한다눘다?

'재'는, '火木'이라는, 燃燒할 수 있는 物質이 타고 남긴 찌꺼기이다. 非物質的인 것은 그렇다면 燃燒하지 않는다.

그렇다면, '神秘의 몸'과, '偶然의 몸'도 燃燒할 수 있는 것들은 아니다,

'舍利'란 그렇다면, '物質의 몸'이 연소하고 남은, '재'이기도 하지만,

그 '物質의 몸'을 벗은, '神秘의 몸, 偶然의 몸'이기도 하다……

문제는 그러자, 밀린다임세, '舍利'란, '自我를 가진 모든 有情마다 남길 것'이어서, 혹간 그 색깔이나 硬度에 있어 차이가 있을라는가, 어쩔라는가는 알 수 없으되, 꼭히 무슨 苦行이라거나, 佛心과 관계지어야 할 필요는 없는 것이 아니겠는가, 거기에 있다. 무엇보다도 그것은 여전히, '껍질, 外皮'에 불과한 것이다.

이렇게 되면, 모든 것이 원상에로 되돌아가 버림을 보게 된다.

그리고 그것은, 그렇게 되는 것이 옳다.

그러니까, 무슨 '舍利'라는 것이 중요한 것이 아니라, 그런 '舍利'를 남긴 그가, 그 '外皮'(舍利)를 입고 있었을 때, 인류에게 어떤 희망을 주었는가, 그것이(廣義의 舍利인 것) 중요한 것이며, 그것이 중요해지자, 그런 거룩한 이의 '머리칼'이나, '치아' '신발' 같은 것도(廣義의 舍利) 중요해지는데, 그런 의미에서의 '舍利俗'은, 그것이 여하히 狹義的인가와도 상관없이, 얼마가 강조되어지고, 廣義化해진다 해도, 여전히 충분치는 않을 것이다.

35 俱胝는, 누가 뭣을 말하려, 입을 벙긋하기만 했다 하면, 誤謬의 流沙 구덩이로 떨어져 드는 것을 觀하고는, '혀'를 쓰지 않고, 말하는 방법을 고안해내셜람엔, 누가 가령, "佛이란 무엇이냐?" 또는, "碧眼胡僧은 무슨 볼일로 동녘에를 왔었다느냐?"라는 투로 물을 양이면, 다른 말은 없이, '손가락'만 하나 뻗쳐 올려 보여주었다. (저렇게 말하기도 禪行이라면, '군중 가운데 싸여 시험당하고

있는 자'가, '땅에 쓰기만' 하고 있기도 그러니, 禪行이었던 게다. 혀를 쓰지 않고, 대답하기. 그러다, "누구든 죄 없는 자가, 그 여자를 돌로 치라!"라고, 입을 벙긋하기에 이르자, 그 당장 그는, 자신의 혀 밑에 감취진 流沙 구덩이에로 떨어진다. "그렇다면, 無罪하다는 선생께서 먼저, 그 여자를 돌로 치시오!" "그러나 人子는, 定罪하러 온 자가 아니니라." "선생은, 원하지 안 했을지라도, 간음죄를 범한 한 계집을 옹호하려 하기에 의해, 이제는 선생 자신도, 돌을 들어, 그 여자를 칠 만한 자격도 없이 되었소이다. 한 世上事를 테 둘러 있는, 율법과 질서를 훼방한 죄까지는 묻지 않는다 해도, 선생 자신도, 저 여자의 더러움에 오염되어 있기 탓이외다.") 看看! 그렇게 俱胝는, '소리말'[言語]의 장애는 극복을 했던 듯했는데, 문제는, 그 '장애의 극복'이 다름 아닌, 곧바로 '그림말'[言語]의 流沙 구덩이 속으로 떨어져 들기였다는 거기에 있었다. 그랬으니 俱胝는, 자르려 했으면, 자기의 '손가락'이었지, 자기를 흉내 내는 행자 놈의 것은 아니었던 것을 갖다가시나! 허긴 또 모르지, 스승을 흉내 내고 있었을 때, 그 행자가 먼저, 그 스승의 '손가락'을 잘라내고 있었던지도 모르긴 모른다. 흐흐흐, 뻗쳐 나간 손가락이 잘려나간 자리에 남는 것은, 달[月]이냐, 湖水(凹)냐? 咄. 그것으로 배불리 먹여지면, 하루 삼만 평 돌밭도 거뜬히 갈아엎을 힘이 되던 것이, 여러 겹으로 꼬여져 동아줄이 되어 (먹여지는 대신) 묶고 들면, 꼼짝도 못 하게 하는, 코끼리나 황소에 대해서 '풀'처럼, 그리고 '요기'에 대해서는 '몸'처럼, 禪꾼에겐 다름 아닌 '禪'이, 날개며, 족쇄던 모양이다. 하늘에는 여전히 '달'이 떠 밝고 있어도, 그것을 가리킬 손가락이 없으면, 달은 없다. 凹! 달은 없다.

36 '羯磨論'을 고수하면, '偶發'이나 '椿事'라는 것이, 있을 수 있는 품목이 아니라고, 주장하지 않을 수가 없게 된다. 삶이라는 것을 영위하느라고 하다 보면 헌데도, '偶發'도 '돌연적 사고'도, 꼭히 부인할 수 있는 것만은 아니라고도, 느끼게 된다. '羯磨論'을 고수하는 자로서는, 그러면, 열심히 그 설명을 찾으려 하기에 심사가 편치 못하게 될 터인데, 咄, 그냥 '偶發'이다 '椿事'다 하여, 내버려 두면, 편해 버릴 문제를, 끄닐끄닐 짓찝어대서는 어쩌자는 것인가. 필자는 그런데, 그 한 설명을, '童話'라는 한 범주의 文學 속에서 얻는다. '童話'를 듣거나, 읽다 보면, '童話'라는 범주의 文學이 계발한, '두 가지 이상의 사건의 연대순이 병존할 수 없음의 法則'('law of chronological incompatibility' —V. Propp, *Theory and History of Folklore* 참조) 때문에, 그 現場이 아닌, 다른 곳에서도 끊임없이 일어나 계속되어오고 있는 일들은, 밝혀져 있지가 않고 있다가, 갑자기, 그 現場과의 관련의 필요가 있어, 다른 곳에서도 일어나 오고 있었던

일이, 그 現場과 관련된 부분만, 그 現場에로 섞여들게 되면, 그때 그것은, 聽者나, 讀者에겐, 어디로부터 느닷없이, 몸뚱이도 없는 대가리가 뛰어 굴러든 것 같은, '偶發'이나 '椿事'로밖에, 달리는 여겨지지가 않게 되는데, 그것은 그리고도, 거기에서 멈추지 않고, 그 본 줄거리의 사건이나, 주인공의 운명까지도 바꿔버리기도 하는 데 문제가 있던 것이다. 어떤 종류의 '偶發'도, '椿事'도, 필자에게는 그래서, 저 '童話' 속의 한 '法則'과 마찬가지로, '이곳'[現場] 한 군데 처해 살게 되어 있는 有情들의, 운명에 좇아, '두 가지 이상의 사건의 연대순이 병존할 수 없음의 法則'에 연유한 것이나 아닌가 하고 있다. 삶과 童話는, 그 점에 있어, 같은 한 '法則'을 공유하고 있다. 이것은 무슨 내용을 발설하고 있는가 하면, 見性하지 못하는 한, 有情의 삶은, 그 자체가 童話라는 그것일 것이다(『七祖語論 3』, 「童話 한자리」 참조).

37 이왕에 잘 알려진 事物을 새로 거론하되, 장황스러히 하고 있을 때는, 나름의 뜻이 있음에 분명하다. '촛불중' 얘기에는, '신발'에 관한 얘기가 많이 나오며, 그 얘기로 끝맺음도 하게 될 듯한데, 그 까닭은 나변에 있는가. 어찌 되었든, 이 특정한 자리[本文]에서는, 저것은, '불'과의 관계에서, '(날것→익히기) 文化'의 잔재로 취급되어 있음을 알리는데, 같은 글귀의, 그 역(신발처럼 벗기어져 있었으나, 주검이 아니며,) 다른 넋이 신어 들어 있는, '촛불중의 몸'과 대비하여 보게 하려는 것이, 그 의도인 것이다. 몸도 신발[乘]이다, 그렇다, '푸루샤'(宇宙的 自我)가 신은 신발(프라크리티—自然)이다.

38 이것은 얼핏, 생소하게 느껴질 표현임에 분명하되, 이 자리에서 상기해둘 것이 있다면, 촛불중이, '죽음을 성취'하기 위해서, 세상과 연결되어진 모든 부분에 홀맺혀진, 맺음을 풀려 하다, 꼭 한 매듭을 풀 수가 없어, 그 '매듭'을 찾아 풀기 위해, '마음'을 쌓아 탐색에 올랐었다는, 그것이다. 本文에서, 이 자리에 이르도록이나 장황하게 해온 얘기가 그것이므로, 이 자리에서 되풀어야 할 까닭이란 없거니와, 그래서 거두절미하고 말이거니와, 그래서 그러니까, 촛불중 몫의 '죽음'은, 다름 아닌, 저 '벌뢰'가 억류해놓고 있었다는 것을 알게 된다.

　　童話의 큰 한 主題로는, '죽여도 죽여도 죽여지지가 않는 魔'도 있는데, 그것이 '죽여지지 않는' 까닭은, 그것은, 그것의 '죽음을 그것 자신으로부터 분리'하여, 자기만 알고, 아무도 모르는 곳, 모르는 것, 속에다 안치해놓고 있기 때문이라는 것이다. 때로는 그 '곳'이, 무엇의 '알'[卵] 속이기도 하고, '벌'[蜂] 같은 곤충의 날개이기도 하고 그런데, 모순당착은, 그리고 그 이미지의 아름다움은, '魔의 죽음'이 되어 있는 것이, 다름 아닌, 그의 '염통'[心臟]이라는 것이다. 그것은 충격이다. 그럴 것이, '염통'이야말로, '생명'의 원천인데, 그것이 동시에 '죽음'의 代名詞가 되어 있으니 그렇다.

本文 속의 저 얘기는 물론, 童話들의 그것과 같은 '얘기의 構造'를 갖고 있는 것은 아니다. 그러나 (이런 얘기 줄거리를 갖고 있는) 童話도, 그 안을 뒤집어 밖이 되게 하다 보면, 本文 속의 얘기 같은 것을 構造해 있음을 알게 될 것이다. 그 '魔의 염통'을 찾아, 魔의 파괴를 초래한, 어떤 용감한 '왕자'의 승리도, 결국엔, 자기의 '魔性의 극복, 또는 죽이기'라는, 그런 求道的 노력의 결과로 얻게 된, 解脫, 의 얘기던 것이니 그렇다. 이것이 촛불중께는 미구에, 궁극적 '出家', '俗사람의 죽음'의 모습을 취해 드러나게 되는, 그 관건이 될 것이다. 이 하나의 승리는, 그렇게 쉽게 성취되어지지를 안 했던 것이었던 모양이었다.

39 『미라레파의 十萬頌』第54頌.

40 '註解'까지도 장황하게 첨부하고서도, 무엇이 모자라, 걸핏하면, 作家가 本文 속으로 뛰어드느냐고, 의문할 讀者도, 이제쯤은 없잖아 있을 터이다. 그러면 이제 그런 讀者는, 바로 그런 의문을 통해, 어떤 글꾼은, 자기가 쓴 글을, 그것이 한번 자기의 품을 벗어났다고 한다 해도, 無防備의 '孤兒'로, 한데에 내버려 둬두지 않으려, 애타는 노력을 다하고 있다는 것을 알게도 될 것이다. 글꾼에게는 글쎄, 자기가 심혈을 기울여 쓴 글이, 혹간 잘못[誤] 읽혀[讀] 지기라도 하면 어쩔 것인가, 하는 惡夢이 있다. 그래서 그런 글꾼들은, 자기네들 글의 일점일획도 소홀히 하려 하지 안 해, 일점일획도 고칠 수 없도록, 소홀히 하려 하지 않음에 분명하다.

(作家들의 저런 '惡夢'을 두고 말한다면, '聖經'이, 그 가장 좋은 代言者인 것은, 살펴 알고 있는 이들은, 알고 있을 것이다)

'聖經'이야말로, 씌어진 매 점 매 획마다, 聖靈의 침의 풀이 발려져, 절대적으로 고착되어져 있어, '일점일획'도 고치지 못하게 되어 있는, 聖스러운 '記錄物'(또는 記述物)인 것은, 알려진 바대로이다. 그리고도 이 '記述物'은, 잘 교육받아지고, 훈련되어진 碩學들로 防衛軍을 삼아, 밤이나 낮이나, 천년을 하루로, 백만의, 억만의 눈을 떠 지키게 하여오고 있어, (그리고 보면, '聖經' 記述者들의 惡夢은, 정작에 있어서는 '사탄'은 아니며, '誤讀'이었던 듯도 싶으다. 그들은, 이 '誤讀'이 행해지는 곳에서마다, 毒蛇의 알이 깨이듯, '거짓 先知者'가 똬리를 풀고 일어난다고 본 것이다. 아마도 그리고, 어떤 記錄物을 그 중 크게 훼손하는 것은, 그 記錄物 속에 갇혀 있는 '惡'이나 '魔'이기보다, 먼저, '誤讀'이라는 것도, 이해 못 할 만한 것도 아니다) 인류가 '智慧의 寶庫'로 치는 記錄物치고는, 말하고 있는 바의 이 '聖經'만큼, 거의 절대적으로까지, 잘 보호받아져 온 것도 흔치는 않을 것이다. (그 까닭은 무엇인가, ―그러면, 그것을 물어보지 않을 수가 없게 된다. 어쩌면 그것은, 저 '記錄物'이 품고 있는, 그것의 '長處'가, 동시에 그것의 '弱處'가 되어 있어 그런 것이 아닌가, 그러니까, 그런 까닭에, 그 長處는 잘 지켜질 때만 長處일 수 있으며, 그렇지 못할 때는, 弱處化해 버리게 되는, 그런 위험성을 갖고 있는 까닭이 아니겠는가, 하는 것까지 의문하게 된다. 어쩌면 그것은 그런지도 모를 일이다. 그럴 것이, 이 '記錄物'에는, '惡'이 너무 독립, 대립적이며, 너무 확대되어, 너무 많은 '權勢'를 분담하고 있는 것을 보겠기 탓이다. 이 '惡'은, '해를 입고, 달을 밟은 여자가, 解産하면, 그 아이를 삼키고자 하는, 붉은 龍'의 모습을 띠어, 저 '長處/弱處'의 아래쪽에 똬리 쳐 있다) 그럼에도 불구하고, 그렇게나 많은 '거짓 先知者'들이 출현해온 것을 감안하면, (이것을 촛불중은, 敎儀[ritual]와 敎義[doctrine]가, 서로 든든히 병립하거나, 그럴 수가 없으면, '敎儀' 쪽이 승해야 도태치 않고 존립하게 되어 있는, 宗敎로부터, '敎義'[理]만 남기고, '敎儀'를 뽑아내 버리는 일이 있을 때, 일어나게 되는, 병증으로 이해하는데, 새로운 先知者의 출현이 없는 한, 저 병은 어쩌면, 저 종교를 죽음에로까지 밀어 넣어버릴지도 모른다고 하고 있다) 그리고, 오늘날의 그렇게나 많은 碩學들이 '聖經救濟'에 나선 것을 보면, 聖文字와 神의 침의 풀이 발린 자리에서 풀기가 없어져, 균열 현상이 일어나고 있거나, 아니면, 그렇게 지켜지고 있음에도, 그런 '聖經'까지도, 모든 記錄物이 입어지게 된 運命, 孤兒運命, '誤讀'되기라는 運命에 대해, 그것 자신으로서는, 어떻게도 자기의 正義를 防衛치 못하는 無力, 그 한계, 로부터 자유스럽지가 못하다는 것인지도 모를 일이다. 허기야 자기가 쓴 글을, 자기가 읽기도, 어떤 의미에서는 誤讀行爲가 아닌 것은 아닐 것이다. 그런 까닭에, 자기가 쓴 冊도, 매번마다, 그 느낌도, 그리고 解得되어지는 뜻도, 꼭같은 것만은 아닌 것인지도 모른다.

　—앞서 헌데, '註解', 또는 補註하기에 관해 언급이 되어졌더랬으니, 떡 본 김에 제사 지낸다고, 이제쯤은, 그리고 한 번쯤은, 글 쓴 자 쪽에서도, 그런 습관이 어떻게 시작되어졌는지, 그것을 밝혀두는 일은 필요하다 싶으다. 듣고 보면, 그 정당성의 여부야 어찌 되었든, 헤헤, 그 까닭은 절실하다 할 것이다. 전에 한때는, 그리고 지금은 더 침중해진 듯하지만, 필자께는 情이랄 것이 참 많았더랬다. (이 '情'이 無性을 띠고 있으니, 이런 경우에 써먹기에 얼마나 좋으냐! 그러자니, 일례만 들면, 그것이 古人이나 古書를 두고 씌어질 때는, 필자가 졸지에 갖다가시나 '愛知者'가 되어버리지 않는가) 그래서 그런, (그때는 이상했기는커녕, 왜냐하면 情이라는 현수막을 들고 있었으니, 당연했었는데, 지금 뒤돌아보면, 그래도 약간은 이상하기는 하지만, —그래도 아직, 그들

이, 일선에 나서서, 세상을 운영하고 있는 주역자들이 못 되고 있는 이상, 젊은 네들로 하여금, 자기네들의 세계를, 제멋대로 우그리기도 펴기도, 曲解하기도 할, 그렇다, 꿈꿀 시간을 갖게 하람! 그것이 어느 날 알게 되어지기에 비록, 曲解된 세계였다 한다 해도, 세계를 자기 나름으로 한 벌 만들어낼 줄을 모르는 젊은네는, 손에 괭이나 창을 쥐여줘, 이미 일궈놓은 세계를 북돋거나, 지키는 데나 쓰는 것이 좋을 것이다. '異端'도, '거짓 先知者'도, 그리고 '메시아'도, 세계에 의해 曲解되어졌거나, 曲解했거나, 曲解의 형태를 띠어 나타나는 것) 나름의 틉틉한 情誼의 표시로, 또 때로는 필요해서도, 필자는, 꼭히 그럴 필요가 있다고 여겼지 안 했던 이상은, 그 出處를 밝힐 필요를 느끼지 않고, 예를 들면, 필자의 졸작「七日과 꿰미」중에 나오는, '노래' 한자리는, 그 原本이, 詩人 金榮泰 씨의 것인데, 알 만한 이들은 그 出處쯤 환히 알고 있는 것이 아닌가, 말하자면 그런 투로, 가다가 한 번씩, 타인의 어투나 글귀를, 같은 끈에 꿰어 댕그렁 댕그렁 내보였는데, 그런데 참 마침맞게도 어느 날, 그것이 늘 그렇게, (金榮泰 씨의 경우처럼) 情誼의 표시만은 못 된다는 것을 깨닫게 된다. 그러면서부터 이제, 필요에 의해서만 인용되어진 인물, 글귀 따위에 대한, 出處 밝히기가 본격적으로 행해지는데, 그런 대신, 구차한 情의 꼬리가 사려 들여져 버리며, 곁들여, 때로는 장황스럽다고도 이를, '註釋'이 붙기 시작한다. 크, 클클, 클적, 크런데, '註'는 文學이 되지 못한다는 무슨 규칙이나, 되지 말아야 할 이유라도 있다는가.

41 萬有는, 그것들 나름으로 해 갖고 있는 무게가, 다시 말하면, 삶의 무게가, 모두가 하나같이 같은 것이 아니던 것을.

42 저것은, 너무 잘 알려진 구절이라고 여겨, 소홀히 했었을 수도 있는데, 이제 와서 그 출처를 밝히려 하니, 얼른 집어내지지가 않고 있다.

　　어찌 되었든, 저 구절은, 한 菩薩(尸毗)의 '肉布施'行과 관계되어 이끌려 나왔거니와, 저 구절은, '無爲之道'를 임신해 있다는 것은, 누구에게나 용이하게 살펴질 것이다. 그래서 보면, '菩薩行'과 '佛者行'은 서로 조금도 비슷한 데가 없는 듯하다. (이것이, 촛불중이 話頭 삼아온 것 중의 하나여서, 한 번 더 상기하게 하려는 바이지만, 글쎄 이것은, 얼마가 강조되어도, 여전히 부족한 느낌이 있는 주제이기 탓이다. 게다가 그의 '傳記'가 거의 끝나가고 있으니, 더욱 더 그렇다)

　　'肉布施'에도 종류는 여럿일 것이다. '몸의 우주', 즉슨 '畜生道'에서 행해지고 있는 그것은, 肉食動物의, '배고픔'이라는 原罪와 관련을 갖는, 生存의 행위, 그런 日常事여서, 거기에서는, 어떤 배고픈 짐승의 한 번의 배고픔—면하기보다, 더 큰 의미는 없다고 한다 해도, 반드시 과언은 아니다. '尸毗王의 解肉秤軀'는, 옛적부터, '自然과 文化'라는 두 배[船]에 한 다리씩을 걸치고 있는, '人間'이라는 有情의, 極難함을 암시하고 있다. '人間'은 '文化'化를 성취했음에도, '自然'을 벗어나 존재치 못하는 하나의 '難함' 자체이면서, '人間'이, 그 '自然'에 '文化'(爲)의 손가락이라도 하나 끼워 넣으려 하면, 그 당장 대번에 '不均衡'이 야기된다. '尸毗의 解肉秤軀'는, 전에 없이, 오늘날을 사는 '人間'들에게 難하다, 極難하다. (이 자리는 그러면, '지구의 환경 문제'가 거론되어질 자리이겠지만, 이 자리는 그런 문제로 애쓰는 이들이 채웠으면 싶어, 비워두겠다. 어쨌든, '솔개'는 '비둘기'를 사냥해 먹어야 되고, '비둘기'는 또, '솔개'에게 먹히기 위해, 어기차게 번식 행위를 해야 하는데, 그것이 '無爲之道'이다, 그렇다, 그것이 '自然道'이다. 그렇게, '솔개'와 '비둘기'는, 殉敎한다. '먹기'도 그리고 '自然道' 속에서는 殉敎이다. 尸毗가 잘못 개입하고 나서려 했다가는, 저 '無爲之道'에 터서리가 생긴다)

　　'말씀의 우주'에도 그리고 '肉布施' 또는 '身布施'는 있다. '말씀의 우주'에서의 이 '身布施'는, 畜生道 갓 벗어난 肉食有情들의, 어떤 더운 '피에의 本能的 갈증'이랄 것과, 그것의 '解消'(代贖)와 관계를 갖는 것이, 그 대표적인 것 중의 하나랄 것인데, 이것이 三世的으로 확대된다고 하면, 한 屬 有情의 '原罪'까지 보상하여 씻는다고까지 발전할 수 있음에 분명하다. (그러는 중에, 畜生道에의 기억이 희미해져 가며, '마음의 우주'도 좀 엿보는 눈을 구비하게 되다 보면, '人間'이라는 有情들은 어느 날, 저런 '身布施'가, 童話的 想像力에 근거해서, 또는 詩學的으로 이뤄졌다고 알고, '意味'를 의문하려 하기에도 이르게 될 것이지만, ["because sacrificial rites have no basis in reality, we have every reason to level them meaningless", C. Lévi-Strauss. ―촛불중이 분명히 밝혔던 것이 이것이지만, 이런 눈은 좋은 눈임에도, 자기가 '실다움'이라는 그 '실다움'만 보는 눈이어서, 사팔뜨기라는 것이다. '궁극적 실다움'은, 이런 자리에서 거론할 것이 아니겠지만, 저런 투의 '실다움'은, 어째서 하나뿐이라고 생각하게 된 것이었는가? 쯔츳, 쯔츳, 오죽잖다]) 그런 경우의 큰 한 문제는, '人間'이라는 有情이, '自然'(無爲)과 '存在'(有爲) 사이의 '均衡'을 어긋낼 수도 있다는 데 있을 것이다. (필자는, '調和', '相生', 또는 '和合' 같은 어휘를 쓸 자리에는, '均衡'이라는 단어로 대치하는데, '相剋'을 그 秩序體系로 하고 있는, 프라브리티 우주에서의, 나타나―보임에―있어―和合은, 그 실에 있어선, '均衡을 잡은 相剋' 이상의 아무것도 아니라고 이해하기 때문이다. 헌데 물론, "陰陽은 相生, 相和의 元素로 친다, 陰陽으로 이뤄진 것이 그런데 프라브리티이다, 그런즉 프라브리티의 秩序는, 相生, 相和의 原理로 이뤄져 있다"라고, 反論은 제기되어질 수 있으며, 老子 이전부터 제기되어져 온다. 그렇다, '破壞' 쪽을 보지 않기로 한다면, 그렇게 주장할 만하지 못할 것도 없을 것이다. 그리고 '破壞' 쪽에서 본다면, 存在들은, 자기들도 잘 모를 어떤 힘에 의해, 바로 저 '陰陽' 탓에 고통에 당한다. 存在란, 그리고 도태치 않고 생존하기 위함이란, 바로 저 '陰陽'에 봉사키 위한 목적밖에는 없어 보인다. 코끼리만 일례로 들어본다면, 그것이 해 갖고 있는 그 거대한 몸뚱이란, 다른 아무것도 말고, 그것의 '精子'와 '卵子'를 위해서일 뿐인 것이다. 그것 자신은, 왜 자기가 生殖을 해야 되는지, 그 까닭도 모르면서, 불알과 옥문 속에, 사려 넣어진 欲望에 의해, 生殖할 뿐이다, 그것도 당차게 할 뿐이다)

　'마음의 우주'에서는 그러나, 그렇게나 갸륵한 殉敎까지도, 어째서 그런 짓이 행해져야 되는지, 그 까닭이 분명히 서지를 못한다. '無爲'로써 운영되어져 가고 있는 세상을 내어다보면, 그런 '無爲之道'를 이해하는 자로서는, 자기가 간섭할 자리가 없다고밖에, 달리 아무것도 아는 것이 없게 될 것이다. (이 '無爲'가 靜的 無爲가 아닌 이상, 그것이 그리고 '苦海'로 이해된 이상, 有情들은, 靜態만을 지키거나, 그러는 중에 落伍할 수도 있거나 하지는 않을 것이다) 그래서 "佛者가 이 세상엘, 한 번이라도 와서, 도운 일이 있었는가?" 묻게 되고, 그 대답은, "부끄럽도다, 전에 나는, 온 세상을 구하고자 했었는데, 구함 받을 세상이 있었던 것도 아니었던 것을!" 하고, 하게 된다. (물론, 이 '마음의 우주'와 관계된 태도에도, 短點이 없는 것은 아니다. 말한 바의 저런 '無爲之道'를 좇다 보면, 世上과 人心은 건강해도, 사람의 '몸'이 약해진다는 것이다. 다시 말하면, 가난하고, 힘들다는 것이다. 이 현재까지는 그러다 보니 尸毗들이, 자기들이 깡마르지 않기 위해 세상을 허약하게 할 것인가, 자기들은 허약하더라도 세상을 건강하게 지킬 것인가, 라는, 실제에 있어서는 선택이 못 되는 선택을 하지 않으면 안 될 처지에 처해 있었지만, 이럴 때일수록, 萬邦의 뜻 있는 有情들은, 大地[가야]라는 한 理念 아래 모여, 이 아픈 어미[地球]의 건강을 회복하는 데, 전력을 다해야 할 것이 아니겠는가. 비록 말해, 그것에 본디 무슨 '意味'나 '目的'이 부여되어졌던 것이 아니었다고 한다 해도, 그러면 스스로라도 그 '意味'나 '目的'을 부여하기 위해서, 뭣 때문에 有情들이 목숨을 갖게 되었는지, 그 물음도 계속해나가며, 어찌 되었거나, 한번, '목숨'을 가졌음으로 해서, 지나가지 않으면 안 되는 곳이 이 世上이라면, 그리고도, 大悟徹底치 못했으면, 그때까지는 되돌아오지 않으면 안 되는 곳이 이 꼿이라는즉, [실제에 있어서는 그러니, 大悟徹底치 못했으면, 누구 하나도, 이 '어미'의 품을 벗어나지 못하고 있는 것인 것인데, '어미'란 그래서 보면, '大悟徹底'키 위한 寺院, 하나뿐인 '거대한 寺院'일레람] 어떻게 有情들이, 그 꼿을 소홀히 할 수가 있겠을 일인가. 自滅을 自招해야겠는가? 大悟徹底해버린 이들께사 그러니, 허긴 무슨 볼일이 있겠는가, 그들이사 제기랄, 높은 베개에다 코를 납작하게 얹어 골든 말든, 내버려 둬둘 일이라도, 보디사트바들임세, 아라핫들임세, 萬邦의 뜻 있는 有情들은, 각기, 나름으로, 몸·말·마음을 괴나리봇짐 하여, 그러면 '大地'라는, 이 한 理念의 旗幟 아래 모여야겠는 것이다)

43 "그렇기에 거기서도, 衰함의 盛이 盛한다"는, 本文 구절은, '꿈과 生時'가 逆對하듯이, 그렇게, 想念이 전도되어 있음이 관찰되어진다. 허긴 그럴 일이다, 만약 말해, 무덤 바깥쪽, 그러니 이승의 시간은, 안에서, 다시 말하면 저승에서, 밖으로 까뒤집히는, 遠心力的 時間이라고 한다면, (이 경우는 그러니, '안이 좁고 밖이 넓어', 흐흣, '大瀜論, Big Bang'을 일으킴에 분명하며,) 그것에 逆해, 밖에서 안으로 쏠겨 드는 시간도 있을 것인데, 그것은 그러면 求心力的 時間이랄 것이다. (이 경우는, '밖이 좁고, 안이 넓어', 촛불중의 이른바, '無空 가운데, 찢겨 생긴, 極小한 것 중에서 極小한, 兩極을 갖는 타원형의 구멍', 클클, 최초의 '요니論'을 일으킴에 분명하다. 그러니까, '없는, 아무것도 없는 모든 것'이, 이 '極小한 구멍' 속으로 內接하고, 內接하고, 하고 하다가, 그 자체 내에서 이뤄진 熱에 의해, 內爆裂을 일으키자 드러난 것이 有情이라는 것인데, 그러고 본다면, 이 '안쪽으로 열린 우주'도 아직도 계속, 끝나는 그 순간까지, 縮小化하고 있다는 것 추측하기는, 어렵잖은 듯하다. '時間'과의 관계에서는, 그리하여, '極大의 時間'과, '極小의 時間'의 문제가 논의되어지는 것일 것인데, '場所'와의 관계에서는, 그리하여, "神이, 자기가 거주할 자리를 위해서는 人間을 짓고, 그 人間이 거주할 자리를 위해서 宇宙를 지었을 때, 宇宙는, 밖을 한없이 넓게 하고, 안을 좁게 한 반면, 人間은, 밖은 좁아도, 안을, 한없이 넓게 지었다"고 이르게 된다. 이렇게 되면, '擴大'와 '縮小' 간에, 그 語義的 다름만을 제외해버리기로 한다면, 종내는, 무슨 다름이 있는지를 모르게 되지만, 그래도, '가슴'이 아니라, '머리'가 주장하기를, 같을 수가 없다고 할 때는, '同運動의 逆行'이라는 투의 말로나 설명해두려 하면, 될랑가 어쩔랑가 모를 일이다) 그렇다면, 時間 속에서 '盛衰'가 가라듦며, 그 가라듦에 의해 '時間'이 태어나는 것인즉, (두 마리의 뱀이, 서로의 꼬리를 물어 뒤집히고 있다) 그 盛衰에도, 逆함이 있음은 분명하다. 그러니까, 한편에서 '盛함'이라고 이르는 것이, 다른 편에서는 '衰함'이라고[反之亦然] 이르는 것이 될 것이다. 그래서 한쪽에서, 한번 일어났던 것이, 老衰해 죽었다고 하면, 다른 쪽에선, 어린아이가 태어났다고 이

르는 것일 것이다. (이것이, 오래전부터 美里에서는, '모래시계'로 대치되어 있었지만, 가령, 두 개의 물병이 있다고 하고, 그중의 하나는 채워져 있는데, 다른 하나는 비워져 있다고 해볼 일이다. 채워진 쪽의 것을 비어 있는 쪽에다 부어 넣기에 좋아, 이제 '盛/衰'의 比例/逆比例圖가 분명히 드러날 것이다. ──이런 '盛/衰'는, 그래서 '兩極을 갖는 타원 꼴'로 비유되는 것이며, '반쪽짜리 바퀴[圓]'들의, 돌아옴 없는, 끝없는 연결로서의, '弓弓乙乙'[〰〰〰] 투의, 一方道의 變轉의 法則으로는 비교되어지지 않는다. ['弓弓乙乙'은, 自然途의, '一盛一衰'라는, 變轉을 먼저 圖面化한 뒤, 그것을 文字化해본 결과로 드러난, 곁말 pun이 아니던가?] 그러나 분명한 사실은 이렇다, 한쪽에서 '弓乙'이 끝나면, 다른 쪽에서 새로 이어진다는 것이다. 그런데 이 새로 이어지기는, 다름 아닌 '逆'하기여서, '반쪽짜리 바퀴'들에 온전함이 드러나게 될 것이다. 〰〰〰── "두 마리의 뱀이 서로 휘감겨 있는 자리는, 聖스럽다"는, 宣言이, 거기서 있게 된다)

44 '개구리'는, '두 元素', 또는 '두 世界' 사이에 걸친 '過渡的 存在', 또는 그 象徵이라는 것은, 널리 알려진 바대로이다. 흙과 물, 바르도와 逆바르도, 프라브리티와 니브리티…… 童話 속의, '왕자로 轉身한 개구리'가, (本文의 노래에 나타난) 이 개구리인데, 이 개구리는, 한 '原初的 質料'(prima materia)의, '順調轉移'에 입각한, 純化의 과정과, 성취, 그리고 그 승리와 영광에 관해서 말하고 있는 것이 아니더냐. 아크흐크할라!

間場

1 이 '尿蝎'은, 美里에서만 쓰는 사투리인데, 그것이 무엇에 쓰여지는 물건의 이름인가쯤, 아는 이들은 알고 있을 것이다. 헌데 이 자리[本文]에서 쓰여진 '尿蝎'은, 한번의 轉訛를 겪게 하기로 하여, 中國 道家의 'Ben Wa Balls', 또는, 'The String of Pearls'라고 이르는, '性交'에 쓰여지는, 厥物을 가리켜 쓰여지고 있다는 것을, 밝혀둬야겠다.

2 『브리하다란이야카 우파니샤드』, V. ii, 1. 2. 3.
다야드흐밤──慈悲로울지어다!
다타──주라!
담야타──自制하라!

3 (힌두敎의 文學, 특히『우파니샤드』의) '梵唄'는, '옴'으로 시작하여, '솬티'[平

和] 로 끝맺음하는 것이 常例이다.

"OM. THAT IS full; this is full. This fullness has been projected from that fullness. When this fullness merges in that fullness, all that remains is fullness. Om. Shantih! Shantih! Shantih!"

제3부 逆進化論(Nivritti)
煙〔黑〕色
제1장 屍蠟品

1   이 '신발'이, '라마'(「라마야나」 참조)가, 추방형을 치르고 있었을 때, 그의 異腹 동생 '바라타'가, '라마' 대신, 라마의 '신발'을, 龍床에 안치해, 아침저녁으로, 배알했던 그것인지, 어떤지는 모르되, '샨디야(黎明과 夕陽)祭' 때, 그 禪祭를 지내는 자가, '스승의 대가리를 짓밟는', 그 祭鞋와는 별로 달라 보이지 않는다.

2   'Hail to the Lord of Speech! mūṃ!' (말씀을 주관하는 主를 경배하나이다)

제2장 흰 거북品

1   '民衆' '群衆', 또는 '大衆'이라는 어휘는, 그것을 쓰는 이가, 일상적, 통념적으로, 별다른 의미를 부여하지 않고 쓸 때와, 특히 어떤 의미를 부여하려 하여 쓸 때, 同語異意의 현상이 일어나는 것이 관찰되어진다. 前者는, '體' 役이라고 한다면, 後者는, '用' 役化한다는 다름이 있어 보인다. (누가, 그 主題를 위해, 法席을 폈을 때는, '일상적, 통념적'인 것을, 되새김질해보자고 그랬겠는가?)

   '百' 가지의 다른 '姓'(單數)을 가진 이들이 모여 있는 자리에, '百姓(複數)'이 있다. (前者的 의미에 있어서는,) 이 '百姓'이 '民衆'이며, (지금부터 논의될, 後者的 의미에서는, 왜냐하면, 저것은, 한 바구니 속에 담겨 있기는 하되, '끈'에 꿰임을 받지 못하고 있는 구슬들이어서,) 아직 '民衆'(群衆, 大衆)은 아니다.

   '民衆' '群衆', 또는 '大衆'이라고 일러질 수 있는, 한 '集團'의 사람들은, 어떤 같은 한 理念이나, 欲望, 또는, 같은 흥미나, 즐거움이라는 투로, 어떤 같은 '끈'에 꿰어져, 한 무리로 結束되어 있는 사람들을 일러 말할 것인데, 그러자니, 그들을 하나로 묶는 '끈'의 종류만큼이나, '大衆'에도, 종류는 여럿일 것 짐작하

七祖語論 4_주석

기는 어렵지 않다.

그중에서도, 대표적이라고 꼽히는, 한 종류의 '民衆'은, (이것이, 필자가, 例로 삼은 그것인데,) 모든 열등하고, 약세한 '個人'들이, 자기 왜소함과, 무력함으로부터 벗어나, 莫强함과, 完璧함(全體!)을 성취하고 싶은 欲望에서 일어난, 怪物인 것은, 알려진 바대로이다. 이 '怪物'이 그리고, 歷史의 한 動力이 되어왔음도, 알려진 바대로이다. 有情들께는, 個別的이고 싶으면, 個別的이고 싶은 만큼, 全體的이고 싶은, 複合性이 있다.

헌데도 그것(저 複合性)이, 이제까지는, 形而上的 국면이랄 데서만, 얼마쯤 성공적이었던 듯하고, 形而下的 국면에서는, 무참한 실패만을 거듭해오는 것을, '民衆'은 경험해오고 있다. 그것의 '形而上的 국면에서의 성공'은, '하나의 빗방울이 大洋에, 한 大洋이 한 빗방울에 合流하기'라는 국면에서 이해했을 때인데, '(宗敎的) 天國에의 體驗'이란, 바로 저런 상태가 아닐 것인가, 하는 추측이 있다. 그러니까, 거기, 엄연히, 어떤 '個人'(個我)들이, 그것 낱으로, 존재하고 있는데도, 그 '낱'은 '全體'에, 또는 그 '全體'(宇宙)가, 그 '個我'(낱)에, 合一하고 있어, 양자 사이에 구별이 찾아지지 않고 있다. 그것은 분명히 至高至福한 상태이다! 그 상태는 그리고, 거기 처한 이들의, 自己否定의 苦行, 그런 自己純化를 통해 이뤄졌음으로 하여, 否定的 要素를 함유치 않고 있음에 분명하다. (이제 그러면, 그것의 '形而下的 실패'가 무엇에 연유해서인지, 저 '성공'을 가능케 했던 까닭을 뒤집어놓고 본다면, 자명해질 것이 분명하다. 땅[形而下的 국면]에서의 '民衆—大衆'은, 鍊金되어져야 할 '프리마 마테리아'이지, '金'이 아직 아니다. 그것이 그렇게도 보인다고 해서, '金'으로서 信奉되어지려 하면, 거기 틀린 宗敎가 나타나, 땅의 반을, 또는 전부를, '똥'으로 만들어버리게 될지도 모른다. '大衆'이란, 그런 위험성 자체이기도 하던 것이다)

완전무결한 '大衆'은 없다. 百 가지 姓을 가진 자들이, 어떤 하나의 '姓'(主義, 思想, 理念 등등) 아래 형제가 되어 모이려면, '百' 가지로 다른 姓이 '하나'로 될 수 있는, 그런 어떤 共通分母 위에서만 가능할 것인데, 그렇다면, 그런 나머지는, 그 '大衆'에 대해 불온하고, 불순할 뿐일 것이다. 그런 '불온, 불순한 부분'은, '大衆'에 의해, 타도되어지거나, 묵살되어질 것이거나 할 것이어서, 그것은, 그 '大衆'의 各構成員만의 비밀로, 또는 通貨價値가 없는 엽전 같은 것으로, 장롱 속이나, 아랫목 같은 데 남겨 둬야 될 것이다. 그것을 減算한다면, 어떤 '構成員'은, 그 '大衆'에다, 자기의 七割 정도를 기여하고, 어떤 이는 半을, 또 어떤 이는 三 分의 一이나, 三十 分의 一을 보탤 것인데, 그 '기여하기'에 비례하여, '大衆'의 純度가 가름될 것이며, 역비례하여서는, 아마도, '構成員'

들의 知的 수준이랄 것이 가름되어지는 것이나 아닌가 하는, 의문이 있다. 그리고 어떤 이들은, 그 '大衆' 속에, 끼어 있게 되어, '構成員'처럼 보여도, 자기의 머리칼 하나도 기여치 않는 이가 있는데, 어떤 이들은, 사람들 속에서도 외롭구나. 이런 말은 그러니, "우리 모두가 大衆의 構成員이므로, 우리가 大衆이며, 大衆이 우리다"라는 이해는, '用'面의 '大衆'에의 이해가 없이, '體' 쪽만을 들춰내 보이고 있는, 平見의 소치라는, 그런 말이 될 것이다. —이 '大衆'은, 그렇다, '動態的'이다. 그러면, '靜態的 大衆'에의 상념을 일으키는데, 이 '靜態的 大衆'이 사실로, '體' 役의 '大衆'과 꼭같은 것인지, 어떤지, 그것은 따져보고 나서라야만 말할 수 있는 것일 것이라도, 촛불중이 말하는, 그 '꿈꾸고 싶어 하는 잠', 그것 자신의 欲望을 꿈꿔내는 잠, '요니'로서 이해되는, 그것이다. 그리고, '靜態的 大衆'論 쪽에서 보면, '動態的 群衆'도, 결국은, 저 '꿈꾸고 싶어 하는 잠, 그 요니'에서 일어난 짐승 말고, 다른 것은 아니다.

　　　이것은, 여러 말을 할 자리가 아니므로, 암시나 조금 해두는 정도로 생략하려 하지만, '形而下的 국면에서의, 모든 個人들의 集合' —저 '群衆'(衆我!)이, 그런데, 그 '衆我'를 이룬 각 '個我'들에 대해, 극난한 障碍가 되었던 시절도 없었던 듯하다. 저것은, 잠을 깨어, 고개를 쳐들었다 하면, 배고픔 탓에, 제 몸을 먹고 덤빈다. 이 붉은 龍—에뤼식톤은, 그럼에도, 退治하기엔, 그것이 너무 불어나 버린 느낌이 있다. 지금은, '衆我'라는 '붉은 龍'께 납치되어간, '個我'라는 '公主'를 救出해내는 일이 시급한 듯하다. 그러기 위해서, 만방의 知性人들은, 이 理念 아래 모여야겠는다.

2 中國巫歌「九曲」중 第8曲, 제1절.

3 同巫歌 제2절.

4 滿月('滿月' 자체는, 여기서는, '가야금' '송장', 그러니 '짖는 흰 암캐'는, 그것을 탄주하는 '손'과, '[탄주하기에 의해 일어나는] 소리'일 것이다) '흰 소리'[右足舞拍] —識.

5 그믐밤('그믐밤'도 여기서는, '가야금'인데, '좀비'[Zombi, 魂 없는, 또는 生命 없는 몸]. 그러니 '틀어 오르는 검은 구렁이'는, '호우간'[Hougans, 좀비에 강림하는 神] 일 것) '검은 소리'[左足舞拍] —冥. ('좀비'와 '호우간'은, 하이티族 巫俗의 '부두'[Voodoo] 祭에서 빌린 이름이다)

6 「九曲」第9曲.

7 Garma C. C. Chang 英譯, *The Hundred Thousand Songs of Milarepa*, 第31頌. 누구나 알다시피, 이것은 탄트라的 性交의 묘사거나, 아니면 그 '性交'가 요가 수업을 통해 닿게 되는, 사마디 상태의 비유로 쓰여지고 있는, 그것이다.

제3장 검은 거북品

1 「梨俱吠陀」.
2 「梨俱吠陀」.

色相品

1 七神의, 신발에 신겨진 쪽 발, 바닥에는, '海' 字 火印이 찍혀 있었던 것은, 다시
   되풀이하려 하면, 실답잖을 터이다. 만약 말해서, 그의 다른 발바닥의, '苦' 字
   印刻이, 한 삶의 '縱軸'을 담당한다고 할 수 있다면, 이 '海' 字는, 그 '橫帶'를 담
   당한다고 한다 해도, 무리는 없을 것이다. 풀어 말하면, 이 '橫帶'란 '상사라' 자
   체인데, 그러면 이제, 난문제가 발생한다, 그곳을 지난 자의 '足跡'이, 그곳에
   남아 있지 안 했다는 의미는 그러면, 무엇인가? 그가 오기는, 이쪽 세상엘 왔었
   던가?
        헤헤헤, 헨데도, 이쪽 세상, 험난한 돌밭 가시밭을 헤매려면, 그 발에다 뭐
   든 신기는 신어야 되는데, 그것도 회피치는 못한다. '신발'을 신지 않고, 이승은
   지나지는 곳이 못 되기 때문이다.

空相品

1 '말'[言語], 또는 '思考의 能力'이, 이 자리에서는 'ozone layer'로 취급되어 있
   다. 밤의 침상에서 꾸는 '꿈'이나, '바르도의 경험'이, 平時나 生時의 그것들보
   다도, 더 강렬하고, 숨이 막히도록 공포스러운 것은, 이 '臭氣層'에 구멍이 났
   거나, 아예 없어진 까닭인 듯하다. 그것은 그래서, 화살이 빗발치는 듯한 戰場
   에서, 깨어져 반쪽이 된 방패를 들고, (병정이) 화살을 피하려 하기와 같거나,
   살만 남은 우산으로, 소나기를 피하려 하기나 같은 것으로 비유될 것이다. '畜
   生道'(自然道)에서는, 이 '臭氣層'이 '몸'이 되어 있으며, '말씀의 우주'에서는,
   '말과 몸'의 두 겹으로 되어 있다는 것은, 덧붙여두기로 하자. '말씀의 우주'에
   서는 그러니, '말'[言語] 이라는 '臭氣層'이 찢기거나 깨어지는 순간, '바위'나
   '소금 기둥'이 되거나, '畜生道'에로 떨어져 내릴 것이다. (『七祖語論 3』,「童話
   한자리」 참조)

2 '불'[火] 은, 촛불중이 '生命'과 '말'[言語] 의 元素로 이해해온 것이다. (이와 반대로, 六祖는, '물'을 '生命의 元素'로 이해해온 것은, 밝혀진 바대로일 것)

3 "Now I have written so much for Christ, give me a drink!" ─옴 와기쇼리 뭄!
[주석 3]에 대한 補註

필자가, 라틴語를 인용한 뒤, 英語로 通譯해놓은 것을 보고, 헤헤, 어디 그나 그뿐인가, 때로는 산스크리트, 젠드, 漢文, 심지어는 티베트語까지 동원해 使役하고 하는데, 이런 까닭으로 히히히, 어떤 독자들은, 필자가 꽤는 다양한 言語에 통해 있는지도 모르겠다고, 생각할지도 모르겠는데, 언감생심, ─그 얘기하기 위해, 이 얘기 좀 해야겠는다.

그러고 보니, 제법 몇 철이 흘렀던 듯하구야, 그 몇 철 전에, 필자는 금호동 山번지 어디서 살았더랬는데, 그 근방에 있었던 작은 왕대폿집 하나는, '막걸리 센타'라는 입간판을, 골목쟁이에다 내세워 뒀었다. 필자가 通達해 있는 듯이도 여겨질, '다양한 言語'를 말하려다 보니, 저 '막걸리 센타'네, 주모의, '(헤헤 말임세, 예를 들면, '英語' '佛語' '히브리語' '젠드語'라는 투의) 센타語'가 생각나는데, 왜냐하면 저 두 言語는, 서로 닮다 못해, 머리카락 수까지도 틀림이 없기 탓이다. 그러니까, 필자가 유창하게 써먹고 있는, 저 '다양한 言語'는, 다름 아닌 '센타語'系에 속한 것이라는 것이다. 그런즉 이런 '語系'를 짚어 아는 자라면, 필자의 '다양한 言語'를 두고, 왈가왈부해야 할 까닭이란 별로, 있는 것도 아니라고 알게 될 것이다.

헤헤, 헨데 '센타'(centre, center)란, 宇宙間 어디에서나, 정하기 나름이 아니겠는가. (그래서 필자는, 거기가 얼마나 변두리이든, 그것이 어째서 상관이겠는가, 글쎄, '정하기 나름'이라고 하잖았는가, 필자가 앉은 자리를 '宇宙의 센타'로 정하고, 그 '센타'에 앉아, 宇宙事 돼오고, 가는 것을, 내어다보아온 것이었느랬다. 이런즉, 이 '다양한 言語'가, 어찌 '센타語'가 아닐 수가 있겠는가)

이만큼이나 씨불이고 났더니, 本者語佛, 목도 컬컬허구먼, 술 한잔 내게람!

會衆은, 일제히, 꽃을, 한 송이씩, 들어 올려, 보이느냠!

샨티 샨티 샨티

말머리에 꼬리 달기*

먼저 죽지 말기를 바랐던 이들의 뒤 죽음을 가까이 보고 난 뒤, 이제는 이 패관(稗官)도, 뭔가를 정리해볼 때에 온 것이나 아닌가, 하는 생각을 하게 되었다. 이 '줍쇼리'는 그러니, 바로 그런 목적으로 읊어진 것이며, 그런즉 이왕에 여기저기서 해왔던 얘기들의 반복도, 그런 '정리해보기'의 결과라고 이해해두면, 너그러워질 수 있을 테다. 이것은 그래서 자기의 것이거나, 빌려온 남의 것이거나, '해묵은 포도주를 새 부대에 옮겨 담기'에 비유해도 틀리지 않을 성부르다.

어떤 분야의 현자(賢者)들은, 주인공을 내세우지 않고도, 자기들의 하고 싶은 말을 거침없이 하는 듯해 보임에도, 패관은, 스스로 그런 자유를 버린 자이다. 까닭에, '이야기'의 이름으로 무슨 얘기를 하려 하면, 먼저 주인공을 상정해서, 그의 방자(房子) 노릇을 해야 하는데, 그래서 그런 어떤 적당한 상전(上典)을 찾던 중에, F. 니체(Nietzsche)의 자라투스트라(Zarathustra)를 만나게 된 것이거니와, 그가 비록 조로아스터(Zoroaster) 교(敎)의 창시자로 알려진 이의 이름을 빌려, 자기의 주인공으로 삼았다 해도, 그 본디 인물과 반드시 닮은 인물은 아니듯이, 본 패관의 주인공을 두고도, 그 같은 얘기를 할 수 있을

---

* 『神을 죽인 자의 행로는 쓸쓸했도다』(문학동네)의 저자 서문.

것 같다. 그래서 이 세 자라투스트라들은, 눈도, 귀도, 손도, 발도 둘씩이라는, 그런 점에 있어서는 조금도 다르지 않은 삼란성삼생아(三卵性三生兒)라도, 얼굴의 색깔이나, 쓰는 방언(方言) 따위에 이르면, 닮은 데가 별로 많지 않다고 알게 될 게다. 밝혀진 것은 그러니, 니체가 조로아스터 교리(敎理)를 전파하려 하여 자라투스트라라는 이름을 빌린 것은 아니듯이, 본 패관도, 니체의 사상을 설파하려 하여 그 이름을 빌린 것은 아니라는 것이다. '자라투스트라'라는 그 이름은 그런데, 그것이 내포하고 있거나 더불어 있는, 공(公)들도 대개 짚어 알고 있는 바와 같은 내력이나 의미 따위가, 그나 패관에게는, 자기들의 얘기를 시작하기에 좋은 출발점이나, 또는 기반을 마련해준다고 여긴 것일 것이었다. 그는 (니체의 자라투스트라는), 무엇보다도, 반기독교주의자(反基督敎主義者)의 한 전형이 되어 있다는 것은, 주지하는 바와 같거니와 이 '즙쇼리'에 기독교주의에 관한 얘기가 많이 나오는 것은, 그 까닭이며, 그것을 다시 고려해보자는 것도 목적의 하나인즉, 패관을 꼭히 기독교주의자라고 편입시키려 할 필요는 없는데, 패관은, '몱'(몸+말+맘)론(論)의 신봉자라는 것을, 상기해주었으면 한다.

본 패관은, 견문이 넓지를 못해, 니체의 자라투스트라가 죽었다는 부음을 들어본 것 같지가 않다. 그러나 그가, '부활'의 교리도, '해탈'의 법도, '장생불사'의 연금술도, 신봉했다거나, 수업했다는 얘기도 들어본 바가 없어, 그도 어쨌든 한 삶을 마치긴 마쳤을 터인데, 어떻게 마쳤는지, 그리고 신(神)이 없이도 사람은 어떻게 죽을 수 있는지, 그런 것들이 궁금했던 것인데, ─여기 패관이 설 자리가 있던 것이다.

시간이 남아돌기 때문이라는 이유로, 이런 따위 '즙쇼리'를 손에 들고, 변기에 앉아 있어 본 독자가 있다면, 그는 그러면, 자기의 한 삶을 '정리해'보려 한다는 패관과, 자라투스트라는, 대체 무슨 촌수 관계인지를 물으려 함에 분명하다. 헤헤, (패관이 웃는 소리러람) 그것을, 은연중에라도 밝히려는 것도, 이 '즙쇼리'의 한 의도가 되렸으니, 읽어보면 알게 된다. 알 필요 없으면, 읽을 필요도 없음일라. 그러나 공은, 공이 지나지 않으면 안 되는, 그 길가에 흘려져 있는, 뭔지 꽤는 긴한 것을, 놓치고 지나가 버리는 것은 아닐라는가, 몰라?

본 패관이, '이제는, 뭔가를 정리해볼 때에 온 것이나 아닌가' 하는 서두를 쳐들었다 해서, 어떤 독자는, 이 별로 늙지도 안 해, 설늙은 이 늙은 탕아(蕩兒)는, 유서(遺書) 따위라도 쓰고 있는 것이나 아닌가 하고, 고개를 갸웃거릴지도 모르겠다. 마는, 그거야 뉘 알겠는가? 두고 볼 일이지. 그가 말로는, 저렇게 숭쿰(이게 무슨 누무 사투리인지, 그건 뜻이기보다, 느낌에 호소하는 소린 듯하다는 것 말고는, 패관도 못 말해준다. 사전은 들춰보아도 묵묵부답일 터이니, 국어 선생께나 물어봐라. 패관은, 잡초 씨앗이라도 많이 뿌려, 밭, 말의 밭이 다양하게 울창해지기를 바라고, 선생은, 사실이 그런지 어쩐지, 그것도 또 물어봐야 될 듯하지만, 밭이 이랑 고랑 정연해 있기를 바라는, 다름이 있다. 콩 심은 데서도 팥이 나는 걸 즐거워하는 자와, 콩 심은 데서는 콩만 나야 된다고 믿는 자가 있다)을 떨어싸도, 만년 세월을 한사코 살아갈지, 글쎄 그건, 모르는 일. 저렇게 숭쿰은 떨어쌈시롱도 패관은 아직도, 공들의 평강을 비는, 하직의 인사는 안 하고 있잖느냐, (흐흐흐, 공들은, 늙은 흉내 내는 탕이의, 망령 부리기의 미학쯤 터득했으끄냐?)

티 베미(이렇게 말하였도다!).

본 '즙쇼리'가 교본으로 삼은 것은, 박준택 교수 국역(國譯) 『차라투스트라는 이렇게 말하였다』(박영사, 1964)와, Penguin 문고판, *Thus Spoke Zarathustra*(R. J. Hollingdale 영역[英譯], 1969)인 것을 밝혀둔다. 패관께는, 불행하게도 원어(독일어)에 대한 지식이 없어, (니체가 'Zend어[語]'를 알았던가 몰라?) 번역본들에 의존할 수밖에 없었음을 유감으로 생각하는 바이지만, 두 다른 언어의 번역본들을, 그나마도 충분치 않은 실력으로라도, 깜냥껏은 대조하여 읽고, 또, 니체 연구가인, 해박한 소장 학자 김재인 교수로부터, 대략 두 시간가량 배운 지식을 토대로, 나름대로는 원의(原意)를 유추하려 애썼으므로, 그 점을 고려해주려니와, 분명히 많이도 범해져 있을 오류, 오독, 곡해 등은, 패관의 학식의 짧음에 탓을 돌려주기 바랄 뿐이다. 그리고도 기억해주었으면 싶은 것은, 이것은 무슨 '연구 보고서' 같은 것이 아니라, 자라투스트라를 상전 삼아, 그가 탄 늙다리 노새의 고삐를 쥐고, 광한루(廣寒樓)로 나서는, 방자의 길 트는 소리인 것이라는 것인데, 그런다면, 그 풍경이, 돈키호테와 산초 판자의 거드럭거림처럼, 희화적인 것만은 아니라고 알게 될 것이다. 저쪽은, 악(惡)의 가상(假像)을 쳐부수려 내닫고 있는 데 반해, 이쪽은, 선(善)의 가현(假現)과의 밀회를, 어떻게 좀 성사해볼 수 있을까 하여, 빼틀빼틀 어죽게 나가고 있기의 까닭이다.

이 '줍쇼릭'는, 우리 문학판의 한 키 큰 소장 비평가 김진수 교수가 '책세상'이라는 출판사에 관여하고 있었을 때, 청탁하여 쓰려 마음먹었던 것인데, 끝을 맺고 보니, 『산해기』의 속편 형식이어서, 이왕이면 그 졸저가 발간된, 같은 출판사에서 발간되는 것이 옳겠다는 생각이 들어, '문학동네' 강태형 사장의 후의를 빌었다. 이러한즉, 김진수 교수와 '책세상'의 김광식 주간을 대할 면목이 없게 되었는데, 사죄를 비는 바이다. "늙으면 주책이 없다"더니, 이것이 그것이다. 그런즉 공들은, 늙음의 강을 건너려, 주책없이 서둘지들 마오.

저자합장(著者合掌)

저자 후기*

    어디서 얼핏 들은 소리를 하나, 그 필요를 느끼는고로, 그대로 옮긴다고 하면, 거문고의 共鳴管 중에서도 그중 좋은 것은, 오동나무 중에서도, 옹이가 그중 많은 부분으로 만들어진 것이라고 하는데, 바로 이 옹이 많은 부분은, 토막이 되어지는 그 당장, 바깥 한데에 버려져, 봄바람 가을비에 시달려야 한다고 이른다. 그리고도 물론, 그것으로 언제쯤 공명관을 다듬게 될지는, 그 匠工이 알 일이다. 이 이야기가 잉태하고 있는 의미는 많을 터여서, 그것을 다 헤아리려 들면, 차라리, 알밴 청어의 배를 가르고, 알이 몇 개나 들어 있었던지, 그것을 헤아려보는 쪽이 쉬울 듯하다.

    헌데 그 장공에게 친구가 있어, 원래 聽力이 실하지를 못했으되, 소리를 가름하기는, 그보다 더 좋은 귀도 없었는데, 그 친구의, 이 장공에의 작은 한 소망은, 저 한데서 시달리고 있는, 그 공명관이 될 재목에서, 어느 날 울려 나오게 될, 그 소리를 듣고 싶어 하는 그것이라고 했다면, 알겠다시피, 세월이라는 것이, 누구에게나처럼, 저 친구의 약한 聽力에서도, 그 聽絲를 한 가닥씩 반 가닥씩 덜어갔으면 갔지, 보태주는 것이 아니었던즉슨, 저 장공은, 필자의 생각에는, 그 재목이 아직, 충분히 준비가 된 상태는 아니라 한다 해도, 시간을

---

    *   『七祖語論 1』(문학과지성사)의 저자 후기.

아껴, 다듬어, 소리의 팔만 새들을 잡아넣어야 되잖았을까, 그런다. 그래서 저 장공이, 그 재목이 잘 익혀진 때를 기다리느라, 몇 번쯤 더 봄바람 가을비를 쐬고 맞혔더니, 그것으로 만든 공명관에서는, 아닌 게 아니라, 더 부드러운 봄바람 소리며, 더 여린 가을비 소리가 났다 한다 해도, 저 소리를 즐기는 친구의 聽力이, 그 부드러움, 그 여림을 다 구별해내지를 못하기에 이르렀다면, 그 공명관에서 울려 나는 소리란, 참으로 봄바람이며, 가을비 소리 말고, 더도, 덜도, 되잖았을 터이다.

그렇게 되지 않게 하려 한 장공이, 한 둬 봄바람 가을비를 덜 쏘이고, 덜 맞혔다 해도, 그런고로, 그 공명관에서 울려 나오는 소리는 비록 투박할 수밖에 없었다 한다 해도, 그렇다고 해서, 그 소리에는, 소리가 갖춰야 할 것들을 갖추고 있지 말라는 법은 없는데, 왜냐하면, 소리란, 듣는 귀들이 이뤄내는 것이지, 소리가 귀를 이뤄내는 것은 아니기 때문이다.

그리고 또, 아마도 참으로 좋은 소리는, 여러 귀들이 가담하여 이뤄내는 소리이다. 문학에서는, 신화며, 민담·동요(經典 등은 거론치 말기로 하되) 따위, 구비문학이 이 영광을 누리는 듯한데, 그럴 때 그것은, 한 개인의 업적을 뛰어넘어, 모든 개인들의 업적으로까지 고양된다.

그렇다면 저 장공은, 공명관을 만들 그 재목이 아니라, '소리'를, 저 바깥 한데 내놓아, 봄바람 가을비에 시달리게 했어야 했었던 것은 아니었었겠는가, 그 소리'의 옹이들을 삭힘 받게 하기 위하여?

샨티 샨티 샨티

김현에게 보내는, 마지막이 될지도 모르는 편지*

**·冠岳을 보듬어 들인, 아으 저 영광스러운 어머니 天國은, 冠岳으로 인해 한결 더 밝아졌을 일이구나. 이쪽도 말이지, 자네 다녀간 후, 한결 더 밝아졌느니. 런즉, 이쪽 일 어떻게 되어가는지 내어다보기로, 그쪽 빛을 흐리게 할 일은 아니겠네라. 그래도 그리고 冠岳은, 잠시, 그저 잠시 쉬었다가, 오려거든 또 와라, 글쎄 그것이, 보디사트바들이, 萬世 전부터 誓願한 달마라면, 올 일이다, 그리고 올 일이다. ('佛'이란, 상사라를 통한 투쟁에 의해서만 성취되는, 그러니 有情들의 進化의 窮極이랄 것이란다면, 돌아올 佛이란 있기는 있는 것이겠는가? 그것을 감안한다면, 상사라는, 보디사트바들과 락사사들에 의해서 운영되는 것이나 아닌가 하는 것을 생각하게 한다. 그래도 어떤 大義를 위해 돌아온 佛이 있다면, 그도 프라브리티의 법칙에 복종해야 되고, 그 결과는, 그도 다시금 素人이어서, 새로금, 佛에 이르기까지의, 그 고통스러운 탈바꿈을 치러야 되게 되어 있는 것이 아닌가, 하는 것을 고려하게 된다) 자네 따뜻함을 벗고, 大地에 안긴 자여, 大地는 자네를 품어 안기로 영광을 입었으되, 그 大地인들, 얼마나 끔찍이, 자네 같은 사내의, 따뜻한 발에 닿이기를 바라겠느냐, 그러면 大地는, 소리 내고 싶은 鍵盤이어서 音樂할 것을, 그럴 것을, 三月에는

---

* 『七祖語論 2』(문학과지성사)의 저자 서문.
** '·'가 붙은 부분의 낱말이나 글귀는, 金 公과 朴 厥의 書翰體 사투리.

桃花를 피우고, 무덤들에는 할미장꽃을 피우며, 숲에는 푸르름을 입힌다, 꽃
이 웃는 왁자지껄한 소리, 반기는 소리, 와라, 와서 새로, 여기저기, 허긴 아직
도 어둑살 진데, 반듯하게 펴고, 볕을 쐬어 넣어야 안 되겠냐, 와라 볕으로, 그
래 와라 볕. (그래서 둘러보면, 冠岳임세 둘러보면, 어느덧 새로 돋은 젊은 얼
굴들이, 冠岳다운 커다란 애정을 갖고, 世界를 품으려 내달려가고 있는 것이
보이누네. 물론이사, 새로 돋아오른 얼굴들이니, 싱싱하게 보일 것이야 의당
하다고 하겠지만, 그 시대적 상황 탓에, 얼핏 생각이 짧았던 나 같은 자가, 어
쩔 수 없이 드러냈던 것 같은, ['문화의 주변 국가'라고 이르는 지방에서 '작업'
하는 자의] 외로운 '周邊 콤플렉스'며, [그것에 逆應하는] '고빠또[李文求의
小說 참조] 콤플렉스' 같은 것들을 훨씬 벗어부치고, 이 땅[世界]을 韓國語로
운영하는 한국인들로서, 활달하고 자유스럽게 思考하고 있어, 이들의 얼굴들
은, 저 '周邊'이라는, 곰팡이 핀 응달을 벗어나, 사실 햇덩이들로 훤하기도 하
다네. [물론 내 보기에도, 읽혀지기에도, 저들은, 冠岳이 몇 번이나 귀띔해 보
낸 대로, 이만쯤 재단된 상찬에 입혀져도, 몇 개의 발가락을 남길 듯하다네])

　　　(J. 루미라는 수피 詩人의「墓碑銘」에) "道流들은, 죽음에 당해, (누구라
도 거기에 묻히는) 땅에 묻히기보다, 사람들의 심정 가운데 무덤을 갖기를 바
라야 할 것이다"(라는 것이 있던데) 아으 그러고 본즉, 鶴 같은 자여 鶴은, 이
쪽 가지 후두둥 떠난다고 떠나서는, 어디에다 둥지를 정해, 깃을 접어 들었는
지, 심지어 부엉이 꼴의 이 궐자까지도, 글쎄 그것을 알겠는 것이다. (여게, 이
궐자가 자기를 일러, '부엉이 꼴'이라고 한 것은, 公도 잘 안다마는, 그리고 웃
게라마는, 이 궐자는, 한 六道쯤 송두리째 속에 처넣어놓고도 헛헛, 속이 좁
아, 바늘 하나 세워 꽂을 자리도 남겨놓음이 없는 데다, ―이 궐자 나름의 한
歷史에 대한 견해[陰氣의 遺傳 말이네]에 의해, 물론, 매 순간 매 찰나 일어
날 수 있으되, 세기를 두고도 일어나지가 않는 '突然變異'를 제외하고 말이지
만, 좋거나 나쁘거나 간에, 그 거대한 솥의, 잘 무르녹은, 원초적 질료를, 그 거
대한 주걱으로 휘저어댈 수 있는, 그런 당찬 鍊金術師를 얻지 못하는 한, 역사
는 그 근본에 있어―라는 말은, '지엽적'이라는 것에 對比하여 쓴 말인데―당
대 세계는, 當代民에 의해 바뀌는 것이 아니라는 것을 알게 되면서, [그러니,

前代民이 次代, 즉슨 當代의 世界를 바꾸는 主役이 되어 있다는 소리를 하게 될 수 있을라는가? 이 궐자에 의한다면, 衆我도, 羯磨에 당하는, 個人과 꼭같이 취급되어 있는데, 그렇다는 경우 衆我의 '突然變異'는, 각 개인의 時限, 時尺과 더불어서는, 거의 기대할 수도 없는 것이나 아니겠을라는가?] —萬世를 내어다보아, '洛書'를 등에 업은 거북이모양, 세월의 밑바닥에 기복해, 반눈 감고, 萬世를 기다린다고 하면서도, 헛, 한 彈指頃에도, 백 번 울그락푸르락하는 급한 성미, [그뿐만 아니라, 무슨 業의 무게 탓에든 뒤꿈치를 가져, 프라브리티의 '相剋的 秩序' 그 '輪迴의 고리'에 그 뒤꿈치를 물린 뒤, 어떻게도 뽑아내지를 못하고 허덕이는, 有情들이 불쌍하다고 하여, 석 섬씩으로 짜거운 눈물을 흘리는 중에도, 세상없이 절친한 친구라도, 그리고 그것이 여하히 사소하다고 해도, 방자함을 드러내려 하면, 마시던 소주병이라도 깨뜨려 몹시 상하게 하려는] 무쌍의 고약스러움 따위로, 德岸에서도 수만 유순이나 멀리 떨어진 胡灣을 헤매는, 해적 같은 사내라는 말인데, [열두 권 『마하바라타』라도 정독해 본 사람에게라면, 이거 눈썹들이나 축내고 말 물음이기는 하지만,] 그래서 그러면 이 궐자도 外飾하는가? [그런고로 이런 사내란, 변두리에 데려다, 그를 아는 자들의 차가운 눈초리가 굳어 된 돌로, 매우 치고, 쓰러지면, 그 돌들로 무덤 해버린 뒤, 그 이름까지도 지우기 위해, 차라리 墓碑를 세우되, '無名氏'라고 이름하는 것이 좋을라는가?] 헛, 그 대답은, 내가 만들 수 있으면 좋을 터이지만, 그럴 수도 있는 것은 못 되는 듯함세. 다른 모든 有情들과 마찬가지로, 이 한 有情도, 입어진 肉身이 가하는 것만큼의 한계와 고통에, 그 有情 나름으로 당하고 있다는 것만은 그래도, 말할 수 있을 듯하다. 흐, 훗, 흔데도 말히시, 돈키호테라는 사내가 말히시, 자기를 먼저 정복하려 했기 전에, 風車 其他를 정복하러 내달았던 것을 기억한다면, 이런 사내도 또한, 자기를 먼저 고치려 하기 전에 어떻게 •세계를 고치겠다고 내닫는지, 그 까닭쯤도 못 내어다볼 것도 아닐 것이다. 이런 부엉이 꼴의 사내는 그러니, 어떤 情스러운 물밀음 아래에서, 그 가슴들을 활짝 활짝 여는, 그런 가슴이, 아무리 많아, 젖은 모래톱의 조개들만큼이나 많다 해도, 그 어느 것 하나라도 무덤 정해 들기는 어렵게 된 것인데, 그 가슴들은 분명히, 이런 부엉이에게 쪼여 먹히기 위해 열려진 것들은 아닐 터이니 그렇다. 이래서도, 冠岳 같은 자에게는, 세상은 왼통 열림이며, 훈훈함이어서 祝祭일 것이라도, 이런즉, 까짓것 그러려면 려무나만, 本者 같은 無德한 자에게 그것은, 닫겨, 바위 같은 차가움이어서 고통뿐이다. 이런 너러 세상은, 내게는 그저 갖다가시나 을씨년스럽기만 육시러게 을씨년스러울 뿐이기만 하다. 그럴 때, 이런 사내가 바라 도모할 일이 있다면, 저런 너러 바위라도 구멍을 뚫어서, 그 머릿속에다 일단 헛묘라도부터 써놓았다가, 나중에 정작 눕지 않으면 안 되게 될 때, 쳐들어가 눕는 수 같은 것일 것이다. 그런 뒤, 남녁[아랫녘]에로 내려간다면, 거기는 따뜻함이 한 가슴들이어서, 용암처럼 괴어 있을 것이지) 보게라, 심지어 이런 사내의 심정에까지도 자네가, 무덤을 정해 들 수가 있었다고 한다면, 글쎄 말이지, 비둘기보다도 더 후덕스러운 가슴들은, ·道流가 얼마나 많이 차지해 들었겠느냐, —그것쯤 짐작해보기는 어렵지 않네. 부럽던 자는, 涅槃도 부럽게 했기뿐만 아니라, 무덤도 부러운 자리들에다 정했구나.

　　어찌 되었든, '말'[言語] 로써 세계며, 우주를 조립하는 자들께는, 그 세계며 우주가, 하나의 敍事詩 말고, 다른 것은 아니라는 것이 나의 믿음이다. ('말씀'의 成肉身이며, 脫肉身도 그렇게 이해되는바, 말한 바의 저 '敍事詩' 속에서, 어떤 한 '單語'가, '세상나무'를 타고 올라가 버리거나, 내려가, 어디 잠든다) 게다가, 자기라는 몸—그 五官까지도, 자기의 '밖'이라고 쳐, "밖이야말로, 모든 有情들의 無意識 자체" (이것은, 다시 되풀을 필요도 없기는 없겠지만, 言語學的 'Signifier'[體] 와 'Signified'[用] 의—관계를 반드시 고착해 생각하지 말기를, 어떤 '주석'에서 나는, 분명히 밝혀뒀다고 믿는다. —관계를 이해하는 자라면, 내가 무엇을 말하려 하고 있는 것쯤, 더 캐묻지 않을 것이다. 글쎄 저것은, 말한 바의 言語學 쪽에서 이해하기로 한다면, 어떤 '體'[記號] 에 제휴한 어떤 '用'[意味] 은 體現[記號化] 하기로, '體'[記號] 라는 그 '形態'[形式] 를 통해, '自由'를 성취한 것이며, ["形式, 또는 形態가 精神을 해방하게 한다"는, 나의 한 명제를 기억해주게] 동시에 그것[用·意味] 이, 그 한[體·記號] 의 運命化한다는 것은, 저절로 따르는 결론이라는, 그런 얘기들을 할 수 있게 될 것이다. 바르도의 험로에서 갈팡질팡하던 어떤 '念態'[意味] 가, 일례로, '돼지'라는

‘體’[記號]에 제휴한다면, 그것은 그 순간, 왜냐하면 거기서는 ‘念態’[意味]가 ‘體’[記號]의 역할이어서 혼돈인, 그 바르도로부터의 탈주를 성취하되, 그로부터의 그것의 삶의 내용이나 진로[運命]는, ‘돼지’的인 것이다. ‘意味’[用] 자체는 노상 움직이며 깨어 있는[意識] 것이라면, 言語에서는, ‘記號’[體]가, ‘無意識’의 영역이라는 것은 자명한데, 古墳壁畵 속의, 이제부터 판독해야 되는, 象徵이나 暗號들은 염두해볼 일이다. 그것은, 아직, 아담이 ‘이름’이라는 열쇠로, 열람해본 적이 없는, 바르도에 처해 있는, 한 우주 같은 것이 아니겠는가. 그래서 道流는, 여기 어디, 이런 무슨 이유 탓에도 내가, 우리들의 物象的 한 宇宙를, 판독해야 되는 무슨 經典쯤으로 치는 것을 알 것이다. 어쨌든, 이 자리를 빌어 꼭히 하나 부연해두고 싶은 것은, 나는 湖西의 言語學에서 무엇을 빛내다 쓰고 있는 것이 아니라, 湖東 쪽의 ‘體/用’論에다, 오늘을 사는 우리들께 비교적 호소력이 더 많다고 믿기워지는, 現代語라는, 새 의상을 빌어다, 古骨에 입히고 있다는 그것이다)라고 이해하고 있는 자에게 보여진, 物象的 宇宙는, 더욱더 敍事詩的일 수밖에는 없을 터이다. 그래서 말인데, 어느 시대를 두고든, 그 章의 敍事詩 속에는, ‘헬레네’로 代名될, ‘anima-mundi’(世界魂)가 등장하고, (그 한 章의 敍事詩가 ‘Signifier’라면, 이 ‘아니마 문디’가 ‘Signified’일 것이다) 그네는 (“wretched is the soul that depends upon a body.”) (이것은, ‘形式을 통해, 自由를 획득한 精神’이 이번에는, 그 ‘形式’이 주는 부자유·장애·구속 등에 의해, 새로 ‘自由’(解脫)에의 꿈을 꾼다는 것을 고려하게 한다. 바르도/逆바르도의, 순환/악순환) 고통받는데, 그럴 것이 왜냐하면, 프라브리티의 秩序가, 相剋性에 의존되었다고 할 때, 그 秩序란 그런즉, ‘公主’를 유괴해다, 첩도 종도 삼는, ‘毒龍’ 말고 다른 아무것도 아닌 까닭인바, 그래서 보면, ‘헬레네’는, 그 ‘毒龍’께 유괴되어 있는 처지인 것이다. (물론, 이런 毒龍께 유괴된 公主들 중에서 얼마쯤은, 저 毒龍과 사랑에 빠져 있다는 경우도 희귀한 것만은 아니다. 헛헛훗, 이런 경우는 말인데, ‘사랑하기’라는, 우주적 善이 ‘否定性’을 드러내 있는데, 그것인즉슨, 할 수 있는껏 否定해버려야 하는, 自己를 사랑하기와 같은 것일지도 모른다) 저 ‘헬레네’ 때문에 늘, 群雄이 일어나지 않으면 안 되는데, 그럴 것이, 저 毒龍은 퇴치해버려야 하기 때문인 것. 그러면 언제든, 그 群雄 중에는, 그 자신이 원해서든, 아니면 그 자신은 결코 원하지 않았음에도, 다른 선택이 없어서든, '아킬레스(라고 代名될 者)'가 나타나, 그 中心에 서게 된다. 그는 장차, 그 '榮譽'를 위해, 자기 몫의 '長壽'를 擔保(代贖)해버렸음을 알게 된다. 그렇다, 젊은 나이에, 그럼에도 할 만큼의 큰 일들을 다 하고, 他界해버린 冠岳의 訃音을 들었을 때, 그러고 난 뒤에도 오랜 후에, 내게 떠오른 첫 생각은, 그것이었다, ―아킬레스의 죽음. (이 '序文'이 씌어지고 있는 本文 속에는 그리고, 畜生道를 일단 한번 벗어난 정신은, 자기의 죽음을 자기가 결정한다는 투의, 제법은 •들여다보고 해놓은 소리 대목이 있으니, 그런 것도 놓치지는 말거라. 마는, 그러나 道流여, 이것은, 그렇게도 빨리 하직을 고해버리기에는, 너무도 어기찬, 그리고 복에 넘치는 시절이라는 것을 모르지는 안 했었을 것인데? 랄 것은, 듣자니 말이세여, 佛紀 25世紀[西紀 20世紀] 末頃에 말이세여, 스름 끼꺽 끼꺽 멈추기 시작하는, 그 '法輪'에, 새로 박차를 가할 자가 나타난다고 이르니 말인데, [그리고도 그 '法輪'이 제대로 속력을 회복해내려 하면, 이후로도 이삼 세기는 더 기다려야 한다고 하더구마는] 道流여, 道流는 등에 기름을 채워 켜 들고 "그를 기다리지 않고 어떻게 떠날 수가 있었단 말인가? 또 아니면 道流는, 어떤 경로로든 그를 만나고, 道流답게는, 그를 위해 할 수 있는 일은 다 했다고 알았던 것인가? 道流의 부음을 받은 저녁, 흔들려지기 시작했던 내 체머리는, 아직도 계속되는데, 자네의 죽음을 통해 내가 본 것은, 冠岳으로 대표되는, 한 '우리'의 죽음, 그것이 내가 일러 '아킬레스의 죽음'이라는, 그것을 본 것이고, 그러자니 그 죽음에는 '나'도 가담되어져 있었는데, 이런 슬픔은 넓고도 깊어, 어느 끝을 쥐어, 눈물을 닦아낼지를 모르겠을 뿐이던 것이다. 이런, 억만 가닥의 海草 같은, 슬픔의 뿌리는 그리고, 프라브리티에 박혀 있던 것이다. 道流는, 어떤 '나'를 죽었구나. 그리고 나는 道流의 어떤 '너'를 살고 있다. 그렇잖으냐?) 나는 그리고, 특히 오늘날의 '詩'가, 말한 바의 저 '毒龍'에게 유괴되어, 고된 시집살이에 늙어, 아름다움도 잃고, 뼈만 앙상한 데다, 품이 남게 된 거친 피부를 입은 채, 죽지도 못해 살고 있거나, 또는 죽었거나, 아니면 죽어가고 있다고 이해해왔었는데, 그런고로, 저 毒龍을 퇴치하여, 저 슬픈, 이제는 별로 누구의 눈길도 끌지 못하는 노파를 구하려, 모든 힘찬 노력을 바쳐온, 冠岳의 그 고역이, 아킬레스的이라고 말하고 있는 중이다. 그렇다, 冠岳의 그런 苦戰 치르기가 크게 합쳐진 결과일 것으로, 우리의 詩가, (冠岳이 송부해 준, '詩論集'들에 수록되어진 것들을 가리켜 말이네만) 다른 어떤 方言으로 씌어진 것들에 비해, 조금도 유약하지 않다고 하고도 있다. 그리하여 우리들의 서러웠던 公主는, 얼마쯤, 그 아름다움을 회복해내는데, 輸入品뿐만 아니라, 소박한 박씨 粉 냄새도 풍기고 있다. 나는 그리고 물론, 冠岳의 생명까지도 축내게 한, 冠岳의 苦鬪가, 반드시 '詩'에만 한정된 것은 아니었다는 것도, 모르고 있는 것은 아니다.

(先人 바슐라르로부터) 듣자니, "天國이란, 거대한 圖書館일 것"이라고 하는 모양이던데, 헛, 헛, 그리하여 道流는 시작하여설라무네, 그 광대하고도 무궁한 圖書館을 읽고 있겠다는 것이다. 그리하여 冠岳은 매일 아침, '뒤꿈치'를 가졌음으로 해서 몹시도 바쁘게 뛰어다니다, 뒤꿈치 탓에 쓰러져야 되는 자들의, 그 뒤꿈치 아프기의 얘기를 읽기 바라, 빈 책 광주리를 (두레박모양) 내려보내, 거기에 '새로운 이미지'들이 담긴 책이, 가득가득 올려지기를 기다릴 터인데, •法恩이 있도다 道流에게, 말이지, 이번 광주리에는, 『七祖語論 2: 中道 [觀] 論(Mādhyamika) 2/間場』이라는 것 한 권이 더 얹혀질 것인즉, 天國에서도 道流는, 목욕재계한 뒤, 香 사르고, 읽어보게라. 이 사내의 잡소리는, 天國까지도 고통스럽게 할지라도 그런고로 道流여, 말해주거니와, 이 사내가 說하면, •三千大千世界가 그 雜說을 경청해야 할 것이다. (你看眉毛有幾莖) 그리고 冠岳은, 너무도 이른 涅槃으로 인해, 내게도 여한을 여럿 남긴 중에서도, 冠岳이 나의 이런 따위 雜說 묶음들에다 序文을 쓰기로 하고, 못 쓴 그것도, 그 하나인 것쯤 알 터이다. 그러자니 道流여, 안되게도 그 序文을 내가 대신 쓰고 있게 된 것인데, 그러자니 구차하고 그렇도다.

敍事詩 속에 끼워 넣어진 單語들은, 道流여, 그 單語들 가운데서 어떤 것이, 혹간, 그것만의 自由를 누리려 하면, 그 敍事詩의 어디에다 빈자리를 하나 희게 내고, 어디로 떠나야 되는데, 그렇지 않는다면, (單語들은) 修辭學的 秩序(프라브리티의 달마)에 복종하지 않으면 안 되는 것, 헌데 내게 느껴지기에는, 이런 修辭學的 壓力은, 그 한 單語單語들이 품은, 意味(前生, 또는 複合

性)보다도 더 힘이 센 듯하다. 나의 이번 「間場」은, 그런 修辭學的 秩序를 위해, (羑里的) 말[言語]의 此岸에서 彼岸에로 이어질 다리로 놓여진 것이라는 것을 밝혀뒀으면 싶으다. 이 다리 너머에는 그리고, 「프라브리티(進化論)」場과, 「니브리티(逆進化論)」場이 서 떠들썩할 터이지. 조금만 눈살미가 있는 글 읽기꾼이라면, 어렵지 않게 수긍하게 될 것이 이것이겠지만, 이 「間場」으로부터 시작해서는, 촛불중은, 하나의 '單語'로서, 상사라라는 이 한 슬프고도 극난한 敍事詩 속에 끼어들기 시작하는데, 그리하여 道流는, 저런 특정한 한 單語의 삽입에 의해, 그 특정한 한 문장의 의미는, 그리고 형태는, 어떻게 바뀌고, 어떻게 발전하는가, 그런 것들을 읽어보게 될 것이다. ('중'과 '각설이'의 다름을 들어 일례로 삼아본다면, "닿은 곳이 닿은 곳"이라는 투의 어구가 끼인 문장과, "닿은 곳은, 새로 출발하는 지점"이라는 투의 어구가 끼인 문장은, 그 발전의 형태며, 함축하게 될 의미도 다를 것은, 쉽게 짐작되는 바대로일 것이다) '大悟徹底', 또는 '解脫'을 성취하는 길은, '頓悟'와 '漸悟'의 두 길이 있다는 것은 알려진 바대로이거니와, (친구임세, 자네 他界하기 전 그렇게도 病苦에 시달리면서도, 「병든 세계와 같이-아프기」라는 해설을 써서 영광을 입혀준 雜說) 『七祖語論 1: 中道[觀] 論(Mādhyamika)·1』은 그러니, 촛불중 나름으로는, 말하자면 '頓悟' 편의 길을 가리켜 보인 것이랄 것이면, 그 이후의 것(촛불중의 '傳記' 말이지)들은, 그의 혼신으로, 바르도의 험로를 헤쳐 나가는, '漸悟的 雜說行'이랄 것이다. 그렇다, 과연, 漸悟的 '雜說行'이다. (잘 운영된, 성공적 人世살이를 두고 말이지만,) 한 삶이란, 단적으로 말하자면, (生老病死라는 四苦에 比對서) 걸음마 익히고(카마), 말 배워(아르타), 말하기(달마), 그리고 종내, 그 말을 뛰어넘기(목샤)랄 것이다. 그런고로, '漸悟的 雜說行'(이 「間場」을 포함해, 「進化論(프라브리티)」, 「逆進化論(니브리티)」 등)도, '語論'이라고 이른 것이다. 친구네, 그러니, '天國이라는 圖書館'에다 올려 보내는, (촛불중이라는 肉體的 말이 드글드글 끓고, 타며, 악취로 그 한 圖書館을 오염하게도 될,) 이 '雜說'은, 그렇게 읽혀져야 될 것이다.

내게도, 冠岳의 얼굴은, *"이제는 확실히 기억나지 않는다. 아니다. 그 얼굴이나 몸짓, 목소리까지도 생생하지만, 내가 보지 못한 이십여 년의 세월 동안", 冠岳이 "어떻게 변했을까가 기억나지 않는다." 冠岳에 "대한 기억이 너무나 강하기 때문에", 冠岳이 "어떻게 변했으리라는 것이 상상되지 않는다." 冠岳은 "언제나 이십 대 후반의 청년 모습을 하고 있다." 헌데, 이런, 수가? 損失, 헤아릴 수 없이 큰 損失, 呰! 스스로는 얻기[得] 위해서, 남은 자들께 막대한 損失을 입히고 가버린 자는 冠岳이로고! (그러나 마음이 짠할 얘길랑은 하려 안 한다. 그러기로 하려면, 자네나 나나, 흙에다 뒤꿈치를 대기 시작한 때부터인 것, 것, 그런 것, 것을, 을, 새삼스레, 그 접힌 젖은, 주름들을 펴, 그 소금 냄새를 맡으려 할 일은 아니겠지, 겠지맹) 그러기 전에, 허기는 우리는, 한 번쯤 만나보았었어도 좋았었다마는, 명년 봄에 그래서 자네가, 부인 동반하여, 나 사는 데를 한번, 오기로 하잖았었던가? 헌데 冠岳은, 그 멀다는 길을 바쁜 듯이 떠나며, 그 길이 얼마나 바빴든, 여러 친구들의 얼굴들을 살펴보는 중에, 이 친구의 얼굴도 빠뜨리지 않고, 기억해주고 있었더니, "거무튀튀하고 여드름 많은 얼굴, 짙은 웃음과 깨끗한 치아"를 상기하고 있었다. 이십여 년이나 지난 뒤의, 그리고 그것이 마지막이었던, 冠岳의 나에 대한 기억은 저것이었는데, 친구임세, 저것이 헌데 내게, 하나의 신선한 의문을 제기하고 있다는 것을 밝혀야겠음세. 라는즉슨, 冠岳이 나에 관해 맨 처음 쓴 글에도 똑같이, '검은 얼굴'과 '이빠디'라는, 두 小品이 배치되어 있었다는 것을 기억해내게 되다 보니, 그렇다는 말임세. 그러자니, 말한 바의 저 두 小品이, 冠岳에게 어떤 의미를 띠어왔었는가를, 생각해보지 않을 수가 없게 된다구. (헷, 헷, "눈의 두 귀퉁이가 붉다"든가, "보다 더 시꺼먼 얼굴"은, 훗, 말이시, 훗훗, 印度敎에서는, '神의 人肉 입었기의 증조'로 치던 것이라는 것쯤, 자네도 알았었댔나? 呰!) 그리하여 나대로, 저 暗號 풀이를 시작했거니와, '얼굴'임에도, 희기보다, 훨씬 더 '검은 얼굴'은, 생각해본즉슨, (꼭두각시 놀림꾼이, 얼굴을 감추기 위해서 쓰는 것 같은, 검은 보자기 안쪽에) '감춰진 얼굴', 또는 '非化現'의 '아담 이전의 事物·

---

*   큰따옴표 부분은 『七祖語論 1』의, 그 작품에 대한 김현의 해설 「병든 세계와 같이-아프기」에서의 인용. [문학과지성사 편자]

저자 서문/후기

非事物' 따위의 뜻을 지니고 있는 듯했으며, 그러자 '깨끗한 치아'란, (畜生道에서는, 요컨대, 그것을 드러내 으르릉거리기로, '戰意·殺意'의 표시라고 이르고, 巫界에서는, [어느 부족은, 그것이 인체 중에서 그중 많은 시련을 겪는, 그중 튼튼한 부분이라고 하여, 그것이 뽑히면 삼키기로서, '죽기와 再生'의 儀式을 삼는다고 하니] '自我', 또는, 죽지 않는 '魂'의 상징이 되어 있는 것이나 아니겠는가 하는데, 그것들을 합치고, 익혀본 뒤 나는, 그것이 人世에서는) '말'[言語]과 同意語나 아닐 것인가, 하는 믿음을 갖게 되었더라. (人世에서도, '이빨을 드러내 보이기'라는 畜生道用 方言으로, '입 다툼', '論爭' 등을 빗대 말하기도 하던 것은 알잖느냐) '검은 얼굴'과, '깨끗한 치아'(란, '희다'는 의미를 강하게 포함하고 있겠지)란, 그래서 종합해보기로 한다면, 무엇이나 되겠는가? 홋, 홋, 홋, 冠岳者여, 者는, 옛친구 하나를, 그흐흐흘쎄 말히시, 무슨 •'經典'쯤으로나 상징화, 또는 암호화해놓고 있었던 것 말고, 者여, 厥者여, 그것히 무헛히헜겠느냐? (이 '陰畵'[negative]를 '陽書'[positive]로 바꾸면, '白紙 위에 씌어진, 새까만 글씨'나 안 되겠는가?) 雜說의 經典. (그리고 나의 의견에는, •'雜說의 經典'은, 어느 시대든, 그 당대인들이 그것을 일러, '狂犬의 짖음' 같은 것으로나 박대하는, 先, 先知 先知者, 者, 厥者들의, 나름 나름 름의 福音인 것) 그리고 나자 내게는, 冠岳公의, 귀가, 그 깊이 모를 '귀'가, '입'으로부터 사뭇 여러 由旬이나 되게 멀리 떨어져 있는, 公의 그 '귀'가, 떠올랐다. 그렇다, 나는, 이 당장에도 그러고 있듯이, 자네의 '귀'를 노상 기억해오고 있던 것이다. 글쎄 말이지, 그 '귀' 속에다가는, 어떻게 독한 毒을 끓여 부어 넣는다 해도, 또는 산 毒蛇며, 거머리, 전갈이며 황충 따위를, 아무리 풀어 넣는다 해도, 그 '귀'에서는 고름을 흘려내지 않으며, 그 '입'으로도 저런 너러 독하고 더러운 것들을 뱉어내지 않는 것을 보면, 그 '귀' 속에서는, 毒도 毒力을 못 펴고, 中和되어버리는 듯하며, 전갈도 그 꼬리를 잘려 독낭을 써먹지 못하는 듯하다. 그리고 또한, '귀'와 '입' 사이의 거리도 멀다는 증거가 거기에 있다. 그러함에도, 그 이상한 '귀'는, 세상의 여하히 작은 소리[世音]라도, 모든 신실함으로 들어내고[觀] 있다. '귀'여, '소리'[言語]를 觀하던 자여, •보디사트바여, (나의 여전한 믿음은, 보디사트바들은, 모든 시대, 모든 고장에도 오고, 오고 오는데,

한몫으로 크게도 오고, 여러 몫으로, 그리고 모든 분야에로, 나뉘어서도 온다고 하고 있다) 자네는 말임세, 사람이 썩 컸었니라. 그래, 그런 자네의 손으로, 이 사내(그는, 일단 입을 열어 말하기 시작했다 하면, 전갈이며, 황충을 무더기로 쏟아내는 자)를 붙들어줘 왔으니, 이십여 년간이나 그 현장에 없었음에도, 그 이름이 지워지지 않은 채, 난쟁이에 꼽추스러운 모습이라도 지켜올 수가 있던 것이다. 나는 그것을 알고 있는 것이다. "어떤 작가가 어디에 있는가 하는 것은 별로 중요한 것이 아닐지 모른다." 연전에 道流는, *「人神의 고뇌와 방황」이라는 글에서, 자문하듯, 저런 소리를 하고, 자답하듯, 이어서, "어떤 작가가 미국에 있건, 일본에 있건 캐나다에 있건 무슨 관계가 있단 말인가. 그가 한국어로 작업을 하고 있으면 그만 아닌가." 했다. 道流여, 道流는 그때, 변두리에 '잠'을 누여 놓고, 넓으나 넓은 천공에로, 훨훨 날으는, '나비'스러움을 느꼈었을라! 글쎄, 道流의 '周邊 콤플렉스'라는, 그 한 망상이, 그 일순 타도되었던 것을 나는 본 것이다. 그렇다, '한국어'를 존경하는 道流는, '한국어로 작업'하던 世界的 한국인이던 것뿐이며, '周邊'에 떠밀려져 있었다거나, 그런 것은 아니었던 것이다. (내가 바라는, 땅의, 橫的 宇宙人은 저런 모습이던 것이다) 그것을 읽었을 때 나는, 어떤 한 후미진 데, 봄 되기를 지연시키고 있던, 殘雪 한 뙈기가 확 녹아짐을 보았었다. (그것은 그냥, 약간의 잔재였었을 것이지만) 패쇄주의의 극복. 그리하여 道流는, 공평한 정신 상태를 유지하기 시작한다. 나는 그것이, 꼭히 창작꾼의 조건이라고는 안 하지만, 求道者와 비평가의 조건이라고는 이해한다. 그러나 친구임세, 자네의 큰손을 두고, 뭐라 뭐라 말 몇 마디 씨불이기로 값해버릴 것도 아닌 듯하니, 이 따뜻함으로, 내 마음속에도 무덤을 정한, 자네 무덤의 벌초나 한 번씩 해줄꾸마, 그래, 그럴꾸마. 그러다 보면, 밤낮으로 안개비며, 버스럭거리는 모래뿐인, 내 속도 좀, 푸러[綠] 지지 않겠느냐, 푸러지잖겠냐고.

아무리 時間이라는 것이 무궁하다 해도, 나 같은 有情이 얼마씩 떼어내

---

*   『죽음의 한 연구』에 대한 김현의 해설. [문학과지성사 편자]

저자 서문/후기

간다면, 그것도 혹간 축이 나는 것이 아닐라는가, 그리고 時間도 바다처럼, (예를 들면 무슨 대살상의 전쟁이라든가 하는 것 같은 것에 의해) 상처 난 곳 이라든, (한재, 수재, 또는 공황 같은 것에 의해) 고된 철을 겪었다 하면, 그것 스스로 치유하고, 어루만져달란다 해도, 내가 축낸 半世紀는, 내게 느껴지기 에는, 별로 영광스러운 대목도 없이, 조금은 고되고, 약간은 비천한 듯이 살았 더니, 時間에도 그 흔적이 남아 역력한지, 친구임세, 이제는 발끝만 조금 호끈 해졌다 싶으면, 어디에서라도 고개를 떨구고, 코를 골아 졸고 하거늘, 나도 참, 많이, 지친 증거러라. 사려 넣고 태어나왔던, 바르도가 일어남일레. 時間과, (그 時間의 노적가리에서, 半世紀 분량을 축낸) 이 사내 사이에 이어져 있는, 그 젖줄에, 힘찬 與受의 맥박이 시나브로 줄어지고 있음이 그것일 것인데, (친 구임세, 그러니 우리 허긴, 뭐 별로 오래잖아, 만나잖겠는가, 허긴) 이러다 보 니, 이제는 좀, 뒤꿈치를 식히고, 옆으로 옆으로만 바람이어서 불어가려는 마 음도 좀 붙들어 맨 뒤, 어디 양지에나 나앉아, 졸다큼 해 저물리고, 깨어설람 달 뜨게 하기로 좀, (친구임세, 나는 지금, 逆바르도/바르도 얘기를 하고 있는 가) 지냈으면 하는 원도 없잖아 있구네그리. 하루를 보내는데도, 시간이 그 하 루 치만큼씩이나 남아돌던, 그런, 좀 더 젊었던 시절에는, 나는 믿었기에, 세상 은 분명히 두 겹쯤으로 이뤄져 있다고 했었는데, 살다가, 하루를 보내는데도 시간이 그 하루 치만큼씩이나 모자라게 느끼기 시작했을 때부터는, 말이지, 세상은 그냥 홑겹일 뿐인데, 내가 둘이나 된 듯이 알게 되었더라는데여, 글쎄 말이지, 매일 그 시간에 잠자리에 들어 잠드는 나는, 여전히 그 시간에 잠자리 에 들어 잠자고 있고, 매일 그 시간에 잠자리에서 일어나 세면대에로 달려가 는 그는, 여전히 그 시간에 잠자리에서 일어나, 세면대로 달려가고 있더라 말 이지, 보게여, 양지에라도 나앉았다 보면, 그 둘이 만나게라도 되잖을랑가? 이 런 사내도, 말로는, 小說 꾸미는 자라고 해왔으면서도, (그것이 우리네 살기의 葉綠素인 것이 분명한) 무슨, 말이지, 애틋한 사랑 얘기 같은 것이라도 꾸며낼 만도 못 하니, 그러니 그 짓도 잊고시나, 시나잊고, 그래도 무슨 藥草라도 가꿔 보고 싶으면, 그 밭에서 雜草 솎음을 한다며, 隨筆이며, 斷想이라는 따위, 藥 根인지, 雜根인지, 그런 소속 모를 것도 솎음해보아도 좋을라는가, 는가, 그냥 바위여서 중천에 흐르는 한 조각 늦은 구름, 잊고시나, 시나잊고 저물었으면 싶으다. 그러기 위해서라면, 흙 한 삼태기로 지어 입은 그 몸이, 어느 흙 위에 엎질러져 있는들 거기 무슨 다름이 있겠는가, 는가마는, 보게, 나 재단해 입은 그 흙은 그래도, 新羅의 흙이었던 모양으로, 내 입은 흙 속의 무엇이, 그 新羅의 흙이 부르는 소리에 귀를 깨워낸 듯하다. 그래서 둘러본즉, 하매 이제쯤 언제쯤은 허기는, 돌아가 볼 땐 겨, 귀울음이 잦거든, 귀울음이 잦다고.

언제든, 당대의 宇宙的 言語는, 다른 方言을 쓰는 고장(다시 '周邊' 얘길세)의 어떤 젊은이들(「춤추는 열두 公主」에 나오는, '별 보기'[따기] 촌놈을 기억해주게)께는, 모든 것을 약속하고 있는 言語로 이해되느니. (이것은 사실, 冠岳은 다 알고 있는 얘기를 되풀자니, 구차스러운 느낌이 없잖아 있음세마는,) 바로 그 당대의 宇宙的 言語라는 것이 보여주는, 어떤 희망을 좇아 그래서, '토끼하고 발맞춰' 살던 어떤 촌쟁이 하나도, 移民 길에 올랐더니, 그럴 수밖에 없었던 것은, 그 촌쟁이에게는, 그 촌쟁이가 커다란 부러움으로 건너다보아 온, 村들을 열두 겹 천 겹 빙 둘러놓고 그 한가운데 기름진 허연 얼굴로 살고 있는, 대부분의 젊은네들이 누리는 것 같은, 그 日常用 행운마저도 가진 바가 없다 보니 그런 것이다. 말한 바의 저 '촌쟁이의 희망'이라는 것은, 말한 바의 저 '宇宙的 言語'로, 크게 배우고, 읽고, 크게 써보려는 것으로 요약될 것이었는데, '크게 배우기'는, (글쎄, "학자금도, 배울 것도 없다"고, 오래전에 中退해버린, 그 큰 학교의 문들을, 여기 와서도, 멀리서 기웃거리며 건너보다, 제기럴, 학자금도, 배울 것도 없다고) 혼자서 새로, 또 中退해버렸으며, '읽기'는, 이제 겨우, 떠듬떠듬 알파벳만 익혔고, '크게 쓰기'는, 헷헷헷, 헷, 사뭇 영광스럽게, 크게 포기해버리고 말았다. 이 '쓰기'에 관해서라면, (他方言과의 관계에서, 音癡인 자의 발걸음이 너무 늦었던 것을 말해야겠지만, 그렇다, 言語란 사실 젖 같은 것이다, 그것으로 사고하고 쓰기 위해서는, 그것을 빨아 뼈와 살을 불려야 하는 것이던 것을,) 내가 한번, 나를 어떻게 좀 그럴듯하게 변명을 해보일까 하여, 冠岳에게, 이곳의 어떤 移民作家의 이름을 들어, 그는 이곳 어떤 대학에서 英文學 강의를 하는데, 무슨 학술적 논문이라거나 에세이 등은, 英文으로 쓰되, 創作만은, 자기의 본국어로 하면, 그의 본국어를 아는 英語人

이 번역을 한다, 라는 투의 얘기를 써 보낸 일은 기억할 것인데, 보게, 그때 나의 기분은, 여간만 구차스러운 것이 아니었었니라, 헌데 자네는, 매우 서둘러 회신을 보내서는, 'M. 엘리아데'라는 이름을 들어, 그와 비슷한 경우를 말하고, 나의 구차스러움을 크게 변호해주었었다. 그러니 冠岳 같은 자에게는, 그런 여러 구차스러운 변명이란 아예 필요치 안 했던 것이다. 그런 뒤 나는, 보다 더 그럴듯한 이유를 하나 더 얻어, '쓰기'에 관해서는, 더 이상 생각하지도, 변명하지도 않는 습관을 길렀더니, 내가 만들어낸, '보다 더 그럴듯한 이유'란, 道流도 물론 알고 있잖는다구? '宇宙的 言語'라는 것을 말해왔으니 말이지만, 어느 날 나는, 그것에도 종류는 대개 두 가지 것쯤이 있는 것이나 아닌가 하는 것을, 의문하기 시작한 것이었더라. 드러내진 것(Exoteric)과, 드러내져 있지 않은 것(Esoteric). 그렇다, 내가 移民 길에 오르고 있었을 때 나는, '드러내진 것으로서, 英語'만이, 이 시대의 宇宙的 言語며, 그 외의 것들은 '周邊'的 言語, 즉슨 사투리인 줄로만 알았었는데, 어떤 法緣에 의해서든, (일례만 들겠네) 나는, 물론 英譯本을 통해서지만, 드디어, 티베트인들의 몇 책에 접하게 되고, 그리하여 나는, 이것이야말로, 말로, 宇宙的 言語가 아니면 무엇이겠느냐고, 들뜬 목소리를 드러내기 시작했었다. 과연 英語를 통해서 나는, 티베트語를 읽었다. (英語란 이때, '記號'의 역할일 것인가?) 그렇다, 그것이 宇宙的 言語던 것이다. 그리하여, 이제껏 宇宙的 言語이던 英語가, 티베트語에로 轉身을 치러버리던 것이다. (그리하여, 한 '촌쟁이'로부터, '周邊 콤플렉스'의 呪術이 탁 끊겼음!) 이것은 아무리 반복되어도 부족한 것인데, 그래서 반복인데, 英語를 통해 나는, 티베트語를 읽었는데, 읽기가 끝나는 그 순간, 티베트語만 남고, 英語가 탈락되어 버리던 것이다. (이것은, 巫家的 '超人'의 탄생의 과정에서, 그 극명한 설명을 얻을 수 있을 듯하다. 한 판수에게 내린 超力이 있다면, 그때는, 그 "超力이 인간에로 떨어져 내리는 것이 아니라, 그 인간을, 인간 이상인 존재에로 끌어올린다"고 이르며, 그래서 '超人'이 나타난다고 하는 것 말이시) 이것은, 친구임세, 言語 탓에, 어떻게 어떻게 일자리를 얻어도, 왼종일, 말이라고는, 한마디도 해볼 필요가 없는 빈 括弧 같은 자리나 얻게 되거나, 그것까지도 못 얻는, 그 본직이 '유리알 유희꾼'이었던, 나 같은 자에게는, 거대하고도 기쁜 충격이 아닐 수 없었다. 라는 것은, 한 作家에게 문제가 되는 것은, '어떤 言語'로 무엇을 쓰느냐가 아니라, (만약 그것이 문제란다면, 당대의 우주적 언어로 씌어진 모든 글들은, 모두 위대하다는 것을 선언해야 될 터인가) 그 씌어진 言語는 어떤 것이 되었든, '무엇'을 쓰는가, 그것이라는 것을 깨닫게 한 것이다. 그렇다, 그 '무엇'이 '어떤 方言'을, '宇宙的 言語'로 들어 올리는, 그 힘 (예든 바의 '超力') 이런 것이다. (이만쯤 이르러서 덧붙여둘 것이 있다면, 그런즉, 티베트語로 씌어진 것이라고 하여, 그것이 모두 宇宙的인 것은 아니라는 것인데, 문제는, '言語'의 品種이 아니라, 그것이 쌓아 안은, '意種'이라는 것, 그것이던 것이다) 헤, 헷, 헤, 헤매고 난 뒤, 저것을 나는, 얻게 된다. 그러나 그것을 얻기 위해서라면, 헤맬 필요도 없기는 없었을 것이라도, 그럼에도 헤매보았기에, 헤매기가 필요 없었음을 알게 되겠는가?

매일매일, 새로운 책을 담아 올려 보내주기 바라 冠岳이, 빈 광주리를 내려보낼 때는, 친구임세, 내려다보게라, 글쎄 말이시, 친구가 하나 天國에 있어서 좋다는 것이 뭐겠는가, 그곳은, 풍부하고, 이곳은 무엇이 아무리 많아도 결핍된 곳이거늘, 풍부한 곳의 복을 많이 많이 담아 내려보내기도 하고, 손에 쥐어, 天花 뿌리듯 뿌리기도 하되, 뿌리는 중에, 여게, 이 사내처럼 생긴, 알 듯한 사내를, 그냥 언뜻 보기라도 할 양이면, 복을 쥐어 오구등해진 손에서, 둬 매디쯤, 손가락을 더 넓히고 하거라. (귀가 깊은 자여, 그리고 이 편지는, 자네 靈前에 香燭 사르듯, 그렇게 말을 살라 올렸으니, 그렇게 歆響케)

쇼티 쇼티 쇼티
1990年 가을
羑里로부터

追伸

여한은 그럼에도, 여 자네 우뚝 키가 큰 사내여, 나로서는 자네의 업적에 관해, 아무것도 말로 만들어낼 수가 없다는 그것이다. 물론 公이 더 잘 알고 있겠지만, 내가 그러지 못하는 이유들은 많은데, 그중에서도 쉽게 꼽히는 것으로 한둘쯤 예로 들어, 변명을 삼는다면, 대략 이렇게 될 것이다. 첫째는, 물론 말(이 경우는 '文學'이랄 것이네)을 話頭 삼아서였지만, 나는, '실다움'[法] 이 무엇인가를 포착하려는데, 깜냥으로는 바빴다 보니, 실제로는, '文學'이 무엇인지를 모르게 된 그것이며, 둘째는, (물론, 道流 이후에 나타난, 매우 좋은 비평가들의, 몇 비평문들을 읽어볼 기회에는, 몇 번 접해볼 수 있었으되,) 한 키큰 비평가의 업적에 관해, (깜냥으로라도) 뭣을 말해보기 위해서는 (조금 읽은 그것으로는 조금도 충분치 않으며,) 그 비평가가 처한, 그 고장뿐만 아니라, 한 세계의 비평계 전반에 걸친, (최소한도만이라도) 지식과, 눈을 갖추고 있어야 될 것인데, 焉敢生心, 내가 처한 이상스러운 처지뿐만 아니라, 無學 탓에, 내게는 그 눈이 뜨여질 기회가 주어져 본 적이 없다는 것이 꼽힐 것이다. 그럼에도 자네는, 그냥 한번 스쳐 간 자가 아니다. 자네는, 자네의 자리를, 굳건히 정해놓고 간 자이다. 그렇다. 따진다면 허기는, 자네의 업적에 관해, 앞서 말한 바의, 틀린 자리에 서 있는 그런 틀린 사내가, 서둘러 말해보려 서툴게 애쓸 것도, 없기는, 없다고도 알게 되기는 한다. 함에도, 여전히 내게, 한은, 한으로 남는다. (그, 그래서 나는, 말한 바의 저 '실다움'[法] 을 포착하기는 했는가? 헤, 그 대답은 말이시, 물론 말인데, 그렇게 어려운 것은 아니다. "포착할 실다움이 어디에 있던가?" ―그럼에도, 그런 노력을 통해 나는, '실다움[法] 찾기와, 法輪 굴리기'는, '散文 쓰기'와 매우 비슷한 노력이라는 것을 알게 된다. 먼저 橫的 宇宙에의 깊은 이해를 가진 뒤, 縱的으로 思考하여, 쓰기[記述] 라는, 橫的 苦行을 하기. [그러면 그 글을 읽는 이들은, 이번에는, 그 글을 통해, 그 꼭같은 求道行을 되풀이할 터. 바로 여기에, 求道者가, 어디 산꼭대기에 있는가, 아니면 비린내 나는 시정 가운데에 있는가, 그런 것과도 상관없이, 그 求道者의, 縱的 苦行의, 橫的 擴散이 있다] 그, 그래서, "포착할 실다움이 있는 것이 아니라"면, 그것을 위해 바쳐진 노력은 모두 수포로 돌아가고 마는 것인가? 그런 물음에 대해서는 그러나, 함구하려 하며 나는, 俱胝의 흉내나 한번 내고 말려 한다. 凸! [아웃, 저너러 俱胝가, 이너러 손가락을 콱, 깨물어 덤비고 있도다, 咄!)

『마하바라타』에, "돼지는 젖바다에서도, 똥만 찾아 먹고, 백조는 똥밭에서도, 젖만 걸러 마신다"는 소리가 있느니. 그것을 염두하고, 이하의 소리를 읽게. 라는즉슨, 자네 자식들의 '술 마시기' 禪定行은 왜냐하면 그것도, 달마에로의 한 첩경이로되, 탄트라만큼이나 위험한 수업이 되다 보니 그런 것인데, 부디 이 친구에게 배우도록 하게. 그러자 자네는, 매우 성급하게도, 이 사내의 酒邪며 狂氣 등을 떠올리고, 문득 '돼지'라도 연상하는 듯한데, 친구임세, 그것은 그런 것이 아님세. 라는즉슨, '술 마시기'에도, 종류는 세 가지쯤이 있는데, '카마 修業' '아르타 修業' '달마 修業'으로서의 그것들이네. 그것들에 대한 나의 믿음은, '아르타 修業'을 위한 술 마시기(친구 얻고, 출세도 했으면 해서 마시는, 그중 쓴 술 얘기네만,)만을 제외한다면, '카마 修業' '달마 修業'을 위한 술 마시기는, (거 왜 그렇잖은가, 가장 윗 가는 것과, 가장 밑 가는 것은, 그 나타나기에 있어서 다름이 없다는 그것 말인데,) 그 酒氣의 발현에 있어, 거의 그 구별을 할 수가 없다고 하고 있음세. 헌데도 '달마 修業' 중에 있는 사미는, 자기의 그 酒邪·狂氣 속에서, '젖'을 걸러내고, '카마 修業'에 있는 자는, '똥'만을 주워 먹는 데에, 그 다름이 있겠지. 오해치 말아야 할 것은, 그렇다고 하여 이 친구는, '酒邪와 狂氣'를 찬양하고 있다는 것은 아니며, 주목해야 할 것은, 그것을 어떻게 '달마'化하는가, 하는 것인바, 그것을 이해해야 할 것이네. 그런즉, 아비라고 험시롱도, 이너러 친구네야, 자식들께 술 마시기도 가르칠 수가 없이 된 이너러 친구네야, 자네를 대신해 그 일일랑은 그러면, 내게 맡기게. (그런데도 말이시, 자네 알아오다시피, 나도 말이시, 술이며 담배를 안 해온 지가 이거 얼마나 되는지, 발가락까지 장리내다 헤아리지 않는다면, 두 손의 가락들만 갖고는, 썩 여러 개가 모자랄 듯함세. 헌데도 이거 말이시, 詩人 이문재 씨에게, 서울 가면 내가, 막걸리를 한잔 내겠다고 약속을 해둔 일이 있으니, 이를 두고 어쩌지?)

　　명년 봄 되면, 자네 鶴—부부 동반하여, 나 부엉이 꼴, 사는 집 한번 들르겠다 했으니, 나는 벌써부터도 명년 치의 봄을 기다리고 있니라. "친구가 있어, 스스로 찾겠다니, 그 아니 기쁠 일인가!" 그런즉 봄 되거든, 지체 말고, 와야겠네러. 명년 三月 돼도, 四月 五月 가도, 그럼에도 자네가 들르지를 않는다면,

나의 명년 치의 봄은, 명년 다 간 뒤에도 온 것도 아닐 터이니, 와라, 봄으로, 짜 들어진 볕으로, 그래 와라 봄, 명년 치의 봄으로 봄 와라.

　　나는 이것을, 자네게 보내는, 마지막 편지가 될지도 모른다고 했지만도, 그럼에도 나의 느낌에는, 나의 넉살은 아직 시작도 못 하고 있는 듯하다. (왜 그렇게 되었는지, 그것이 어느 날 밝혀지면 좋고, 그렇지 못하더라도 밝히려 애쓰지는 않을 것이지만,) 스승도, 선배도 없이, ("허다못해 뒷뫼 여우라도, 보 살펴주는 자가 있어야" 처세키가 쉽다고 허잖드냐, 마는) 혼자 무작정 내닫던, 그렇게나 어리석은 자의, 숨찬 허덕거림을 위해, 귀를 열어주었던 자여, 이제 도 자네는 부디, 그 깊은 귀를 닫으려 마라, 더욱더 깊어진 귀. 자네를 친구했 던 일은, 내게는 영광이었었다.

童話 한자리*

　　사람들이, 자기네들의 말[言語]을 침에 이겨, 구워 만든 벽돌로, 하늘에
닿는 城을 쌓기 시작했다는, 풍문이 있은 지는, 하매 오래전인데, 그런 후부
터 오늘까지, 깜냥으로는 모두, 자기가 '말[言語]놀이[遊戲]의 名手'라고 믿
어 그랬겠지만, 그런 자들이, 사람의 말[言語]의 城은 대체 얼마만큼이나 높
이 쌓여져 올라갈 수 있는지, 그것도 좀 알아보려니와, 뭣보다도, '붉은 龍'이
라는 이름으로 불리는, 그 城主와 '말놀이'를 하여, 서나 이겨, 서나, 그가 내건
[賭] '열엿새 달' 같다고 이르는, 公主의 손을 잡아, 그 城의 城主의 자리에 앉
아보겠다고, 글쎄 그런 목적으로, 모험을 떠나는 일이 끊이지를 않고 계속돼
오거니와, 문제는 그럼에도, 떠나는 자만 있고, 돌아오는 자가 없다는 데 있다.
그런즉, 그 城은 대체, 얼마나 먼 고장의, 어디쯤에 있으며, 그리고 사람의 말
은, 얼마만큼이나 높이(와 거의 비례하여, 깊이도 깊어져야, 그 높이가 버텨진
다는 것은, 상식일 터이다) 쌓여 올라갈 수 있는지, 그것은 아직도 밝혀진 바가
없어, 알 수가 없다.

　　헌데도, '말의 遊戲'에 관심이 있는 사람들이, 모여 앉기만 하면, 어디라
없이 내어다보며, 중얼거리는 소리를 따르면 "말[言語]이란 눈에는 보이지가

---

　　*　　『七祖語論 3』(문학과지성사)의 저자 서문.

않는데도, 거기 어디에 분명하게 있어, 그 보이지 않는 것[言語]이, 심지어는 보이지 않는 것들(즉슨, 추상적이며, 초월적이라고 이르는 것들)까지도, 肉眼에 환하게 보이게 하는, 그런 힘을 가진 것"인데, 그렇다면, 그런 것을, 침에 반죽해 구워 만든 '벽돌'이란, "거기 분명히 있음에도, 빛까지도 그것을 보지 못해, 빛까지도 환하게 그것을 통과하는, 琉璃 말고, 또 무엇이겠느냐"고 했는데, 그러고 보면 '말의 城'이란, 달리 말하면, '琉璃城'이랄 그런 것이지, 무엇이겠느냐고 했으며, 그 탓에, 그것이, 바로 자기네 가까이, 또는 자기네들을 둘러서, 거기 있어 왔다 해도, 못 봐온 것이나 아닌가, 하기도 했다.

아으 그렇다면, 道流들임세, 이 모험은 용이한 것만은 아닐 성부르네. 그렇다면 道流들임세, 公들의 야망은 커서 좋되, 公들은 게 서게라, 서게라, 그 자리 서게라, 그 琉璃城을 가린 琉璃 숲이, 그 숲을 둘러 흐르는 琉璃江이, 公들의 눈앞에 보이지 않는다고 해서, 公들의 생각만으로는, 아직도 훨씬 더, 돌밭 가시숲을 헤쳐 나가야 된다고, 무작정, 한 발자국이라도 더 내디디려 했다가는, 아뿔싸, 저런, 여게들, '시타'(Sita, Skt.)라는 이름의 이 琉璃江에서는, "배까지도 뜨지를 못해 가라앉아 버린다" 하던 것을, 것을. (렇다면 이 江물에는, 새의 깃털이라도 적셔지면, 그 당장 돌이 되어버리는 까닭일 것이냐?) 런데도, 公들이, 두 발자국이라도 더 내디디려 했다가는, 아으, 그 같은 이름을 가진 琉璃 숲에서는, 무엇이거나, 그림자를 가진 것이 지나면, 그 그림자를 북 찢어내, 먹어 사는, 입들이 산다고 하던 것을, 것을. (그림자를 잃으면, 道流들은, 그 숲속 사는, 魔女네 우릿간 속에 갇혀 있게 된다. 그럴 것이, 짐승은, 그리고 초목도, 입어진 그 몸이, 그것들의 '運命의 記號'며, 동시에, 그 '運命의 內容'이어서, 그래서 畜生道에는 '그림자'가 없기 탓이다) 그리고도 公들이, 어떻게 어떻게, 세 발자국을 내디딜 수가 있게 된다 해서 내디디려 하면, 헤헤헤, 公들은 자신들도 모르는 사이 어느덧 그 같은 이름으로 불리는, 琉璃城 속에 들어져 있음을 발견하고, 우선 희희낙락해 할 것이다. 마는, 그곳은, 한낱 하늬바람까지도 한번 들어졌다 하면, 아 물론, 저 城主와의 '말놀이'에 이기기만 한다면야, 뭘 더 보탤 말도 있을 수가 없겠지만, 그 육신을 입고는 되돌아 나오지 못하는 곳, ―왜냐하면 그 城은, 그 붉은 龍의 입과 항문이 연접해 있는, 그 중간(바르도), 창자가 돼서 그런 것을. 그런즉, 만약 公들이, 저 '말놀이'의 비결을 잘 알고 있지 못하다면, 公들은 저 琉璃江을, 건너려 말게라, 琉璃 숲을 헤치려 말게라, 그러지 않는다면 公들은, 말[言語]의 肉身(記號)만 먹고 사는, 저 毒龍의 배 속에 담겨, 꿀꿀거리거나, 멍멍 짖게 되기가 쉽다.

　　그리고도 어떤 道流가 있어, 조금쯤 '琉璃 구슬 놀이'를 익힌 바 있다고, 굳이 이 모험을 떠날 것이라면, 누구의 나아가는 길 앞에나 앉아 있어, 그 모험에 필요한 꾀를 가르쳐주려 하는, 저 백발동안의 노인네의, 또는 노파의 일러줌을, 비웃어, 귓등으로 들으려 할 일은 아니다. 라는즉슨, 公은 그 발을 내딛기 전에, 公이 장차, 배고파 죽게 되거나, 또는 그와 유사한 위기에 처할 때, 그것쯤 떼어내 팔아, 그것으로 역경을 모면하려 그렇게 단단히 달아뒀을 것이지만, 그런 금단추로 번쩍이는, 公이 신고 있는 그 가죽 신발을, 앞을 보건대 험한 毒蛇 밭인데, 그러기는 싫은 데다 아까울 터이다, 마는, 벗어, 버릴 일인데, 그런다면 公은, 거기 있어, 만대를 깊이 흘렀어도 보이지 안 했던, 시타라는 이름의 그 琉璃江을, 눈 밑에 보게 될 것이다. 그러면 그 두 신발짝은, 그 江岸에다, 보기 좋게코롬이나, 짜란스레 놓아둘 일이겠는가, 그래서는, 公이 그 江을 건넜다는 표지를 삼아 두는, 인연을 남겨두면, 되돌아오는 길은, 흰해 좋을 것이 아니겠느냐. 그리고는, 公은, 밑이나 뒤를 내려다보거나, 뒤돌아보려 말며, 용기 있게도, 또박또박 맨발을 디뎌 나간다면, 배까지도 가라앉는다는 그 江물이 반석이나 된 듯하여, 오래잖아 公은, 그 같은 이름의 숲에 이를 것이다. (벗겨진 신발이란, 해골과도 같겠거니, 빠뜨려져 들 발이 없는데, 무엇으로 무엇 속에를 빠뜨려져 들겠느냐?)

　　숲에 닿아서는 公은, 역시 몇 개씩의 금단추를 달고 있는, 그 옷을 벗어, 맨 먼저 公의 이마를 부딪치게 되는, 그 나뭇가지에 걸어 둘 일인데, 그러면 公은 햇빛이 아무리 말로, 섬으로 쏟겨 내려도, 그림자를 드러내지 않게 될 터이다. (그렇잖느냐, 公은 그 숲의 외곽진 데서, '記號'만을 벗어, 거기 어디 남겨 둬 버렸으니, 그것을 강제적으로 벗긴 뒤 畜生道[우릿간]에 든 자와 같이, 그럼에도 그와 반극 되는 쪽에서, '그림자'를 드러내지 않게 된 것이 아니냐)

　　그런다면 이제 公은, (다만 '意味'[念態] 뿐인 것의 萬能스러움을 짐작할 수 있느냐?) 琉璃城 속에 들어져 있음을 발견하고 놀랄 것인데, '들어져 있음'을 알기에 의해서, 만약에 公이, '안'이라든 '밖'에의 想念을 일으켜내지만 않는다면, 나오기 또한, 들어가지기나 마찬가지일 것이지만, 분명한 것은 헌데, '안/밖'에의 想念에 의해 道流는, 琉璃窓에 묶이고 갇힌, 똥파리보다도 더 단단하게 '안'에의 想念에 묶이고, '밖'에의 偏見에 갇혀 있게 된다는 그것이다. 글쎄, 없는[無] 門은, 찾아져지지 않으며, 열려지지 않지 않느냐. 오르페우스는 암흑 속에서, '뒤돌아보기'에 대오를 범했으나, 公은, 밝음 속에서, 앞을 내어다보기에 대오를 범하게 된 것이다. 아으 그럴 때는, 말한 바의 저 '놀이'에 잃어[敗], 쫓기지 않을 수 없을 때는, 道流여, 道流는, 없는[無] 門은, 글쎄 말이지, 아무것도 막지를 못한다는 것만을 생각할 일이다. 글쎄 말이지, 없는 문이, 무엇을 어떻게 가두겠느냐? (그래두 이 썩을 누마 오살 누마, 빈손으로 줄행랑이나 치려면, 워짠다고 남의 陰戶만 호부작일 일이었느냐)

'말[琉璃] 놀이[遊戲]'는, 그것에 이기는 비결은, 그럼에도, 아무도 가르쳐줄 수 있는 것이 아니다. 그래도 公이, 저 '붉은 龍'을 이기겠다고 내닫거든, 의기소침치 말고, 내달을 일인데, 그러면 거기 희망이 없는 것만은 아닌데, 저 '붉은 龍'이 애써 감춰두고 있는, 그 '뒤꿈치'를 열어 보여준다면—. 그는, 이기기만을 좋아해, 그리고 모든 용감한 젊은 피에 취하고 싶어, 그 '놀이'를 장치해놓고 있는 것만은 아니며, 사실은, 이기면 이겨서, 뜨거운 젊은 피에 취하고 싶으면 싶은 만큼, 그는 동시에, 무참히 참패하고, 그리고 장렬하게 죽고 싶어하고 있다는 그것이다. 그렇다, 그는 죽고 싶어, 그런 '놀이'를 장치해 놓고 있는 것이다. 그가 왜 죽고 싶어 하는지, 그것은, 公이 이기고 났을 때만, 그 뜻이 밝혀지기는 할 것이어서, 이 자리에서 그것은, 말할 수 없다.

그리하여, 그의 이 '뒤꿈치'를 치기로, 公이, 저 '말놀이'를 이기게 된다면, 그러면, 모든 '말의 탐색꾼'들이 탐냈던, 그렇다, '열엿새 달' 같은, 저 公主의 손을 잡게 될 것인데, 그 순간 그러면 公은, 琉璃로 이뤄졌던, 城이, 숲이, 그리고 江이, 그것을 덮어씌웠던, '琉璃'라는 呪術로부터 풀려나, 그 본디 상태에로 되돌아감을 보게 될 것이다. 라는 그것은, 그 '붉은 龍'의 죽음에서, 그 껍질을 벗고 일어난, 열엿새 달 같은 公主……, *"裸身, 성숙한 처녀, 열여섯 살 나이,

전신이 홍옥처럼 빛나는 붉은 색깔, 얼굴 하나, 두 손, 세 개의 눈, 오른팔은, 시퍼렇게 번쩍이는 낫을, 머리 뒤로 높이 쳐들어 있고, 왼쪽 손은, 더운 피에 넘치는 人頭骨을 가슴에 받쳐 들고 있으며, 다섯의 마른 人頭骨을 끈에 꿰어 머리 장식으로 둘렀고, 목거리로는, 피를 뚜둑이는, 쉰 개의 人頭骨을 끈에 꿰어 둘러 있는, 열엿새 달 같은, 성숙한 처녀, 춤추는데, 오른 다리는 구부려, 발바닥을 까 올리고, 왼발은, 시꺼먼 송장의 가슴을 딛고 있다."

---

*   *Tibetan Yoga.* "피를 뚜둑이는, 쉰 개의 人頭骨"은, 서장 사람들의 alphabet 의 숫자; '송장'은, 종교적으로는, '상사라' 또는 '無明', 또는 '幻'의 상징이랄 것이지만, 언어학적으로는, '意味'가 아직 확연하지 않은, '記號'의 상징이랄 것이다. 이렇게 이해한고로 필자는, 기회가 있을 때마다, 저 '춤추는, 바즈라요기니(vajra-yoginī)'의 영상을 떠올린다.

저자 서문/후기

죽음은 어떻게 완성되는가*
―다시, 『죽음의 한 연구』를 읽으며

김진수(문학평론가)

1

　　"『무정』 이후에 씌어진 가장 좋은 소설 중의 하나"(김현, 「인신(人神)의 고뇌와 방황」)라는, 널리 알려진 평가 외에도, 박상륭의 오랜 친구이자 문학적 동지였던, 이미 고인이 된 평론가 김치수는 그의 평론집 『삶의 허상과 소설의 진실』(문학과지성사, 2000)에 실려 있는 「구도자의 세계: 박상륭의 소설」에서 이미 박상륭의 문학이 지니고 있는 전위적 실험성에 대해 "문학이 모든 관습과 규범에 문제를 제기하고 그것에 대한 일탈과 전복을 통해서 새로운 의미를 질문하는 것이라면 박상륭의 문학은 출발부터 비범한 전위적인 성격을 띠고 있다"고 주장하면서, "박상륭의 소설은 30년대의 작가 이상(李箱) 이후 가장 철저한 모더니즘의 방법으로 씌어져 있"다고 덧붙였다. 그렇다, 박상륭의 문학은 무엇보다도 실험적이고 전위적이었다. 문제는, "문학이 모든 관습과 규범에 문제를 제기하고 그것에 대한 일탈과 전복을 통해서 새로운 의미를 질문하는 것"이라는 김치수의 명제에서 박상륭의 문학이 우리의 어떤 관습과 규범에 문제를 제기했으며, 또 그것에 대한 어떤 일탈과 전복을 수행했는가 하는

---

　*　　이 글은, 『쓺』 제8호(문학실험실, 2020)에 실린 것으로, 재수록한 것임.

해설

점이리라. 형편없는 졸문이나 끄적이는 평론가로서의 나 자신을 '문학판'이라는 제도권의 장으로 끌어들인 계기가 되었던 「죽음의 신화적 구조: 박상륭의 '죽음의 한 연구'」 외에도 그 책의 개정판 해설 「대지의 은총과 생명의 축제」를 쓴 적이 있었던 자가 한없이 두려운 마음으로 『죽음의 한 연구』를 또다시 앞에 펼쳐놓고 앉은 이유가 바로 그 점에 대해서 생각해보고자 하는 글쓰기의 욕망 때문이다. 이 글쓰기의 욕망이 무엇보다도 두려운 것은, "박상륭의 문학은 박상륭의 종교"(박태순, 「'죽음의 한 연구'에 대한 연구」)라는 평가도 있는 터여서, 이 지극한 문학주의자의 면전에서 문학은, 다시, 무엇인가라는 요령부득의 질문을 통과하지 않을 수 없을 듯하기 때문이다.

먼저, 문학주의자로서의 박상륭이 자신의 문학적 과제를 어떻게 생각했는지 잠시 참조하기로 하자. 1999년에 박상륭은 세 번째 소설집 『평심』을 막 출간한 직후에 한 인터뷰(<중앙일보>, 1999년 4월 29일)에서 "저는 이제까지 한 권의 책을 써온 거나 마찬가지이지요. 죽음에 맞선 사람을 어떻게 구원할 것인가, 이 한 가지 주제지요"라고 말한 적이 있었다. 요컨대, 박상륭의 문학 세계에 있어서 전체적인 유일한 관심은 '죽음이란 무엇인가'라는 문제가 아니라, 오히려 필멸의 운명을 타고난 존재로서의 '사람/삶은 어떻게 구원될 수 있는가'라는 문제였다는 것이다. 더 엄밀히 말하자면, 박상륭 문학의 참된 주제는 '삶의 구원'이라는 철학적 혹은 종교적 형이상학의 문제였고 문학주의자로서의 박상륭이 제출한 최종적인 답변은 '생명에 대한 사랑'이었다고 나는 믿는다. 그러므로 박상륭의 문학 세계 전체를 염두에 두고 말하자면, 그의 문학은 '생명의 참 의미를 탐구하는 형이상학의 세계'였다고 말할 수 있다. 1963년에 『사상계』에 발표된, 박상륭의 등단 작품 「아겔다마」를 영역본과 함께 실어 '바이링궐 에디션 한국 대표 소설' 시리즈로 재출간한 책의 해설에서 나는 다음과 같이 쓴 적이 있었다.

충격적이고도 기이한 '정사'와 '살해'는 박상륭의 작품 세계를 떠받들고 있는, 하나의 질서를 이루는 두 개의 상극적 요소로 이해되어야 한다. 박상륭의 작품 세계에서 삶/생명은 언제나 '살욕'과 '성욕'이라는 상극적 요소의 갈아듦[易] 속에 존재하는데, 이러한 파괴력과 창조력은 마치 '제 꼬리를 물고 도는 뱀'의 형상이 상징하는 것처럼 상극적 질서로서의 '자연의 순환 원리'가 된다. 신화적인 시공간적 배경, 충격적이고도 카니발적인, 혹은 제의적 의미를 갖는 성의 탐닉과 폭력적인 죽음의 사건들, 기괴한 형상을 한 인물들(죽음에서 부활한 예수 이미지, '기도하는 사튀로스'라고 명명된 유다의 사팔뜨기 눈의 이미지 등)과 광기의 폭발, 그리고 심오한 종교적 비의와 상징들로 구성된 「아겔다마」는 그 모호함만큼이나 많은 상징적 의미들을 독자에게 던져 놓는다. 번역을 통해서는 어떻게든 그 의미를 전달할 수 있을 것 같지 않은 전통적인 한국어(특히, 남도 사투리)의 사용과 새로운 조어법(造語法)으로 구성된 박상륭의 작품 세계는 한국의 독자들에게도 낯설지만, 이국의 독자들에게는 훨씬 더 많은 해독(解讀)의 노력을 요할 것이다. 그러나 그러한 노력은 분명 시도해볼 만한 가치가 있다. 왜냐하면 세계/자연과 사람과 삶/생명을 범우주적인(따라서 '우주적'이라는 말의 뜻 그대로 '보편적인') 관점에서 통찰하려는 작가의 야심 찬 시도와 상상력은 독자로 하여금 '문학이란 무엇인가?'라는 질문을 새롭게 숙고하도록 하기 때문이다.

　　　　　—『아겔다마』(전승희 옮김, 주식회사 아시아, 2013) 해설에서

　그랬다. 비록 단편 작품이었지만, 「아겔다마」는 이후에 펼쳐질 박상륭의 문학 세계 전체를 포괄할 만한 주제와 제재, 모티프와 이미지들 모두를 이미 포괄하고 있었다. 그렇다는 것은, 박상륭의 문학적 관심이 그의 평생 단 한 번도 변한 적이 없다는 사실을 뜻하기도 할 것이다. 죽음을 모티프로 하여 삶과 사람과 생명의 참 의미를 탐구하려는 박상륭의 집요하고도 지극한 정성은 그의 문학을 그의 종교의 차원으로까지 이끌어갔을 터였다. 박상륭의 작품을 앞에 두고서 무엇보다도, 문학이란 무엇인가라는 질문을 다시 던지지 않을 수 없는 이유가 바로 그것이다. 박상륭은 문학이라는 아포리아를 한계 지을 수 없는 인간 정신의 아득한 경계로까지 끌고 가 심문하고 취조했던 것으로 보인다. 그의 심문 앞에서 문학은 자신의 가능성과 한계 모두를 실토하지

않을 수 없을 정도의 극심한 고초를 겪었을 것이다. 그리고 그러한 문학의 고초는 바로 문학을 종교로 삼은 박상륭 자신의 고초로 고스란히 되돌아왔을 것이다. 왜냐하면 『죽음의 한 연구』는 한국문학의 가능성과 불가능성에 대한 문학 자신의 시험과 자기비판의 법정이었던 것으로 내게는 믿어지기 때문이다.*

그 모든 사유와 언어의 한계 너머에 있는 '죽음'을 탐구한다니! 그렇다면 이 연구가 필경 불가능한 사유와 언어의 실험에 지나지 않을 것임을, 박상륭은 이미 그 책의 제목에서부터 고백하고 있었던 셈이겠다. 분명 『죽음의 한 연구』는 불가능한 문학적 사유와 언어의 실험이었다. 하지만 말의 진정한 의미에서 '실험'이 그런 것이 아니라면, 또 문학이 그러한 불가능성과의 싸움이 아니라면 우리가 그것을 어떻게 문학이라고 할 수 있겠는가? 『죽음의 한 연구』는 사유 불가능한 것을 사유하기, 말할 수 없는 것을 말하기라는 한국문학 초유의 극단적인 사유와 언어의 실험이었다.

2

박상륭의 문학적 문제의식과 관련해 내게는 그의 작품이 두 가지 차원에서

---

* 이 점과 관련하여 다음 언급을 덧붙일 수 있다. "분명 『죽음의 한 연구』는 한국 현대 문학사의 보기 드문 영역을 개척해놓았다. 필자는 박상륭이 개척한 이 분야를 '형이상학적 소설'로 분류하고자 한다. 박상륭의 글은 소설 자체로 된 형이상학이다. 즉 인간 존재에 대한 근원적인 질문과 세계와 우주에 대한 전체적인 사유가, 우리가 충분히 규정하지 않은 채로 '소설'이라고 부르는 형식 안에 그 형태를 드러내고 있다. 그러면, 문학이란 무엇이고 형이상학이란 무엇인가. 그리고 양자가 서로 존재하는 관계는 어떤 종류의 것인가. 전래된 어떤 형이상학과 미학도 이 문제에 분명한 해답을 제시할 수 없었다는 것이 명백하다. 인류의 신화적 발생으로부터 정신적 전승의 전체로부터 사유된 그의 작품은, 철학적 사유와 함께 문학적 존재 가능성이 불붙기 시작하는 문제에서 우리를 심사숙고하게 한다." 「죽음의 신화적 구조: 박상륭의 '죽음의 한 연구'」, 『사랑, 그 불가능한 죽음』(문학과지성사, 2000), 263쪽.

'불가능한 실험'의 산물로 이해된다. 첫째는 『죽음의 한 연구』가 죽음이라는 사유 불가능한 대상에 대한 사유라는 점이고, 둘째는 이 사유 불가능한 대상에 대한 언어적 한계의 실험이라는 점에서 그러하다. 죽음은, 물론, 사유되지 않는다. 그것은 사유를 통해 접근할 수 있는 그 모든 한계 너머에 존재한다. 그렇다면 삶을 영위하는 존재자로서의 자연인 박상륭이 그 들목에나마 접근해볼 수 있는 최선의 방법은 무엇이었을까? 아마도 박상륭에게는 그것에 접근할 수 있는 유일한 길이 '에로티즘'(L'Erotisme)의 체험 속에 존재하는 것으로 보였던 것 같다. 박상륭과 더불어 바타유(G. Bataille)의 견해를 빌리자면, 에로티즘이야말로 또한 '작은 죽음'의 체험이기 때문이다. 그렇기에 박상륭의 죽음에 대한 사유는 에로티즘에 대한 사유와 동반하지 않으면 안 되었다. 에로티즘을 '완전한 일원화의 장소'(『죽음의 한 연구』, 문학과지성사, 1986, 412쪽)로 간주하고 있는, 가령 밀교적 관점을 드러내고 있는 다음과 같은 구절을 참고하기로 하자. "그러니까 성교란 하나의, 명상법으로도 던져진 것이며, 우주를 이해해보기 위한 수단으로 놓여진 것이다. 그래서 이 음통(陰通)은 음통이 아니며, 그것은 죽음의 연구로 변해진다."(같은 책, 420쪽) 신비주의적 에로티즘의 연구가 『죽음의 한 연구』의 절반이라는 나의 관점은 그로부터 기인한다.*

---

* 이에 덧붙여, 박상륭에게는 문학적 '글쓰기'의 체험 역시 어쩌면 이 에로티즘과의 유비 속에서 또 하나의 '작은 죽음'의 체험은 아니었을지 모르겠다. 죽음의 체험과 관련한 에로티즘과 문학적 '글쓰기'의 유비에 대해서는 다음과 같은 졸문을 인용하기로 한다. "예술적 언어가 직조해내는 이미지들은 대상과의 합일의 순간이 만들어낸 충만한 쾌락과 자아의 한계이탈의 공포감으로 심하게 동요하는 풍경을 보여준다. 예술의 언어는 우리의 의식이 내면화한 체계와 문법의 언어가 아닌 것이다. 그것은 의식에 의한 주객의 분리 이전의, '나'의 존재가 '나'라는 한정된 개체성의 껍질을 벗고 세계와 직접적으로 대면하는 순간의 어떤 불가능한 기호들이다. 그 기호들은 의식의 구조화된 문법체계와 언어화되기 이전의 이미지의 물질성 사이의 틈에서 위태롭게 흔들리는 언어 이전의 언어이다. 단적으로 말하자면, 예술은 자아가 세계와 대면하는 순간의 존재의 한계이탈의

박상륭의 사유 체계에서 '죽음의 연구'가 동시에 '사랑의 연구'가 되는 이유가 여기에 있다. 우리는 이 에로티즘과 사랑의 테마를, 박상륭 식으로 말해서, '우주적으로' 확대하면 곧 '생명의 연구'가 된다고 말할 수 있다. 박상륭에게서 삶(사랑, 생명)이야말로 죽음의 안쪽 얼굴이고, 죽음이야말로 삶의 바깥쪽 얼굴이었던 것이다. 그 둘은 분리되지 않는다. 그 둘을 분리하는 것은 오직 우리의 반쪽짜리 의식과 사유 속에서의 사건일 뿐이다. 이 점을 근대적 사유의 지평 속에 배치하기란 불가능하다. 근대의 사유 지평 속에서 죽음은 언제나 삶의 타자이기 때문이다. 그 지평 속에서는 죽음이 현전할 육체와 감각과 욕망/무의식은 타자로서 영원히 배제된다. 그렇기에 박상륭은 이 '죽음의 연구'의 실험실을 근대적 사유의 지평 바깥에 위치시킬 수밖에 없었다. 그 지평 바깥의 실험실 속에서 박상륭이 초대했던 이들은 아마도 니체나 라캉 같은 인물들이었던 듯하다. 『죽음의 한 연구』와 그 속편 『칠조어론』에서 이 인물들의 사유의 흔적을 추적하는 것이 만만치 않은 일임에는 분명하지만, 그것은 가능한 일이고 또 해명되어야만 할 비평적 과제이기도 하다. 여기에서는 다만 그 과제가 이 글의 의도를 벗어나 있다는 사실만 지적하기로 하자.

『죽음의 한 연구』는 무엇보다도 한국문학의 주제를 인류의 보편적인 삶과 죽음이라는 형이상학적 문제로까지 확장함으로써 그 폭을 확대 심화시키는 데 결정적으로 기여했다. 『죽음의 한 연구』의 문학사적 위상을 더 면밀하게 검토하기 위해서는 당대 한국 사회와 문학이 처했던 상황과 형편을 함께 조감할 필요가 있을 것이다. 작품이 처음 발표된 1970년대 중반까지만 하더라도 한국 사회는 군부 독재 아래에서의 경제적인 산업화 단계에 접어들 무렵이었다. 다시 말해 경제적 '근대화'의 기치 아래 한국 사회는 전통적인 농경사회로부터 산업사회로 급격히 옮겨가는 단계에 처해 있었다. 그러한 정치경제적 환경

흔적을 보여준다는 것이다. 그것은 에로티즘의 절정의 순간에 겪는 죽음의 체험과 다를 바 없는 자아의 죽음을, 자아와 타자의 융합을 드러낸다." 「시, 혹은 에로티즘과 아름다움」, 『오직 시인일 뿐 그저 바보일 뿐』(사문난적, 2019), 13쪽.

아래서 한국의 전통적인 봉건적 질서와 관습은 근대 사회의 새로운 가치와 갈등하고 대립했을 것이다. 1960~1970년대에 발표된 한국문학 작품들의 목록을 살펴보기만 해도 이 점을 충분히 확인할 수 있다. 그럴 당시 '4·19세대'로서의 박상륭의 문학은 이미 근대의 심화와 동시에 근대의 극복이라는 인류사적 문제에 관심을 쏟고 있었다고 할 수 있다.* 『죽음의 한 연구』는, 당시에는 아무도 관심을 기울이지 않았던, 어쩌면 '글로컬리즘'(glocalism)이라고나 해야 할 사상의 산물이었던 셈이다. 한국의 전통 신화와 설화와 민담은 성경과 불경과 밀교의 경전과 접합되어 교차 해석됨으로써 한국의 문화와 삶은 인류의 보편적 문화와 삶 속에서 어깨를 나란히 하며 이해 가능하게 되었고, 그럼으로써 『죽음의 한 연구』는 전통에 대한 새로운 해석과 더불어 혁신까지도 성취할 수 있었던 것으로 보인다.

그러한 점은 무엇보다도 박상륭 문학의 언어적 측면에서 더 분명하게 확인될 수 있다. 『죽음의 한 연구』는 다른 한편으로 한국어가 지닌 언어적 가능

---

* 이 점과 관련해서는 다음과 같은 언급을 덧붙이기로 하자. "'문학이란 무엇인가'라는 문학의 자기정체성 문제가 문학 내부에서 심각하게 대두하게 되는 것은 문학이 근대 사회의 기능적 분화에 의해 자율성을 획득하게 되면서부터이다. [……] 이 같은 사정은 4·19의 혁명적 의미가 현실 정치의 차원에서는 군부 쿠데타에 의해 좌절됨으로써 그 혁명적 에너지의 진정한 개화는 오히려 문학의 영역에서 담보되었다는 사실과 무관하지 않다. 달리 말해서 4·19세대가 공유하고 있었던 자유의 의식은 이데올로기나 정치의 영역에서보다는 오히려 문학과 예술의 영역에서 훨씬 더 커다란 역사적 상징성을 획득하게 되었다는 것이다. 널리 지적되고 있듯이, 이들 4·19세대에 의한 문학의 자율성의 확보를 위한 싸움의 과정에서 한국 사회는 개인의 의미에 대한 자각과 문화적 주체성을 확립하게 되었으며, 이를 통해 봉건사회의 해체 이후 역사적 질곡 속에서 지속적으로 유예되었던 근대적 자아의 내면화를 현실적으로 성취할 수 있게 된다." 졸문, 「진정한 전위성과 전위적 진정성: 1960년대부터 1980년대 문학까지」, 『감각인가 환각인가』(사문난적, 2018), 203~204쪽.

해설

성과 한계의 실험의 장이기도 했다. 이미 여러 평자에 의해 지적된 바이기도 하지만, 박상륭의 언어적 실험은 모국어로서의 한국어가 지닌 잠재성이 어느 정도로까지 확장될 수 있는지를 보여주었다.『죽음의 한 연구』는 가령, 문법적 체계를 전혀 손상하지 않고도 전통적인 한국어에서는 거의 사용되지 않았던 피동형 동사나 동명사형의 사용, 혹은 서구어에서나 가능한 것으로 간주했던 대과거 시제나 관계대명사 절의 사용 및 새로운 조어법(造語法) 등을 통해서 한국어의 무한한 확장 가능성을 시험했던 것이다. 거기에는 또한 한국어가 지닌 음성학적 특장(특히 의성어의 사용을 동반한 시적 가락)들이 유감없이 발휘됨으로써 박상륭 문학 특유의 운율과 리듬감을 만들어내기도 했다. 박상륭과 더불어 한국어의 무미건조한 산문 투의 문장은 시의 경지로까지 비상할 수 있었던 것이다. 특히 문장의 잦은 쉼표의 사용은 문법과 리듬 모두를 살려내기 위한 박상륭의 사유와 언어적 고투의 증명서처럼 보인다.『죽음의 한 연구』가 거의 500여 쪽에 이르는 장편소설임에도 불구하고 한 편의 대하 서사시나 장시처럼 읽히는 것도 바로 그런 리듬감 때문이라고 해야 한다. 한국어에서 자주 생략되는 주어나 목적어를 생략하지 않고도 그러한 문장의 리듬감을 확보한 경우가 박상륭의 문학 이전에는 아마도 없었을 것이다.『죽음의 한 연구』를 통해서 한국어는 더 문법적으로 정련되고 그 표현법에 있어서는 세련될 수 있었다. 게다가 박상륭의 긴 호흡의 문장은 한국어가 얼마든지 복잡다단한 사유를 너끈히 감당하고도 남는다는 사실을 확인시켜 주었다.

3

우리의 존재─감각과 언어─사유의 지평에서 죽음은 그냥 없는 것, 말하자면 부재하는 것으로 상정된다. 부재를 존재와 사유의 언어로 말하기는 불가능하다. 현존재의 존재 방식은 오로지 '지금-여기'에 구속되어 있을 뿐이기 때문이다. 그런 의미에서도 그것은 존재하지 않는다. 그렇다면 죽음을 말하고 사유한다는 것은 무슨 뜻인가? 에두르지 않고 질러 말하기로 한다면, 그것은 바로 타자(여기에는 '미래'라든가 '초월성'이라든가 '구원' 혹은 '존재의 개방성' 같은 의미소들이 함께 자리하고 있을 것이다. 그러나 죽음은 무엇보다도 그것들 모두를 넘어서는 '대타자'이다)에 대해 사유하고 말한다는 뜻이 될 터이다. 그러니, 죽음을 단순히 '자연으로 돌아가는 일'이라고 믿는 나 같은 빈약한 사유의 소유자에게 죽음에 대해 말한다는 것은 '자연'(박상륭은 이 자연을 소박하나마 '흙'이라거나 '대지'라고 불렀다*)에 대해 말하기와 다르지 않은 일이다. 만약 죽음이 자연으로 돌아간다는 뜻이라면, '지금-여기'로서의 삶은 자연이 아닌 상태, 즉 자연으로부터 외화되었거나 소외되었다는 뜻이어야 할 것이다. 이러한 사유의 연장선에서 보자면, 분명 그렇다, '나'라는 존재는 자연이 아닌 상태의 존재자이다. 이 자연이 아닌 상태의 삶/사람으로부터 우리가 출발해야 할 이유이다. 더 나아가 박상륭은 자연이 아닌 이 인간의 삶[人世]을 문학과 종교가 그 총화를 이루고 있는 문화라고 이해했던 듯하다. 그리고 이 문화를 통해 '삶/사람의 구원'의 가능성을 모색하고 타진하고자 했다. 아마도 문학과 일체가 되었을 박상륭 자신의 삶 자체가 바로 그러한 가능성의 지난한 모색 과정이었을 것이다. 그 참담한 고투의 과정에서 박상륭의 문학은 마침내 그의 종교가 되었고, 또 육조(六祖)는 칠조(七祖)가 되지 않으면 안 되었다. 어쨌든 문학은 저 (종교적) 사유가 (문학적) 언어로 육화되지 않으면 성립되지 않을 것이기 때문이다.

　　그렇기에 박상륭의 문학은 또한 '삶/사람의 구원'이라는 종교적-형이상학적 주제를 둘러싸고 벌어지는, 유장하고도 독창적인 화법이 펼쳐내는 '말씀의

---

*　　"박상륭의 소설 세계에서 우주와 자연 자체는 '살욕'(殺慾)과 '생식욕(生殖慾)을 두 자장(磁場)으로, 완벽한 상극적 질서에 의해 운영되는' 조화의 체계이다. 그러나 우리는 이 조화라는 말로 인해서 어떤 완전무결한 정지의 상태를 떠올려서는 안 된다. 그렇기는커녕 『죽음의 한 연구』에서 조화란 끊임없는 변화 속에서 여성성과 남성성이, 체와 용이 갈아드는 생성 중에 있는 작용력 자체를 의미한다"(졸문, 「대지의 은총과 생명의 축제」, 『사랑, 그 불가능한 죽음』, 273쪽). "『죽음의 한 연구』는 생명을 죽음으로 몰아넣고 거기에서 다시 재생을 성취케 하는 저 어머니인 대지가 은총임을, 그리고 그의 자식인 생명이 축복임을 알려준다"(274쪽).

해설

축제'의 장이 되지 않으면 안 되었다.『죽음의 한 연구』에는 시골 장터의 장 삼이사들이 건네는 떠들썩한 입말의 소란스러움과 종교적-형이상학적 믿음에 기반한 엄숙하고도 논리 정연한 글말의 위엄이 함께 어울려 있다. 그것들은 가히 카니발적 장관을 만들어내는데, 거기에서 우열이나 위계를 따지는 것은 무의미할 정도로 말씀들의 난장(亂場)이 펼쳐지는 것이다. 그것들은 어떤 단일한 목소리에 의해 지배되거나 하나의 목적지를 향해 선조적으로 진행되지 않는다. 이 같은 사유(주제)와 언어(말하기의 방식)를 성취하기 위해서『죽음의 한 연구』는 무엇보다도 '죽음의 완성'을 향한 고투의 과정이자 축제의 장이 되었다. 왜냐하면 박상륭에게 있어서 죽음은 자연의 현상이 아니라 사람이 성취하고 완성해야 할, 인간사에 속하는 일로 간주되었기 때문이다. 거기에서 두 가지 질문이 생겨난다. 죽음이 인간사의 일이라는 것은 무슨 뜻인가 하는 질문이 그 하나라면, 죽음을 완성한다는 것은 또 어떤 의미인가 하는 질문이 나머지 다른 하나이다. 그리고 그 둘의 질문 모두를 포괄하는 것이 바로 '인간이란 무엇인가'라는 질문일 것이다. 이 질문에 답하기 위해서는 무엇보다도 박상륭 특유의 인간관에 대한 이해가 밑받침되어야 한다. 박상륭에게서 인간은 무엇보다도 인간을 넘어서 (참)인간을 향해 나아가야 하기 때문이다. 이 점이 박상륭이 한평생 고투한 문학의 전모를 밝혀줄 핵심에 자리하고 있다고 나는 생각한다. 그러니, 이렇게 다시 물어야 한다. 인간이 인간을 넘어 인간으로 나아간다는 것이 무엇을 의미하는지를 말이다. 내가 지금까지 도달한 그 답변은 다음과 같았다: 박상륭의 문학에서 인간이 인간을 넘어 인간으로 나아가야 한다는 것은 '선과 아름다움에 대한 사랑'을 성취해야 한다는 뜻과 다르지 않다.『죽음의 한 연구』의 속편으로 쓰인, 전체 4권으로 구성된『칠조어론』은 이 같은 점을 분명히 하고자 했던 듯하다.

견성한 인간으로서 칠조의 종국적인 가르침은 사랑에 있다. 그는 "악에 대해서 악심을 기르려 말고, 선에 대해서 선심을 기르기에 애쓰라"고 가르친다. 우리의 "성공적 삶은, (이쪽 세상) 消風이 아니라, 고행인 것"인데, "육신은 왜냐하면, 그것을 벗는 날 진화도 벗는 것이어서, 진화를 위해 입어진 것이며, 그 육신적 쾌락을 위해 입어진 것이 아니기 때문이다." 그는 "惡이, 그리고 魔가, 못 먹는 음식이 있다면, 도류들이여, 그것은 善이라고, 또는 '사랑'이라고 이르는 그것"이라고 말한다. 즉 "이 한 우주 간, 왜냐하면 도류들 자신 속의, 그 어떤 아름다움에 대한 열망 말고는, 아무 것도, 현재의 도류들의 처지에서, 도류들을 끌어 올려줄 손이란 없기 때문이다"(『칠조어론 1』, 351쪽). 이같이 칠조가 가르치는 깨우침의 목적이란, 그래서 우리에게 요구하는 것은 선과 아름다움을 향한 사랑인 것이다.
　　　　　　―「'몸 입기'의 지난함과 지복함」, 『사랑, 그 불가능한 죽음』,
　　　　　　　　　　　　　　　　　문학과지성사, 2000, 284쪽

　　박상륭의 '죽음의 연구'가 '인간과 자연의 연구'인 동시에 '아름다움에 대한 사랑의 연구'가 되는 근거가 여기에 있다. 그리고 이 사랑이야말로 인간을 (인간을 넘어서) 인간으로 완성시키는 유일한 통로가 된다. 『죽음의 한 연구』가 '죽음의 완성'을 향한 처절한 고투의 장이라면, 그것은 동시에 '사랑의 완성'을 향한, 더 나아가 '인간의 완성'을 향한 지난한 행로이기도 했던 것이다. 그것들 모두가 박상륭의 문학에서는 또한 '우주적 마음' 혹은 '마음의 우주'의 성취라는 광대한 테마 속에 집결되어 있다. 『열명길』과 『죽음의 한 연구』 외에도, 『칠조어론』과 『평심』을 거쳐 『잡설품』에 이르기까지 박상륭은 오직 이 마음의 우주를 개화시키고자 진력을 다했던 것이다.*

　　*　『평심』을 해설하는 자리에서 나는 이 점과 관련하여 다음과 같이 언급한 적이 있다. "박상륭의 소설은 하나의 신비이다. 소설이라는 몸을 이루는 저 사유의 뼈대가 지닌 형이상학적 난해성이 우선은 그러하고, 저 장대한 근골을 살아 숨 쉬게 하는 말씀의 불가해성이 또한 그러하다. 그러나 무엇보다도 가장 큰 신비인 것은, 이 사유와 말씀의 형태화인 그의 소설이 펼쳐내는 '마음의 우주'의 풍경 그 자체이다"(「되돌아오는 삶, 불가능한 죽음」, 『사랑, 그 불가능한 죽음』, 239쪽).

해설

부기:

선생은 2017년 7월 1일, 향년 77세에 타계했다. 생전에 선생 자신이 밝혔 듯이, 『죽음의 한 연구』는 '죽음의 완성'을 향한 한 인간의 고뇌와 방황의 기록 이었다. 그렇다면 이제 우리는 평생 문학을 종교로 삼아 살았던, 이제는 자연 으로 돌아간 선생에게 있어서 '죽음의 완성'이 무엇을 의미하는지 물어야 할 때를 맞게 되었다. 그 질문을 머릿속 한 편에 모셔두면서, 이 자리에서는 다만 저 먼 이국의 땅에서 유명을 달리하신 선생에게 못다 한 이별의 말씀을, 그의 절친한 문우였던 이문구 선생의 영결사에서 행한 당신의 말씀을 그대로 빌려, 영전에 올리고자 한다.

하는 말로는, 사람은 빈손으로 왔다가 빈손으로 간다고 합니다마는 저의 생각엔, 그 시대의 '양심과 금지'가 되어 있는 이들은, 빈손으로 오는 것이 아니라, 그쪽 편의 모든 값지고 아름다운 것들을 아름아름으로 아름어와, 이쪽의 모든 가난한 심령들에다 나누어주는 이라고 하고 있습니다. 갈 때 는 또, 그가 노력했으나, 다 이루지 못하여 남은, 부정적 기운이나 원망, 슬픔 따위가 있다면, 그걸 다발다발로 묶어가, 그쪽 편 누른 물속에 넣어 썩히거나 씻어내는 것이라고도 알고 있습니다. 이런 이들을, 불가의 어휘 로는 '보디사트바'라고 이르는 듯한데, 이들은, 일체중생의 무명이 깨칠 때까지, 이쪽 고해에로, 고통을 자초해오고, 또 온다고 이르지 않습니까? 그의 행적을 두고 보건대, 고인이 된 이문구 선생은, 분명한 한 보디사트 바였던 것이고, 그래서 저로서는, 그를 잃게 된 슬픔의 눈물을 흘리는 대 신, 그가 오는 발자국 소리를 들으며, 귀를 맑게 하여 기울여보려 합니다.
　　　　　　　　　　　　　　　　　　—박상륭, 「보디사트바의 다비식」, 2003. 2. 28

선생의 이 같은 믿음처럼, 나 역시 선생이 이 삶의 고뇌를 "다발다발로 묶 어가" 저 대자연 속에서 그것을 생명과 사랑으로 다시 "아름아름으로 아름어 와"주기를 염원할 뿐이다. 선생이 『칠조어론』에서 고안한 몸-말-마음이라는 세 우주의 도식을 빌려 말하자면, 선생은 평생을 몸의 우주로부터 마음의 우주로 이행하기 위해 '말씀'을 질료 삼아 삶의 구원이라는 '연꽃 속의 보석'을 연금하려고 했을 터였다. 이제 선생의 몸의 우주는 닫혔고, 말의 우주는 완결되었으며, 그와 아울러 또한 마음의 우주가 열렸으리라고 나는 믿고 있는 편이다(연금술에서 화금석은 '순수 영혼'을 상징하는 이미지임은 잘 알려져 있다). 내가 선생의 글쓰기를 일러 '경전 짓기'라고 이름 하는 이유도 당신의 글쓰기야말로 말씀이 마음의 우주를 여는 질료가 되었기 때문이다. 글쓰기가 선생을 구원에 이르게 할 수행의 방법이었고, 또 그것이 선생에게는 구원 그 자체였던 것으로 내게는 보인다. 선생의 사유와 글쓰기가 마음의 우주를 향한 구원의 도정이었던 것과 꼭 마찬가지로. 그리하여 선생에게서 죽음의 완성은 바로 글쓰기의 완성을 향한 도정과 다른 것이 아니었을 터였다. 죽음은 마침내 선생의 '말'과 '글쓰기'로 완성되었을 것이다. 그 길은 글쓰기와 죽음의 완성이 삶과 사람과 생명에 대한 사랑의 완성과 다르지 않음을 보여주는 과정이었다. 그래서, 그렇다면 문학이란 무엇인가라는 질문에 대해 나는, 선생의 저 생전의 고투를 떠올리면서, 사랑으로써 죽음을 완성하는 일임을 어렴풋이나마 짐작할 수 있게 되었다. 『평심』에 실려 있는 「두 집 사이」의 연작 두 번째 편과 첫 번째 편에 등장하는 다음과 같은 질문과 답변을 덧붙이는 것으로 선생을 추모하기로 한다. "결코 죽음을 모르는, 살기의, 살기에 의한, 살기를 위한, 살기의 맛은 어떠할 것인가? 죽음을 모르는 삶을 살기에도, 무슨 의미나 목적은 있는 것일 것인가?" "무덤에까지 가져갈, 그렇게나 귀중한 것이 있다면, 또는 꼭히 놓아두고 갈 소중한 것이 있다면, 오늘 늙은네가 믿기엔, 그것은 사랑일 것이라고."

해설

4541

발문

샘에 뜬 달, 혹은 해

함성호(시인)

양주동의 「면학(勉學)의 서(書)」에는 "안광(眼光)이 지배(紙背)를 철(徹)하다"라는 말이 나옵니다. 또, 흔히 "형형(炯炯)한 눈빛"이라고들 합니다. 저는 실제로 그런 눈빛을 본 적이 있습니다. 박상륭의 눈빛이 그랬습니다. 선생님의 말은 항상 곱씹듯이 짧게 발화되었는데, 눈빛이 나머지를 웅변하고 있었습니다. 말보다 더 큰 얘기를 하는 눈빛이었죠. 만약, 막 태어났을 때도 그런 눈빛이었다면, 주위 사람들이 좀 놀랐을 것도 같습니다.

선생님의 어머니는 나물을 캐러 산에 갔다가 샘을 발견하고 물을 마셨는데, 그 샘에 비친 달까지 삼키는 태몽을 꾸고 박상륭을 잉태하셨다고 합니다. 꿈의 정황이라는 것이 애초에 있을 것 같지는 않지만 그래도, 밤중에 나물을 캐러 나섰을 리는 없고, 그렇다면 하늘엔 해가 떠 그것이 샘에 비쳐야 할 것인데 엉뚱하게도 꿈에는 달이 비쳤다고 합니다. 그렇다면 그것은 밝음 속에 어둠이고, 어둠 속에 밝음이지 않았나 생각합니다(그래서 선생님이 그렇게 형형한 안광을 지녔을까요?). 선생님은 그것을 두고 "두 모태의 자식"이라고 스스로를 말했습니다. 선생님이 막 태어난 그때, 선생님의 어머니는 마흔다섯이었습니다. 박상륭을 낳은 모친은 그때, 자기의 손주를 낳은 며느리와 함께 산후 조리를 했다고 합니다. 어머니는 병약했고, 환갑의 해에 돌아가셨습니다. 선생님은 할머니 같은 어머니를 부끄러워했지만 동시에 그 어머니가 죽을지도 모른다는 두려움이 있었습니다. 너무나 일찍 경험했던 죽음에 대한 두려움이 결국 어린 박상륭을 일찌감치 허무주의자로 만들어버렸습니다. 여기서 박상륭 소설이 끝없이 파고드는 죽음의 문제와 그것을 바로 보기 위한 탐구가 이미 시작됩니다. 자연히 죽음의 문제는 박상륭의 소설에 일정한 구도적 색채를 띠었고, 그의 통종교적 모색은 그의 소설을 꿰뚫고 있는 공통된 문제의식입니다. 이 생각은 고해의 바다인 이 저주받은 곳을 어떻게 은총의 장소로 바꿀 것인가에 닿았습니다. 바로 그 해안이 '유리'(羑里)였고, 소설『죽음의 한 연구』로 세상에 나왔습니다. 그해가 1975년이었습니다. 그해는 프놈펜과 사이공이 공산주의자들에게 함락되었고, 긴급조치 9호가 선포되었고, 유신헌법이 국민투표에 부쳐 통과되었으며, 희대의 살인마라는 김대두가 체포된 해입니다. 그리고 바로 박상륭은 소설『칠조어론』의 집필에 들어갑니다.『죽음의 한 연구』는 200자 원고지로 2,730장의 방대한 분량이고, 30여 장의 주석 노트와 12개의 도표를 포함한 대작입니다. 그 작품을 끝마치자마자 선생님은 다시 전작의 네 배에 달하는『칠조어론』을 시작한 겁니다. 이 왕성한 필력은 당연히 그의 집요한 독서에서 나옵니다. 그는 1965년에 서라벌 예대 문창과 동기생인 배유자 씨와 결혼했고, 그해 경희대 정외과에 다니다 휴학한 상태에서 사서삼경, 신구약 성경, 팔만대장경 등을 탐독했고, 종교와 무속, 신화 등, 엄청난 독서를 합니다. 캐나다로 이민 간 후에는 코란과 아프리카 신화에 몰두했다고 알려져 있습니다. 이같이 안광이 지배를 철하는 다독이 박상륭 문학의 거름이 되었던 것입니다. 그렇게 이루어진 박상륭 소설의 아름다움에 대해 문학평론가 김진수는 이렇게 얘기하고 있습니다.

"박상륭의 소설은 하나의 신비다. 소설이라는 몸을 이루는 저 사유의 뼈대가 지닌 형이상학적 난해성이 우선은 그러하고, 저 장대한 근골을 살아 숨 쉬게 하는 말씀의 불가해성이 또한 그러하다. 그러나 무엇보다도 가장 큰 신비인 것은, 이 사유와 말씀의 형태화인 그의 소설이 펼쳐내는 '마음의 우주'의 풍경 그 자체다. 모든 아름다운 것들의 뿌리에 자리하고 있을 이러한 우주의 신비는, 물론, 풀려지지 않는다. 그렇기에 저 아름다움의 매혹은 영원히 '알 수 없는 그 무엇'(Je ne sais quoi)으로 남겨진다. 우리는 다만 매혹당할 뿐 저 신비의 근저에는 접근할 수 없다. 그런 의미에서 그것은 차라리 하나의 해독 불가능한 '경전'이 된다. 그렇다. 박상륭의 소설은, 내게는, 대단히 아름다운 '마음의 경전'쯤으로나 보이는 것이다."

그렇습니다. 박상륭이 읽은 모든 책이 상생과 생명의 존귀함을 역설할 때, 그는 상극의 질서 안에서 생명을 탐구했습니다. 박상륭의 소설은 모든 정전(正傳)에 대해 하나하나, 의심의 침을 꽂고 그 혈을 거꾸로 돌게 했습니다. 박상륭은 그의 소설을 통해서 우리에게 커다란 숙제 하나를 내주신 것이지요. 그것은 인간에 대한 재정의를 요구합니다. 그것은 신에 대한 부재를 재고하게 합니다. 그것은 우리가 이제까지 옳다고 믿었던 모든 것들을 의심하게 합니다. 그것들이 아직 자라날 영토조차 없을 때 박상륭은 그것들을 꽃피웠습니다. 그 말씀의 우주는 어쩌면 틀려도 아름다울 것 같습니다. 그것이 문학이란 것을, 그것이 삶이라는 걸, 박상륭의 소설은 말해줍니다.

유리語

아무래도 내게 있어 박상륭 소설의 처음을 말해야 할 것 같습니다. 왜냐하면 여느 작가와 달리 박상륭은 '첫'의 충격파로 새겨지는 작가이고, 나의 첫이 다른 이들의 그것과 별로 다르지 않을 거라고 여기기 때문에 그렇습니다. 아마도 1989년 여름 무렵이었을 것입니다. 그때 나는 춘천의 아파트 현장에 일자리를 마련해 놓고 빈 시간을 성산대교를 넘어가는 차량들이 훤히 바라보이는, 그만큼 소음도 심한 망원동의 5층짜리 근린생활 건물 맨 꼭대기 층에서 할 일 없이 소일하고 있었지요. 내가 세 들어 살고 있었던 집은 거실의 중간에 기둥이 몇 개나 박혀 있을 정도로 컸고, 거기에서 주인네 식구와 나는 잠자는 방만 제외하곤 모든 시설들을 같이 써야 했습니다. 그러니까 나는 그들이 전세로 있는 방에 다시 세 들어 있었습니다. 주인집 식구는 여자같이 곱상하고 걸음걸이도 하늘하늘한 주인아저씨와, 키가 6척쯤 되고 발과 손도 커서 목소리까지 걸걸하나 마음만은 그만인 주인아주머니와, 일찍 학업을 포기한 큰아들과 정신이 돈 딸애와 정상인 두 딸과 젖먹이인, 성별을 잘 알 수 없는 애가 하나 있었습니다. 그리고 대부분 그 큰 거실은 댄스 교습소로 쓰였습니다. 주인아저씨는 무허가 춤 선생이었습니다. 그 밖에도 장고, 가야금, 검무에 쓰이는 칼 같은 것이 걸려 있었는데 춤을 배우러 드나드는 40대 중반의 아줌마들이나 아저씨들이 사용할 것 같지는 않았습니다. 미친 아이는 가끔 내가 없는 틈에 방에 들어와서는 내 책에 있는 울긋불긋한 사진들을 오려 자신의 스크랩북에 옮기느라고 내가 문을 연 줄도 모르고 열심이었고, 그 그 바람에 내 웬만한 잡지책들은 모두 가위로 도려낸 구멍들이 여기저기 나 있곤 했습니다. 얼마 지나지 않아 나는 그 이상한 장고나 북 등과 같은 것이 그 애가 실성하기 전에 썼던 물건들이라는 것을 알 수 있었습니다. 그러니까 그 아이 아버지의 꿈은 얼른 그 애를 제정신으로 만들어 일본의 요정에 보내는 것이었고, 그 실성한 아이도 중얼중얼 헛소리처럼 그 이상한 (아버지의) 소망을 내뱉기도 했습니다. 나이는 열일곱이나 열여덟쯤. 이마가 하얀, 분명 엄마를 닮았는데 선이 고운 소녀였습니다.

춤을 배우러 온 초로의 남녀가 끈적거리는 무허가 춤 교습소와, 실성한 아이의 가야금 소리(과거엔 어땠는지 모르지만 그것은 연주가 아니었습니다. 그 소리는 식구 모두가 아프게 외면했지요. 그 실성한 아이에게조차도), 성이 바뀐 것 같은 주인 내외의 이상한 그런 부조화 속에서 나는 박상륭의 『죽음의 한 연구』를 읽었습니다.

박상륭의 문장은 박상륭이 사고하는 세계의 인식을 (문장 자체로) 전달하지 않습니다. 그의 문장을 대하고 있으면 마치 사고의 늪에 빠진 것 같은 착각에 휩싸이게 마련입니다. 어떤 명료한 인식도 박상륭의 문장 체계 안에서는 흐려지고 말죠. 마치 헨젤과 그레텔처럼 자신이 바둑 포석처럼 던지며 온 인식의 콩알들이 박상륭의 숲에서는 순식간에 사라져 버렸다는 것을 알게 됩니다. 누가 그 콩알들을 주워 먹었을까요? 아니면 함정에 빠진 건 누구도 아닌, 콩알들이었을까요?

이때쯤엔, 조금씩 기진해가는 듯, 말에서 모서리가 둬 모퉁이씩 달아나버리고 없어서 늙은탱이는, 혀 굳은 소리를 뻑뻑 짜내느라 애를 쓰기 시작하고 있었다. "풍문이 내 길잡이였소"가, "푸무니 내 기자비여소"로 둔갑되어지는 투였다.

가뜩이나 풍문이었는데, 그마저 모서리가 달아나 그 풍문마저 제대로 알 수 없는 미로. 그것이 박상륭 문장의 핵심을 말해줍니다. 그 길 위에서 느끼는 불안과 공포. 사로와 활로의 절묘한 교차점을 부지불식간에 지나쳐야 하는 우리는, 박상륭이 펼쳐 놓은 미로의, 아무 관계 없는 듯이 보이는 직교하지 않는 (그물의 길이 없어집니다) 의미의 그물망을 뚫고서 비로소 거기에 도달합니다. 그제서야 우리는 알게 됩니다. 박상륭의 미로에는 도처에 활로가 있다는 것을요.

『죽음의 한 연구』에 대한 나의 애정을 드러내자면, 나는 '죽음의 한 연구'를 30페이지씩 이상을 읽지 못했습니다. 가슴이 벅차올라 더 이상의 독서가 불가능했던 것이죠. 그러다 한참씩 책을 덮고 지르박이 들려오는 거실에서의 춤 교습 음악을 들으며 방 안을 서성거렸습니다. 춤꾼들이 스텝을 세는 소리와 싸구려 테이프의 구성진 음악들과 박상륭의 운율이 마구 교차하고 있었지요.

그 후 첫 시집을 내자마자 나는 선생이 계시던 캐나다로 시집을 우송했습니다. 내 첫 시집의 마지막 시에서도 잘 나타나 있지만, 그도 내 문학의 주요한 토대를 이룬 사람 중의 하나가 되어 있었기 때문이었죠. 그리고 생각지도 않았는데 그에게서 편지가 날아왔습니다. S. R. PARK—처음에 나는 이게 누구에게서 온 것인가 의아했습니다. 캐나다의 소인을 보고서야 나는 그의 이니셜과 연관 지을 수가 있었고 거기에는 예의 그의 소설과 같은 어투로 쓰인 칠조의 편지가 있었습니다. 박상륭이라는 이름이 새겨져 있는 원고지에 세로쓰기로 쓰인 그의 편지는 내 시집에 대한 가장 깊은 관심이었습니다(그즈음 나는 호리병 속에 갇힌 거인이었기 때문이었죠). 그 후로 나의 답장이 태평양을 건넜고 그의 편지가 그렇게 오고 갔습니다. 나중에 한국에서 만난 선생은 왜소한 체구에 흰머리, 은회색 기지 바지에 하늘색보다 더 옅은 점퍼를 입고 있었습니다.

"나는 함 시인이 이렇게 키가 큰 줄을 몰랐드랬습니다."

오독오독 뼈를 씹듯 한 음절씩 단어를 씹어내는 듯한 말투였습니다. 단구

발문

4549

에 머리는 백발이었고, 두 눈은 서늘한 빛이 돌았습니다. 우리는 사람들과 어울려 저녁을 먹었고, 그가 홍대 앞 카페로 나를 데리고 들어갔습니다. 거기에는 이문구 선생이 있었습니다. 그날, 그는 술을 마시지 않았습니다. 이런저런 이야기로 대화가 오고 가고 자리가 무르익었을 때에야 그는 조심스럽게 술을 청했고, 딱 한 잔 나는 선생에게 술을 따랐을 뿐이었습니다. 이문구 선생이 말했습니다.

"어느 날 캐나다에 가 있는 이 친구에게서 전화가 왔어요. 캐나다로 이주하면서 자신의 습작 원고를 모두 내게 맡기고 갔었는데, 그걸 모두 태워달라는 부탁이었지요. 나는 몇 번을 만류하다 그 고집을 이기지 못하고 아궁이에 하나하나 이 친구의 원고를 태우기 시작했지요. 아궁이에서 타고 있는 이 친구의 원고를 바라보고 있으려니까 문득 나는 뭔가? 하는 생각이 들었습니다. 그래서 나도 그때까지 신줏단지 모시듯 하며 끌고 다니던 내 습작 뭉치들을 모아 모두 태워버렸지요. 이 친구의 것과 함께⋯⋯"

선생은 다시 캐나다로 돌아갔고 내가 허무의 긴 여행을 하고 돌아왔을 때 형형한 안광을 뿜으며 그도 다시 한국으로 여행 왔습니다. 나는 공항에서 그를 맞았고 그가 가지고 온 아바나산(Havana産) 시가를 맛있게 피우며 술을 마셨지요. 이번에는 그도 술을 거푸 몇 순배를 같이 했고 그의 술잔을 다루는 솜씨에서 나는 젊은 날의 그의 이력을 가늠할 수 있었습니다. 그는 거칠게 술을 마셨습니다. 그에겐 독한 젊은 날이 있었던 것이지요. 나는 시가를 뻐끔거리며 아바나 시가의 면목을 즐기고 있었습니다. 내가 하도 탐을 하며 시가를 피워대자 그가 나에게 약속을 하나 했습니다.

"돌아가면 아바나 시가를 보내드립지."

나는 단지 그 약속을 쉽게 포기했습니다. 대선배의 막연한 약속이거니 했습니다. 그러나 그는 여러 루트로 나에게 시가를 보내기 위해 애썼고, 결국 그쪽의 관세 사정상 그는 그 약속을 지키지 못했습니다. 그리고 그런 사연을 담은 편지가 전해왔지만 나는 선생의 배려가 너무도 고마웠습니다. 고국의 문단 말학에게까지도 세심한 배려를 잊지 않는 그의 성정이 따뜻하게 느껴져 왔던 때문이었지요. 그리고 다시 그가 한국을 방문했을 때 나는 또 예기치 않은 여행으로 몇 개월간을 여행하고 돌아온 직후였습니다. 항상 긴 여행 끝에 나는 선생을 만났습니다. 그래서 나는 늘 여행지에서 만난 아스라한 추억처럼 박상륭에 대한 인상을 가집니다. 그는 나에게 시가 한 갑을 불쑥 내밀었습니다. 그는 일 년도 넘은 그 약속을 지켰던 것입니다. 마냥 여린 인간들은 그 성정과 돼먹지 못한 우유부단으로 대체로 그런 종류의 약속들은 마음만으로 간직할 뿐 실행에 옮기지는 못합니다. 그러나 그런 식의 빈말이 그에게는 없었습니다. 선뜻 내뱉을 수 있는 따뜻한 성정과 그것을 지키는 독함이 그에게는 있었습니다.

> "[……] 그러나 자네는 삼백 걸음도 떼지 않아서 되달려올 게야. 내 얼굴이 보고 싶을 게거든."
>
> ──『죽음의 한 연구』, 『박상륭 전집』, 1490쪽

사람들은 먼 이국땅에서 그가 느꼈을 법한 모국어에 대한 그리움과 박상륭의 문체에 대해 연관 지어 이야기하지만, 그런 연관은 전적으로는 아니다 하더라도 어느 정도는 틀린 이야기일 것입니다. 모든 타향을 고향처럼 여기는 자보다, 자신의 고향마저도 타향인 자에게 있어 언어는 이미 그 어디에도 속하지 않을지도 모릅니다. (객사다, 객사!) 그러니 그가 캐나다에 있든 한국에 있든 그것이 그의 언어와 무슨 상관이 있겠습니까? 이미 그의 언어는 모든 타향의 언어인 것이고, 그가 구사하고 있는 말들은 남도의 것도 아니고, 캐나다 인디언의 것도 아닙니다. 말하자면 박상륭의 모국어는 '유리語'라고 할 수 있습니다. 늘 안개비 같은 것이 내리고, 늪인지도 아닌지도 모를, 그 이상한 세계의 언어로 지금 박상륭은 우리에게 말하고 있습니다. 어느 곳의 어휘에는 그곳의 문화와 역사가 숨 쉬고 있는 것처럼 박상륭의 어휘에는 유리의 역사와 문화가 난무하고 있습니다. 그노시즘과 연금술사들이 현자의 돌을 찾아 헤매고, 이 밤에도 마녀 드룩이 뭇 사내들의 몽정으로 사내 없이도 아기를 낳는 그 40일 동안만 존재하는 그곳이 그 빛의 세계입니다.

발문

4551

궁극소설

　박상륭의 소설을 읽으면서 그 유리의 언어를 모국어의 활용으로 익히지 못한다면 그는 반드시 박상륭의 소설을 중간에 덮게 될 겁니다. 그노시즘(Gnosticism)과 연금술로 알려진 서구 전통의 사상적 계보에 속해 있다는 의미에서, 박상륭의 세계는 브라만(brahman)의 세계관과 서구와 동양의 철학사 그리고 무속을 결합하고 있습니다. 그 결과, 박상륭의 세계는 자신의 태생에서 우러나오는 동양적 사고와 현란한 샤머니즘적 원시성을 철학의 경지로 강렬하게 드러냅니다. 따라서, 박상륭의 세계는 동양과 서양의 통합이 아니라, 동서양을 막론하고 근대 이전의 비합리적 세계를 더듬어 그 뿌리를 우리에게 보여줍니다.

　그가 이야기하고 있는 역사 발전의 단계로서의 '흑—백—적'의 진화는 현자의 돌로 화하려는 물체의 화학적 단계를 보여줍니다. 그의 소설 속에 무수히 등장하는 에피소드들은 북유럽의 동화와 그 신화적 분석을 드러내고 있습니다. 박상륭은 의도적으로 그의 소설에서 어느 특정한 지역의 신화가 아닌 인류 공통의 신화적 배경을 들어 우리가 회복해야 할, 어쩌면 우리가 진화해야 할 방향을 제시합니다. 어느 지역의 신화에서나 공통적으로 보여지는 천지창조 설화나 홍수 설화, 근친의 관계, 샤머니즘적 상승 단계 등…… 여기서 재미있는 것은, 그는 신화와 동화를 거의 동일한 발생 여건하에서 보고 있다는 것입니다(박상륭의 소설에는 시간이 부재합니다). 동화를 신화로 변용하고 있다고나 할까요? 그에게 있어서 바리데기 신화는 거꾸로 하나의 동화입니다. 그 신화와 동화의 형질 변경의 동인에는 그가 천착하는 샤머니즘적 제의가 존재합니다. 앞서 거론한 역사 발전의 단계와 흑마술의 비의, 세계수(世界樹)의 상징 등은 박상륭 소설의 전반에 나타나는 요소입니다.

　박상륭 소설에 나타나는 불교와 도교에 대한 배경들은, 조선의 불교가 아니고 그의 도교는 철학 이전의 연금술적 제의와 혼용할 만합니다. 그가 칠조의 이야기를 하면서 커다란 줄거리로 잡은 선불교적 구성은 그 행에 있어서는 중앙아시아의 토착 종교와 접목한 불교인 경우가 대부분입니다. 그의 기독교적 세계관 역시 같은 진단을 내릴 수 있는데, 한마디로 박상륭의 기독교는 세계 공의회(Concilium Ecumenicum)에 의해 로마 교황청에서 배척된 교리입니다. 말하자면 박상륭의 기독교적 세계관은 기독교 세계의 비주류를 이루고 있는 신학적 전통에 서 있습니다. 그것은 니체와 그 이후의 들뢰즈, 가타리, 데리다의 경우도 같습니다. 단지 박상륭이 그들과 확연히 구분되는 점은, 쇼펜하우어가 우파니샤드적 전통 위에서 서구의 철학을 이끈 것과 같이 박상륭은 기독교 외경의 전통 위에서 동양 철학적 사고를 발견합니다. 그러나 그렇다고 해도 그가 서구 철학 체계의 세련된 방식을 편애(?)한다는 데는 변함없습니다. 아마도 그것은 박상륭만이 아니라, 근대가 인류에게 남긴 유일한 유산일지도 모르겠습니다. 그의 방대한 소설이 우리를 감동시키는 것은 일목요연하게 그 모든 사상적 흐름을 꿰는 그의 체계적 사고 덕입니다. 풍문을 체계화하고 그것을 분석 가능한 것으로 만들어버리는 박상륭 소설의 매혹. 그는 형이상학의 연미복을 입고 샤머니즘의 단장을 짚은 모습으로 철학이라는 사교계에 나타납니다.

　　그리스인들이 기하학으로 그들의 철학적 사유를 보여준 이래, 뉴턴은 이 세계가 어떤 역학 원리에 의해 지배되고 있는가를 보여주었습니다. 뉴턴의 물리적 체계가 발견된 이후 세계는 비로소 설명 가능한 것이 됩니다. 사람들은 궁극 이론이 나타났다고 믿었습니다. 그리고 정말 그것은 거시 세계의 모든 역학적 비밀을 해결해주었습니다. 그리고 20세기가 시작되면서 물리학자들은 또 다른 궁극 이론을 향해 달려갔습니다. 양자역학이 등장한 것이지요. '양자 중력 이론'이라고 불리는 이 궁극 이론은 미시 세계와 거시 세계의 통합을 의미합니다. 이른바 '모든 현상을 설명할 수 있는 이론'이라니요. 사실 내가 박상륭의 소설에 '궁극소설'이라고 이름 붙인 것은 어쩌면 어폐가 있는 말인지도 모릅니다. (왜냐하면) 올곧게 자신의 세계를 견지하고 있는 작가라면 누구나 자신의 소설 안에서 모든 현상을 설명할 수 있어야 하기 때문입니다. 자신이 만든 세계에서 자신이 소외당한다고 생각해보세요. 그것은 마치 신이 자신의 창조물에 무지하다는 말과 같을 것입니다. 그러나, 정말 신은 자신의 창조물에 무지하고, 작가는 자신이 설명할 수 없는 부분들을 작업하게 됩니다. 그것이 예술입니다. 신이 예술가가 아니라면 어떻게, 이 세계가 이렇게 혼돈일 수

발문

있겠는지요?

결국 '양자 중력 이론'이 '중력'이란 문제에서 난관을 보이는 것처럼, 박상륭의 소설은 오히려 그 '소설적'이지 않은 지점에서 난제를 보입니다. 그의 불온성은 세계를 재편하려고 하는 데서 비롯되는 것이 아니라 세계를 설명하려고 하는 그 과학자적인 태도에서 옵니다. 결국, 그의 일원론적인 체계는 일원론적인 사고와 다릅니다. 진정 만물을 하나로 보는 눈을 가졌다면 그의 소설은 어떤 영역에서도 머무를 수 없다고 봅니다. 그는 이론물리학자처럼 가설을 통해 만물을 봅니다. 마치 호킹이 '끈 이론'(string theory)을 통해 '양자 중력 이론'에 접근한 것처럼, 박상륭은 대립하는 단어를 조합하면서 일원적 체계를 육화—말의 몸 입기, 파롤의 랑그화, 사고의 언어화—시킵니다. 뫔: 마음과 몸의 통합, 곳: 곳과 것의 통합, 혹은 장소성의 언어적 지도, 와 같은 단어들이 바로 그런 통합/조합의 예입니다. 그가 이옥봉의 시를 인용한 "꿈길을 걷기에도 발이 헤인다"와 같은 표현은 그의 가설을 성립시키는 방정식과도 같은 어휘들입니다.

생명, 그 창조와 파괴의 힘

나는 그의 소설을 '구도 소설'이라고 부르는 데에 좀 저어합니다. 그의 소설은 '칠조'라는 선가의 법맥을 가진 자를 통해 바라본 우주 생성의 비밀에 대한 한 가설입니다. 따라서 나는 그의 소설의 종교적 문제를 인문과학 인식 일반에 대한 문제로 보고 있습니다. 그렇지 않고서는 그의 가설과 그 탐구에 대한 집착이 설명될 수 없기 때문입니다. 그렇기에 박상륭에 있어서 성의 문제는 굉장히 복잡합니다. 박상륭에 있어서 여성의 문제는 모성의 문제와 겹쳐 있고, 성의 문제는 탄트리즘의 니르바나와 연관됩니다. 이 번잡한 관계가 박상륭 소설에 나타나는 칠조-girl(?)의 의미를 모호하게 하고 있다는 것 또한 의미심장합니다. 즉, 여성은 단순히 탄트리즘적 도구일까? 라는, 문제와 사랑이라는 인간 보편의 문제, 모성에 대한 문제가 그의 논리 속에서 엉킨 실타래처럼 꼬여 있음을 보게 됩니다.

"꿈을 꾼개라우" 계집이 어린애 음성으로 말하고 있었다. "시님이 나를 쥑여라우. 내 머리끄뎅이를 흝쳐 잡아각고라우, 내 목을 꽉 졸라라우."

나는 병이 들어 웃었다. 내가 그녀를 죽이려고 그랬던지 어쨌던지는 모른다. 그래도 나는, 그녀의 머리칼을 간추려 만지며, 그녀의 목으로 둘러보다 잠에 들었던 것이다. 병이 들어 나는 웃었다.

"헌디라우, 나는 오매(어머니)가 되고 싶은개 요상허제요이."

—『죽음의 한 연구』, 『박상륭 전집』, 1534쪽

말하자면 인고의 어머니가 그대로 자신의 아낙에게 투사되어 있습니다. 이러한 칠조-girl들의 모성에 대한 경도가 일정 부분 박상륭 소설의 토속성과 신화적 분위기를 이루는 데 지대한 기여를 하고 있는 것이 사실이지만 반면, 그의 (근대)소설적 방정식에는 치명적인 손상을 입히고 있는 것 또한 사실입니다(우주 상수를 잘못 도입한 것일까요? 『칠조어론』 이후 박상륭은 자신의 방정식을 두고 과감하게 우주[소설]를 버립니다. 소설의 우주를 버리고 잡설의 우주로 이동합니다. 소설이 더 이상 자신의 방정식을 담을 수 있는 그릇이 아니라고 생각한 것이죠).

우주적 생기로서의 샥티(Shakti)와 순수 정신으로서의 시바(Śiva)는 상키아(Sankhya) 철학의 이원론적 실체인 프라크리티(prakriti)와 푸르샤(purusa)로 말해집니다. 그러나 이 둘이 또 둘이 아닌 하나의 양면으로 이루어져 있다는 점에서 시바 신앙은 인도 종교철학의 절충주의적 성격을 대변합니다. 그런 점에서 박상륭이 탄트리즘을 자신의 가설 속에 끌어들여 일원론적 통합가설의 상징으로 삼은 것은 너무 적절했습니다. 박상륭의 탄트리즘은 얼핏 요소인으로서의 샥티처럼 보일 수 있습니다. 이런 관점에서 샥티는 시바로부터 발생하고 샥티로부터 마야가, 마야로부터 상키아 철학의 프라크르티가 발생한다면 당연히, 시바와 다른 또 하나의 창조 원리란 존재하지 않는다는 게 됩니다. 창조 원리로서의 샥티가 배제된다는 뜻이지요. 박상륭의 소설 속에는 남성으로서의 시바만이 존재한다고 여겨질 수 있는 빌미가 분명 있습

발문

니다. 거기에는 여성을 동정하는 오만한 남성이 있고, 모성에 눈물 흘리는 가여운 남성이 있기 때문입니다. 대개 모성 편집적인 인간들은 대체로 탕아들이라는 점에서 그의 소설의 어느 부분들은 기독교적인 회개의 방법일 수도 있을 것입니다. 박상륭의 소설에서 샥티는 바쿠스적인 삶의 축제를 보여줍니다. 거기에서 그의 여성들은 가장 근본적인 질문을 남근 중심적 세계관에 묻습니다.

> "여보. 어쩜 당신은 그렇게 태평이실 수 있어요. 당신의 아낙이 벌써 지루해지셨나요? 허전해서 그래요. 어서 오셔요. 먹을 건 아무것도 가져오시지 않으면 어때요. 그저 위로받고만 싶은걸요. 당신의 이 작은 아낙이 불쌍하지도 않으세요?"
> ─「7일과 꿰미」,『열명길』,『박상륭 전집』, 626쪽

이 질문은 마치 아내와 아들을 버리고 집을 나가서 깨달음을 얻고 돌아온 붓다에게 그의 처 야수다라가 했던 질문을 떠오르게 합니다. "당신이 거기서 얻은 게 무엇인지 모르겠지만 제 옆에서는 얻을 수 없는 것이었나요?" 전해 오는 경에 의하면 이 질문 앞에서 붓다는 입을 다물었다고 합니다. 박상륭도 그렇습니다. 그가 지닌, 가슴 아픈 모성의 추억과 여성의 신비, 바쿠스적인 파괴는 샘에 뜬 달이자 해였을 겁니다. 나는 거기서 한 소년을 봅니다. 그것 때문에 박상륭 소설에 먼저 친해집니다. 그렇게 친해지면 박상륭의 소설은『죽음의 한 연구』까지라는 걸 눈치챕니다. 그렇다면『칠조어론』은 무엇일까요? 박상륭은 '잡설'이라고 말했지만 분명, 그것은 소설이 아닌 다른 무엇입니다. 이 글을 쓰면서 나는 그의 소설을 인용하는 데 한계를 분명히 느끼고 있습니다. 왜, 나는 그의 소설을 인용하는 데 있어『죽음의 한 연구』까지만 인용하게 되는 걸까요?『칠조어론』의 무엇이 내 인용을 방해하고 있을까요?

그러게요─, 말하자면 나는 '유리市'의 거대한 지도를 보고 있었던 것인지도 모릅니다.『죽음의 한 연구』까지가 유리에서 벌어지는 이야기를 하는 것이라면『칠조어론』은 소설이 아닌 지도로 보입니다. 그래서『칠조어론』의

유리語는 독도법과 같습니다. 내가 『칠조어론』을 인용할 수 없었던 것은 바로 그 이유일 겝니다. 방정식의 부분은 발췌되지 않습니다. 방정식은 그 전제에서부터 처음, 그리고 마지막까지가 하나인 전체입니다(박상륭식의 모래시계). 연쇄적이며 촘촘한 그물처럼 빠짐없이 연결된 공간들, 그 무중력에서의 건축이 도대체 어떤 식으로 인용될 수 있겠습니까? 어쩌면 『칠조어론』한 권 한 권의 출간을 기다려온 독자들은 그의 소설을 거꾸로 읽었는지도 모릅니다. 아니면, 박상륭식의 모래시계를 자신의 의식 속에서 거꾸로 놓는 작업이 필요할지도 모르지요. 이제 한국문학은 박상륭으로 인해 하나의 독특하고 거대한 갈래를 만들어냈습니다. 20세기에 있어서 박상륭의 성과는 세계문학의 성과가 되었음을 나는 주저하지 않고 확언할 수 있습니다. 이 전집이 그것을 증명합니다.

발문

편 집
후 기

『박상륭 전집』의 편집을 마치며

윤병무(시인, 출판인)

2019년 7월 1일은 박상륭 작가의 2주기였습니다. 그날 저녁, 혼인하면 남편의 성씨로 바꾸는 서양 문화를 따라 본인을 '박유자'라고 일컫는, 작가의 부인 배유자 선생님을 만났습니다. 오래전인 2001년 2월에 박상륭 선생님의 회갑에 맞추어 출간된 『박상륭 깊이 읽기』의 편집을 준비할 때 찾아뵙고, 그 책의 출판기념회에서 다시 잠시 인사드린 다음이었으니, 18년 만이었습니다. 당시 광화문 근처의 선생님 댁을 방문했던 그해 연말에, 낮술로 이어진 술상을 손수 차려주시며 정육점을 두 번이나 다녀오셨던 사모님(배유자 선생님)의 모습에는 세월이 함께 웃고 있었습니다. 그렇게, 『박상륭 전집』은 작가의 2주기 여름 저녁에 시작되었습니다.

전집에 수록할 작품들을 디지털 파일로 정리하는 일은 예상보다 오래 걸렸습니다. 처음에는 오래전에 활판 인쇄된 『열명길』과 『七祖語論 1~3』만 디지털 파일로 다시 옮기면 되겠거니 생각했습니다. 1993년 이후에 출간된 아홉 권의 책들은 전자 조판되어 출간되었으니까요. 하지만, 2010년 즈음부터 북디자인 환경이 인디자인(InDesign) 프로그램으로 바뀌면서, 그 이전에 문학과지성사와 문학동네에서 쿼크 익스프레스(Quark Xpress) 프로그램으로 조판한 『七祖語論 4』, 『아겔다마』, 『평심』, 『잠의 열매를 매단 나무는 뿌리로 꿈을 꾼다』, 『산해기』의 본문 파일들을 유실했다는 답신을 양사(兩社)로부터 받고는 막막했습니다. 도리 없이 그 작품들도 활판 인쇄된 책들과 마찬가지로 일

일이 옮겨야 했습니다. 그 일은, 우선 구글(Google) 드라이브에서 제공하는 문서 추출(OCR) 프로그램을 이용했습니다(다른 OCR 프로그램으로도 해보았으나 '구글'의 것이 그중 나았습니다). 문서 추출의 완성도는 9할쯤 되었던 듯합니다. 따라서, 추출된 텍스트를 앞서 출간된 책들과 하나하나 대조하며 프로그램이 잘못 읽어낸 부분을 찾아 바로잡아야 했습니다. 두 번 대조하였고, 꼬박 11개월이 걸렸습니다. 노동의 대가(代價)를 기약할 수 없음에도 그 수고를 맡아 준 저의 아내 조경희 씨께 감사드립니다.

대조하는 동안, 저는 저대로 문학과지성사, 문학동네, 현대문학 출판사에서 그나마 다행히 디지털 파일로 전달받은 네 책—『죽음의 한 연구』, 『雜說品』, 『神을 죽인 자의 행로는 쓸쓸했도다』, 『小說法』—을 하나씩 컴퓨터 화면에 띄워 놓고 편집 교정을 보았습니다. 그러고는 대조를 마친 아홉 책의 텍스트를 하나씩 전달받아 순서대로 또 교정을 보았습니다. 그사이 사모님께서는 앞서 출간된 작가의 저서들에서 고쳐지지 않은—작가께서 생전에 확인하신, 그리고 작가의 육필 원고를 출판사에 보낼 때 사모님께서 직접 컴퓨터에 입력하셨기에 잘 알고 있던—편집 오류를 정리하고 바로잡아 캐나다 밴쿠버에서 국제 우편으로 제게 보내주셨습니다. 그중 7할가량은 제가 1차로 교정 볼 때 이미 발견한 내용이었고, 사모님께서 집어주신 그 밖의 오류들도 이 전집에 모두 반영하였습니다.

『칠조어론』에는 주석이 많습니다. 특히 『七祖語論 4』의 주석은 책 전체의 2할 이상인 만큼 분량과 가짓수가 많습니다. 더욱이, 앞서 네 권의 단행본으로 출간된 『칠조어론』에는 연이어 같은 숫자가 매겨지기도 한 주석의 번호와 위치가 곳곳에서 잘못 편집되어 있었습니다. 그것을 꼼꼼히 살펴 바로잡기는 혼란스러울 만큼 어렵고 긴 시간이 소요되는 일입니다. 그 수고스러운 일을 생전의 박상륭 선생님을 종종 찾아뵈었다는 김서연 씨가 사모님의 권유로 맡아 주었습니다. 방대한 『칠조어론』을 이미 여러 번 정독한 김서연 씨가 거듭 살펴 읽으며 주석의 번호와 위치를 바로잡기까지는 반년쯤 걸렸습니다. 편집자의 일을 덜어주신 김서연 씨의 섬세한 열정과 노고에 감사드립니다. 생각건대, 아마도 『칠조어론』은 사모님만큼이나 김서연 씨가 이 세상에서 가장 꼼꼼하게 읽은 분이지 않을까 싶습니다.

2016년 11월에 문학과지성사에서 단권으로 출간된 『셰익스피어 전집』을 디자인하여 그해 12월에 '한국타이포그라피학회'가 선정한 '제1회 타이포그래피가 아름다운 책 2016'을 수상한 박연주 씨가 그때의 편집자와 북디자이너의 파트너십을 되살려 『박상륭 전집』의 디자인도 맡아 주었습니다. 박연주 씨는 박상륭 작가의 복잡하고 단단한 작품 세계의 마지막 '집'을 지을 적임자인 만큼, 일관된 타이포그래피로 이 전집의 본문 텍스트와 표지 디자인을 유기적으로 완성했습니다. 더욱이, 디자이너로서 선택한 서체에는 없는, 예컨대 '羡, 胝, 況, 鶒鵒, 鵒' 등의 한자와 이 세상의 어느 서체에도 없는 '굇, 齰, 囜, 覺, 앎, 뿌, 포'—작가의 이런 낱말 짓기 놀이(?)는 작품이 편집자에게 준 두통의 진통제였습니다—등의 작가가 창조한 글자들을 일일이 집자(緝字)하여 전체 텍스트를 온전히, 세련되게 표현해냈습니다. 선생님께서 살아계셨다면, 흔쾌한 기쁨을 담아 예로써 한잔 가득 대포를 따라주셨을 텝니다.

『박상륭 전집』에 담은 작품 분량은 200자 원고지 기준으로 23,875매입니다. 예컨대, 1,200매의 원고를 한 권으로 묶는다면, 요즘에 출간되는 책으로는 비교적 두툼한데, 그런 소설책으로 환산하면 이 전집은 대략 스무 권 분량입니다. 그만한 양을 네 권에 담았으니 『박상륭 전집』의 텍스트 밀도는 꽤 높습니다. 그러한 이 전집의 편집 구성은 『박상륭 전집』을 기획한 '박상륭상 운영회의'와 의논하여 정했습니다(이 「편집 후기」도 그 회의에 따른 기록입니다). 『박상륭 전집』을 '중단편', '장편·산문', '칠조어론', '주석과 바깥 글', 이렇게 네 권으로 분권한 것에서부터, 그런데도 본문 쪽수를 연번(連番)으로 매긴 것까지가 그렇습니다. 연번으로 편집한 까닭은 『박상륭 전집』을 텍스트 삼아 비평이나 논문을 쓸 필자가 인용이나 참고문헌을 적을 때 그 출처를 밝히기 쉽게 하려는 목적입니다. '주석과 바깥 글'을 별도로 분권한 까닭은 독자가 작품의 미주(尾註)를 읽기 위해 매번 두꺼운 책의 앞뒤를 들춰야 하는 불편을 덜어주기 위함입니다. 즉, 박상륭 작품의 주석은 대개는 작품의 연장이기에 두 책을 함께 펼쳐놓고 읽을 수 있도록 주석을 별책으로 편집했습니다.

2년 전, 사모님께서 『박상륭 전집』 출판을 제안하셨을 때 저는 사모님께,

왜 『죽음의 한 연구』를 비롯한 다섯 책 여덟 권의 저작물을 출간한 '문학과지성사'나 1990년대 후반부터 네 권의 저작을 이어서 출판한 '문학동네'에서 출판하지 않으시냐고 여쭙지 않았습니다. 나름의 까닭이 있겠거니 하고 생각했습니다. 그 후 2년 가까이 이 전집의 편집을 거의 매일 우보천리(牛步千里)로 진행하면서 저는 때때로 느꼈습니다. 『박상륭 전집』은 한 사람이 편집해야 한다는 것을요. 그런 만큼 낱말 표기를 통일해야 하는 사안이 작품 곳곳에 있었습니다. 앞서 출간된 책들에는 출판사에 따라, 편집자에 따라, 같은 낱말을 다르게 표기한 내용이 적지 않은 까닭입니다. 서너 가지 예를 들자면, 외래어표기법에 따른 '자라투스트라'를 『神을 죽인 자의 행로는 쓸쓸했도다』(문학동네)와 『小說法』(현대문학)에는 '차라투스트라'로 표기되어 있는 반면, 『雜說品』(문학과지성사)에는 '자라투스트라'로 표기되어 있는 것이 그렇습니다. 작가가 니체에 맞섰던 만큼, 낱말 '자라투스트라'는 작품들 곳곳에서 나왔고, 이 전집의 편집자인 저로서는, 혹시 작가께서 'Zarathustra'를 '차라투스트라'라고 표기하기를 고집하셨나 싶었지만, 맨 나중에 출간된 『雜說品』에는 '자라투스트라'라고 표기되어 있어서 고집은 아니라고 판단했습니다. 그래서 이 전집에서는 '자라투스트라'로 통일했습니다. 또, 단편소설의 제목도 『평심』(문학동네)에는 '아해(兒孩)'라고 한글과 병기해 표기되어 있는 반면, 『잠의 열매를 매단 나무는 뿌리로 꿈을 꾼다』(문학동네)에는 '兒孩'라고 한자만 표기되어 있습니다(물론, 원고대로 편집했던 결과겠지요). 그래서 같은 이유로, 이 전집에서는 '아해(兒孩)'로 통일했습니다. 또한, 'Mundulum'을 『神을 죽인 자의 행로는 쓸쓸했도다』와 『雜說品』에는 '문둘룸'이라고 표기되어 있는 반면, 『七祖語論 1』(문학과지성사), 『평심』, 『잠의 열매를 매단 나무는 뿌리로 꿈을 꾼다』에는 '문두룸'이라고 표기되어 있습니다. 그래서 같은 이유로, 이 전집에서는 원어 발음을 좇아 '문두룸'으로 통일했습니다. 또, 우리말 '뒷간'의 뜻인 '측간'도 작가의 여러 저서에는 '칙간'으로 표기되어 있습니다. '칙간'은 충청도에서 자랐던 저도 유년에 들은 기억이 있는 만큼 방언이지만, (작가가 한자어에 민감했던 만큼) 측간(廁間)은 '뒷간 측(廁)', '틈 간(間)'인 한자어일뿐더러, 『雜說品』에는 '측간'으로 표기되어 있기에 이 전집에서는 '측간'으로 통일했습니다. 이렇듯, 앞서 출간된 책들에서 혼용 표기된 낱말들을 이 전집에서는 편집 체계를 고민하며 통일했습니다. 만약 『박상륭 전집』을 큰 규모의 출판사 편집부에서 여러 편집자가 책별로 배분하여 편집했다면 작업 속도는 더 빨랐을 수 있겠습니다. 하지만 그 과정에서 편집자들끼리 꼼꼼히 확인하며 회의하지 않았더라면, 앞서 단행본으로 출간된 저서들과 마찬가지로 작품 곳곳에서 같은 낱말들이 서로 다른 옷을 입었을 가능성이 클 텝니다. 그러함에도 저 역시, 낱말 표기의 통일 문제를 포함하여 편집 과정에서 맞닥뜨린 여러 고민을 저작자에게 직접 여쭙지 못해 아쉬울 따름입니다.

또 하나. 앞서 출간된 작가의 저서들에는 당시 담당 편집자가 작가의 난해한 문장들에 기죽어서였는지, 그저 원고대로 편집한 흔적이 적지 않았습니다. 박상륭 작가가 이민을 떠난 때가 1969년이고, 그 후 19년이 지난 1988년에 '한글 맞춤법'이 크게 개정되었으니, 스물아홉의 젊은 날에 고국을 떠나 있던 작가에게 익숙한 맞춤법과 띄어쓰기는 옛것이었을 것이 자명합니다. 따라서, 작가의 의도적 표현이나 토속어가 아닌 낱말이라면 의당 교정했어야 함에도 그 갈피를 잡지 못한 채 원고대로 편집한 흔적을 여러 곳에서 발견할 수 있었습니다. 그러함에도, 저 역시 명백하다고 판단한 부분만 바로잡을 수밖에 없었습니다. 작가가 이승에 계시지 않은 까닭입니다. 욕심 같아선 좀 더 고치고 싶었지만, 이제는 편집자의 제안이 전혀 불가능한 까닭입니다. 그런 의미에서, 부끄럽게도 제가 『박상륭 전집』을 편집하기 전에 읽은 작품은 『죽음의 한 연구』뿐이었음을 밝힙니다. 그래서 살아생전에 연로하신 작가께서 매년 귀국하여 한동안 한국에 계실 때, 함성호 시인이 제게 "선생님께서 귀국하셨소. 같이 뵈러 가겠소?" 하며 두어 번 권했을 때, 제 딴에는 '선생님의 작품도 제대로 읽지 않은 사람이 무슨 낯으로 뵈겠는가' 하는 생각이 가로막아 동행하지 않았던(못했던) 게 이 전집의 편집자가 되어 후회스러웠습니다. 그때 제가 작가의 작품을 두루 열심히 읽었더라면, 독자이기보다 편집자로서 잡아낸 편집의 오류를 화제 삼아 여러 번 술잔을 받았겠지만, 그러면서 편집자로서 고치고 싶은 부분마저 졸라서 허락을 받아냈겠지만, 그런 흐뭇한 상상은 이제는 되돌릴 수 없는 시간이 되어버렸습니다. 그 점이 편집자로서 참 아쉽고 안타

편집 후기

깝습니다.

　이 전집의 편집을 마무리하며 엊그제, 밴쿠버에 계시는 사모님께 작가의 '연보'를 정리하여 이메일로 보내드렸습니다. 정확하게 기록하도록 지적해주신 사모님께서 이튿날 이런 답장을 보내오셨습니다. "조금씩 제 건강이 회복되어 단 한 번만이라도 한국을 방문할 수 있다면 윤 선생님의 손을 꼭 한 번 쥐어보고 싶습니다. 그 손으로 전집이 완성되었으니까요. 내면에 있는 것은 제가 어쩔 수 없으니까요." 저는 얼굴이 뜨거웠습니다. 흐려진 눈으로 답신을 읽으며 저는 면구했습니다. 육신이 천천히 연로하셨을 선생님을 진작에 뵙지 못하여 제대로 편집 준비를 하지 못했습니다. 그런데도 사모님께서는,『죽음의 한 연구』의 화자처럼 눈먼 손으로 간신히 편집한 저의 부끄러움을 손잡아주신다니요…… 그런 해량(海量)의 덕인과 해로하신 작가는 행복하셨겠습니다.

　덧붙여, 부끄러웠던 일을 하나 더 고백합니다. 4년 전 7월 중순이었습니다(방금 확인하니 2017년 7월 13일입니다). 행선은 기억하지 못하지만, 그날 낮에 저는 혼자 고양종합터미널에서 짙은 보라색 시외버스에 올랐습니다. 자리에 앉아 저는 습관대로 휴대전화기로 포털 사이트의 언론 기사를 훑었습니다. 그러다가 아! "죽음의 한 연구' 소설가 박상륭 별세'라는 기사 제목을 보았습니다. 슬픔으로, 건조한 기사를 읽었습니다. 그런데, 그 끝에서, 느닷없이 저의 의식은 한 문장을 쓰고 있었습니다. '전집은 어디에서 나오지?'였습니다. 작가의 부고를 접하자마자, 어이없게도 저의 의식은 불쑥 그렇게 흐르고 있었던 겁니다. 물론 그건 욕심도, 예견도 아니었습니다. 좋게 생각하자면, 어디에서든 '박상륭 전집'은 꼭 출간되어야 하지 않을까, 하는 문학사적 당위의 자연스러운 의식의 행로였을 겁니다. 돌이켜보면, 그때 제 의식의 한 문장이 씨앗이 되어 그 후, 공교롭게도 제가『박상륭 전집』을 편집하게 되었나 봅니다. 아이러니하게도, 부고 앞에서 저의 몹쓸 생각이, 뜻있고 보람 있고 "앓음다운" 벌을 받았나 봅니다.

　이 전집의 쪽수를 연번으로 매기니,『죽음의 한 연구』는 1417쪽에서 시작하여 1970쪽에서 끝납니다. 그런데 이 작품의 뒤편으로 갈수록 그 쪽수들이 제게는 자꾸 서력(西曆)으로 읽힙니다. 작가께서 1940년에 출생하였으니, 작품 속 작가의 쪽수는 이 40일간의 이야기에서 제5장이 시작되는 백지(白紙)에 해당합니다. 그 백지는 시력을 잃은 화자가 자기 죽음을 집행할 '형장 나리'를 고꾸라뜨리고, 끝내 죽음을 맞이하는 대목으로 넘어가기 직전의 쪽수입니다. 아이러니하게도, 죽음 앞에서의 승리입니다. 끝 간 데에서 샘솟은 생명력입니다. 그래서인지 제게는 1940쪽의 그 백지가 가히 '죽음을 맞선 사람의 구원'이라는 주제를 평생 끌어안았던 작가의 투명한 상징으로 보입니다.

"모든끝은그러나시작에물려있음을!" 작가의 작품 곳곳에 나오는 문장입니다. 작가는 타계하셨지만, 박상륭 작가의 끝은 오늘날에도 훗날에도 거듭거듭 불려 나와 많은 누군가에겐, 무수한 우리가 그랬듯이, 문학의 번뜩이는 시작이자 박차가 될 터입니다. 그런 만큼, 박상륭 작품은 백 년 후, 오백 년 후에도 20세기 소설의 별이 되어 한국 문학사의 별자리가 될 게 분명합니다. 그 텍스트로서, 마치 수억 년 전에 생긴 호박(琥珀) 화석처럼, 모쪼록 이『박상륭 전집』이 오랫동안 그 정본이 되기를 희망합니다. 지금까지는 유일한 이 전집이 박상륭 작가의 전 작품의 정본이라고 말할 수 있으니까요.

편집 후기

연보

1940년 8월 26일에 전라북도 장수군 장수면 노곡리에서 부친 박봉환(朴鳳煥) 씨
        와 모친 최달대(崔達大) 씨 사이에서 9남매의 막내로 출생.
1953년 장수초등학교 졸업.
1956년 장수중학교 졸업.
1959년 장수농업고등학교 졸업.
1961년 서라벌예술대학 문예창작과 입학.
1963년 서라벌예술대학 졸업.
        단편소설「아겔다마」로『사상계』제5회 신인문학상(가작 입선) 수상.
1964년 단편소설「장씨전」이『사상계』에 추천 완료되어 등단.
1965년 경희대학교 정치외교학과 3학년에 편입 후 한 학기 만에 중퇴.
        4월 10일에 서라벌예술대학 문예창작과 동기 배유자(裵裕子) 씨와 결혼.
1967년 『사상계』사(社)에 입사. 문예 담당 기자로 활동.
1969년 1959년부터 국립 의료원에서 간호사로 근무한 아내 배유자 씨가 1968년
        9월에 캐나다 밴쿠버로 취업 이민을 떠나 밴쿠버 종합병원(Vancouver
        General Hospital)에 자리 잡은 후 반년이 지난 3월 21일에 아내가 있는
        캐나다로 이주.
        이민 전「뙤약볕」(1966년 10월)을 비롯해 18편의 중단편 소설을 문예지에
        발표. 이민 후엔「南道」(1969년 12월)를 비롯해 10여 편의 중단편 소설이
        저자의 친구 이문구 작가에게 보내져 발표됨.
1970년 9월에 맏딸 크리스티나(Christina) 출생.
1971년 8월에『朴常隆 小說集』을 민음사에서 출간.
1973년 중편소설『열명길/유리장』을 삼성출판사에서 출간.
        8월에『죽음의 한 연구』탈고.

1974년	7월에 둘째 딸 온딘(Ondine) 출생.
	10월 9일에 『죽음의 한 연구』 출판을 위해 일시 귀국.
1975년	이문구 작가가 『죽음의 한 研究』 편집을 맡아 3월에 한국문학사에서 출간.
	그 직후 『칠조어론』을 1990년에 그 첫 권이 출간되기까지 17년간 집필.
1977년	8월에 셋째 딸 오거스틴(Augustine) 출생.
1982년	3월에 서점 'READER'S RETREAT BOOKSTORE'를 인수하여 1992년 11월까지 운영.
1986년	8월에 『죽음의 한 研究』와 『열명길』을 문학과지성사에서 재출간.
1990년	3월에 『七祖語論 1』 출간.
1991년	3월에 『七祖語論 2』 출간.
1992년	9월에 『七祖語論 3』 출간.
1994년	11월에 『七祖語論 4』 출간.
	12월부터 1997년 12월까지 서점 'NORTHSHORE BOOKSTORE' 운영.
1995년	5월에 『죽음의 한 연구』를 '한국소설문학대계' 100권 중 마흔여덟 번째 책으로 동아출판사에서 출간.
1997년	7월에 『죽음의 한 연구』를 문학과지성사에서 재출간(문학과지성 소설 명작선).
	10월에 『아겔다마』를 문학과지성사에서 출간.
1999년	4월에 『평심』과 『산해기』를 문학동네에서 출간.
	4월에 예술의전당 자유소극장에서 '문학의 신비와 예술이 함께 떠난 첫 나들이'라는 제목으로 '박상륭 문학제'가 열림.
	11월에 『평심』으로 제2회 김동리문학상 수상.
2002년	7월에 『잠의 열매는 매단 나무는 뿌리로 꿈을 꾼다』를 문학동네에서 출간.
2003년	6월에 『神을 죽인 자의 행로는 쓸쓸했도다』를 문학동네에서 출간.
2005년	5월에 『小說法』을 현대문학에서 출간.
2008년	5월에 『雜說品』을 문학과지성사에서 출간.
2013년	10월에 영역본 *Akeldama*를 전승희 씨의 번역으로 도서출판 아시아에서 출간.
2017년	7월 1일에 캐나다 밴쿠버에서 타계(향년 77세).
	12월에 『죽음의 한 연구』가 *De morte*라는 제목으로 프랑스어로 번역되어 L'Atelier des cahiers에서 출간됨.
2020년	7월에 『죽음의 한 연구』가 문학과지성사에서 재출간됨(문지 클래식 7).
2021년	6월에 『박상륭 전집』이 국수에서 출간됨.

박상륭 전집
박상륭 전집: 주석과 바깥 글

초판 발행일
2021년 6월 30일

지은이
박상륭

기획
박상륭상 운영회의

편집
윤병무

디자인
박연주

인쇄
㈜아르텍

펴낸곳
국수

등록번호
제2018-000158호

주소
경기도 고양시 일산동구
진밭로 36-124

전화
031-908-9293

팩스
031-8056-9294

전자우편
songwriter@kuksu.kr

© 박상륭, 2021,
Printed in Goyangsi, Korea

ISBN 979-11-90499-34-7 04810
ISBN 979-11-90499-30-9 (세트)